설원

雪冤

雪
설
원
冤

다이몬 타케아키 지음

BOOK PLAZA

차 례

등
장
인
물

야기누마 신이치   16년 전 메구미와 야스유키를 죽인 혐의로
                      사형을 선고 받은 사형수

사와이 메구미   16년 전 살해당한 여성

나가오 야스유키   16년 전 살해당한 남성

Prologue

푸른 하늘 합창단

Prologue
푸른 하늘 합창단

데마치야나기역 계단을 올라 밖으로 나오자 주위가 깜깜했다.

미무로도에서 지하철을 탔을 때 이미 어둠이 깔리기 시작했으니 그럴 만도 했다. 열차 안에서는 상법 기본서를 읽을 생각이었는데 피곤한 나머지 깜박 잠이 들어버렸다. 문득 올려다본 가로등 불빛에 가느다란 빗줄기가 비쳐 보였다. 옷 위로는 느끼지 못할 정도이긴 했지만 그러고 보니 일기예보에서 비가 온다고 한 기억이 났다.

1993년 초여름. 이사와 요지는 공장 일을 마치고 집으로 돌아가는 길이었다. 강건한 턱선과 근육으로 덮인 팔뚝이 햇볕에 검게 그을려 한층 더 탄탄해 보였다. 나이는 스물아홉이지만 겉모습을 보고 40대로 오해하는 사람도 많았다. 이사와는 현재 변호사가 되기 위해 법을 공부하고 있었다.

학생의 도시라는 명성에 걸맞게 거리를 지나다니는 사람들은 대부분 젊은이들이었다. 이 정도 비는 젊음으로 증발시켜버릴 수 있다고 믿는 것인지 우산을 쓴 사람은 거의 없었다. 여기서 이마데가와 거리를 따라 동쪽으로 향하면 교토대학이 나오고, 가모대교를 건너 서쪽으로 향하면 도시샤대학이 나온다. 잘 알려진 바와 같이 교토는 오랜 역사를 자랑하는 도시다. 길을 가다 보면 수많은 명소와 유적을 만날 수 있다. 하지만 빛이 있으면 그림자도 있는 법. 가모가와강 (鴨川)을 가로지르는 다리 밑에는 판자와 파란색 비닐을 덧댄 텐트 속에서 노숙자들이 비바람을 피하고 있다.

이사와는 가모대교에서 아래쪽을 내려다보았다. 다카노가와강(高野川)과 가모가와강(賀茂川)이 합류하는 지점에 사람들이 모여 과거에 유행했던 포크송을 부르고 있었다. 그중 한 명이 다리 밑에서 이사와를 불렀다.

"어이, 이사와, 일 끝나고 오는 길이냐?"

모두가 '얏상'이라고 부르는 예순 정도 된 남자였다. 얏상은 이사와가 있는 다리 위로 올라왔다. 만들다 만 미스터리 서클처럼 볼품없이 털이 빠진 개를 데리고 있었다.

"버릇없는 스무 살짜리한테 부림당하다 오는 길이에요. 어찌나 열이 뻗치던지."

"한 대 치지 그랬냐."

이사와가 자신은 온건파라서 그럴 수는 없었다고 웃으며 대답하자 얏상이 잠시 머뭇거리다 입을 열었다.

"일하러 갔다는 말은 시험에서 떨어졌다는 건가?"

"1점 모자랐어요."

"1점? 겨우 1점이 모자랐다고?"

이사와는 그렇다고 대답했다. 겨우 1점이라고 우습게 볼 것이 아니었다. 1차 시험의 합격 커트라인에는 1점 차이로 당락이 뒤집힐지도 모르는 수백 명의 사람들이 눈을 부라리고 있었다. 아직 정식으로 결과가 발표된 것은 아니기 때문에 혹시 몰라 2차 시험 준비를 하고는 있지만 학원에서 채점한 결과는 불합격이었다.

"이건 전리품이에요."

이사와가 내민 것은 술이었다. 얏상은 선뜻 받으려 하지 않았다.

"제가 이미 땄으니 사양 말고 드세요."

그렇게 말하자 그제야 얏상은 만면에 화색을 띠며 기다렸다는 듯 술병을 받아들었다.

이사와는 난간에 기대어 다리 밑에서 들려오는 합창 소리에 귀를 기울였다.

세련된 영어 가사로 된 교가를 부르는 것을 보니 도시샤대학 학생들인 듯했다. 그들은 말 그대로 청춘을 구가하고 있었다. 이사와로서는 부러울 따름이었다. 도시샤대학 법학부에 떨어진 것은 10년도 더 된 일이었다. 이사와는 도시샤대학 교가를 들으며 괜히 심술이 나 한마디 했다.

"노래 진짜 못 하네요."

얏상은 웃으며 대답했다.

"어디 모르는 나라의 국가 제창 같지?"

교가를 다 부르고 지휘자가 청중들에게 인사했다. 합창단을 향해 요란스러운 휘파람이 섞인 박수가 쏟아졌다.

"도시샤대학 학생 여러분, 지금 부른 곡은 답가였습니다. 이번에는 저희 푸른 하늘 합창단의 노래를 부르도록 하겠습니다."

의외였다. 방금 도시샤대학의 교가를 부른 것은 도시샤대학 합창단이 아니었다는 말인가. 보아하니 두 합창단이 서로에게 노래를 불러주고 있었던 모양이었다. 아무튼 시원하게 울려 퍼지는 지휘자 청년의 목소리가 인상적이었다. 이미 어느 정도 알코올이 들어간 상태였기에 이사와는 그때까지 합창단 구성원을 제대로 살펴볼 생각을 하지 못했다. 자세히 보니 학생 같아 보이는 청년들도 있지만 대부분은 지저분하게 자란 머리에 낡아 빠진 옷을 입은 노숙자들이었다.

"다음은 순비돈을 부르려나?"

옆에서 얏상이 말했다.

"순비돈이요?"

이사와가 되물었다.

"좋은 노래야. 난 원래 트로트밖에 안 듣지만 이걸 듣고 영어 노래에 눈을 떴지. 뭐랄까 이 노래를 부르면 몸이 뜨거워지거든. 술이랑 똑같아."

"술에 취하고, 노래에 취하고, 여자에 취한다. 하지만 역시 그중 제일은 정의다."

"기억하고 있네? 우메상이 입버릇처럼 하던 말이었는데."

"아저씨한테 귀에 못이 박히도록 들었으니까요. 흙 묻은 빵이 어쩌고 하는 말도 그렇고."

"좋은 사람이었는데…"

그렇게 말하며 얏상은 개의 머리를 쓰다듬었다. 삐삐 마르고 볼품없는 개였지만 잘 보면 제법 귀여운 구석이 있었다. 원래는 몇 년 전에 죽은 우메상이라는 노숙자가 기르던 개라고 했다. 이사와는 푸른 하늘 합창단에 대해 물었다. 얏상이 대답했다.

"교토에 사는 대학생들이 전개하는 노숙자 지원 활동의 일환이야. 쓸데없는 참견이지. 물질적인 원조뿐만 아니라 정신적인 면으로도 도움이 되고 싶다나. 뭐 어디까지 진심인지는 알 수 없지만."

"그렇군요."

이사와는 고개를 끄덕였다. 학생들 입장에서는 취직할 때 써먹으려는 것일 수도 있겠다 싶었다.

"원래는 푸른 텐트 합창단이었어. 파란색 비닐 텐트에서 따온 이름이었지."

"너무 자학적인데요."

이사와는 웃으며 대답했다.

얏상과 이야기하는 사이에 노래가 끝났다. 「Ride The Chariot」라는 흑인 영가(靈歌)였다. 도시샤대학 학생들이 힘껏 박수를 쳤다. 주위에서도 드문드문 박수 소리가 새어 나왔다. 다리 위에서도 누군가가 박수를 치길래 이사와는 별생각 없이 그쪽을 돌아보았다.

두 명의 소녀가 서 있었다.

남색 원피스를 입고 긴 머리를 뒤에서 하나로 묶은 소녀는 스무 살 정도 되어 보였다. 호리호리한 몸매에 피부가 눈처럼 하얀 아름다운 여성이었다. 옆에 있는 소녀는 동생인 듯했다. 동생 쪽은 어깨에 살짝 닿는 길이의 곱슬머리였다. 중학생쯤 되어 보였고, 언니를 많이 닮은 편이었다. 조금만 더 크면 언니 못지않은 미인이 될 것 같았다.

두 소녀는 연인처럼 딱 붙어 서 있었다.

"순비돈! 순비돈을 부르라고!"

술에 취한 얏상이 갑자기 소리를 지르더니 이사와에게 개를 맡기고 강둑을 미끄러지듯 달려 내려갔다. 합창단은 어느샌가 인원이 불어나 있었다. 노숙자들이 하나둘씩 모여들어 이제는 열 명쯤 되었다. 모두가 지휘자가 손에 든 김 묻은 나무젓가락을 쳐다보고 있었다.

지휘자 청년이 입술에 검지를 가져다 댔다.

가모가와강 주변에 잠시 정적이 찾아들었다. 이사와도 입을 다물고 잠자코 그 모습을 지켜보았다. 이윽고 지휘자가 나무젓가락을 높이 치켜들었다. 젓가락에 붙어 있던 김 조각이 떨어져 나가며 잔잔한 합창이 시작되었다.

"Soon ah will be don' a-wid de trouble ob de worl', trouble ob de worl', de trouble ob de worl'······."

단원들의 입에서 낮은 목소리가 흘러나왔다. 작게 속삭이는 듯한 노래가 한동안 이어졌다. 가사가 잘 들리지 않았다. 무슨 주문 같기도 했다. 조용한 노래구나 싶었다. 하지만 지휘자가 나무젓가락을 크게 한번 휘두른 순간 그것이 오해였음을 깨달았다.

"I wan' t'meet my mother!"

갑자기 목소리가 커졌다.

"I wan' t'meet my mother, I wan' t'meet my mother, I'm goin' t'live wid God!"

이사와는 큰 충격을 받았다. 마치 여기서 전부 깨부수기 위해 열심히 아름다운 누각을 쌓아 올린 것 같았다. 이사와는 평소 노래를 즐겨 듣는 편은 아니었지만 이 곡에 완전히 마음을 사로잡혔다. 격정적으로 휘몰아치는 노래에 그저 온몸을 내맡기는 수밖에 없었다. 거칠지만 그래서 더 강렬하게 느껴졌다. 특히 지휘자 청년은 상상 이상이었다. 시원하고 힘차게 뻗어 나가는 테너. 아마추어라는 사실이 믿기지 않을 정도였다. 압도적인 성량에 소름이 돋았다. 문득 옆을 돌아보자 아까 본 자매가 눈에 들어왔다. 언니가 무언가 의기양양하게 설명해 주는 것을 들으며 동생은 인화지에 새겨진 사진처럼 입을 딱 벌리고 서 있었다.

3분 남짓 되는 합창이 끝나자 노래에 취해 있던 이사와는 서둘러 강둑을 내려갔다. 멋진 노래에 손이 아프도록 박수를 쳤다. 부슬비가 내리고 있었지만 흥분을 가라앉히기에는 역부족이었다. 얏상은 소리를 너무 지르는 바람에 목이 다 쉬었다며 웃었다. 합창이 끝난 흥분의 도가니 속에서 어느 틈엔가 이사와 곁에 안경을 쓴 키 큰 남자가 다가와 섰다. 지휘를 하던 청년이었다.
옆을 돌아본 이사와에게 청년이 싹싹하게 말을 걸어왔다.
"이사와 씨 맞으시죠?"
이지적인 얼굴에 무테안경이 꽤나 잘 어울렸다.
"제 이름을 어떻게 아시죠?"
이사와는 놀란 내색은 하지 않고 담담하게 물었다.
"지하철 단바바시역에서 푸시맨 아르바이트하시는 걸 봤어요."
"아, 눈에 띄던가요?"
이사와는 자기보다 다섯 살 정도 어려 보이는 청년에게 존댓말로 물었다. 청년이 대답했다.

"저는 오사카 네야가와라는 곳에 살고 있거든요. 그 동네에도 푸시맨이 있어서 다른 데서 보면 자연스레 눈길이 가더라고요. 대학생만 하는 아르바이트인 줄 알았어요."

실제로 대학생이 많기는 했다. 교토에서 푸시맨 아르바이트를 하는 사람은 대부분 류코쿠대학이나 교토교육대학 학생들이었다. 이사와도 교토교육대학 출신이었다. 하지만 아르바이트생 중에는 가끔 학생이 아닌 일반 철도 팬이 섞여 있기도 했다.

"방금 부른 노래는 제목이 뭔가요? 정말 멋지던데요."

이사와의 질문에 청년이 웃으며 대답했다.

"「Soon-ah will be done」이라는 곡입니다."

"'이제 곧 끝날 것이다'라는 뜻인가요?"

"맞아요. 다만 그냥 이야기가 끝난다는 게 아니라 죽어서 신의 곁으로 간다는 내용이에요. 'ah'는 흑인 영어에서 'I'를 나타내기 때문에 '이제 나는 끝이다'라고 해석되기도 합니다."

청년의 설명을 들으며 이사와는 그제야 이해가 되었다는 듯 고개를 끄덕였다.

"굉장히 파워풀한 노래던데요. 흑인 영가 중에서는 유명한 곡인가요?"

"상당히 유명한 편이죠. 여기서도 많이들 불러요. 아마 모르는 사람은 없지 않을까 싶은데…. 정적인 노래의 대표가 「Amazing Grace」라면 「Soon-ah will be done」은 동적인 노래의 대표라고 할 수 있죠."

"「Amazing Grace」라면 저도 압니다. 그 정도로 유명한 곡이었군요."

"아니요, 죄송해요. 제가 과장이 좀 지나쳤네요."

청년은 웃으며 손을 내저었다.

"유명한 건 맞지만요. 보통 합창단에서 신입 부원 모집할 때 많이 불러요."

"손님을 끌기 위한 약장수 원숭이 같은 거라는 말인가요?"

"네. 저도 깜박 속아 넘어갔어요. 이걸 듣고 감동해서 합창단에 합류했는데 들어가서 보니 매일 연습하는 건 죄다 미사곡뿐이고, 이 곡은 뒤풀이에서나 가끔 부르는 정도더라고요. 완전 사기 아닌가 싶더라니까요."

청년은 그렇게 말하며 쾌활하게 웃었다. 이사와도 가볍게 미소를 지었다.

"그런데 이사와 씨도 정말 노숙자신가요?"

이사와는 바로 대답하지 않고 입을 다물었다. 노숙자라고 오해할 만도 했다. 사실은 빌라에 살고 있었지만 월세가 밀려 언제 쫓겨날지 모르는 상태였다. 말하자면 노숙자 예비군이라고 할 수 있었다.

"기분 나쁘셨다면 죄송해요. 왠지 다른 분들이랑은 분위기가 좀 달라서…"

"그렇게 안 보이겠지만 일단 아직 20대거든요. 모두의 희망, 떠오르는 신예 노숙자라고 할 수 있죠."

"나이 때문이 아니라 말투나 전체적인 분위기가 뭔가 다르다고 느꼈거든요."

"뭐 일단 대학도 다니긴 했으니까요."

시시한 자존심이 저도 모르게 튀어나왔다.

"교토교육대학에 다녔습니다. 입학했을 때는 당연히 교사가 될 생각이었는데 저랑은 영 안 맞더라고요. 공부는 안 하고 마음 내키는 대로 해외를 돌아다니다 유급당해서 부모님이랑 대판 싸우고 자퇴했죠. 지금은 사법고시를 준비 중입니다. 앞으로 어떻게 될지는 모르겠지만…."

"사시를 준비하게 된 이유가 있으신가요?"

출신 대학과 사법고시라는 단어가 안 어울린다고 느낀 걸까. 꿈도 참 야무지다고 생각한 걸까. 뭐 아무래도 상관없다. 사실 이사와 혼자 괜히 찔리는 것이지 청년의 말에서는 딱히 가시가 느껴지지 않았다.

"그야 물론 입신양명을 위해서죠. 7대 국립대학 출신이 아닌 이상 대학을 자퇴했다는 건 고졸이나 마찬가지니까요. 모아 놓은 돈도 없고 직장도 없는데 이제 곧 서른. 여자가 생길 리 없죠. 이런 상황에서 벗어나려면 사시 정도는 봐야 할 것 같았거든요."

"약자를 위해 이 한 몸 바치겠다거나 그런 생각은요?"

"물론 없지는 않죠. 하지만 어디까지나 부차적인 이유에 불과해요. 합격 수기를 보면 눈물 나게 감동적인 스토리가 많지만 그건 다 나중에 갖다 붙인 거라고 봅니다. 정의가 이기는 것이 아니라 이긴 자가 정의라는 거죠. 만약 하는 일은 똑같지만 변호사의 사회적 지위가 노숙자와 비슷하다면 과연 사시를 보겠다는 사람이 있을까요?"

"하지만 정말로 정의를 구현하기 위해 고민하며 힘들게 싸우는 변호사도 있지 않을까요?"

청년이 차분한 목소리로 반박했다.

"정의를 구현하기 위해서라…. 저도 좀 그런 걸로 고민해 보고 싶네요. 원래 인권 변호사라는 건 돈이 많거나 조직에 속해 있어야 할 수 있는 거 아닌가요? 보통은 민사를 해서 돈을 벌지 않으면 굶어 죽기 십상이니까요. 무엇보다 일단 시험에 붙어야 뭘 할 수 있기도 하고요. 제가 보기에는 그런 고민을 한다는 것 자체가 사치가 아닌가 싶네요."

이사와가 시니컬하게 내뱉었다. 청년은 잠시 무언가를 생각하는 듯싶더니 꾸벅 고개를 숙였다.

"오늘은 이만 실례하겠습니다."

청년은 웃으며 그렇게 인사하고는 가모대교 위로 올라갔다. 그러고는 아까 본 남색 원피스를 입은 소녀에게 말을 걸었다. 두 사람은 연인 같은 분위기였다. 청년을 바라보는 소녀의 미소가 눈부시게 아름다웠다. 잠시 후 청년은 공주를 대하는 기사처럼 장난스럽게 소녀에게 인사하더니 웃으며 다리 반대쪽으로 뛰어갔다.

"좋은 녀석이지?"

얏상이 취기가 올라 불그스름해진 얼굴로 말했다. 이사와는 그런 것 같다며 고개를 끄덕였다. 진심이었다. 고생이라고는 모르고 자란 모범생 같았지만 나쁜 녀석 같아 보이지는 않았다.

"교토대 법학부에 다니는 야기누마 신이치라는 녀석인데 집에 돈도 많고 아버지는 전직 변호사라고 하더라고."

"역시…. 꽤나 똑똑해 보이던데요."

"작년에 스물한 살의 나이로 사법고시에 도전해서 한 번에 붙었다더군."

이사와는 아무 말 없이 얏상을 쳐다보았다. 이사와의 얼굴에서 미소가 사라졌다는 사실을 깨달은 얏상은 아차 싶었는지 서둘러 화제를 돌렸다.

"안경을 써서 더 똑똑해 보이는 것 같지? 내가 쓰면 그냥 변태 같아 보이던데. 뭐 그건 그렇고 저 녀석 노래 실력이 정말 대단하지?"

"네, 아까 들었어요."

"전체적인 조화를 깨지 않기 위해 많이 억누른 편이었지만 말이야."

아까 그 노래가 전력을 다해 부른 것이 아니었다는 사실에 이사와는 내심 놀라움을 금치 못했다.

"합창은 모두가 기분 좋게 불러야 하니까 그럴 수밖에. 혼자 부르면 진짜 굉장하다니까. 성악가 누구 씨도 인정하는 목소리라던데. 뭐 그 녀석은 그 녀석대로 고민이 많은 것 같지만 말이야. 원래는 음대에 가고 싶었던 것 같더라고."

"그렇군요…."

이사와는 고민의 차원이 다르다고 생각했다. 사는 세계가 다르다는 느낌이었다. 나는 이제 어떻게 되는 걸까. 가족도 없고 돈도 없다. 거처도 불안정하고 이력서에는 공백만 수두룩하다. 현실이라는 태양을 직시하면 눈이 타버릴 것 같았다.

그날 내린 비는 몇 시간이 지나자 폭우로 바뀌었다.

밤 10시가 넘어 이사와는 노숙자 텐트 안으로 기어들어 갔다. 강한 비바람이 파란 비닐 텐트를 세차게 두드려댔다. 가모가와강의 수위가 급격하게 높아졌다. 얼마 지나지 않아 노숙자 한 명이 텐트 밖에서 고래고래 소리 지르는 것이 들렸다.

이사와는 텐트에서 나가 노숙자에게 물었다.

"무슨 일인가요?"

"살인사건이야! 사람이 죽었다고!"

"네? 어디서요?"

"호리카와 쪽인 것 같아."

가모대교 위를 달려가는 경찰차와 구급차가 보였다. 다리 서쪽에 구경꾼들이 몰려 있었다. 이사와도 사람들이 모여 있는 쪽으로 달려 갔다. 얏상의 모습이 보였다. 얏상은 다리 위로 올라가려다 발을 헛 디뎠는지 강둑에서 한차례 굴렀지만 바로 다시 일어나 이사와와 함 께 다리 반대편으로 향했다. 도시샤여자대학 앞에 서서 수군대고 있 는 사람들을 발견한 얏상이 흙 묻은 손으로 구경꾼의 어깨를 두드리 며 물었다.

"살인사건이 일어났다는 게 정말인가?"

다들 흥분해서인지 어깨에 흙이 묻은 것도 개의치 않고 술술 대 답해주었다.

"네, 아부라노코지 쪽에서 두 사람이 죽었대요. 둘 다 나이는 스무 살 정도라던데…. 도망친 범인은 아직 못 잡은 것 같아요."

"아직 그 주변에 있다는 건가."

얏상과 이사와는 호리카와 거리 근처 비디오 대여점 앞에서 오른 쪽 골목으로 들어갔다. 사람들이 잔뜩 모여 있었다. 이름 모를 신사 앞을 지나 인파를 뚫고 이발소 쪽으로 향했다. 좁은 골목길 안쪽으 로 자그마한 주택 한 채가 보였다. 정원이 딸려 있기는 하지만 그리 넓지는 않았다. 차 한 대를 세울 만한 공간도 안 될 것 같았다. 바구니 달린 자전거와 어린이용 빨간 자전거가 세워져 있었다. 활짝 열린 현관문 안쪽으로 장식용 대나무가 눈에 들어왔다. 시체는 이미 내갔는지 별다른 냄새는 나지 않았다.

집 앞 전봇대 아래에 한 소녀가 몸을 웅크린 채 쪼그리고 앉아 있었다. 전봇대에는 이 주변에서 흔히 볼 수 있는 교토대·도시샤대 학생 과외 모집 광고가 붙어 있었다.

"저 아이는…."

이사와가 중얼거리는 말을 듣고 얏상이 이쪽을 쳐다보았지만 아무 말도 하지 않았다.

이사와는 다시 한번 소녀를 쳐다보았다. 머리에는 수건을 뒤집어쓴 채 입고 있는 원피스가 비에 홀딱 젖어 속옷이 비쳐 보였다. 옆에 있는 여성 경찰관이 열심히 설득하고 있었지만 절대로 이 자리에서 움직이지 않겠다고 버티는 듯했다.

점점 더 거세어지는 빗줄기 속에서 소녀는 흐느껴 울고 있었다.

이사와는 그런 소녀를 계속해서 바라보았다.

비가 두 사람을 소리 없이 감쌌다.

1장

아버지와 아들

1

자전거 한 대가 쇼핑몰 아반티의 자전거 전용 주차장으로 향하고 있었다.

자전거에 탄 사람은 머리가 희끗희끗한 남자였다. 한 손으로는 자전거 앞 바구니에 놓인 커다란 쇼핑백이 떨어지지 않도록 잡고 있었다. 낡은 자전거였다. 체인에는 녹이 슬고, 불도 들어오지 않았으며, 안장에서는 스펀지가 삐져나와 있었다. 수십 년도 더 된 고물 자전거니 굴러가는 것만 해도 대단한 일이었다. 앞바퀴 쪽 흙받기에 알파벳 S와 Y가 새겨져 있었다.

야기누마 에츠시는 정차 위치 한참 앞에서 브레이크를 밟았다. 브레이크가 잘 듣지 않아 결국 발로 멈춰 세워야 했다. 2008년 봄. 교토역 하치조 출구와 쇼핑몰을 연결하는 통로는 일요일 낮이라 그런지 많은 사람들로 붐볐다. 왁자지껄 떠드는 젊은이들과 아이스크림을 든 어린아이, 그리고 아이 손을 잡고 걸어가는 젊은 엄마의 모습이 보였다. 에츠시는 자전거에 자물쇠를 채운 뒤 천천히 교토역 쪽으로 향했다.

──또 저 녀석인가. 귀찮게 됐군.

에츠시는 마음속으로 중얼거렸다. 에츠시의 시선 끝에는 통기타
를 든 청년이 서 있었다. 양쪽 귀에 피어싱. 머리는 노란색인데 뿌리
쪽은 까맸다. 염색한 머리를 뒤로 질끈 묶고 요즘 스타일의 감미로운
노래를 가성으로 부르고 있었다. 유행을 잘 모르는 에츠시로서는 유
명한 노래인지 청년의 자작곡인지 알 길이 없었다. 그런 건 아무래도
상관없었다. 그저 청년이 어서 사라져주기만을 바랐다.

잠시 그 자리에 서서 기다렸지만 청년은 노래를 멈추지 않았다. 사
랑이 전부라느니 평화는 소중하다느니 하는 진부한 가사였다. 일본 헌
법 21조에서 보장하는 자유만큼 골치 아픈 것도 없었다. 대체 이런 노
래를 누가 듣고 싶어 한단 말인가. 지나가다가 10초 정도 발걸음을 멈
추었던 한 쌍의 커플을 제외하면 관객은 전무했다. 그럼에도 불구하고
청년은 자기 노래에 심취해 있었다. 에츠시는 어쩔 수 없이 쇼핑몰 안
으로 들어가서 6층에 있는 서점에서 1시간 정도 시간을 때웠다.

다시 밖으로 나오자 청년은 사라지고 없었다. 에츠시는 청년이 드
디어 그의 재능을 알아본 대형 기획사에 스카우트되었을 거라고 생
각해 주기로 했다. 겨우 문제가 해결되었다 싶은 동시에 이제부터 해
야 하는 일을 생각하면 조금 긴장이 되었다. 에츠시는 쇼핑백에서
A4 사이즈 전단지 50장을 꺼내 들었다. 오늘도 힘든 시간이 될 터였
다. 이것이 과연 의미가 있는 일인지 자문하면서 한 손에 들 수 있을
만큼의 전단지를 가지고 일어섰다.

전단지에는 '제 아들의 목소리를 들어 주세요'라고 적혀 있었다.

"범인을 잡을 수 있도록 협조해 주시기 바랍니다!"

에츠시는 배에 힘을 주고 목청껏 외치며 행복해 보이는 얼굴로 지나가는 통행인들에게 전단지를 내밀었다. 목소리에 놀란 사람들이 에츠시에게 다가와 전단지를 들여다보았다.

하지만 그것도 잠시였다. 에츠시의 목소리는 점차 작아졌고, 사람들도 에츠시를 무시한 채 그냥 지나쳐 갔다. 이대로는 안 되겠다 싶어서 몇 번이고 소리를 높였지만 헛수고라는 생각밖에 안 들었다.

"제발 제 아들이 하는 말을 좀 들어 봐 주십시오!"

전단지를 받아주는 것은 조건반사적으로 손을 내민 사람들뿐이었다. 에츠시가 하는 말은 아무에게도 가닿지 않았다. 고작 50장밖에 안 되는 종이가 좀처럼 줄어들지 않았다. 정치인은 가두연설을 통해 대략적인 분위기를 파악한다고 하는데 그렇다면 에츠시에 대한 지지율은 제로에 가까웠다.

그때 노인 하나가 성큼성큼 다가오더니 전단지를 받아들었다. 에츠시는 노인을 향해 미소 지으며 고맙다고 말했다.

"아들은 범인을 봤습니다."

노인은 전단지와 에츠시의 얼굴을 번갈아 쳐다보더니 이윽고 천천히 입을 열었다.

"예쁘게 인쇄가 되었구먼."

"눈에 잘 들어오도록 풀컬러로 제작했습니다."

"자네도 옛날에는 변호사였다면서? 자네가 직접 아들을 변호하면 되지 않나?"

"저는 변호사를 그만둔 지 20년도 더 됐거든요."

노인은 잠시 아무 말도 하지 않았다. 불편한 침묵 속에서 에츠시는 흰머리를 슬쩍 쓸어넘겼다. 그 모습을 보던 노인이 다시 입을 열었다.

"이보게, 자네."

"네?"

"이런 짓을 하는 게 아무렇지도 않나?"

노인은 갑자기 격앙된 어조로 쏘아붙이며 에츠시를 노려보았다. 에츠시는 눈을 피하고 싶었지만 잠자코 노인을 마주보았다.

"무슨 말씀이신지…."

먼저 입을 연 쪽은 에츠시였다.

"피해자에게 미안하지도 않은가?"

"하지만 제 아들은 범인을 봤다고…."

"범인은 이미 체포되지 않았나, 자네 아들 말일세!"

노인의 호통에 에츠시는 할 말을 잃었다. 하지만 반박하듯 다시 입을 열었다.

"신이치는 누명을 썼다고 주장하고 있습니다. 게다가 진범을 직접 봤다고 합니다."

"처음에는 자기가 했다고 인정했다면서!"

"잘못을 하지 않았더라도 체포를 당하면 동요하기 마련입니다. 신이치는 재판에서는 분명하게 혐의를 부인했고, 계속해서 무죄를 주장하고 있습니다."

에츠시의 말에 노인은 코웃음을 쳤다.

"누명을 썼다고 주장하면 형이 집행되지 않을 거라고 생각했겠지. 비겁한 자식. 전직 변호사인 자네가 옆에서 이것저것 알려준 거 아닌가?"

"저는 사건 발생 이후 아들과는 한 번도 만난 적이 없습니다."

"작작 좀 하게!"

노인은 에츠시의 눈앞에서 전단지를 갈기갈기 찢어버렸다.

"정말이지 그 아비에 그 아들이로군."

노인은 진절머리가 난다는 듯 거칠게 내뱉더니 교토역 쪽으로 사라졌다. 에츠시는 한동안 그 상태 그대로 가만히 서 있었다. 잘게 찢긴 전단지 조각들이 서부극에 나오는 회전초처럼 발밑에서 바스락거렸다.

외아들 신이치가 대법원에서 사형 판결을 받은 지 4년이 넘었다.

전단지 배포는 2년 가까이 해오고 있는 일이었다. 오늘처럼 욕을 먹는 경우도 종종 있기 때문에 이제 놀라지는 않지만 자주 겪는다고 해서 익숙해지는 것은 아니었다. 결국 계획한 양을 다 나눠 주지 못했다. 에츠시는 남은 전단지를 다시 쇼핑백에 넣은 다음 대대적인 리모델링 공사를 마친 교토역을 올려다보았다. 문득 눈시울이 뜨거워졌다. 에츠시는 머리를 한 번 가볍게 흔들고 교토역 안으로 들어갔다.

15년 전, 이곳 교토에서 살인사건이 일어났다.

피해자는 청년 둘이었다. 한 사람은 류코쿠대학에 재학 중인 남학생, 다른 한 명은 슈퍼에서 일하는 열아홉 살짜리 여직원이었다. 두 사람 모두 당시 신이치와 자주 어울리던 친구들이었다. 신이치는 사건 현장인 피해자 여성의 자택에서 도주하다가 학원에서 돌아온 피해자의 여동생과 마주쳤다. 붙잡혔을 때, 신이치의 옷에는 피해자의 피가 묻어 있었다. 피해자 집에서 사라진 과도 한 자루가 흉기로 사용되었을 가능성이 높았다. 흉기는 끝까지 발견되지 않았지만 물증과 목격자 증언을 토대로 신이치는 유죄 판결을 받았다.

"어이, 아저씨."

지하 통로를 걸어가는데 갑자기 뒤에서 누가 불렀다. 에츠시는 기운 없이 뒤를 돌아보았다. 기타 케이스를 멘 남자가 서 있었다. 살짝 웨이브 진 금발을 하나로 묶었고, 키는 에츠시보다 약간 작았다. 역앞 광장에서 노래를 부르던 청년이었다.

"왜?"

에츠시가 퉁명스럽게 대꾸했다. 어차피 제대로 된 용건일 리도 없고, 아무래도 상관없다는 심정이었다.

"그렇게 노려보지 말라고, 아저씨."

"아직 젊다고는 생각하지만 내 나이가 예순하나야. 자랑은 아니지만 너랑 싸워서 이길 자신은 없다."

"꽤나 호전적인 성격이네. 누가 싸우자고 했어? 우리 아버지랑 비슷한 연배인 것 같은데."

"용건이 뭐냐?"

"아니 뭐 딱히 용건이랄 건 없지만 아까 보니까 뭔가 트러블이 있는 것 같길래. 무슨 사연인지 궁금해서 말이야. 멀리서 보고 있었는데 전단지를 나눠 주는 아저씨 표정이 엄청 심각했거든."

에츠시는 한숨을 내쉬었다. 자세히 보니 청년의 가느다란 눈썹 아래 놓인 눈동자는 순박하고 선한 인상이었다. 겉모습만 가지고 판단한 것이 조금 미안해졌지만 내색하지 않고 전단지 한 장을 내밀며 무뚝뚝하게 내뱉었다.

"관심 있으면 한번 읽어봐."

전단지를 받아든 청년은 전단지와 에츠시를 번갈아 쳐다보며 말했다.

"'제 아들의 목소리를 들어 주세요'라⋯. 그럼 한번 들어 볼까?"

청년은 우즈마사 영화촌 광고가 붙어 있는 벽에 기타 케이스를 세워두고 통로 바닥에 쭈그려 앉았다. 에츠시는 청년을 뒤로하고 몇 걸음 걸어가다가 어쩐지 신경이 쓰여 다시 돌아왔다.

"어때?"

에츠시가 묻자 청년은 졸린 듯 쌍꺼풀이 진 눈으로 에츠시를 쳐다보았다. 아직 있었느냐고 묻는 듯한 표정이었다.

"음⋯."

청년은 손에 든 전단지를 다시 한번 내려다보더니 작은 목소리로 중얼거렸다.

"누명인 것 같네."

에츠시는 청년의 눈을 응시했다. 이런 식의 전단지는 내용이 편중될 수밖에 없다. 반대 의견에 대해서는 다루지 않고 한쪽 입장만을 일방적으로 옹호하기 위해 만들어지는 것이기 때문이다. 미안한 얘기지만 청년은 그다지 머리가 좋아 보이지는 않았다. 안이한 동조일 것이다. 그렇다 할지라도 그 한마디가 에츠시의 마음속 깊은 곳까지 스며드는 듯했다.

"잘은 모르겠지만 누명 같아."

청년의 말에 에츠시는 잠시 망설이다가 물었다.

"어느 부분에서 그렇게 생각했지?"

"응? 어디냐니⋯."

청년은 가느다란 눈썹을 긁적이며 잠시 생각에 잠겼다. 아마도 논리적인 사고를 통해 도출한 결론은 아닐 것이다. 그런 것은 처음부터 기대하지도 않았다. 이윽고 청년은 순진해 보이는 눈빛으로 에츠시를 올려다보았다.

"아저씨가 너무 열심이라서. 진심으로 아들의 누명을 벗겨주려고 노력하고 있잖아. 보통은 아무리 자기 자식이라도 이렇게까지 하지는 않으니까. 전단지를 나눠 주려고 해도 못 본 척 지나가는 사람이 태반이고 아까처럼 심한 말을 하는 사람도 있고. 그럴 걸 알면서도 하고 있는 거니까 아저씨 말이 사실이겠지."

"전단지 내용과는 전혀 상관이 없는 것 같은데."

"하하, 그러게."

청년이 씩 웃었다. 에츠시도 따라서 입꼬리가 올라갔다. 마음에서 우러난 미소는 실로 오랜만이었다. 신기했다. 사건 발생 후, 신이치의 누명을 벗기기 위해 여러 사람이 도와주겠다고 나섰다. 특히 사형 판결이 나고부터는 사형에 반대하는 유명 인사들이 에츠시를 응원하고 격려해 주었다. 하지만 솔직히 그다지 기쁘지 않았다. 그랬는데 이 이름도 모르는 청년의 말이 에츠시의 마음을 울렸다.

"요즘은 부모가 자식을 죽이고 자식이 부모를 죽이는 세상인데 아저씨네는 부자 관계가 엄청 돈독한가 보네."

"글쎄…. 아들 본 지가 너무 오래 돼서…."

"진짜?"

청년이 의외라는 표정을 지었다.

"사형수는 아무나 만날 수 없거든. 기자들은 취재하고 싶어서 안달이지만 면회는 불가능해. 외국은 좀 다른 것 같지만."

"그건 나도 들은 적이 있어."

"심신의 안정을 유지하기 위해서라는 명목이지. 사형수와 면회가 가능한 사람은 변호사 등 극히 일부에 불과해. 피해자 유족이나 담당 판사가 면회 신청을 했는데 거부당한 사례도 있고. 유족이나 판사와 만난다고 해서 사형수의 심리가 불안정해지는 것도 아닐 텐데 말이야. 심신의 안정이라는 건 핑계에 불과해. 죽음을 받아들이고 누구보다 고요한 마음 상태를 유지하는 사형수도 있으니까. 무엇을 보고 심신이 안정된 상태라고 판단하는 건지 우리로서는 알 길이 없지."

"아저씨, 잘 아네."

"전직 변호사였으니까. 젊었을 때는 사형제도에 의문을 제기하는 논문을 쓰기도 했고, 형 집행과 관련된 법이나 제도에 문제가 있다고 각종 매체를 통해 이의를 제기한 적도 있어. 이 부분에 대해서는 일본변호사연합회에서도 법 개정을 촉구하고 있고, 그 결과 최근 들어 약간이나마 개정이 되기도 했어. 하지만 구태의연한 사고방식은 예나 지금이나 다를 게 없어. 사형수를 만나고 못 만나고는 전적으로 구치소장 마음에 달렸다고 할 수 있지."

"하지만 아저씨는 사형수의 친부잖아. 아버지가 아들을 만나는 것도 안 된다고?"

이야기의 방향을 슬쩍 틀어보려고 했지만 청년은 넘어가지 않았다. 에츠시는 어쩔 수 없이 솔직히 털어놓았다.

"사실 아들과는 절연 상태야."

"싸우기라도 했어?"

"딱히 그런 건 아닌데…. 가까운 사이, 그러니까 부모라면 당연히 면회가 가능해. 사형수가 원한다면 말이야. 나 같은 경우에는 판결이 나기 전부터 오사카 구치소를 몇 번이나 찾아갔지만 한 번도 만나지 못했어."

"아들이 면회를 거부해서?"

그랬다. 어째서인지 신이치는 에츠시를 만나려 하지 않았다.

"아저씨뿐만 아니라 아무하고도 안 만나는 거야?"

"변호사하고는 자주 만나고 있어. 변호사 말로는 신이치가 유명 저널리스트를 통해 자신의 무죄를 주장하고 싶어 한다더군. 하긴 나랑 만난다고 해서 내가 뭘 어떻게 해줄 수 있는 것도 아니니까."

"거 참 싸가지 없는 놈일세. 풀려나는 데 도움이 되는 사람만 만나겠다는 건가?"

"글쎄…."

에츠시가 한숨을 내쉬었다. 청년은 자기 말이 좀 심했다고 생각했는지 쓴웃음을 지었다.

"근데 이 전단지는 뿌려서 어쩌려고? 진범을 봤다면서 특징은 하나도 안 적혀 있잖아. 키는 170센티미터 정도에 남자. 그것 말고는 얼굴이고 뭐고 아무것도 모른다고?"

"그러니 전단지를 뿌려서 뭐라도 좋으니 정보를 모으려는 거야."

"지금까지 알려진 사실은 면식범일 가능성이 높다는 것 정도잖아. 현장에서 깎은 사과가 발견되었고 과도가 사라졌다는 건 범인과 피해자가 아는 사이였다는 말이니까. 아저씨 아들이 범인이 아니라면 진범은 피해자와 가까운 사이인 누군가겠지. 처음부터 죽일 계획이었다면 흉기를 준비해 왔을 테니 현장에 있는 과도를 사용할 이유가 없잖아.

결국 충동적으로 살인을 저질렀다는 건데 정황상 범인이 몰래 침입했다기보다는 피해자가 범인을 손님으로 맞아들인 것 같단 말이지. 범행 시각은 밤 9시 이후라고 했지? 그럼 방문판매 같은 것도 아닐 테고. 아무리 생각해도 범인은 피해자랑 친한 사람인 것 같은데?"

에츠시는 청년의 얼굴을 쳐다보았다. 보기보다 예리한 구석이 있었다. 그렇지만 여기까지는 에츠시와 변호사도 이미 다 해 본 생각이었다. 그래서 당시 신이치와 피해자 두 명의 교우 관계를 샅샅이 뒤져 보았지만 아무것도 나오지 않았다. 더 이상 앞으로 나아갈 수가 없었다. 바로 그것이 문제였다.

"뭔가 재미있을 것 같네. 아저씨랑 또 만날 수 있을까?"

"나는 항상 아까 그 장소에서 전단지를 나눠 주고 있으니 거기로 오면 만날 수 있을 거야. 여기 명함도 한 장 받아둬."

명함을 받아들고 이름을 확인한 청년이 어리둥절한 표정을 지었다. 에츠시가 설명했다.

"그 사람은 내 아들의 재심을 담당하는 변호인이야. 연락할 일이 있으면 그 번호로 전화하면 돼."

"아저씨 번호는?"

"우리 집에는 전화가 없거든."

"진짜로?"

청년이 깜짝 놀랐다. 사실이었다. 반드시 필요한 전화는 집주인이 대신 받아서 연결해주는 식이었다.

"핸드폰은?"

"그런 걸 가지고 있을 리가 없지. 그러고 보니 이름을 안 물어봤네."

"응? 내 이름? 모치다."

청년은 웃으며 기타 케이스를 다시 둘러메더니 하치조 출구 쪽으로 사라졌다. 빈말로라도 든든한 원군이라고 하기는 어려웠지만 모치다의 존재는 에츠시에게 희망을 불러일으켰다. 아니면 그저 에츠시 자신이 그렇게 생각하고 싶었던 것인지도 모른다.

사형이 확정된 후 실제로 집행되기까지 걸리는 기간은 평균 7년에서 8년 정도라고 한다. 신이치는 아직 사형이 선고된 지 4년밖에 지나지 않았지만 최근 동향을 감안하면 언제 갑자기 집행될지 알 수 없었다. 결코 안심할 수 있는 상황은 아니었다.

에츠시는 지하철 개찰구 쪽으로 향하려다가 오늘은 자전거를 타고 왔다는 사실을 기억해냈다. 오사카 네야가와에 있던 집을 처분하고 교토 미부에 세를 구했다. 낡은 빌라여서 월세는 저렴했다. 건강도 유지할 겸 신문 배달을 해서 버는 돈으로 생활비는 얼추 충당이 되었다. 모아 놓은 돈도 있었다. 이사를 온 이유는 신이치의 사건 이후 네야가와에서 계속 살기가 어려워진 것도 있지만, 무엇보다 교토에서 사건 해결의 실마리를 찾기 위해서였다.

쇼핑몰 자전거 주차장에 도착해 자전거를 꺼내면서 에츠시는 아까 모치다에게 준 것과 동일한 명함을 내려다보았다.

"일단 말은 해두는 게 좋으려나…."

명함에는 변호인의 이름이 적혀 있었다.

'시조법률사무소 변호사 이사와 요지'라는 이름이.

2

미부에 위치한 낡은 빌라에서는 도로를 달리는 노면 전차가 내려다보였다.

석양을 받아 황금빛으로 빛나는 노면 전차는 마치 장난감 같아 보였다. 전차가 바둑판 모양을 한 교토 시내를 대각선으로 가로지르는 풍경은, 아들의 누명이 벗겨지는 날이 오기만을 꿈꾸며 하루하루를 살아가고 있는 에츠시에게 유일한 위안이 되어주었다. 새벽 4시부터 시작되는 신문 배달 때문에 밤에는 늦어도 9시에는 잠자리에 들었고, 좋아하던 프로 야구 중계도 보지 않게 되었다. 무엇을 해도 재미가 없었다. 한신 타이거즈는 이번 시즌 개막 이후 좋은 성적을 이어나가고 있었지만 솔직히 이기든 지든 아무래도 상관없었다.

에츠시가 세 들어 사는 방은 월세가 1만 4천 엔이었다. 이보다 더 싼 방은 찾을 수 없었다. 방 크기는 두 평 남짓 되었고, 수도와 화장실은 공동으로 사용했다. 욕실은 당연히 없었다. 세입자는 대부분 50대 일용직 노동자나 연금을 받아 생활하는 노인이었다. 젊은 사람은 에츠시의 옆방에 사는 남자뿐이었는데 방이 항상 비어 있는 것으로 보아 이곳은 창고로 사용하는 듯했다.

방구석에는 액자 두 개가 놓여 있었다. 하나는 요절한 아내 사키에의 사진이었다. 아내 사진 옆에는 위패가 나란히 놓여 있었다. 다른 하나는 양 갈래로 묶은 머리에 리본을 단 열 살쯤 되는 귀여운 여자아이가 아버지 팔에 안겨 있는 사진이었다. 에츠시는 사진들 앞에서 잠시 묵념한 뒤 천천히 자리에서 일어났다.

에츠시는 빌라를 나와서 신이치가 예전에 사용하던 자전거에 올라 시조카라스마로 향했다. 시조법률사무소에서 이사와 변호사와 만날 예정이었다. 자동차는 교토로 이사 올 때 처분했다. 차를 탈 일이 별로 없을 것 같아서였는데 역시나 자전거로 충분했다.

출퇴근 시간대의 시조카라스마는 많은 사람들로 붐볐다. 이런 곳에 사무소를 두고 있는 것을 보면 시조법률사무소는 꽤 잘나가는 편인 듯했다. 다코야쿠시(蛸藥師)라는 독특한 이름이 붙은 거리를 지나 골목으로 들어가니 시조법률사무소 간판이 보였다. 겉에서 보기에 그다지 번듯한 모양새는 아니었다.

"기다리시게 해서 죄송합니다."

마흔 초반 정도 되는 남자가 에츠시에게 인사를 건네며 맞은편 의자에 앉았다. 뚱뚱한 체형은 아니었지만 어릴 때 음식을 열심히 씹어 먹었는지 다부지게 각진 턱에 떡 벌어진 어깨와 굵은 목이 전체적으로 탱크 같은 인상을 풍겼다. 누가 봐도 변호사 같아 보이지는 않았다. 2년 전, 당시 신이치의 변호인을 맡고 있던 와타나베 미치오 변호사가 뇌출혈로 쓰러지고 그 뒤를 이은 후임이 바로 지금 눈앞에 있는 이사와 요지 변호사였다.

"얼마 전에 신이치를 만나고 왔습니다."

이사와는 깍지 낀 두 손을 테이블 위에 얹으며 입을 열었다. 이사와는 그냥 변호사가 아니라 신이치와 소소하게나마 안면이 있는 사이였다. 사건 당일 가모가와강에서 신이치 일행이 부르는 노래를 이사와는 다리 위에서 들었다고 했다. 그렇게 만난 것도 인연이니 자신이 변호인을 맡겠다고 직접 나서준 것이었다. 신이치가 하나 남은 가족인 아버지를 만나려 하지 않는 현재로서는 오직 이사와 변호사만

이 신이치를 만날 수 있었다. 이번에 만나서는 무슨 이야기를 했느냐고 에츠시가 물으려는데 이사와가 먼저 말을 꺼냈다.

"신이치가 수기를 발표하겠답니다."

"수기…라고요? 무슨 수기 말입니까?"

"물론 15년 전 사건에 대해서입니다. 자신이 현장에서 목격한 것을 있는 그대로 전부 다 적었다고 하더군요. 그리고 사형제도에 대한 자신의 생각도요. 원고는 제가 받아 왔습니다. 신이치는 이걸 주간지에 실어 달라고 했고요."

이사와가 에츠시에게 갈색 서류 봉투를 건넸다. 봉투는 가벼웠다. 사형수의 편지를 반출하는 데에는 여러 가지 제한이 따랐다. 편지는 구치소에서 내용을 검열한 후 죄수번호가 포함된 도장을 찍었다. 최대 7매인가 하는 분량 제한도 있었다. 에츠시는 아들이 쓴 수기를 읽어 보고 싶었지만 어째서인지 봉투에서 꺼내는 것이 망설여졌다.

"안 읽어 보실 겁니까, 에츠시 씨?"

"지금은 좀…. 어떤 내용인가요?"

"사실 사건에 대해 언급한 부분은 신이치가 지금까지 말해왔던 것과 거의 동일합니다. 딱히 새로운 내용은 없습니다."

"그렇다면 큰 의미는 없겠군요."

"아니요, 세간의 주목을 끈다는 점에서 충분히 의미는 있습니다. 필사적으로 무죄를 주장하는 사형수에게 사형을 집행하기는 아무래도 어려우니까요. 게다가 신이치의 글은 흉악한 범죄를 저지른 사형수가 썼다고는 생각할 수 없는 내용입니다. 이성적이고 논리적으로 서술하고 있을 뿐만 아니라 변명을 늘어놓는다는 느낌도 전혀 들지 않습니다. 자신이 직접 경험한 내용만을 객관적으로 설명하고 있기 때문에 강한 호소력을 지닌 문장이라고 생각합니다."

에츠시는 시선을 떨구었다. 그럴지도 모른다. 적어도 사형 집행을 늦춘다는 의미에서는 어느 정도 효과가 있을 수도 있다. 과거에는 재심 청구 중에는 사형을 집행하지 않는다는 불문율이 존재했다. 하지만 이 말은 곧 재심 청구를 끊임없이 반복하면 영원히 사형당하지 않을 수 있다는 의미였기 때문에 현재는 이 불문율도 깨졌다.

물론 지금도 재심 청구 중에 형을 집행하기는 어려운 것이 사실이었다. 대신 재심 청구가 각하 또는 기각되기를 기다렸다가 바로 형을 집행하는 경우가 있었다. 말하자면 재심 청구가 사형 집행의 방아쇠를 당기는 셈이었다. 반복되는 재심 청구와 이번 수기 발표는 형태는 다르지만 이루고자 하는 바는 동일했다. 목적은 단 하나, 형 집행을 늦추는 것이었다. 약았다는 말을 들어도 할 말이 없었다.

그러고 보니 에츠시의 눈앞에서 전단지를 갈가리 찢어버린 노인도 비슷한 말을 했다. 행동의 잘잘못을 따지는 것과는 별개로 노인이 한 말 자체는 이해가 갔다. 하지만 형 집행을 늦추는 것은 문제의 근본적인 해결과는 거리가 멀었다. 에츠시가 그렇게 말하자 이사와가 에츠시의 말을 가로막듯 가볍게 손을 들어 보였다.

"물론 저도 압니다. 그래도 안 하는 것보다는 나을 테니까요."

"신이치는 형이 확정된 지 아직 4년밖에 안 됐습니다."

이사와가 고개를 가로저었다.

"에츠시 씨가 그런 말을 하실 줄은 몰랐는데요. 최근 상황을 봤을 때 그 논리는 더 이상 통하지 않는다고 봐야 합니다. 사형이 집행되는 건수가 급격히 늘어난 건 알고 계시죠?"

에츠시는 고개를 끄덕였다. 그전까지 매년 두세 건 정도였던 것이 작년에는 아홉 건, 올해 들어서는 벌써 일곱 건이었다. 사형 집행은 평균적으로 두 달에 한 번씩 서너 명을 한꺼번에 처리하는 식으로 진행되었다.

"어쩌다 이렇게 됐을까요."

"최근의 이런 엄벌화 경향은 정상이 아닙니다. 예전에 비해 흉악 범죄가 더 늘어난 것도 아닌데 언론이 대중의 불안을 조장하고, 그걸 대중이 소비하고 있는 거죠. 일본 국민 모두가 피해자의 마음과 가해자의 마음을 실제보다 훨씬 더 작게 축소해 하나의 콘텐츠로 즐기고 있다는 겁니다. 어떻게 하면 더 잔인하게 죽일 수 있을지 고민하고, 정부가 세금을 쓸데없는 데 낭비하고 있다고 비판하고, 서로 헐뜯고 욕하는 데 혈안이 되어 의미 없는 논쟁을 벌이고… 인터넷 게시판 같은 걸 보면 정말 심각합니다."

"그러니까 모두가 사형제도에 대해 진지하게 고민하지 않는다는 거군요."

"슬프지만 결국 남 일이라는 거죠."

에츠시는 두 손으로 얼굴을 감싸 쥐었다. 이사와의 말이 맞았다. 신이치의 처형을 막을 수만 있다면 악마에게 영혼이라도 팔 수 있었다. 하지만 동시에 이상한 정의감이 자꾸 옆에서 끼어들었다. 아니, 정의감이라기보다는 어쭙잖은 미의식에 가까웠다. 아무짝에도 쓸모없는…. 에츠시는 문제의 근본적인 해결보다는 신이치를 살리는 것을 우선해야 한다고 스스로를 타일렀다.

잠시 생각에 잠겼던 에츠시가 이윽고 천천히 입을 열었다.

"재심 청구는 아직 어려울까요?"

이사와가 고개를 살짝 저으며 작은 목소리로 대답했다.

"마음 같아서는 당장이라도 하고 싶지만 아직 새로운 증거라고 할 만한 걸 찾지 못해서요."

건물 밖으로 나오니 주위가 어두웠다.

시조법률사무소를 나온 에츠시는 마트에 들러 맥주와 반값 할인 스티커가 붙은 반찬을 사 들고 집으로 돌아왔다. 신이치의 수기는 유명 주간지에 보낼 예정이라고 했다. 이사와는 언론의 태도를 비판했지만 결국에는 언론을 이용하지 않을 수 없게 된 것이다. 에츠시 역시 그런 이사와를 막지 않았다.

신이치의 누명을 밝혀줄 새로운 증거를 찾기 위해 교토로 이사 오긴 했지만 사실 별다른 방도가 없었다. 지금 심정 같아서는 솔직히 거짓 정보라도 좋으니 일단 믿어보고 싶었다. 이 수기가 조금이라도 반향을 불러일으킬 수 있다면 목격자 제보가 늘어날지도 모른다.

저녁 식사를 마치고 맥주를 마시려다가 결국 다시 냉장고에 넣었다. 개지 않고 깔아둔 이불 위에 누워 책상 쪽을 바라보았다. 책상 위에는 지금까지 에츠시와 변호사가 함께 모은 재판 자료들이 쌓여 있었다. 몇 번이고 반복해서 자료를 읽고, 셀 수 없이 많은 사람들을 찾아 돌아다녔다. 책장 쪽으로 눈을 돌리자 신이치가 초등학생 때 그린 초상화와 일기장이 보였다. 때때로 꺼내 보며 눈시울을 적시곤 했지만 오늘은 그럴 기분이 아니었다.

에츠시는 자리에서 일어나 자신의 백발을 쓸어넘겼다. 그러고는 아까 사무실에서 건네받은 신이치의 수기 복사본을 집어 들었다. 어떤 내용이 담겨 있을까. 불안한 손길로 천천히 종이를 펼쳤다.

국민 여러분

제 이름은 야가누마 신이치입니다. 저는 사형수입니다.

지금으로부터 15년 전, 사와이 메구미 씨와 나가오 야스유키 씨를 살해한 혐의로 체포되어 4년 전에 대법원에서 사형 판결을 받았습니다. 이 수기를 쓰는 이유는 제가 경험한 그날의 진실에 대해 여러분께 말씀드리기 위해서입니다.

15년 전 그날, 저는 가모가와강에서 합창 지휘를 하고 있었습니다. 푸른 하늘 합창단은 교토에 사는 대학생들이 만든 노숙자 지원 모임입니다. 메구미 씨와 야스유키 씨는 둘 다 푸른 하늘 합창단의 멤버였고, 저희 셋이 이 합창단에서 중심적인 역할을 맡고 있었습니다. 저희는 그날 합창이 끝난 후 메구미 씨 집에 모여 이야기를 나눌 예정이었습니다.

앞으로는 합창뿐만 아니라 연극도 해보자는 이야기가 나와서 그렇다면 어떤 연극을 할지 구체적으로 논의하고자 했던 것입니다.

제가 메구미 씨네 집에 도착한 것은 밤 9시가 지나서였습니다. 현관문을 열고 들어선 순간, 역한 피 냄새가 코를 찔렀습니다. 야스유키 씨가 잔뜩 일그러진 얼굴로 현관 앞에 쓰러져 죽어 있었고, 메구미 씨는 욕실 바닥에 쓰러져 있었습니다. 한눈에 죽었다는 사실을 알 수 있었습니다. 저는 너무 놀라 잠시 그 자리에 붙박인 듯 서 있었습니다. 그때 등 뒤에서 인기척이 나는가 싶더니 다음 순간 저는 바닥에 쓰러졌습니다. 누군가에게 머리를 맞은 것입니다. 범인은 저를 기절시킬 계획이었겠지만 제가 살짝 옆을 향하고 있었기 때문에 손이 빗나간 듯했습니다. 저는 상황을 전혀 이해하지 못한 채 범인을 올려다보았습니다.

범인은 키가 170센티미터 정도에 뚱뚱하지도 마르지도 않은 체격이었습니다. 나이는 추정이 불가능했습니다. 범인의 옷차림은 특이했습니다. 스키 모자 같은 것을 깊게 눌러 써서 얼굴이 잘 보이지 않았습니다. 아마도 제가 기절하지 않았을 경우에 대비해 얼굴을 가린 것 같았습니다.

범인의 옷은 피로 흠뻑 젖어 있었습니다. 저는 첫 번째 공격을 받고 쓰러진 후 두 번째 공격에 정신을 잃었습니다.

남자가 사라지고 정신을 차려 보니 저는 메구미 씨와 야스유키 씨 사이에 눕혀져 있었습니다. 이것이 꿈이 아니라 현실이라는 사실을 깨닫자 잊고 있던 머리의 상처가 다시 아파오기 시작했습니다. 저는 고통을 참으며 경찰서와 소방서에 전화를 건 다음 한동안 그 자리에 우두커니 서 있었습니다. 그리고 문득 제 옷에 묻은 피를 내려다보고 뭐라 설명하기 어려운 공포에 사로잡혔습니다.

맞습니다. 이대로는 저 자신이 범인으로 몰리지 않을까 걱정이 되기 시작한 것입니다. 부끄러운 얘기지만 그 참극 속에서 저도 제정신이 아니었던 것 같습니다. 당시 저는 냉정한 판단이 불가능한 상태였고, 제 무덤 파는 격이라는 걸 알면서도 현장에서 도망쳐 나왔습니다. 메구미 씨의 여동생과는 현관을 나서자마자 마주쳤습니다. 머릿속은 온통 도망쳐야 한다는 생각뿐이었고, 어디를 어떻게 달렸는지도 정확히 기억나지 않습니다. 그렇게 50분 정도를 도망쳐다니다 경찰에 붙잡혔습니다.

이것이 제가 경험한 사건의 전부입니다.

저는 체포당했고, 제게 일어난 이 모든 일들이 도저히 믿기지가 않아서 머릿속이 새하얘졌습니다. 자백을 한 것도 이때였습니다. 다만 흔히들 생각하는 것처럼 경찰서에 마련된 대용 감방에서 자백을 강요하는 가혹 행위가 있었던 것은 아니고 단지 저 자신이 반쯤 넋이 나간 상태에서 거짓 자백을 해버린 것입니다.

나중에 제정신으로 돌아와 변호사와 상의한 끝에 재판에서는 분명하게 제 혐의를 부인했습니다. 그 후 대법원 판결이 내려지기까지 10년도 넘는 긴 시간이 걸렸고, 범행 수법이 잔인하며 잘못을 뉘우치는 기색이 없다는 이유로 사형 판결을 받았습니다. 하지만 저는 두 사람을 죽이지 않았습니다. 유족들에게는 죄송하지만 하지도 않은 일을 뉘우치는 것은 불가능합니다.

범행 동기는 제가 두 사람의 관계에 질투했기 때문이라고 하는데 그것은 사실이 아닙니다. 제가 메구미 씨를 좋아한 것은 사실입니다. 하지만 질투 때문에 사람을 죽인다는 것은 생각할 수도 없는 일입니다.

판결이 확정되고 4년이 지났습니다. 판결이 내려진 직후의 저는 거의 반미치광이 상태였습니다. 이럴 수는 없다, 뭔가 착오가 있었던 것이 분명하다고 고래고래 소리를 지르며 교도관분들이나 정기적으로 감옥을 찾아오는 신부님께 많은 민폐를 끼쳤습니다.

지금 저는 죽음이 제 가까이 있다고 느낍니다. 그야말로 명경지수와 같은 심정입니다. 아, 이렇게 죽는구나 하는 체념과 달관의 경지에 이르렀다고 할 수 있을 것 같습니다. 구치소에서 만난 사형수들이 형장으로 끌려가는 것을 이미 수차례 보아왔기 때문인지도 모릅니다.

마지막으로 사형제도에 대한 제 생각을 말씀드리고자 합니다.

사형제도는 필요하다고 생각합니다.

설마 저 자신이 누명을 쓰고 이런 처지에 놓이게 될 줄은 상상도 못했지만 제 생각은 변함이 없습니다. 아까 말씀드렸다시피 사형 판결이 확정된 후 제가 반쯤 미쳤던 것은 사실입니다. 이런 일은 결코 있어서는 안 된다고 생각합니다. 하지만 살인사건의 피해자들은 저와 똑같은 억울함 속에서 죽어갔습니다. 낡은 사고방식인지도 모르겠지만 저는 고의로 사람을 죽인 자는 자신의 목숨으로 죄를 갚아야 한다고 생각합니다. 물론 억울하게 죄를 뒤집어쓰는 사람이 있어서는 안 되겠지만, 그것이 곧 사형제도를 폐지해야 한다는 주장의 근거가 되지는 않는다고 봅니다.

다만 처형 방법 측면에서 봤을 때, 현행 사형제도는 문제가 있다고 봅니다.

현재 사형을 집행하는 역할은 교도관이 맡고 있습니다. 저는 이것이 잘못되었다고 생각합니다. 교도관이 불쌍하다는 말을 하려는 것이 아닙니다. 오히려 사형 집행을 전 국민의 의무로 정해야 한다는 것이 제 생각입니다. 더 구체적으로 말씀드리자면 사형 집행 버튼을 인터넷상에서 전 국민이 동시에 누르도록 하는 것입니다. 그게 어렵다면 배심원 제도처럼 추첨을 통해 유권자 중에서 사형 집행인을 선정하는 방법도 가능할 것입니다.

말도 안 되는 제안이라고 생각하는 분도 많으실 겁니다. 헌법에 반하는 주장인지도 모릅니다. 저 역시 그다지 현실적이지는 않다고 봅니다. 하지만 사형수에게 죽음을 강요하고 그에 따른 이익을 취하는 이상, 이 정도는 국민들이 감수해야 하지 않을까요? 상대가 사형수라고는 해도 사람을 죽인다는 점에서는 살인과 크게 다를 바 없으니까요. 이것은 제가 어릴 때부터 해온 생각입니다. 저는 줄곧 어째서 이런 당연한 것이 지켜지지 않는지 이해가 되지 않았습니다.

일반적으로 사형은 보복의 연쇄를 막기 위해 국가가 대신 집행하는 것이라고 여겨지고 있습니다만, 이것은 잘못된 해석입니다. 민주주의 국가에서 국가란 곧 국민입니다. 사형은 국민이 국민을 죽이는 행위입니다. 정당방위처럼 상대를 죽이지 않으면 내가 죽는 상황이 아닌데도 죽이는 것입니다. 아무리 미화해보려 한들 사형 역시 하나의 살인일 뿐입니다.

이 사실을 솔직히 인정하고 사형수의 죽음을 유의미한 것으로 만들기 위해서는 국민들이 사형이라는 살인 행위를 나 자신의 것으로 받아들일 필요가 있습니다. 국가가 해 주는 것이라는 생각은 버려야 합니다. 앞에서 말한 국가의 대리 집행이라는 생각은 국가의 권위 위에 안주하는 안이한 사고방식입니다. 사형제도는 필요합니다. 하지만 저를 사형이라는 이름 하에 죽인다면 그 행위는 국민 여러분 한 사람 한 사람이 책임의식을 가지고 충분히 생각한 끝에 내린 불가피한 판단이기를 바랍니다.

사형제도에 대해서는 다양한 의견이 존재합니다. 저도 제 의견이 절대적으로 옳다고는 생각하지 않습니다. 하지만 한 가지는 분명히 말할 수 있습니다. 바로 국민 모두가 사형제도에 대해 더 많이 생각해야 하며 그로 따른 책임도 져야 한다는 것입니다. 약간 거창하지만 그런 식으로 국민 한 사람 한 사람이 스스로 생각하게 됨에 따라 이 나라가 민주주의 국가로 한발 더 나아갈 수 있을 거라고 생각합니다.

한 가지 더 확신을 가지고 말씀드릴 수 있는 것이 있습니다. 15년 전 저는 사와이 메구미 씨와 나가오 야스유키 씨를 절대로 죽이지 않았다는 것입니다.

2008년 4월 오사카 구치소에서

야기누마 신이치

3

오랜만에 오르는 무대는 왠지 쑥스러웠다.

대사가 별로 없기는 하지만 그렇다고 해서 단역도 아니었다. 자신에게 주어진 것은 이 무대의 여주인공에 해당하는 역할이었다. 교토 노트르담여자대학 시절부터 중요한 역할은 많이 맡아보았기에 딱히 긴장은 되지 않았지만, 문제는 나이였다. 오늘 연기하는 인물은 아직 더러움을 모르는 열여섯 살짜리 순수한 소녀였고, 자신은 올해 스물여덟이었다.

사와이 나츠미는 손거울을 내려놓았다. 무대에 오를 때까지 아직 시간이 좀 있었다. 순식간에 무대 전환이 이루어지는 것을 보며 최신 기술에 감탄했다. 조금 전까지 노인을 연기하던 청년이 가발을 벗고 젊어진 얼굴로 나츠미 앞에서 하얀 이를 드러내 보이며 웃었다. 나츠미는 머리를 살짝 쓰다듬고 무대 쪽으로 시선을 돌렸다.

"사흘 안에 돌아오겠다고? 바보 같은 소리. 말도 안 되는 거짓말을 늘어놓는군."

"약속은 지키겠습니다. 여동생이 제가 돌아오기만을 기다리고 있습니다."

"새장에서 도망친 새가 돌아온다는 말을 믿으라고?"

"믿지 못하시겠으면 제 둘도 없는 친구 세리눈티우스를 남겨 두고 가겠습니다. 제가 돌아오지 않는다면 그를 죽이셔도 됩니다."

"하하하! 그것 참 재미있는 제안이군."

"디오니스, 당신은 사람을 너무 가볍게 여기시는군요. 저는 사흘 후 반드시 돌아올 겁니다."

"메로스, 조금 늦게 오게나. 그럼 자네 죄를 영원히 사해줄 테니."

무대 중앙에서 소리 없는 불꽃이 튀었다.

하지만 디오니스 역을 맡은 배우의 목소리가 너무 가벼웠다. 좀 더 위협적이고 낮은 목소리를 낼 수는 없는 건가, 저건 그냥 쉰 목소리 아닌가 하는 생각이 들었다. 대사를 주고받는 속도도 잘 맞지 않았다.

교토시 가미교구에 위치한 교토어린이문화회관에서는 연극을 상연 중이었다. 관객은 많지 않았다. 아는 얼굴을 제외하면 총 몇 명인지 어렵지 않게 셀 수 있을 것 같아서 일부러 세지 않았다. 연극 제목은 〈달려라 메로스〉. 교토에 사는 대학생과 졸업생 들이 중심이 되어 개최하는 공연이었다. 〈달려라 메로스〉는 다자이 오사무가 프리드리히 실러의 시를 토대로 쓴 유명한 단편소설이다.

정의를 위해 잔악무도한 왕 디오니스에게 대들었다가 처형당하게 된 메로스. 메로스는 여동생의 결혼식에 참석하기 위해 디오니스에게 친구 세리눈티우스를 대신 맡기고 고향으로 돌아간다. 디오니스는 메로스에게 기일보다 늦게 오면 무죄 방면하겠다고 속삭인다. 하지만 메로스는 유혹을 이겨내고 약속대로 사흘 뒤에 돌아온다. 우정과 신뢰의 아름다움을 그린 이야기로, 원작을 패러디한 작품도 많았다. 워낙 유명하고 진지한 작품이다 보니 괜히 한번 더럽혀 보고 싶어지는 것이리라. 하지만 이번 무대는 패러디가 아니었다. 약간 손을 보긴 했지만 〈달려라 메로스〉의 세계관을 충실하게 재현한 무대였다.

메로스가 고향으로 돌아와 나츠미가 나갈 차례가 되었다. 오라버

니의 상태가 어딘지 모르게 이상하다고 느끼면서도 메로스의 부담이 되지 않도록 아무것도 모르는 척 천진난만하게 행동하는 마음씨 착한 소녀. 그것이 나츠미에게 주어진 역할이었다. 이 부분은 원작 소설에는 등장하지 않는 장면이었다. 이야기에 깊이를 더하기 위해 나츠미가 제안해서 대본 일부를 수정한 것이었다. 긴장은 하지 않았다. 목소리도 이상 없었다. 억지로 어린 소녀의 목소리를 내려고 노력하지 않아도 원래 목소리에 약간 변화를 주는 것만으로 충분했다. 이윽고 메로스는 시라쿠스로 돌아와 세리눈티우스가 처형당하기 직전에 그를 구한다. 폭군 디오니스도 두 사람의 우정에 감동해 자신의 잘못을 뉘우친다. 나츠미는 이번에는 연령 미상의 소녀를 연기했다. 환호성을 지르는 시민들 사이에서 한 발 앞으로 나아가 붉은 망토를 메로스에게 건넸다. 얼굴을 붉히는 용자와 왕을 칭송하는 노래가 울려 퍼지는 가운데 공연은 막을 내렸다.

무대에서 내려온 청년들은 잔뜩 흥분한 상태로 하이파이브를 했다. 모두가 만면에 뿌듯한 미소를 띠고 있었지만, 나츠미는 그 정도로 훌륭한 무대였다는 생각은 들지 않았다.

"나츠미 씨, 역시 대단하시네요. 정말 10대 소녀로밖에 보이지 않던데요."

메로스 역을 맡은 청년이 웃으며 말을 걸었다. 그렇게 한동안 모두 함께 이야기를 나누었다. 즐거운 자리였다. 이야기가 끝나갈 무렵, 나츠미는 자리에서 일어나 대기실 문 쪽으로 향했다.

"다들 수고 많으셨습니다."

다음에도 잘 부탁한다는 모두의 말을 뒤로 하고 나츠미는 건물을 나섰다. 이제 곧 서른이니 또 소녀 역할을 맡는 일은 없겠지. 하지만 멋진 언니 역할은 스스로에게 어울리지 않았다. 다음에 무대에 서게 된다면 등이 굽은 노파 역할이려나.

대기실을 나서자 누군가 말을 걸어왔다.

"사와이 나츠미 씨?"

말을 건 두 사람은 언뜻 보기에 여대생 같아 보였다. 나츠미는 자신의 후배인지도 모를 두 사람에게 부드러운 말투로 그렇다고 대답했다. 그러고는 그들이 내민 종이를 저도 모르게 받아들였다. 교회에서 사형에 관한 강연이 개최될 예정이라는 안내문이었다.

"저희는 대학에서 사형제도론을 연구하고 있는 학생들인데요, 아, 물론 연극도 좋아합니다. 나츠미 씨 오늘 무대에서 정말 귀여우셨어요."

나츠미는 고맙다고 인사했다. 여대생은 말을 이어 나갔다.

"하지만 지금은 15년 전 사건의 피해자 유족인 나츠미 씨께 여쭤보고 싶은 것이 있습니다. 사건으로부터 15년이 지났습니다만, 가해자인 야기누마 신이치에 대한 생각은 변함없으신지요?"

나츠미는 저도 모르게 찌푸려지는 얼굴을 간신히 진정시키며 대답했다.

"변함없습니다. 언니를 그렇게 만든 놈인데 사형당하는 게 당연하지 않나요?"

"현재 일본의 사형제도는 폭주하고 있습니다. 그런데 아무도 그게 이상하다고 지적하지 않아요. 백날 법무장관만 탓해 봤자 아무 의미도 없습니다. 나츠미 씨 같은 분이 협조해 주시면 큰 힘이 될 겁니다."

나츠미가 결국 참지 못하고 불쾌한 표정을 지었다.

"규정대로라면 6개월 안에 형을 집행해야 하는 걸 검찰과 법무장관이 지금까지 농땡이 부리며 미뤄온 거 아닌가요? 그런 놈들한테 몇 년씩 공짜 밥 먹여주는 건 세금 낭비 같은데요."

나츠미의 대답에 두 사람은 흥분된 어조로 반박했다.

"6개월 내에 형을 집행한다는 규정은 무의미해요! 그런 규정은 삭제되어야 마땅합니다. 무엇보다 그렇게 빨리 형을 집행해버리면 재심 제도가 존재하는 의미가 없습니다. 사형수한테도 다양한 사정이 있을 수 있고요. 국가에 의한 살인은 결코 용납될 수 없습니다. 전 세계가 이 시대착오적인 제도를 폐지하는 방향으로 움직이고 있는데 일본만 그 흐름에 역행하고 있습니다."

다른 한 명이 덧붙였다.

"만약 미국이 완전히 사형 폐지로 돌아선다면 일본도 폐지할 수밖에 없을 겁니다. 사형 존치론의 무게는 고작 그 정도밖에 되지 않습니다. 나츠미 씨! 지금의 흐름을 바꿀 수 있는 사람은 나츠미 씨 같은 피해자 유족뿐입니다. 제발 저희에게 힘을 보태 주세요."

두 사람은 꾸벅 고개를 숙였다. 나츠미는 일부러 크게 한숨을 내쉬었다. 이 사람들은 이 사람들 나름대로 진지하게 하는 말이겠지만 나츠미가 보기에는 가볍기 그지없었다. 내가, 가족을 살해당한 사람이 어떤 마음일지 이 사람들은 상상조차 할 수 없을 것이다. 자기들한테 유리한 부분만 골라서 취하려고 하는 사람들. 어차피 일시적인 도취, 일시적인 성취감에 사로잡혀 움직이고 있을 뿐이다. 속셈이 훤히 들여다보여 불쾌하기 짝이 없었다.

"생각해 보세요. 만약 범인이 나츠미 씨가 사랑하는 사람이었어도 이렇게까지 범인을 미워했을까요? 인간은 자신이 사랑하는 상대에게는 한없이 너그럽지만 타인에게는 엄격한 법이지요. 타인을 대할 때도 자신이 사랑하는 사람과 똑같이 대해야 합니다. 동일한 행동을 했음에도 타인인 경우에는 사형당하기를 원하고, 내 사람인 경우에는 사형당하지 않기를 원한다는 건 모순이니까요."

"미숙한 저를 위해 두 분이 제게 설교하시는 건가요?"

나츠미는 비꼬는 투로 내뱉었다.

"언니분이 돌아가셔서 괴로운 마음은 이해합니다. 하지만 그 고통을 가해자에게 돌리는 건 잘못되었다고 생각합니다. 아무리 가해자를 원망해도 고통은 더 심해질 뿐입니다. 야기누마 신이치가 사형을 당한다고 해서 나츠미 씨의 마음이 편해지진 않을 거예요. 제발 저희에게 힘을 빌려 주세요!"

두 사람은 몇 번이고 고개를 숙였지만 나츠미는 그 말에 공감할 수 없었다. 자신들이 내세우는 사형 폐지라는 정의를 위해 유족들의 마음과 살해당한 언니의 억울함을 완전히 무시하고 있다는 생각을 지울 수가 없었다.

"두 분, 이야기에 너무 취하셨네요."

"이야기라뇨?"

"오늘 공연한 무대보다 훨씬 더 아름다운 이야기요. 피해자와 가해자가 서로를 이해하고 화해한다는 치유와 용서의 이야기. 영화관에서 돈 내고 볼 수 있는 싸구려 감동물과는 차원이 다른 반짝반짝 유토피아를 꿈꾸고 계신 것 같은데요. 다 잠깐의 눈속임에 불과한 것을."

"그렇지 않습니다! 사람의 생명은 무엇과도 바꿀 수 없는 소중한 것이에요."

"생명이 그렇게 소중하다면서 우리 언니의 목숨은 아무래도 상관없다는 건가요? 그럼 죽인 사람만 좋은 거 아닌가요? 헛소리 집어치워요! 우리 언니는 그때 겨우 열아홉 살이었다고요!"

"아무리 나쁜 사람이라 하더라도 사람을 죽이는 건 옳지 않습니다!"

당신들이 내 마음을 알기나 하냐고 고래고래 소리 지르고 싶었다. 두 사람 때문에 감정이 격해졌다는 사실에 더 화가 났다. 폭발하기 직전에 간신히 마음을 진정시킨 나츠미는 아무 말 없이 발길을 돌렸다. 교토어린이문화회관 주차장으로 가서 주차된 차의 조수석에 올라탔다.

나츠미는 교토에서 태어나고 자랐다.

교토에서 지낸 것은 열세 살 때까지였다. 남편과 일찍 사별한 어머니는 여자 혼자 힘으로 언니인 메구미와 나츠미를 열심히 키웠다. 하지만 암에 걸렸고, 젊어서인지 진행도 빨라 순식간에 세상을 떴다. 그때부터 언니는 다니던 대학을 그만두고 당시 아직 중학생이었던 나츠미를 엄마 대신 키워주었다.

그랬던 언니도 15년 전에 죽었다. 살해당한 것이다. 친구였던 야기누마 신이치라는 남자에게. 그 사건 이후 나츠미는 이바라키에 있는 친척 집에 얹혀살며 대학원까지 나왔고, 임상심리사 자격증을 땄다. 임상심리사는 국가자격이 아니라 일본임상심리사자격인증협회라는 곳에서 인증하는 민간자격에 지나지 않았다. 그렇기 때문에 자격을 취득했다고 해서 바로 취직할 수 있는 것이 아니었다. 인맥도 중요하게 작용했다. 나츠미는 운 좋게도 범죄 피해자 지원 센터에 마침 자리가 나서 작년부터 교토에서 일하고 있었다. 언니의 죽음이라는, 도저히 넘을 수 없을 것만 같은 벽을 넘기 위해 이 직업을 선택했다. 자신이 얼마나 도움이 되고 있는지는 알 수 없었지만, 피해자 유족이기에 할 수 있는 일이 있다고 믿었다.

"신경 쓰지 말아요."

운전석에 앉은 남자는 나가오 타카유키. 교토 우지시에서 반도체 관련 일을 하고 있다. 15년 전 언니인 메구미와 함께 살해당한 나가오 야스유키의 남동생이었다. 나이는 나츠미보다 세 살 위였다. 그 사건 이후 가족들끼리 알고 지내는 사이인데 오늘은 나츠미의 연극을 보러 와준 것이었다.

이번 주에 발매된 주간지에 야기누마 신이치의 수기가 실렸다. 자기 죄를 전면 부정하는 내용이었다. 그뿐만 아니라 사형제도에 대한 자신의 생각을 밝히며 누구보다도 강한 의지를 내비쳤다. 수기를 게재한 주간지와 야기누마 신이치에 대한 비판이 쏟아졌지만, 정말로 누명인 것 같다고 말하는 사람들도 있었다.

"수기를 읽고 누명이라고 생각하는 사람들도 있다더군요."

타카유키가 코를 훌쩍이며 말했다. 나츠미는 잠시 생각에 잠겼다가 대답했다.

"사형수의 누명을 벗겨준다는 건 엔터테인먼트에서는 하나의 전형이라고 할 수 있으니까요. 보통 그런 종류의 연극에서 우리 같은 유족은 무시되거나 피해자 배려 차원에서 아주 잠깐 나왔다 사라지죠. 잘못하면 악역이 되어버리기도 하고요."

"결국 다들 방관자란 말이지요."

타카유키가 말했다.

"아무튼 그 수기는 꽤나 인상적이던데요. 특히 사형은 필요하다고 하면서 자신은 살인을 저지르지 않았다고 주장하는 부분이요."

나츠미는 한숨을 내쉬었다. 타카유키가 말을 이었다.

"사람들의 시선을 끌어 사형을 피하려는 목적뿐만 아니라 우리 보라고 쓴 글 같기도 하더라고요. 궁지에 몰린 족제비의 방귀, 마지막 발악이라고나 할까요. 만약 자신이 처형당하더라도 이렇게 강력하게 무죄를 주장한 이상 유족들에게는 불편한 감정이 남을 테니까요."

나츠미도 동감이었다. 나츠미는 타카유키에게 아까 연극을 보러온 여대생들이 자신에게 한 말을 전했다. 타카유키는 믿을 수 없다는 표정이었다.

"그건 좀 심하네요. 사형제도를 없애야 한다는 사람들은 이 고통을 모르기 때문에 그런 말을 할 수 있는 거겠죠. 그들은 이상한 정의감과 사명감에 불타고 있지만 사형제도를 폐지하면 어떻게 될지는 전혀 생각하지 않는 것 같습니다. 사형을 없앤다고 범죄가 줄어들 리가 없는데."

"자기만족이죠."

"그들은 이 사회, 지금까지 자신이 살아온 환경에 불만을 품고 사형수와 자신을 동일시하고 있는 겁니다. 피해자의 복수심과 가해자의 사회에 대한 불만이 한데 뒤섞인 상태인 거죠. 그래서 사형수가 지금까지 사회로부터 고통과 핍박을 당해왔다고 착각하는 거예요. 성공한 사람을 향한 질투심 같은 어두운 감정이 덩굴처럼 온몸을 휘감고 있는 상태랄까요. 사형 폐지론은 그런 부정적인 감정에서 비롯된 거라고 생각합니다."

"그것도 좀 극단적인 생각 아닐까요?"

나츠미의 지적에 타카유키가 쓴웃음을 지었다.

"제가 말이 좀 지나쳤네요. 사실 죽은 저희 형은 사형제도에 반대
하는 입장이었거든요."

차는 이윽고 호리카와 거리와 이마데가와 거리가 만나는 지점에
이르렀다. 시라미네진구라는 신사의 동쪽으로 좁은 길이 나 있었다.
이 길에는 아부라노코지 거리라는 이름이 붙어 있는데, 교토역 쪽에
서 들어오는 길은 비교적 넓은 편이었지만 여기는 차 한 대가 겨우
지나갈 정도로 좁았다. 나츠미의 집은 이 근처였다. 타카유키가 차를
세웠다. 나츠미는 조수석에서 내려 태워줘서 고맙다고 인사한 뒤 멀
어져가는 차를 향해 손을 흔들었다.

집 앞에는 전봇대가 서 있었다. 전봇대에 붙은 과외 모집 광고가
눈에 들어왔다. 사람의 기억이란 모순투성이여서 즐거운 기억보다
슬픈 기억이 훨씬 더 선명하게 남아 있었다. 그날 일은 잊으려야 잊
을 수가 없었다. 똑똑히 기억했다. 당시 열세 살이었던 나츠미는 이
전봇대에 쓰러지듯 매달려 통곡했다. 정신이 무너져내리는 것을 막
기 위해 필사적으로 울부짖었다.

나츠미는 현관 앞에 멈춰 섰다. 그날 야기누마 신이치는 이 현관문
을 열고 미친 사람처럼 뛰쳐나왔다. 온몸이 피투성이였다. 그는 나츠
미를 발견하고 눈을 크게 뜨더니 이마데가와 거리 쪽으로 허둥지둥
달아났다. 시간으로 따지면 십여 초에 지나지 않았지만, 그 장면은
아직까지도 나츠미의 기억 속에 선명하게 남아 있었다.

나츠미는 현관문을 열고 집으로 들어갔다. 안쪽에 위치한 욕실 앞에 놓인 거울이 빛을 반사해 어슴푸레 빛나고 있었다. 그날 집 안을 지배하고 있던 것은 붉은색이었다. 폭주족이 휘갈겨 쓴 낙서처럼 어지러운 빨강이 이 집을 집어삼키고 있었다. 피바다가 된 마룻바닥을 보고 나츠미는 눈앞이 캄캄해졌다. 현관 앞에 나가오 야스유키가 쓰러져 있었다. 시체의 등에서 대량의 피가 흘러나왔고, 겉으로 쏟아져 나온 내장이 눈에 들어왔다. 고통을 참지 못하고 피투성이가 된 손톱으로 벽을 쥐어뜯은 흔적이 남아 있었다. 시체의 눈알이 고통과 절망에서 벗어나기 위해 몸을 뚫고 나오려고 몸부림치는 것 같았다.

부엌 안쪽에 위치한 욕실 문은 열려 있었고, 그 안에 언니 메구미가 있었다. 질질 끌고 간 듯한 핏자국이 길게 이어져 있었다. 야스유키와는 달리 언니는 속옷 하나 입지 않은 상태였다. 나중에 경찰에게 전해 듣기로는 야스유키의 시신에는 상처가 한 군데뿐이었지만 언니의 몸에서는 몇 차례나 찔린 흔적이 발견되었다고 했다.

죽은 두 사람은 야기누마 신이치와 함께 푸른 하늘 합창단에서 활동하고 있었다. 노숙자 지원 모임인 푸른 하늘 합창단의 고정 멤버는 세 사람뿐이었고, 주된 활동이라고는 가끔 가모가와강에서 다른 대학생이나 노숙자들과 함께 노래를 부르는 것이 전부였다. 언니는 앞으로 연극도 해보고 싶다고 했고, 그래서인지 사건 당일 집 안에는 〈달려라 메로스〉의 대본이 놓여 있었다. 그런데 어째서인지 사건 후에는 그 대본이 보이지 않았다.

당시에는 집을 부수자는 이야기도 나왔지만 결국 피 묻은 벽과 바닥 타일을 교체하는 정도로 끝냈다. 대체 뭐가 그렇게 마음에 안 들어서 이런 끔찍한 일을 저지른 걸까. 인간은 어디까지 악해질 수 있는 걸까. 그날의 고통스러운 기억은 지금도 여전히 나츠미를 괴롭히고 있었다.

나츠미는 욕실 앞 거울을 쳐다보았다. 당시에도 어딘지 모르게 기분 나쁘다고는 생각했지만 설마 이 거울에 사건의 참상이 담기게 될 거라고는 상상도 하지 못했다. 나츠미는 누가 재촉이라도 하듯 그 자리에서 옷과 속옷을 벗어 던지고 실오라기 하나 걸치지 않은 몸을 거울에 비춰 보았다.

거울에 비친 마른 몸이 시야에 들어왔다. 나츠미는 허리에 손을 올리고 자신의 몸을 바라보았다. 끝이 살짝 웨이브 진 길고 검은 머리카락. 중력에 저항하듯 탱탱하게 위로 치솟은 하얀 젖가슴. 키가 크지 않아서 스타일이 좋다고 말하기는 어려웠지만 나츠미는 이런 체형을 좋아하는 남자가 많다는 사실을 알고 있었다. 스스로도 그리 나쁘지 않다고 생각했다.

나츠미는 오른손으로 권총 모양을 만들어 거울 속 자신을 겨냥했다. 눈을 감자 중학생 때 자신의 과외 선생님이기도 했던 야기누마 신이치의 웃는 얼굴이 떠올랐다. 신이치는 남을 가르치는 데 소질이 있었다. 언제나 나츠미가 들어본 적 없는 재미있는 이야기를 들려주었고, 나츠미는 신이치와 함께 있는 시간이 무엇보다 소중하다고 느꼈다. 하지만 그 남자는 언니를 죽였다. 의미를 알 수 없는 눈물이 흘러내렸다. 나는 지금 무엇 때문에 눈물을 흘리는 걸까. 눈물을 닦아야겠다는 생각은 들지 않았다. 나츠미는 오른손에 든 권총의 방아쇠를 당겼다. 투명한 총알이 거울에 비친 알몸을 꿰뚫었다.

❖

일요일, 나츠미는 자전거에 올라탔다. 차는 가지고 있지 않았다. 면허는 있지만 장롱면허였다. 직장은 가타비라노츠지역 근처였고, 자전거로 충분히 출퇴근이 가능한 거리였기 때문에 딱히 불편하지는 않았다. 건강에도 좋을 터였다. 진짜 이유는 운전대를 잡기가 무서워서였지만.

목적지는 다이쇼군에 있는 교회였다. 스스로 생각하기에도 사람이 너무 무른 것 같기는 했다. 나츠미가 들고 있는 것은 며칠 전 연극이 끝나고 자신을 찾아온 여대생들에게 받은 사형 관련 집회 안내문이었다. 그들의 주장에 공감해서가 아니라 어떤 이야기를 하는지 궁금해서 그냥 가서 살펴보기만 할 생각이었다.

해가 지기 시작한 이마데가와 거리를 기타노하쿠바이초 방향으로 달렸다. 저 멀리 철도 시발역이 보였다. 기타노텐만구에 참배하러 온 사람들을 대상으로 한 가게들이 장사를 접을 준비를 하고 있었다. 가게 앞을 지난 나츠미는 니시진 경찰서 옆 골목길로 들어가 남쪽으로 향했다. 모텔 뒤에 작은 교회가 있었다. 언뜻 보기에는 일반 민가와 비슷한 느낌이었고, 크기도 작아 전혀 교회 같아 보이지 않았다. 웬만큼 주의 깊게 살펴보지 않는 한 맞배지붕 아래 걸린 작은 청동 십자가를 발견하기는 쉽지 않을 듯했다.

교회에는 아무도 없었다. 늦게 와서 강연도 이미 끝난 것 같았다. 전혀 인기척이 느껴지지 않았다. 하지만 입구는 열려 있었다. 나츠미는 문을 열고 교회 안으로 들어갔다. 안은 생각보다 넓었고, 낡고 기다란 나무 의자들이 놓여 있었다. 앞쪽 정면에 그리스도상이 걸려 있고, 오른쪽에는 이런 작은 교회에는 어울리지 않는 파이프 오르간이 떡하니 자리를 차지하고 있었다. 나츠미는 그리스도상 앞에 서서 눈을 감고 조용히 십자가를 그었다. 생각을 정리한 다음 천천히 자리에서 일어나 파이프 오르간 쪽으로 걸어갔다.

'잠깐이라면 괜찮겠지.'

자랑할 정도의 수준은 아니지만 초등학교 때 언니와 함께 피아노 학원에 다닌 적이 있었다. 불현듯 연주하고 싶다는 충동을 느낀 나츠미는 파이프 오르간 앞에 놓인 의자에 앉았다. 나츠미가 연주한 곡은 가브리엘 포레의 레퀴엠이었다. 어린 시절 욕심내서 도전했던 기억이 났다. 언니는 나츠미에게는 아직 이르다고 하면서도 하나하나 자상하게 가르쳐 주었다. 잠시 가슴이 울컥했다. 레퀴엠 외에도 좋아하는 곡은 몇 개 있었지만 교회 분위기에 가장 잘 맞는 곡을 골랐다. 몇 군데 틀리기는 했지만 오랜만에 치는 것이니 어쩔 수 없다고 생각하며 기억나는 대로 자유롭게 쳤다. 낡은 파이프 오르간의 선율은 나츠미에게 가벼운 도취감을 안겨주었다.

"젊은 아가씨가 치는 걸 들으니 좋군요."

연주가 끝나기를 기다렸다는 듯 등 뒤에서 누군가가 말을 걸었다. 뒤를 돌아보자 한 노인이 서 있었다. 햇볕에 검게 그을린 피부에 낡은 옷을 입고 있어 일용직 노동자 같아 보였다.

"허락도 받지 않고 멋대로 쳐서 죄송합니다. 어르신은…?"

"저는 이 교회 목사인 사사키 카즈유키라고 합니다."

"목사님이시군요. 오늘 강연은 끝났나요?"

"네, 생각보다 젊은 분들이 많이 오셔서 놀랐습니다."

목사가 정중한 말투로 대답했다. 겉보기에는 술 마시기 좋아하는 동네 할아버지 같은 인상이었지만 말투에서 신앙인 특유의 기품이 느껴졌다.

"아가씨도 사형제도에 문제가 있다고 보나요?"

"아니요, 사형제도는 필요하다고 생각합니다. 저는 사와이 나츠미라고 합니다. 저희 언니는 최근 세간의 화제가 되고 있는 사형수 야기누마 신이치에게 살해당했고요."

갑작스런 고백에 목사는 놀란 기색을 감추지 못했다.

"뭔가 사연이 있을 거라고는 생각했습니다만…."

나츠미도 자신이 한 말에 놀랐지만 아무렇지 않은 듯 말을 이었다.

"저는 신을 믿지 않습니다. 가끔 원하는 게 있을 때 기도를 하긴 하지만요."

"신은 필요할 때 찾으라고 있는 거니까요. 아픔을 모르는 사람은 남의 아픔도 알아줄 수 없습니다. 괴로운 상황도 아닌데 신앙심만 충만하다는 게 오히려 이상하지요. 일본에서는 매년 수만 명이 자살합니다. 고통을 제대로 정리하지 못하고 남을 공격해 벌어지는 비극도 적지 않습니다. 정말로 고통받고 있는 사람들을 위해 제대로 기능하지 못하는 종교는 의미가 없습니다."

목사의 말에 진한 무력감이 배어나왔다. 하지만 나츠미는 그 말에 전적으로 동의할 수는 없었다. 피해자의 고통과 가해자의 고통을 동급으로 취급하는 것은 있을 수 없는 일이었다.

"목사님은 사형제도에 대해 어떻게 생각하시나요?"

"저는 갱생의 여지가 없는 사람은 없다고 생각합니다."

"수감자들을 위해 감옥에 봉사라도 나가시나요?"

"아니요, 그런 일을 하는 지인은 있습니다만."

"그럼 왜 그렇게 생각하시는 거죠?"

목사는 입을 다물었다. 하지만 무언가 하고 싶은 말이 있는 듯했다. 구치소를 방문하는 목사에 대해서는 야기누마 신이치도 수기에서 언급하고 있었다. 사형수는 목사님 앞에서 편안한 마음으로 죽음을 맞이하는데 유족들은 괴로움에 몸부림치며 죽어가야 한다니. 나츠미는 이해가 되지 않았다.

"흉악 범죄의 피해자에게 가해자의 갱생은 아무래도 상관없는 문제예요. '속죄'라는 속 편한 말이 존재하긴 하지만 그런 건 환상에 불과하죠. 속죄하는 방법은 죽은 사람을 되살리는 것뿐이라고 생각합니다. 그렇지 않나요?"

감정적으로 쏘아붙이는 나츠미의 질문에 목사가 입을 열었다.

"가해자의 갱생으로 나츠미 씨의 마음이 조금 편해질 수도 있지 않을까요?"

"전혀요. 15년이나 지났지만 제가 느끼는 고통은 조금도 줄어들지 않았어요. 언니를 생각하면 지금도 눈물이 쏟아지는걸요. 회복적 사법이라고 하던가요? 최근 피해자와 가해자가 대화를 통해 문제를 해결하는 방법이 있다고 하던데 그런 건 무의미해요. 저는 행복해지면 안 될 것 같은 기분이 들어요. 이 죄책감과 고통은 영원히 사라지지 않을 거예요. 게다가 야기누마 신이치는 이제 와서 저런 말을 늘어놓고 있는걸요."

"그럼 나츠미 씨는 그가 죽으면 고통이 사라질 거라고 생각하시나요?"

"그렇게 생각하지는 않아요. 아마 사라지지 않겠지요. 하지만 조금은 편해지지 않을까요? 제 마음에 새겨진 깊은 균열이 아주 조금은 메워질지도 모르죠."

언니를 위해서라는 말은 하지 않았다. 어딘지 모르게 위선적이라는 생각이 들었기 때문이다. 나츠미가 느끼는 것은 불평등에 대한 분노였다. 사람을 죽여 놓고 가해자만 살아 있다는 사실이 참을 수가 없었다. 살아서 죄를 뉘우치는 척하는 가해자를 용서할 수 없었다. 하지만 그것은 죽은 언니가 아니라 자신이 느끼는 분노였고 고통이었다. 언니를 위해서라는 말로 모든 것을 언니 탓으로 돌려서는 안 된다고 생각했다.

"메워지는 건 사형제도가 판 구멍뿐입니다."

목사는 슬픈 표정으로 중얼거렸다. 무슨 의미인지 잘 이해가 되지 않았지만 목사가 지금까지 한 말 중 가장 무게감 있게 느껴지는 말이었다. 목사가 말을 이었다.

"피해자에게 있어 가해자란 길가에 떨어진 흙 묻은 빵 같은 존재입니다."

"무슨 뜻이죠?"

나츠미가 반사적으로 되물었다. 한 번도 들어본 적이 없는 비유였다. 예쁘게 포장된 말 같다는 인상을 받았다. 목사는 잠시 시선을 떨구었다가 다시 고개를 들고 온화한 표정을 지어 보였다.

"보통 길가에 떨어진 더러운 빵을 먹고 싶어 하는 사람은 없습니다. 하지만 굶주린 상태라면 어떨까요? 먹을 게 그것밖에 없다면 먹을 수밖에 없을 겁니다. 소중한 사람을 잃었을 때, 우리는 그와 비슷한 상태에 놓입니다. 병이나 자연재해가 원인이라면 흙 묻은 빵조차 존재하지 않겠지요. 하지만 범죄에 희생된 거라면 얘기가 달라집니다. 분노와 고통을 쏟아낼 대상이 있는 거죠. 사실은 그러고 싶지 않은데 고통을 토해낼 상대방이 눈앞에 존재하는 겁니다. 그게 바로 흙 묻은 빵입니다. 피해자도 사실은 더 맛있는 걸 먹고 싶겠죠. 더러운 빵 한 조각 먹는다고 배고픔이 가실 리도 없고요."

본질적인 해결 방안은 아니라는 건가. 나츠미가 반박했다.

"저도 유족 모임에 나가서 실제로 가해자가 사형을 당했다는 분의 이야기를 들은 적이 있어요. 마음이 조금 편해지셨다던데요."

사사키는 잠시 생각하더니 이렇게 대답했다.

"편해졌다고 느끼는 것 자체가 사형제도가 만들어낸 허상입니다. 유족들에게 의무감을 느끼게 하는 거죠. 내 가족을 죽인 인간을 극형에 처해야 한다는 사명감 말입니다. 피해자를 사랑했던 만큼 의무감도 클 겁니다. 애초에 사형제도가 존재하지 않았다면 그런 생각도 안 했을 텐데 말이지요. 눈앞에 부엌칼이 놓여 있고 그 옆에 가해자가 서 있다면 누구라도 가해자를 찔러 죽이고 싶을 겁니다. 하지만 그것과 이것은 성격이 전혀 다릅니다. 유족들이 느끼는 고통이 모두 직접적인 복수로 이어지지는 않습니다. 고통은 사람을 나약하게 만듭니다. 고통에 지면 안 됩니다."

나츠미는 크게 한숨을 내쉬었다. 일부러 나를 도발하려고 나약하다는 말을 쓴 걸까. 이 목사가 지금까지 어떤 삶을 살아왔고 얼마나 많은 사람들의 고통을 가까이에서 보아왔는지는 알 수 없었다. 당신이 피해자에 대해 뭘 안다고. 그렇게 따져 묻고 싶었다. 하지만 인생의 선배로서 귀담아들을 부분도 있다고 생각해서 참았다.

"마음이 괴로울 때 물건을 집어 던지거나 남 탓을 하게 되는 것은 지극히 자연스러운 현상입니다. 그게 잘못되었다고는 할 수 없죠. 하지만 그건 어디까지나 감정의 발산에 불과합니다. 복수를 긍정하고 사형을 선고하는 것은 고통의 무의미한 발산을 하나의 제도로 만들어놓은 것일 뿐입니다. 저는 그렇게 생각합니다."

"아무리 흉악무도한 사람일지라도 죽여서는 안 된다고요?"

목사가 조심스럽게 대답했다.

"제가 생각하기에는 그렇습니다."

목사는 강한 의지가 담긴 눈으로 나츠미를 쳐다보며 물었다.

"나츠미 씨, 아까 15년이 지나도록 아픔이 전혀 가시지 않는다고 하셨죠. 정말 아무것도 변한 게 없나요?"

나츠미는 바로 고개를 끄덕이려다 잠시 멈춰 지난날을 돌이켜 보았다. 고통이 쌓이고 쌓여 사소한 계기로 전부 무너져 내릴 것만 같은 순간들은 수도 없이 많았다. 야기누마 신이치가 도발하는 듯한 행동에 나선 지금은 특히 더 마음이 혼란스러웠다. 하지만 사건 당시에 비하면 조금 달라진 것 같기도 했다. 언니 얼굴이 잘 기억나지 않아 영정사진이나 앨범을 꺼내 들여다볼 때도 있었고, 일상생활에서 언니를 떠올리는 일은 점점 줄어들었다. 언니에게 미안하다는 생각이 들었다. 나츠미는 목사에게 자신의 생각을 솔직하게 털어놓았다.

"당신은 강한 사람입니다."

다독이듯 건네는 목사의 말에 나츠미는 공감할 수 없었지만 반박

할 기분도 들지 않았다. 적어도 알량한 신앙심에서 나온 말은 아니었으니까. 그는 신의 힘을 빌리지 않고 스스로 생각해 말하고 있었다. 그렇기 때문에 나츠미도 어느 정도는 받아들일 수 있었다. 나츠미는 또 오겠노라는 말을 남기고 교회를 나섰다.

집에 돌아오자 부재중 전화가 와 있었다.

남겨진 음성 메시지는 총 네 건이었지만 모두 아무 말도 녹음되어 있지 않다. 나츠미는 욕실에서 나와 잠옷으로 갈아입고 방으로 들어가 컴퓨터 전원을 켠 다음 제로 콜라를 한 모금 마셨다.

나츠미가 접속한 사이트에서는 온라인 서명 운동을 전개하고 있었다. 가해자 엄벌 및 피해자의 재판 참가를 요구하는 내용이었다. 현재 일본의 형사재판에서 피해자의 존재는 거의 고려되지 않으며 범죄 피해자 보호 기금의 액수도 형편없이 낮은 수준인 반면, 가해자의 인권만이 과다하게 보호되고 이를 위해 많은 세금이 쓰이고 있다는 설명이 적혀 있었다. 이와 함께 사형 선고와 관련된 일본의 양형 기준 등을 언급하며 사람을 한 명이라도 죽인 자는 극형에 처해야 한다고 주장하고 있었다.

이 사이트를 만든 것은 흉악 범죄로 사랑하는 사람을 잃은 피해자 유족들이었다. 피해자가 한 명뿐이라는 이유로 사형이 선고되지 않았거나, 아직 판결이 확정되지는 않았지만 무기징역 이하의 판결이 내려질 가능성이 높은 사건이 대부분이었다. 단어 하나하나에서 유족들의 분노와 억울함이 묻어났다.

나츠미는 턱을 짚은 채 화면을 들여다보며 그 피맺힌 절규에 공감했다. 하지만 나츠미가 놓인 상황은 그들과는 조금 달랐다. 가해자인 야기누마 신이치에게는 그가 저지른 죄에 합당한 처벌이 내려졌다. 유족 입장에서는 만족할 만한 판결이었다. 아까 교회에서 만난 목사는 사형으로 메워질 수 있는 것은 사형제도가 만든 구멍뿐이라고 말했다. 정말 그럴까. 목사가 이 사이트를 보면 과연 뭐라고 할지 궁금했다.

서명 운동에 동참하는 방법은 간단했다. 몇 가지 인적사항을 적고 마우스를 몇 번 클릭하는 게 전부였다. 화면에 마지막 확인 메시지가 떴다. 이제 마우스 왼쪽 버튼을 클릭하면 서명이 완료된다. 하지만 나츠미의 손은 거기서 멈췄다. 이 상태에서 검지에 약간 힘을 주기만 하면 나츠미의 의사가 서명이라는 형태로 전달될 것이고, 어쩌면 그로 인해 피고인에게 죽음이 선고될 수도 있다. 마우스를 누르기가 망설여졌다. 나는 무엇을 망설이고 있는 걸까. 주간지에 실린 수기에서 야기누마 신이치는 만약 자신을 죽인다면 국민 한 사람 한 사람이 책임감을 가지고 죽여 달라고 했다. 그 구절이 자꾸만 머릿속에서 맴돌았다.

그때 전화벨이 울렸다. 핸드폰이 아니라 집 전화였다. 타카유키일까. 아니, 타카유키라면 핸드폰으로 걸었을 것이다. 나츠미는 거실로 나가 수화기를 집어 들었다.

"여보세요."

전화를 건 사람은 아무 말도 하지 않았다. 나츠미도 잠자코 상대방이 말하기만을 기다렸다.

15초 정도 지났을까. 다시 한번 불러 보았지만 여전히 대답이 없었다.

"끊겠습니다."

나츠미는 담담하게 말하고 수화기를 내려놓았다. 방으로 돌아가려
는데 다시 전화벨이 울렸다. 나츠미는 한숨을 내쉬며 천천히 전화기
쪽으로 걸어가 여섯 번째 신호음이 울렸을 때 수화기를 집어 들었다.

"여보세요."

상대방은 이번에도 묵묵부답이었다. 나츠미의 입에서 한숨이 새어
나왔다. 장난 전화다. 집 전화번호가 전화번호부에 실려 있다는 사실
이 원망스러웠다. 나츠미는 상대를 자극하지 않도록 조심하며 전화를
끊으려고 했다. 그때 수화기 반대편에서 소리가 들렸다. 모깃소리처럼
작고 가냘픈 목소리였다. 울음소리 같기도 했다. 문득 피해자 지원 센
터의 도움을 필요로 하는 상담자인가 하는 생각도 들었지만 업무용
핸드폰이 따로 있으니 그런 전화가 집으로 걸려올 리는 없었다.

"누구시죠?"

나츠미가 부드러운 목소리로 천천히 물었다.

"사와이 나츠미 씨 되시나요?"

낮게 잠긴 남자 목소리. 주의를 집중해서 들어야 겨우 알아들을
수 있을 정도로 작고 거칠고 쉰 목소리였다.

"그런데요. 누구시죠?"

"예뻐지셨네요. 언니분이랑 많이 닮았어요."

생각지도 못한 말에 나츠미는 크게 놀랐다. 하지만 전화기 너머 목
소리는 더할 나위 없이 침착했고, 당황한 나츠미를 조심스레 다독여
주는 것 같기도 했다. 나츠미는 아무 말도 하지 못한 채 손에 든 수
화기를 힘껏 움켜쥐었다.

"나츠미 씨께 꼭 한번 사과드리고 싶었습니다."

"그게 무슨…, 무슨 소리죠?"

"정말 죄송합니다."

"무슨 말씀인지 모르겠네요. 무슨 일인지 알아야 사과를 받든지 말든지 하죠."

"그것도 그렇군요."

전화기 너머에서 한숨 소리가 들렸다. 기어들어가는 목소리였지만 말투는 시종일관 정중하기 이를 데 없었다. 지나치게 정중한 나머지 무례하다고 느껴질 정도였다.

"누구시죠? 일단 그것부터 말씀해 주시죠."

"죄송하지만 지금은 좀 어렵습니다."

"사과하는 사람이 누군지도 모르면서 사과를 받으라는 건가요? 지금은 어렵다는 건 또 무슨 뜻이죠?"

"모르시겠습니까?"

"당연히 모르죠. 이만 끊습니다."

말은 그렇게 했지만 정말로 전화를 끊을 생각은 없었다. 나츠미는 어느샌가 목소리에 사로잡혀 있었다. 보이지 않는 막에 둘러싸이기라도 한 듯 수화기를 내려놓을 수가 없었다.

"저는 새장에서 도망친 새입니다."

"네?"

"돌아온 겁니다, 도망친 아기 새가."

나츠미는 입을 다물었다. 비슷한 말을 어디선가 들은 기억이 났다. 그것도 아주 최근에. 잠시 생각한 끝에 기억해냈다. 메로스가 여동생의 결혼식에 참석하기 위해 고향으로 돌아갈 때, 폭군 디오니스가 한 말이었다. 새장에서 도망친 새가 돌아올 리가 없다고. 그 대사에 빗대어 하는 말이 분명했다. 나츠미는 할 말을 잃었다.

"15년은 참으로 긴 시간이었습니다."

"그게 무슨…?"

"사실은 어느 정도 짐작이 가지 않나요?"

"전혀요."

나츠미의 굳은 목소리에 남자가 대답했다.

"모르시겠습니까? 저는 15년 전, 세차게 쏟아지는 빗속에서 용서받을 수 없는 죄를 저질렀습니다. 제 두 손은 새빨간 피로 물들었죠. 나츠미 씨 언니분 피로 말입니다."

목소리가 나오지 않았다. 악질적인 장난이라고 생각했다. 지금 이걸 믿으라고? 타이밍도 너무 절묘했다. 야기누마 신이치의 수기가 발표된 것이 불과 며칠 전이었다. 하지만 장난이라고 무시해버리기에는 상대방의 지나치게 침착한 태도가 마음에 걸렸다. 화가 나는 동시에 이렇게까지 하는 이유를 알 수 없어 겁이 났다.

"적당히 좀 하시죠!"

"겉으로는 화난 척 소리를 지르고 있지만 속마음은 다른 것 같군요. 제가 알기로 나츠미 씨의 연기력이 이렇게 형편없는 수준은 아니었던 것 같은데요."

"이런 장난이 사람을 얼마나 상처입히는지 알기나…"

"알고 있습니다. 하지만 장난으로 하는 말이 아닙니다. 야기누마 신이치는 범인이 아닙니다. 제게는 그걸 증명할 힘이 있습니다."

"말도 안 되는 소리! 제발 그만 좀 하세요!"

"사건 당일 현장에서 없어진 것이 있지 않나요?"

남자의 말에 나츠미는 말문이 막혔다.

놀라움은 이내 경악으로 바뀌었다. 실제로 현장에서 사라진 것이 하나 있었다. 나중에 그 사실을 발견하고 경찰에도 이야기했지만 다들 크게 신경 쓰는 분위기는 아니었다. 범인이 잡혔으니 경찰 입장에서는 아무래도 상관없었을 것이다. 연극 대본 하나가 사라진 것 정도는. 하지만 이 남자가 그냥 한번 해본 말일 수도 있지 않을까. 비 오는 날 장화를 신으려다가 장화 안에 들어 있던 개구리를 밟아버리기라도 한 듯 온몸에 소름이 돋았다.

"증거는 그것뿐만이 아닙니다. 더 결정적인…."

"거짓말! 뭐가 없어졌다는 거죠? 정말로 알고 있다면 어디 한번 대답해 보세요!"

"얼마든지요."

남자가 잠시 뜸을 들였다. 알고 있을 리 없었다. 그 사실을 아는 사람은 나츠미뿐이었다. 그 외에는 경찰 몇 명 정도…. 인내심을 시험하는 듯한 침묵에 나츠미는 저도 모르게 전화선을 꼭 움켜쥐었다. 참다못해 한마디 쏘아붙이려는 순간 남자가 대답했다.

"〈달려라 메로스〉의 대본 말입니다. 신이치가 쓴."

2장

구치소의 인질

1

새벽의 니시오지 거리는 시끄러웠다.

결혼식장 앞에 청년들이 모여 브레이크 댄스를 추고 있었다. 매일 같이 보는 풍경이었다. 그뿐만이 아니었다. 집회가 길어졌는지 폭주족들이 거리를 질주하고 있었다. 에츠시는 오이케 거리에서 남쪽으로 향했다. 아파트 단지로 신문 배달을 하러 가는 길이었다.

에츠시는 교토신문을 돌리는 모치다를 발견하고 인사를 건넸다.

"일찍 나왔네."

모치다와는 에츠시가 교토역 앞에서 사건 관련 전단지를 배포하다가 알게 된 사이였다. 모치다에게 근처 신문보급소에서 배달원을 모집하고 있다고 알려준 사람도 에츠시였다. 10층짜리 아파트에 신문을 배달할 때는 일단 엘리베이터를 타고 꼭대기 층까지 올라간 다음 한 층씩 내려오면서 신문을 돌리는데 아파트에는 엘리베이터가 한 대뿐이었다. 딱히 심술을 부리는 것은 아니겠지만 모치다는 엘리베이터를 타고 올라간 후 다시 1층으로 돌려놓지 않았다. 그러다 보니 모치다가 먼저 도착해서 올라가버린 날은 엘리베이터가 다시 내려오기를 기다리는 시간이 아깝기 그지없었다. 오늘은 다행히 모치다보다 조금 늦긴 했지만 엘리베이터 앞에서 마주쳤다.

"아저씨, 나 찾았어. 그 사건에 대해 뭔가 알고 있다는 사람."

엘리베이터를 기다리는 동안 모치다가 말을 걸어왔다. 에츠시는 솔직히 전혀 기대하지 않고 있었기 때문에 내심 놀랐다.

"15년이나 지났는데 용케 찾았네."

"할아버지 노숙자인데 늘 지저분한 똥개를 데리고 다니니까 쉽게 알아볼 수 있을 거야."

에츠시는 조만간 만나러 가보겠다고 대답했다.

"이야기를 듣고 싶으면 술을 가져오라던데."

"음, 준비해가도록 하지."

에츠시는 자전거 짐칸에 실은 신문을 고정하고 있는 고무줄을 팽 잡아당겼다.

"그나저나 아들이 그런 수기를 발표했는데 아저씨는 괜찮아?"

"걱정해주는 거냐?"

"뭐 일단은."

웃으며 대답하는 모치다를 보고 에츠시도 미소를 지었다.

"우리 집에는 전화가 없으니까."

"아, 그렇다고 했지."

"대신 변호사사무소에는 항의 전화가 빗발치고 있다더라. 꼼수 부리지 말라고. 뭐 어느 정도는 예상했던 일이니까."

"몰랐는데 아저씨 아들을 담당하는 변호사는 일부러 사람들이 싫

어할 만한 피고만 골라서 변호한다며? 특이한 취향이네. 마조히스트
인가?"

에츠시가 장갑을 고쳐 끼며 대답했다.

"그건 이전에 담당했던 변호사. 도쿄대를 나온 엘리트 판사 출신인
데 이상주의자에 머리가 너무 좋아서였는지 아무튼 돈 안 되는 사건
만 골라 맡았다더군. 지금 아들을 담당하고 있는 이사와라는 변호
사는 어려운 환경에서 힘들게 자란 아주 상식적인 사람이야."

"아저씨도 도쿄대 출신 변호사였다며."

"도쿄대를 나왔다고 다 똑같은 게 아니니까. 나는 사법고시에서 계
속 미끄러지다가 겨우 턱걸이로 합격한 케이스라 애초에 판사가 될 정
도로 공부를 잘하던 녀석들과 동일 선상에 놓고 보기는 어렵지."

땡, 하는 소리와 함께 엘리베이터가 1층에 도착했다.

"고졸인 나한테는 다 똑같아 보이는데."

모치다는 그렇게 말하며 엘리베이터에 올라탔다.

✤

그날 오후, 에츠시는 소주 한 병을 사 들고 가모가와강으로 향했
다.

신이치의 누명을 벗기기 위해서는 우선 관계자 증언부터 정리할 필
요가 있었다. 하지만 피해자인 사와이 메구미와 나가오 야스유키의 가
족들에게는 문전박대를 당했다. 물론 유족들의 심정도 이해가 갔다.
입장이 반대였다면 에츠시도 그랬을 것이다. 유족들의 이야기를 들을
수 없다면 그 외에 신이치나 피해자를 아는 사람을 찾는 수밖에 없었

다. 지금까지 신이치의 친구들, 피해자와 알고 지낸 지인들, 현장 근처에 사는 주민들로부터 이야기를 들었지만 이렇다 할 수확은 없었다. 재판 기록도 살펴보았지만 현역 변호사가 알아낸 것 이상의 무언가는 발견하지 못했다. 막다른 골목에 다다른 듯한 기분이었다.

뭐라도 좋으니 정보가 필요했다. 그러다 생각해낸 것이 노숙자였다. 신이치는 노숙자 지원 활동을 하고 있었다. 시간이 많이 지나긴 했지만 에츠시는 노숙자들이 뭔가 기억하고 있을지도 모른다는 기대를 가지고 모치다에게 좀 알아봐 달라고 부탁했다. 말 그대로 지푸라기라도 잡고 싶은 심정이었다.

개를 데리고 있는 할머니가 가모대교를 지나가는 사람들에게 돈 좀 빌려 달라고 말을 걸었다. 사람들은 구걸하는 할머니를 외면하며 지나쳐갔다.

이 주변은 에츠시에게 추억의 장소이기도 했다. 에츠시는 학생 운동이 한창이던 대학생 시절에 합창단 활동을 했는데, 당시 가모가와 강변에서 도쿄대와 교토대 합동 콘서트를 열기도 했다. 콘서트라고는 해도 입장료를 따로 받지는 않고 그저 학생들이 함께 모여 노래를 부르는 것뿐이었다. 아내인 사키에와 처음 만난 것도 그즈음이었다. 사키에는 마흔도 채 되지 않아 병으로 죽었다. 아내가 죽은 것은 물론 슬프지만, 신이치에게 이런 일이 생기기 전에 죽어서 다행이라는 생각도 들었다.

다리 아래에서는 사람들이 산책을 즐기고 있었다. 에츠시와 비슷한 연배로 보이는 사람들이 많았다. 다들 젊었을 때는 치열한 학생 운동을 경험했겠지만 지금은 회사에서 정년퇴직하고 유유자적한 삶을 즐기고 있는 것이리라. 당시 에츠시는 학생 운동에 부정적인 입장이었다. 학생 운동에 젊음을 다 바치며 정의가 어쩌고 떠들어대는 것이 바보 같다고 느꼈다. 그들은 단지 무언가 매달릴 것이 필요했을 뿐이다. 똑같은 정의라면 자신은 약자의 입장에 놓인 사람들을 위해 일하고 싶었다. 그랬던 자신이 이제야 늦게나마 권력에 대항하는 움직임에 나선 것이다.

에츠시는 자전거에서 내려 강을 따라 걸었다. 사건 당일, 신이치는 가모대교 아래에서 노숙자와 청년들로 구성된 합창단을 지휘하며 함께 노래를 불렀다. 본인의 진술 및 다수의 증언을 통해 확인된 사실이었다. 당시 신이치가 꾸려나가던 노숙자 지원 모임의 이름은 푸른 하늘 합창단이라고 했다. 신이치도 에츠시를 닮아 체격이 좋은 편이니 노래 실력은 나쁘지 않았을 것이다.

저 앞에 개를 데리고 있는 남자가 보였다. 노숙자 행색을 한 남자는 가모가와강의 백로를 물끄러미 바라보고 있었다. 모치다가 말한 사람이 이 남자인가. 하지만 나이대가 맞지 않았다. 모치다는 노인이라고 했는데 눈앞에 있는 남자는 고작해야 쉰 정도밖에 되지 않아보였다. 간이 안 좋은지 얼굴빛이 누렜다.

에츠시는 가능한 한 공손한 말투로 인사를 건넸다.

"안녕하세요. 잠깐 말씀 좀 여쭙겠습니다."

남자가 코를 훌쩍이며 이쪽을 돌아보았다.

"뭐야?"

"한 가지 여쭤보고 싶은 것이 있습니다만, 푸른 하늘 합창단을 아시는지요?"

"푸른… 뭐라고?"

남자가 퉁명스럽게 되묻는데 갑자기 다리 위에서 아이들의 목소리가 들렸다. 자전거를 타고 다리를 건너던 중학생들이 이쪽을 가리키며 떠들썩하게 웃고 있었다.

"루저 중의 루저, 상루저!"

"사회의 밑바닥인 주제에 개까지 기르고 팔자 좋네~"

"이것이야말로 진정한 애니멀 테라피!"

소년들은 자신들이 하는 말이 퍽이나 재밌다고 느꼈는지 배를 잡고 웃어댔다. 남자의 표정이 일그러졌다. 에츠시는 소년들이 사라지기를 기다렸다가 아까 남자가 한 질문에 대답했다.

"푸른 하늘 합창단입니다. 예전에 여기서 종종 노래를 불렀다던데요."

"합창? 이 주변에서 노래하는 학생들을 가끔 보기는 하지만 그쪽에서는 우릴 길에 떨어진 쓰레기 정도로 생각하고 있을걸. 청춘의 한 페이지를 더럽히는 존재라고 말이야. 그래도 대학생은 낫지. 중고등학생들은 무슨 짓을 할지 모르니 이쪽에서 몸을 사릴 수밖에. 녀석들은 아무렇지도 않게 사람을 죽이니까. 그러고도 소년법의 보호를 받으니…. 그 자식들 목숨은 우리 같은 것들보다 몇 배는 더 가치가 있다는 거지."

남자는 젊은이들에 대한 적의를 숨김없이 드러내며 묻지도 않은 이야기까지 늘어놓았다. 에츠시는 그 부분에 대해서는 별다른 언급을 하지 않고 질문을 이어갔다.

"노숙자들과 학생들이 함께 어울려 노래를 부르는 일은 없었나요?"

"그런 건 본 적이 없는데."

"15년 전 푸른 하늘 합창단은 분명 존재했을 텐데요…."

"당신 기자야? 그런 걸 왜 묻는데? 15년 전 일을 내가 알 리가 없잖아. 그땐 나도 번듯한 직장에 다니고 있었다고."

모치다가 말한 사람이 이 남자가 아니라는 사실은 분명해 보였다. 몇십 년씩 한군데 머무르는 노숙자는 많지 않은 걸까. 좀 더 일찍 찾아, 나서지 않은 것이 후회가 되었다. 에츠시가 시선을 아래로 떨구자 반가운 듯 이쪽을 올려다보고 있는 시바견과 눈이 마주쳤다.

"이 개는 언제부터 기르셨나요?"

남자는 갑자기 화제가 바뀌어 의아해하는 눈치였지만 개 이야기가 나오자 이내 표정이 누그러졌다.

"얏상이라는 할아버지한테 받았어."

"그렇군요. 그분은 지금 어디 계신가요?"

"그분? 그렇게 부를 정도로 대단한 사람은 아닌데."

남자는 웃으며 개의 머리를 쓰다듬었다. 남자의 얼굴과 몸짓에서 개를 아끼는 마음이 느껴졌다. 에츠시는 다리 아래 파란 비닐 텐트 쪽을 돌아보았다. TV 소리가 들리는 것을 보니 안에 사람이 있는 듯했다. 이유는 모르겠지만 텐트 앞에 점집이라고 쓰여 있었다. 길에서 노숙자를 본 적은 많지만 이 주변에 사는 노숙자들은 비교적 생활에 여유가 있어 보였다. 점집이라고 적힌 텐트 앞에도 개 한 마리가 목줄에 묶여 있었다.

"저기 사는 분이신가요?"

남자가 말없이 손을 저었다. 텐트의 주인이 얏상이 아니라면 저 개의 주인은 따로 있다는 건가. 아까 다리 위에서 본 할머니도 개를 데리고 있었던 것을 보면 이 주변 노숙자들은 다들 어지간히 개를 좋아하는 듯했다.

"얏상은 고진바시 다리 쪽에 살아. 그 할아버지 때문에 이 주변이 개 천지가 됐지."

"그렇군요. 알려 주셔서 감사합니다."

가모대교에서 강을 따라 남쪽으로 내려가니 교토의 미관에 저항하듯 옹기종기 모여 있는 파란 텐트들이 보였다.

이번에는 헤매지 않았다. 한 텐트 옆에 늙은 개가 묶여 있었다. 털이 숭숭 빠진 개는 꽤 나이가 들어 보였다. 텐트 주변에는 개똥이 여기저기 널려 있었고, 다리 아래 기둥은 동네 불량배들이 무슨 아트랍시고 그려 놓은 스프레이 낙서로 뒤덮여 있었다.

에츠시는 자전거를 세우고 소주를 손에 든 채 텐트 입구를 두드렸다.

"흐아~암."

기상천외한 소리와 함께 텐트가 양옆으로 열리더니 철학 입문서에나 나올 법한 노인이 고개를 내밀었다. 정수리는 벗겨졌지만 백발을 길게 늘어뜨리고 있었다. 노인은 대낮부터 술을 마시고 있었는지 주위에 냄새가 진동했다. 텐트 안에는 장기판과 트럼프 카드 따위가 굴러다니고 있었고, 누런 액체가 담긴 비닐봉지가 여기저기 놓여 있었다. 화장실 가기가 귀찮아서 비닐봉지를 요강 대신 사용한 뒤 그대로 쌓아두고 있는 듯했다. 라디오의 볼륨은 최대치까지 끌어올린 상태였다.

"말씀 좀 여쭙겠습니다."

에츠시의 말에 노인이 이쪽을 힐끗 쳐다보았다.

"15년 전 가모가와강에서 합창을 한 적이 있으시죠?"

"아아."

노인이 건성으로 대답했다.

"어떤 이름이었는지 기억하시나요? 합창단에 이름이 있었을 텐데요."

"기억하고 말고. 푸른 텐트야, 푸른 텐트 합창단."

에츠시는 노인의 대답을 듣고 안도의 한숨을 내쉬었다. 푸른 하늘 합창단은 푸른 텐트 합창단이라고도 불렸다. 잘 알려지지 않은 이름까지 알고 있는 것을 보면 이 노인은 당시 사정에 빠삭한 인물임이 틀림없었다.

"젊은 사람들이 주도하는 모임이었지. 아주 고운 처자도 하나 있었고."

"봉을 휘두르던 청년의 이름을 기억하시나요?"

신이치를 알고 있는지 물었더니 노인이 되물었다.

"봉이라니?"

"아, 지휘봉 말입니다. 지휘자 청년의 이름을 아시나요?"

"아아, 그… 나무젓가락 까닥거리던 녀석 말이지?"

노인이 갑자기 목소리를 낮추었다.

"신이치야, 야기누마 신이치."

"…"

"요즘 보기 드물게 마음씨 착한 청년이었지."

노인의 대답을 듣고 에츠시는 가슴속에서 뜨거운 무언가가 치밀어 올라 한동안 말을 잇지 못했다. 아들을 좋게 말해 주는 사람을 만난 것이 얼마 만인지 기억도 나지 않았다. 노인의 말이 맞았다. 신이치는 착한 아이였다. 정의감이 강한 성격이라 남들은 그러려니 하는 일도 그냥 넘어가는 법이 없었다.

어쩌면 그저 부모라서 자식이 예뻐 보이는 것일 수도 있다. 에츠시는 자신이 아들을 제대로 이해하고 있다고 자신 있게 말할 수 없었다. 신이치가 고등학교에 들어가면서부터는 서로 대화를 나눌 일이 거의 없었다. 지금도 신이치는 아버지인 자신의 면회 요청을 계속 거부하고 있었다.

'내가 기억하고 있는 어린 시절의 신이치와 지금의 신이치가 과연 동일 인물이라고 할 수 있을까?'

에츠시는 눈을 꾹 감고 쓸데없는 생각을 털어버리려 애썼다. 그러고는 아랫입술을 지그시 깨물며 질문을 이어갔다.

"그 지휘자 청년이 나중에 어떻게 됐는지 아시나요?"

불필요한 보조바퀴 같은 질문이었다. 신이치의 이름까지 정확하게 기억하고 있는 노인이 사건에 대해 모를 리가 없었다. 노인은 이번에도 선선히 대답해주었다.

"경찰에 체포됐어."

"어르신은 신이치가 두 사람을 죽였다고 생각하십니까?"

이번에는 노인이 바로 대답하지 않았다. 에츠시가 다시 물으려고 하자 노인이 말을 가로막듯 입을 열었다. 어딘지 모르게 쓸쓸함이 묻어나는 말투였다.

"좋은 사람이라는 거랑 살인은 또 다른 문제니까."

"…그렇군요."

에츠시는 힘없이 대답했다. 신이치의 인간성을 믿어 주는 사람이 있다고 해도 그것만 가지고는 아무런 의미가 없었다. 지금 필요한 것은 새로운 증거로 채택될 수 있는 증언이었다. 에츠시는 자신이 필요로 하는 것을 이 노인에게서는 얻을 수 없으리라는 사실을 깨달았다. 이미 승부가 난 시합에서 미련을 버리지 못하고 높이 뜬 파울볼을 잡으려고 필사적으로 뛰는 야구선수처럼 다음 질문을 던졌다.

"사와이 메구미 씨 주변을 얼쩡거리는 남자는 없었나요?"

"사와이 메구미?"

"15년 전 사건에서 살해당한 피해자 중 한 명입니다. 푸른 텐트 합창단의 일원으로 젊고 아름다운 여성이었다고 하던데요. 메구미 씨를 좋아하는 남자는 없었는지요?"

"그야 다들 좋아했지."

노인의 대답에 에츠시는 쓴웃음을 지었다.

"하지만 아무도 섣불리 다가갈 엄두를 내지 못했을걸. 그만큼 예쁘고 사랑스러운 아가씨였거든. 말하자면 그림의 떡, 여왕님 같은 존재였달까."

노인이 웃으며 말했다. 에츠시는 소년처럼 해맑게 웃는 노인을 보며 반대로 기분이 가라앉는 것을 느꼈다. 더 물어봐도 별 소용이 없을 듯했다. 주머니에 손을 넣어 이사와 변호사의 명함을 꺼내려다가 관두었다. 노인에게 명함을 건네고 기억나는 게 있으면 이쪽으로 연락하라고 할 생각이었지만 그보다는 용건이 생겼을 때 자신이 다시 찾아오는 편이 나을 것 같았다. 다음에는 다른 노숙자들에게도 물어봐야겠다고 생각했다.

머릿속을 정리한 에츠시가 홀가분한 기분으로 물었다.

"개는 어떻게 키우게 되셨나요?"

"원래 기르던 사람한테 받아서 키우게 됐지. 그게 어느샌가 잔뜩
늘어나버렸어."

"그랬군요."

에츠시는 사온 술을 노인에게 건네고 텐트를 나섰다.

텐트 근처에서 노숙자 하나가 고진바시 다리 아래쪽을 향해 무언
가를 빌고 있었다. 에츠시는 혹시나 하는 마음에 가까이 다가가 말
을 걸었다.

"뭐 하세요?"

"이누가미(犬神) 님께 기도하는 거야."

군데군데 이가 빠진 남자가 웃으며 다리 아래를 가리켰다. 술병으
로 둘러싸인 조그마한 사당이 보였다. 빈 술병 안에 흙으로 빚은 개
모양의 인형이 들어 있었다. 자세히 들여다보니 술병에는 거친 글씨
로 '우메상 1984년 졸'이라고 적혀 있었다.

'개를 기르던 사람이 죽어서 개의 신이 되었다는 건가.'

"우메상은 개를 좋아했거든. 이 주변에 있는 개들은 다 우메상이
기르던 개의 자식 아니면 손자라고 볼 수 있지."

남자는 한참을 떠들어댔지만 사건보다는 개 이야기에 관심이 더
많은 것 같았다. 에츠시는 더 얻을 것이 없다고 판단하고 자리에서
일어났다. 결국 헛걸음만 한 셈이었다. 겨우 찾은 실마리가 허무하게
끊어져버린 기분이었지만 어찌 보면 당연한 일이었다. 노숙자들이 신
이치의 알리바이나 진범에 대해 알고 있기를 바라는 건 너무 과한

욕심이었다.

'대체 뭘 기대하고 여기까지 온 걸까.'

에츠시는 어쩌면 자신이 단지 현실을 외면하고 싶었던 것인지도 모르겠다는 생각이 들었다.

그날 밤, 에츠시는 좀처럼 잠을 이루지 못했다. 옆방 청년이 여자를 데려왔는지 얇은 벽 너머로 억누른 듯한 신음 소리와 살이 부딪히는 소리가 끊임없이 들려왔다. 이쪽에서 아무 소리를 내지 않으니 종잇장처럼 얇은 벽에 콘서트홀 수준의 방음 효과가 있다고 착각하는 모양이었다. 실제로는 장지문을 사이에 두고 있는 것이나 다름없는 상황이다 보니 콘돔 끼우는 소리까지 다 들렸다.

에츠시 방의 호출벨이 울렸다. 벨소리가 웬만한 알람시계 소리보다 훨씬 크니 옆방에도 들렸을 것이다. 에츠시는 자리에서 일어나 문 옆에 달린 벨을 눌렀다. 벨소리를 들었다는 대답의 표시였다. 방에서 나와 빌라 옆에 있는 집주인 집까지 걸어갔다.

"에츠시 씨, 이사와라는 사람한테 전화 왔어요."

이 시간에 대체 무슨 일일까. 에츠시는 기대와 불안이 뒤섞인 기분으로 수화기를 들었다.

"전화 받았습니다. 이사와 변호사님, 무슨 일이 있었나요?"

"에츠시 씨, 큰일 났습니다."

평소와 다르게 이사와는 잔뜩 흥분한 목소리였다. 에츠시는 그 말을 듣고 머리가 어찔했다. 이어지는 말을 기다렸지만 이사와는 좀처럼 입을 열지 않았다. 심장이 튀어나올 것만 같았다. 침묵을 견디다 못한 에츠시가 단도직입적으로 물었다.

"설마 집행명령서에 장관이 사인했나요?"

비장함이 묻어나는 에츠시의 질문에 이사와는 압도당한 듯 아무 말도 하지 못했다. 불안감은 커져만 갔다. 이제 기대 따윈 조금도 남아 있지 않았다. 사형이 확정되고 실제로 집행되기까지는 수많은 복잡한 절차를 거쳐야 한다. 판결등본과 공판기록을 검찰청에 넘기고, 법무성 판사국 총무과 선임검사가 자료를 확인한다. 자료상 문제가 없다고 판단되면 사형집행기안서를 작성해 각 부서장의 결재를 받는다. 결재를 마친 서류를 형사국에 보내면 비로소 사형집행명령서로서의 효력이 발생하게 되는 것이다. 사형을 집행한다고 하면 보통 법무장관이 빨간 펜으로 사인하는 장면을 떠올리는데 이것은 서른 명이 넘는 감독관이 모두 사인한 후에야 가능한 일이다. 형 집행은 장관이 사인한 날로부터 5일 이내에 이루어진다. 하지만 구체적인 진행 상황이나 일정은 외부로 유출되지 않는다. 이사와가 어느 정도의 인맥을 가지고 있는지는 모르지만 그가 얻은 정보가 정확하지 않기를 바라는 수밖에 없었다.

"그런 겁니까, 이사와 변호사님?"

"아니요, 그건 아닙니다."

"그럼 무슨 큰일이 났다는 겁니까?"

"실은…."

이사와가 말을 흐렸다. 말하기가 망설여지는 듯했다.

"에츠시 씨에게 말씀드리지 않은 것이 있습니다."

"그게 뭐죠? 아니 그보다 지금 대체 무슨 일이 생긴 겁니까?"

뭐가 뭔지 알 수 없는 상황이었지만 그래도 신이치에게 사형집행 명령이 내려진 것은 아니라는 말에 조금은 마음이 놓였다. 형사수용시설 및 피수용자 등의 처우에 관한 법률 178조 2항에서는 주말이나 공휴일, 연말연시에 형을 집행하는 것을 금지하고 있기 때문에 형이 집행되는 것은 평일이다. 오늘은 일요일이니 오늘 형이 집행되었다는 소식은 아닐 터였다.

"에츠시 씨, 진정하시고 지금부터 제가 하는 말을 잘 들어 주세요."

"저는 충분히 진정하고 있습니다!"

에츠시는 저도 모르게 버럭 소리를 질렀다. 이사와가 목소리를 낮추어 말했다.

"실은 저희 사무실로 전화가 왔습니다. 진범이라는 사람한테서요."

진…범? 단어의 뜻을 이해하는 데 조금 시간이 걸렸다. 아까와는 다른 의미로 심장이 빠르게 뛰기 시작했다. 에츠시는 감정을 가라앉히려 애쓰며 천천히 입을 열었다.

"설마… 범인이 자기 쪽에서 먼저 연락을 해왔다는 겁니까?"

상식적으로 있을 수 없는 일이었다. 하지만 고작 장난 전화 한 통 때문에 이사와가 이 시간에 연락해올 리도 없었다. 이사와는 정말로 전화를 걸어온 사람이 범인이라고 믿고 있다는 말이었다.

"이사와 변호사님은 장난 전화가 아니라고 생각하시나요?"

"네, 저는 그렇게 생각합니다. 장난은 아닌 것 같습니다. 그리고 저한테 에츠시 씨의 연락처를 알려달라고 했습니다."

"제 연락처를요?"

"네, 에츠시 씨를 만나 사과하고 싶다고요."

잠시 대화가 끊겼다. 구름 위를 걷는 듯한 이상한 기분이었다. 이사와에게서 걸려온 전화가 이런 내용일 줄 누가 예상이나 했겠는가. 에츠시는 세차게 뛰는 심장을 가라앉히기 위해 숨을 깊게 들이마셨다.

"실은 이번이 처음이 아닙니다. 3개월쯤 전부터 몇 번인가 이런 전화가 걸려왔는데 당시에는 장난 전화라고 생각해서 에츠시 씨에게는 말씀드리지 않았습니다. 구치소에 면회를 갔을 때 신이치에게 말한 적은 있지만요."

"그러셨군요."

"죄송합니다. 괜히 기대하실 것 같아 말씀을 못 드렸습니다. 신이치와는 대화를 이어나가는 과정에서 그러고 보니 이런 전화가 왔었다는 식으로 잠깐 언급한 정도였고요."

"전화에서는 뭐라고 하던가요?"

"상대도 많이 고민한 느낌이었습니다. 신이치와 가족들에게 정말 미안하다고 하더군요. 물론 연기였을 가능성도 있습니다만."

"자수라도 하겠다던가요?"

"제가 느끼기에는 그럴 것 같았습니다. 신이치의 수기를 읽고 마음이 흔들렸다고 했거든요. 자수하기 전에 에츠시 씨에게 사과부터 하겠다는 건가 싶기도 합니다. 나이는 잘 모르겠습니다. 음성변조기를 사용해서 목소리를 바꾼 것 같더라고요."

이사와의 이야기를 들으면서 조금씩 실감이 나기 시작했다. 아니었을 경우에 대비해 이건 장난 전화일 거라고, 악질적인 장난임이 분명하다고 생각하려 했지만 끓어오르는 흥분을 감출 수가 없었다. 예전에 대학교수의 아내가 살해당한 사건에서 피고인이 복역을 마치고 출소한 후에 진범이 자수한 일이 있었다. 신이치와 마찬가지로 억울하게 누명을 쓴 사건이었다. 그 사건의 진범은 다른 사건의 영향으로 양심의 가책을 느끼고 자수하게 되었다고 밝혔다. 이번에도 그런 것일까.

"저는 이 시기에 전화를 걸어왔다는 점이 희망적이라고 봅니다."

이사와의 말에 에츠시가 되물었다.

"이 시기라는 건 신이치가 수기를 발표한 직후라는 뜻인가요? 수기를 읽고 양심의 가책을 이기지 못해 연락해왔다고?"

에츠시의 물음에 이사와는 고개를 저었다.

"아니요, 더 현실적인 이유입니다. 지금 진범이 자수하면 사형을 당하겠죠. 메로스와 세리눈티우스 같은 친구 사이도 아닌데 진범이 죽음을 각오하고 신이치를 살리겠다고 자수할 리는 없을 겁니다. 폭군 디오니스처럼 회개할 거라고 기대하기도 어렵고요. 하지만 여기서 조금만 더 시간이 지나면 얘기가 달라집니다."

에츠시는 비로소 이사와가 말하고자 하는 바를 이해했다.

"아…."

"맞습니다. 이제 곧 공소시효인 15년을 채우게 되죠."

2

우즈마사 범죄 피해자 지원 센터는 지하철 가타비라노츠지역 근처에 있다.

센터라는 이름이 붙어 있긴 하지만 외관상으로는 평범한 일본식 가옥 같아 보였다. 200평 정도 되는 부지에 안채와 별채가 있고, 자갈이 깔린 마당에 석등이 놓여 있었다. 현관을 들어서면 병원 같은 느낌의 접수대가 나왔다. 방음 설비를 완벽하게 갖추고 방문객에게는 다과를 내어 최대한 이야기하기 편한 분위기를 연출하고자 했다.

옛 정취가 느껴지는 교토의 전통 가옥에서 편하게 이야기를 나눌 수 있다는 것이 센터의 장점이었다. 센터에서는 범죄 피해자를 대상으로 한 심리 상담 및 전화 상담, 법원 동행 등 다양한 서비스를 제공했다. 나츠미는 차가 없기 때문에 집에서 센터까지는 자전거로 40분 정도 걸렸지만 출퇴근에도 곧 익숙해졌다.

오늘 센터를 찾아온 방문객은 교통사고 피해자의 유족이었다. 나이는 삼십 대 중반. 다섯 살짜리 딸을 음주운전 사고로 잃은 엄마였다. 그녀는 제정신으로 버티기가 너무 힘들다고, 상대방 운전자를 죽여버리고 싶다고 울면서 하소연했다.

"얼마 전에 판결이 나왔어요. 징역 3년."

"역시…."

예상한 대로였다. 그렇다고는 해도 결코 가벼운 판결은 아니었다. 고의가 인정되지 않는 이상 이보다 더 무거운 판결을 기대하기는 어려웠다. 그나마 집행유예가 아닌 것이 다행이었다. 하지만 유족 입장에서는 그렇게 생각할 수 있을 리 없었다. 입이 찢어져도 다행이라는 말은 할 수 없었다.

"미필적 고의는 인정되지 않았나 보네요."

"네. 하지만 이건 누가 봐도 살인이잖아요! 음주운전이 위험하다는 사실을 모르는 것도 아니면서…. 잠깐 요 앞에 담배 사러 가는 길이었대요. 고작 담배 하나 때문에 우리 애가 죽었다는 거잖아요!"

온몸에서 고통과 분노의 기운이 뿜어져 나오는 것만 같았다.

"그 남자는 반성한 척하면서 금방 돌아올 거예요. 사람을 죽여 놓고 아무렇지도 않은 얼굴로. 처음엔 우리 애가 빨간불인데 갑자기 튀어나왔다고 툴툴거리더니 그게 안 먹힌다는 걸 깨달은 다음부터는 갑자기 자기가 잘못했다고…. 처벌을 낮춰 보겠다고 저자세로 나오는 게 뻔히 보이는데 내가 진짜 너무 어이가 없어서…. 1년이나 지났는데 아이 얼굴이 눈앞에서 지워지지가 않아요. 그 아이가 사실은 살아 있었다는 꿈을 몇 번이나 꿨는지 몰라요. 그만큼 제가 현실을 받아들이지 못하고 있다는 거겠죠? 하루하루 살아가는 게 너무 힘들어서 정말이지…."

여자는 손수건에 얼굴을 묻고 엉엉 울었다. 얼굴이 눈물 콧물로 범벅이 되었다. 얼마나 힘들까. 얼마나 괴로울까.

"나츠미 씨가 있어 줘서 얼마나 다행인지 몰라요. 이런 감정은 역시 경험한 사람이 아니면 알 수 없잖아요. 슬프고 억울하고 화도 나고…. 다른 상담사분께는 죄송하지만 나츠미 씨가 들어 주는 게 제일 편해요."

나츠미는 아무 말도 하지 않고 잠자코 이야기를 듣고만 있었다. 여자가 느끼는 고통이 공기를 타고 나츠미에게까지 전해지는 듯했다. 한동안 더 이야기를 나누다가 이윽고 시간이 되어 여자는 고맙다는 인사를 남기고 돌아갔다.

내가 과연 저 사람의 마음이 가벼워지는 데 조금이라도 도움이 되었을까. 임상심리사에게 필요한 능력이란 무엇일까. 나츠미에게 고마

워하는 사람들은 많았지만 자신이 그 정도로 큰 역할을 하고 있다
는 생각은 들지 않았다. 나츠미는 최근 고민이 있었다. 그날 밤 걸려
온 전화 때문이었다. 나츠미와 통화한 남자는 자신이 진범이며, 야기
누마 신이치는 결백하다고 했다. 장난 전화 같았지만 남자가 현장에
서 사라진 대본에 대해 언급했다는 점이 걸렸다.

통화 내용만큼이나 인상적이었던 것이 남자의 목소리였다. 듣는
이의 심장을 움켜잡는 듯한 마성의 목소리. 더 생각하지 않으려고
해도 자꾸 생각이 났다. 이 전화를 받은 사실을 아무에게도 알리지
않고 혼자만의 비밀로 남겨둔다면 평생 후회하게 될 것 같다는 막연
한 확신이 들었다.

일을 마친 나츠미는 자전거를 타고 집으로 향했다.

평소에는 우즈마사코류지역 앞 경찰서를 끼고 왼쪽으로 꺾어서 마
루타마치 거리 쪽으로 가지만 오늘은 중간에 자전거를 멈춰 세웠다.
그러고는 가까이 있는 공중전화 부스로 들어가 전화번호부에서 시
조법률사무소를 찾아 전화를 걸었다. 시조법률사무소는 어느 정도
이름이 알려진 변호사 사무실로, 야기누마 신이치의 재심 변호를 맡
은 이사와라는 변호사가 있는 곳이었다. 상대는 갑자기 걸려온 전화
에 약간 놀란 듯했지만 나츠미를 만나 주겠다고 했다. 쇠뿔도 단김에
빼라고 하지 않던가. 나츠미는 철로를 따라 달렸다.

시조가라스마는 어릴 때 자주 왔던 곳이지만 장소가 헷갈려서 몇
번인가 핸드폰으로 전화를 걸어 길을 물어야 했다. 사무실은 정확히
는 시조 거리가 아니라 그 옆에 있는 다코야쿠시 거리에 있었다. 벽
을 새로 칠해서 어떻게든 새것처럼 만들려고 노력한 흔적이 엿보이

는 건물이었다. 건물 앞에는 차 한 대 정도 세울 공간이 있었고, 담장 위에서 고양이가 한가롭게 낮잠을 자고 있었다. 나츠미의 자전거는 만원 상태인 다이마루 백화점 지하 주차장에 고생해서 겨우 세우고 왔는데 사무실 앞에 세워도 되었겠다는 생각이 들었다.

"안녕하세요, 사와이 나츠미라고 합니다."

접수대에서 인사를 건네자 여직원이 나츠미를 응접실로 안내했다.

파스텔톤으로 통일된 실내는 호화롭지는 않았지만 깔끔한 느낌이었다. 직원이 아이스티를 가져왔다. 목이 말랐던 나츠미는 사양하지 않고 빨대로 아이스티를 마셨다.

아까 이사와 변호사와 통화하면서 나츠미는 자신이 누구인지 밝혔다. 피해자 유족에게서 만나고 싶다고 연락이 오면 재심 담당 변호사 입장에서는 무슨 생각이 들까. 보통은 호의적으로 해석하겠지만 이번에는 신이치의 수기가 발표된 직후인 만큼 나츠미가 항의하러 왔다고 오해할 가능성도 있었다.

"기다리시게 해서 죄송합니다."

아이스티를 다 마시고 입안에서 얼음을 굴리고 있는데 남자가 들어왔다. 외부에서 서둘러 돌아왔는지 연신 땀을 닦아내고 있었다. 나츠미는 의자에 앉은 채로 고개를 숙여 인사했다.

변호사는 어째서인지 나츠미 쪽을 보고 깜짝 놀란 표정을 지었다. 꽤나 놀랐는지 그 자리에 가만히 서서 잠시 아무 말도 하지 않았다. 걷어 올린 셔츠 소매 사이로 햇빛에 그을린 팔뚝이 보였고, 짧게 깎은 머리는 청결한 인상이었다. 변호사라기보다는 경찰 같았다. 똑똑해 보이지는 않았지만 나츠미는 오히려 그래서 더 신뢰할 만하다고 느꼈다.

"야기누마 신이치의 담당 변호사인 이사와 요지라고 합니다."

"처음 뵙겠습니다. 사와이 나츠미입니다."

이사와는 수줍음 많은 소년같이 좀처럼 나츠미와 눈을 마주치려고 하지 않았다. 노골적으로 고개를 돌릴 정도는 아니었지만 이사와의 시선은 나츠미의 눈을 피해 목 언저리를 향하고 있었다. 그러면서 나츠미가 시선을 다른 곳으로 돌리면 다시 뚫어져라 쳐다보는 것이 느껴졌다. 이사와가 머리를 긁적이며 웃었다.

"사실 지는 처음이 아닙니다. 15년 전에 가모내교 위에서 메구미 씨와 나츠미 씨가 함께 있는 장면을 본 적이 있거든요."

"그러셨군요."

"네, 그날이 신이치와 처음 만난 날이기도 했죠. 신이치는 그리스 신화에 나오는 아폴론의 화신처럼 빛나 보였습니다. 폭발적인 가창력을 뿜내며 「Soon-ah will be done」을 불렀죠. 그런 건 처음이었습니다. 그때의 감동을 잊을 수가 없어서 프로 성악가가 부른 「Soon-ah will be done」이 수록된 흑인 영가 CD도 사고 콘서트에도 가봤습니다. 하지만 역시 그날 들었던 「Soon-ah will be done」에 버금가는 감동을 얻기는 쉽지 않더군요."

"추억은 미화되기 마련이니까요."

담담하게 대답했지만 그 노래는 나츠미도 기억하고 있었다. 그만큼 격정적인 합창은 아마 두 번 다시 만나지 못하리라. 그 노래와 연극이 만나면 멋진 무대가 만들어졌을 텐데. 야기누마 신이치가 노래하는 모습은 이사와의 말처럼 신성하고 성스럽기 그지없었다. 단지 그 신이 몇 시간 뒤에 악마로 탈바꿈하긴 했지만.

"나츠미 씨는 운명을 믿으시나요?"

이사와가 불현듯 뜬금없는 질문을 던졌다.

"여성분들은 운명이라는 단어를 좋아한다고 들었습니다만. 사실 저 같은 경우는 예전에 고백할 때 운명이 어쩌고 했다가 실컷 비웃음만 당하긴 했지만요."

나츠미는 별다른 반응을 보이지 않고 그저 듣기만 했다.

"저는 운명을 믿습니다. 운명론자는 아니지만 그런 게 있는 것 같다는 생각이 들더군요. 15년 전 그날을 기점으로 저와 신이치의 운명은 완전히 뒤바뀌었으니까요. 그전까지 순조롭게 흘러가던 신이치의 인생은 한순간에 추락해버렸고, 반대로 가망 없는 인생을 살고 있던 저는 여덟 번째 도전 끝에 사법고시에 합격했습니다. 원래는 객관식 시험에서 떨어진 줄 알고 있었습니다. 학원에서 답안을 맞춰봤을 때는 불합격이었거든요. 그런데 답안 체크를 잘못했는지 아슬아슬하게 합격했던 겁니다. 운이 좋았다고밖에 표현할 수 없죠."

"잘됐네요."

나츠미는 건성으로 맞장구를 쳤다.

"죄송합니다, 이런 얘기를 하려던 것이 아닌데. 그저 제가 이렇게 신이치의 변호를 맡게 되고, 나츠미 씨가 저를 찾아왔다는 사실이 너무 놀라워서요. 전 다만 신이치를 구하고 싶을 뿐입니다."

"제가 찾아온 게 불행의 전조일지도 모르잖아요."

"본인이 그렇게 말하는 걸 보면 아니겠지요."

"주간지에 실린 수기 때문에 항의하러 왔다고는 생각하지 않으시나요?"

나츠미의 말에 이사와는 머리를 긁적이더니 조심스럽게 물었다.

"오늘은 무슨 용건으로 찾아오셨는지?"

질문을 받은 나츠미가 한숨을 내쉬며 대답했다.

"전화가 왔어요."

"누구한테서요?"

"그 사건의 범인…."

나츠미는 거기서 한번 말을 끊었다.

"…이라고 주장하는 사람한테서요. 자기는 새장에서 도망친 새라고 했어요. 〈달려라 메로스〉에 빗대어 말한 것 같아요."

역시나 이사와는 놀란 기색이었다. 하지만 예상했던 것보다는 반응이 약했다. 나츠미는 이사와가 생각만큼 놀라지 않아서 오히려 더놀랐다.

"무슨 말을 하던가요?"

"자기가 범인이고 야기누마 신이치는 결백하다고 했어요."

"음성변조기를 사용했나요?"

"네? 아니요, 평범한 남자 목소리였어요."

그러자 이사와가 의아해하는 표정을 지었다.

"남자였나요? 나이는 어느 정도 되는 것 같던가요?"

수첩을 꺼내든 이사와에게서 시선을 거두며 나츠미는 기억을 더듬어 보았다. 그러고는 천천히 입을 열었다.

"정중하고 차분한 말투였어요. 전체적으로 낮고 갈라진 목소리여서 어느 정도 연배가 있는 편이라고 느꼈는데…. 어쩌면 의외로 젊은 사람일지도요."

"그렇군요. 그 외에 뭔가 인상적인 말을 하지는 않았나요?"

이사와의 질문에 가장 먼저 떠오른 것은 〈달려라 메로스〉의 대본이었다. 상대는 대본에 대해 알고 있었다. 이것이야말로 결정적인 단서, 범인밖에 알 수 없는 사실이 아닐까. 나츠미는 그 이야기를 하려고 했지만 어째서인지 입이 떨어지지 않았다. 그러는 사이에 이사와가 수첩을 도로 집어넣었다.

"말씀 잘 들었습니다. 감사합니다. 실은 제 쪽에서도 드릴 말씀이 있습니다. 나츠미 씨 혼자만 알고 계셨으면 합니다."

"네, 그럴게요."

"실은 저희 사무실에도 비슷한 전화가 걸려왔습니다. 자기가 진범이고 야기누마 신이치는 누명을 쓴 거라고요."

"네?"

"상대는 야기누마 에츠시 씨, 그러니까 신이치의 아버지를 만나 사과하고 싶다고 전해왔습니다. 나츠미 씨도 에츠시 씨를 아시나요?"

나츠미는 잠자코 고개를 끄덕였다.

"에츠시 씨는 신이치의 무죄를 믿고 누명을 벗기기 위해 움직이고 있습니다. 이제 곧 사건으로부터 15년이 지나게 됩니다. 법이 개정되어 현재는 살인죄의 공소시효가 25년이지만 당시에는 15년이었습니다. 그러니 해외로 도피했다거나 한 게 아니라면 진범의 공소시효는 성립합니다. 법이 개정되었어도 이 사건의 공소시효는 15년이 맞냐고 제게 묻길래 그렇다고 알려주었습니다. 제가 보기에 상대는 자신이 사형당하지 않는다는 것이 확실해지면 자수할 생각인 것 같습니다."

나츠미는 놀랐다. 하지만 애써 놀라움을 감추고 담담한 척하며 말했다.

"비겁하네요."

"네, 비겁하죠. 공소시효는 비겁한 제도입니다. 처벌 욕구 감소, 증거 보전의 어려움, 법적 안정성 도모 등 다양한 이유를 들고 있기는 하지만요. 그래서 유족 모임 소속인 코이와이 카오루라는 분은 공소시효 폐지 운동을 벌이고 있기도 합니다. 제 스승이자 인권 변호사로 불리는 와타나베 선생님도 공소시효는 비겁한 제도라고 보는 입장이있기 때문에 이번에 공소시효가 연장된 것을 무척 반기셨습니다. 정의 실현에 더 가까워졌다고 말이지요. 하지만 에츠시 씨는 아들의 누명을 벗길 수만 있다면 정의 실현 따위는 아무래도 상관없다, 오히려 공소시효가 존재하는 것에 감사한다고 하시더군요. 저도 같은 생각입니다."

"하지만 민사상 공소시효는 남아 있잖아요. 게다가 자수하면 사회적으로는 끝났다고 봐야 하고요."

"그렇긴 하지만 적어도 사형당할 가능성은 사라지는 셈이니까요."

"그래도 여전히 이해는 안 되네요. 그렇게 자기 목숨이 아까운 사람이 자수는 왜 하겠어요? 그야 부자라면 손해배상 청구 정도는 아무래도 상관없겠지만 사회적으로 매장당한다는 건 작은 일이 아니잖아요. 그냥 사람들한테 손가락질당하는 수준이 아닐 텐데."

나츠미의 지적에 이사와는 연신 고개를 끄덕였다. 그 정도는 자기도 충분히 알고 있다는 표정이었다.

"인간은 그렇게 단순한 존재가 아니니까요. 범죄를 저지를 때는 엄청난 악인이었다 하더라도 시간이 지나면서 자신이 저지른 죄의 무게를 견디기 힘들어진 걸 수도 있고, 고민하던 와중에 신이치의 수기에 마음이 흔들린 걸 수도 있고…. 그렇다고 해서 완전히 개과천선한 건 아니고 가능하다면 죗값은 안 치를 수 있다면 좋겠다, 사형당하기는 싫다, 이런 마음은 남아 있는 거죠. 신이치가 사형당하도록 내버려두는 죄책감과 자신이 사형당하는 것에 대한 두려움 사이에서 가능한 한 최선의 선택을 하려고 하는 게 아닐까요?"

이사와가 부드러운 목소리로 말했다.

"인간은 약한 존재니까요."

이사와는 나츠미를 똑바로 마주 보았다. 이번에는 이사와의 시선을 견디지 못한 나츠미가 눈을 피했다. 놀랍게도 이사와는 이미 상대가 진범이라고 확신하고 있는 듯했다. 게다가 조만간 자수해올 것이라고 예상하고 있었다. 나츠미 역시 그럴 수도 있겠다는 생각이 들었다.

"그것 말고 다른 말은 없었나요?"

나츠미는 잡념을 떨쳐버리듯 고개를 저으며 이사와에게 물었다.

"다른 말이라뇨?"

"범인밖에 모르는 사실 같은 거요."

"아니요, 그런 게 있다면 좋겠지만 지금 말씀드린 게 전부입니다."

대본에 대해서는 언급하지 않은 걸까? 물어보고 싶었지만 나츠미는 왠지 망설여졌다. 결과적으로 적을 돕는 행위라는 생각 때문일까. 어차피 여기까지 와놓고 뭐 하는 짓인가 싶기는 했다.

그보다도 야기누마 신이치가 정말로 누명을 쓴 것일지도 모른다는 사실이 처음으로 현실감 있게 다가왔다. 불씨가 나츠미의 마음속 깊은 곳에서 조용히 타오르기 시작했다. 불길은 순식간에 온몸을 집어 삼켰다. 고통스럽지만 어딘지 모르게 황홀한 요원의 불길.

"저는 그 남자를 지난 15년간 죽이고 싶을 만큼 증오해왔어요."

"나츠미 씨 입장이라면 당연히 그랬겠지요."

"그런데 그 남자가 결백하다면 전…."

"아직 모릅니다. 장난 전화일 가능성도 있고, 상대가 마음을 바꿀 수도 있으니까요. 특히 후자가 문제죠. 지나치게 몰아붙이거나 자극하지 않도록 조심해야 합니다."

나츠미는 이마를 짚었다. 15년 전 그날, 현관에서 뛰쳐나온 야기누마 신이치의 얼굴이 떠올랐다. 두 사람의 시선은 꽤 긴 시간 닿아 있었다. 그 사람은 언니를 죽이지 않았다…! 불길이 커다랗게 소용돌이치며 솟구쳐 올랐다. 불길은 이윽고 잠잠해졌지만 불씨는 꺼지지 않고 계속 남아 있었다.

"어떻게든 전화기 너머에 있는 남자의 정체를 알아내야 합니다. 누군지만 알면 상대가 마음을 바꾸더라도 잡을 수 있을 테니까요. 이대로 사라져버리면 손을 쓸 수가 없습니다."

이사와가 말을 맺었다.

나츠미는 대화를 마치고 자리에서 일어나 사무실 출입구 앞에서 이사와와 인사를 나누었다.

"아마 또 뵙게 될 것 같네요."

해가 져서 주위가 어두웠다. 나츠미는 사무실을 나와 다이마루 백화점 주차장 쪽으로 몸을 돌렸다.

"나츠미 씨, 아까 미처 말씀을 못 드렸습니다만…"

이사와가 부르는 목소리에 나츠미는 고개를 돌렸다. 분위기가 사
뭇 진지했다. 어리둥절한 표정으로 이어지는 말을 기다리고 있으려
니 이사와가 갑자기 활짝 웃으며 이렇게 말했다.

"예뻐지셨네요."

나츠미의 얼굴이 살짝 빨개졌다.

3

집 앞에 오토바이 멈추는 소리가 들렸다.

에츠시는 초인종이 울리기 전에 현관문을 열었다.

"오, 평범한 집이네."

이렇게 말하며 들어온 사람은 모치다였다. 징이 박힌 가죽 재킷을
입은 모치다는 천장이 낮은 현관을 림보라도 하듯 잔뜩 허리를 젖히
며 통과했다.

"월세 3만 5천 엔이라고? 이런 걸 잘도 구했네. 귀신이라도 나오는
거 아냐?"

"그런 얘기는 못 들었는데. 뭐 나와도 상관없기도 하고."

진범이라고 주장하는 인물이 시조법률사무소에 전화를 걸어온 지
2주가 지났다. 그 사이에 한 번 더 전화가 와서 에츠시의 동의하에
이사와는 상대에게 에츠시의 전화번호를 알려주었다.

에츠시는 주쇼지마로 이사했다.

전화선도 제대로 설치되지 않은 미부의 낡은 빌라에서는 상대와

연락을 주고받기가 어려웠기 때문이다. 지나가던 누군가가 통화 내용을 들을 수도 있었다. 사과를 하겠다는 걸 보니 직접 에츠시를 찾아올 가능성도 있었다. 가능한 한 진범이 에츠시에게 연락을 취하기 편한 상황을 만들어 주고 싶었다.

에츠시는 이사와와 상의한 끝에 단독주택을 빌리기로 했다. 교토 중심부에서는 괜찮은 물건을 찾기 힘들었지만 같은 교토시라고 해도 후시미구까지 내려오면 싸게 빌릴 수 있는 물건들이 있었다.

"사실 월세는 얼마라도 큰 상관은 없어."

"그러고 보니 노트북도 샀잖아?"

"음."

인터넷상에는 쓸데없는 정보도 많지만 쓸모 있는 정보도 많아서 제법 편리했다. 지금까지는 복잡해 보여서 써볼 생각조차 하지 않았는데 막상 해보니 그다지 어려울 것도 없었다. 내친 김에 핸드폰도 구입했다. 사실 이 동네는 신이치가 초등학생 때 다니던 학원이 있던 곳이었다. 별 의미는 없지만 그런 점도 이곳을 고른 이유 중 하나였다.

"아저씨의 시간이 석기시대에서 단숨에 전진했네. 그런데 일은 안 해? 아직 연금 받을 나이는 아니지 않나? 생활비는 어쩌려고?"

"아까 역 근처에 공공직업안내소가 있는 걸 봤으니 나중에 가보려고. 당장은 모아 놓은 돈도 좀 있고."

"흐음, 아무튼 꽤나 단출하네."

모치다가 집 안을 둘러보며 말했다. 에츠시도 모치다의 시선을 따라가며 슥 훑어보았다. 생활에 필요한 최소한의 물건들만 놓아두었다. 싸구려 탁자 위에는 노트북이, 방구석에는 위패가 덩그러니 놓여 있었다. TV도 없었다. 부엌 집기라고는 작은 냉장고 하나뿐이었다. 작은 집이었지만 굉장히 넓게 느껴졌다.

"초반부터 너무 달리면 금방 나자빠질걸. 적당히 쉬어가면서 해. 이 주변은 유흥업소도 많잖아. 옛날에는 유곽이었다던데."

"지금부터 한 달이 제일 중요한 시기야."

"아, 미안."

에츠시의 신경질적인 반응에 모치다가 바로 사과했다. 에츠시는 머쓱해하는 모치다를 보고 자기가 더 미안해졌다. 말투는 가벼웠지만 말에서 진심이 느껴졌기 때문이다. 한동안 집 안을 돌아다니던 모치다가 갑자기 진지한 얼굴로 무언가를 깨달은 듯 중얼거렸다.

"알았다."

"뭘?"

"아저씨가 이렇게 검소하게 사는 이유. 아들 때문이지? 아들은 사형수가 되어 감옥에 갇혀 있는데 나 혼자만 호의호식할 수는 없다, 조금이라도 아들과 고통을 나누고 싶다, 이런 거 아냐?"

"뭐 그렇기도 하고."

"응? 그것 말고 다른 이유가 또 있다는 거야?"

에츠시는 대답하지 않았다. 아무 말 없이 시선을 아래로 피하자 모치다도 더 묻지 않았다.

"이번에 라이브 공연을 하는데 아저씨도 보러 와."

"나 같은 늙은이가 가면 민폐 아닌가."

"원래 민폐를 끼치는 게 늙은이의 역할이니까 괜찮아."

씩 웃는 모치다를 보고 에츠시도 슬며시 미소를 지었다.

"관객이 하나도 없는 것보단 나을 테니까."

"쇼핑몰 앞에서 길거리 공연을 했을 때도 관객이 두 명은 있었잖아. 아무튼 지금 네 노래는 너무 개성이 없어. 진성으로 부르는 게 어때?"

"나한테서 가성을 빼고 나면 아무것도 안 남을걸."

두 사람은 한참 동안 음악에 관한 이야기를 나누었다. 에츠시는 대학생 때 합창단 활동을 통해 얻은 지식을 풀어놓았고, 모치다는 고등학생 때부터 함께해 온 기타에 대해 열변을 토했다. 서로 상대방 말은 듣지 않고 자기 얘기만 하느라 제대로 된 대화라고 보기는 어려웠지만 어쩐지 기분은 좋았다. 모치다가 그때 쇼핑몰 아반티 앞에서 부르던 노래는 자작곡이라고 했다.

"난 작곡에는 문외한이라 잘은 모르겠지만 사랑이니 평화니 하는 가사가 부끄럽지는 않나?"

"왜? 좋잖아, 사랑과 평화는 인류의 영원한 테마라고."

"나를 도와주는 것도 그 연장선 위에 있는 건가?"

"뭐 그렇다고도 할 수 있지. 누명을 벗긴다는 게 멋있기도 하고. 사형제도에 대해 잘 알지는 못하지만 어쨌거나 무고한 사람을 죽이면 안 되는 거잖아."

"전쟁에는 반대하지?"

"전쟁은 무고한 시민을 끌어들이니까."

"사형도 비슷한 점이 있어."

모치다가 그 둘은 역시 좀 다르지 않냐고 반박했지만 에츠시는 개의치 않고 말을 계속했다.

"뭐 그건 아무래도 좋아. 문제는 범죄자라면 죽여도 된다는 논리에 아무도 이의를 제기하지 않는다는 거야. 너희 뮤지션들은 거기에 대해 어떻게 생각하지? 사형은 저항하지 못하는 사람을 일방적으로 죽이는 행위야. 정당방위처럼 상대를 죽이지 않으면 내가 죽는 상황이 아니라고."

"내가 뮤지션을 대표하게 되다니 영광인걸."

"결국 뮤지션이 비판하는 건 비판해도 아무 문제 될 게 없는 안전한 대상뿐이잖아. 히틀러 같은 절대 악. 이 세상에 새빨간 잼을 발라 삼키려고 하는 녀석들."

록 밴드의 노래 가사를 들먹이자 모치다가 웃음을 터뜨렸다.

"아저씨 THE YELLOW MONKEY도 알아? 굉장한데?"

"인터넷에서 알게 됐지. 웃을 일이 아니라고."

"미안. 아저씨 말도 맞아. 하지만 피해자 입장에서 생각하는 것도 중요하잖아."

모치다가 탁자에 놓인 차를 마셨다. 아까 에츠시가 사 온 건강기능식품으로 혈당치가 신경 쓰이는 사람에게 좋다고 적혀 있었다. 모치다는 생각보다 맛있다고 평했다.

에츠시가 말했다.

"지금까지 피해자를 제대로 고려하지 않은 건 사실이야. 피해자 보상금이 얼마나 형편없는 수준인지만 봐도 알 수 있지. 그게 다 응보적 정의에 지나치게 의존하고 있었기 때문이야."

"무슨 소리야. 어려운 말 쓰지 말라고."

"응보적 정의란… 그래, 예전에 '토야마 킨시로'라는 사극이 있었잖아? 벚꽃 문신을 한 주인공이 나오는."

"동네 건달로 변장한 판관 나리가 수사하고 돌아다니는데 아무도 정체를 못 알아보는 그거?"

"맞아. 거기서 어느 가난한 상인이 살해당했다고 치자. 상인의 딸은 관청에 가서 아버지를 죽인 범인을 잡아 달라고 간청하겠지. 이윽고 범인은 킨시로에게 잡혀서 감옥에 갇히고, 상인의 딸이 눈물을 흘리며 킨시로에게 감사하는 장면에서 끝. 이게 바로 응보적 정의야."

"해피엔딩이네."

"그렇지만도 않아. 범인이 잡힌다고 한들 집안의 유일한 수입원이었던 상인이 죽는 바람에 상인의 딸이 유곽에 팔려간다면 아무 의미가 없잖아. 위로금이 나오거나 이웃들의 도움을 받아서 씩씩하게 다시 일어서는 게 진정한 해피엔딩이라고 할 수 있지. 이게 회복적 정의야. 지금까지의 사법에서는 이 부분을 경시해 온 거고."

"흐음."

모치다가 시큰둥한 반응을 보였다.

"피해자 보상금의 액수가 적다는 점은 사형 존치론의 무기로 사용되기도 해. 사형수한테는 많은 돈을 쓰면서 피해자한테는 이것밖에 안 주냐는 거지. 피해자와 사형수 중 누가 더 중요하냐는 건데 사실 이건 궤변이야. 피해자에 대한 보상은 형벌과는 별개의 차원에서 다루어져야 하는 문제니까. 가해자라고 함부로 다루어서도 안 되고, 피해자에 대한 지원을 소홀히 해서도 안 되지."

"그건 그렇지만."

"그렇지만 뭐?"

"사형을 집행하는 것도 피해자 지원 방안 중 하나 아닌가? 그런데 사형 폐지론자들은 어디까지나 사형 폐지를 주장하는 게 메인이고, 구색을 갖추기 위해 피해자 지원을 갖다 붙인다는 느낌이잖아. 당신들 문제도 생각은 하고 있어요, 하는 식으로. 그런 말에 듣는 이의 마음이 움직일 리가 없잖아."

모치다의 지적은 의외로 날카로웠다. 에츠시는 그래서 그 부분이 문제라고 대답했다.

"가해자를 죽여버리고 싶다는 피해자의 복수심을 충족시켜 주고자 하는 건 인간의 자연스러운 심리지. 복수심은 유족들이 절망 속에서 유일하게 매달리는 한 줄기 희망 같은 거라서 그걸 부정하는 행위는 필연적으로 죄책감을 동반하니까. 그렇기 때문에 사람들은 보통 거기서 생각을 멈추고 더 고민하려고 하지 않아. 하지만 유족들은 정말로 가해자가 죽기를 바랄까? 고통에서 벗어나고 싶을까?"

"그야 당연히 고통에서 벗어나고 싶겠지."

모치다가 바로 대답했다.

"벗어나고 싶은데 벗어날 수가 없으니까 복수심에 매달리는 거잖아."

"우리가 주목해야 하는 건 바로 그 부분이야. 고통에서 벗어나고 싶다는 것과 가해자를 죽이고 싶다는 것은 별개의 감정인데 두 가지가 얽혀서 마치 하나처럼 다루어지고 있잖아. 복수심은 보다 정확하게 분리해서 살펴볼 필요가 있어. 힘들겠지만 뇌 수술처럼 최대한 신중을 기해야 한다는 거지. 자연스럽게 생겨나는 감정이라고 당연하게 넘어갈 게 아니라."

모치다가 불만스러운 표정을 지었다. 찻잔은 어느샌가 비어 있었다.

"하지만 아저씨, 신이치도 수기에서 사형제도는 필요하다고 했잖아."

모치다가 돌아간 후, 에츠시는 가만히 사진을 들여다보았다.

방구석에는 아내 사키에의 위패와 사진이 놓여 있었고, 오른쪽에 액자 하나가 더 있었다. 어린 소녀를 안고 있는 중년 남자의 사진이었다. 에츠시는 남자의 사진을 쳐다보며 중얼거렸다.

"피해자의 입장을 고려하지 않는다…라. 그럴지도 모르겠군. 내가 이렇게 당신들을 잊지 않으려 애쓰는 것도 결국 모치다 말처럼 죄책감과 의무감 때문이지 그 이상도 그 이하도 아닐지도…."

잠시 두 손을 모으고 고인의 명복을 빈 다음 집을 나섰다. 6월의 밤공기는 선선했다. 에츠시는 담배를 사러 나온 김에 이사 온 집 주변을 가볍게 둘러보기로 했다. 핸드폰은 폴로셔츠 윗주머니에 넣은 채 신이치의 자전거를 타고 역 반대편으로 향하자 큰길이 나왔다. 위쪽으로 한신고속도로가 지나고 있었다. 아부라노코지 거리였다. 이 길을 따라 북쪽으로 한참을 올라가면 사건이 발생한 사와이 메구미의 집이었다. 요코오지 거리를 지나 계속 달리자 전방에 강이 나왔다. 왼쪽으로 최신식 복층 교량이 보였다. 다리 아래쪽은 보행자와 자전거 전용이었다. 이 주변은 자전거 코스인 듯했다.

교토 북단에서 흘러내려 온 다카노가와강(高野川)과 가모가와강(賀茂川)이 데마치야나기에서 만나 가모가와강(鴨川)이 되고, 가모가와강(鴨川)은 이곳 하즈카시바시 다리 앞에서 가츠라가와강(桂川)과 합쳐진다. 가츠라가와강(桂川)은 이윽고 요도가와강(淀川)으로 흘러들고, 요도가와강에서 다시 갈라져 나온 오카와강(大川) 근처에 신이치가 수감된 오사카 구치소가 있었다. 에츠시는 가츠라가와 강을 바라보며 강줄기를 따라 남쪽으로 내려갔다. 담배 생각은 나지 않았다.

그때 핸드폰 착신음이 울렸다. 아직 핸드폰이 익숙하지 않은 에츠시는 깜짝 놀라 당황해하며 통화 버튼을 눌렀다.

"네, 야기누마 에츠시입니다."

"밤늦게 전화드려 죄송합니다. 안녕하세요."

처음 듣는 목소리였다.

아니, 정확히 말하자면 처음 듣는 건 아니었다. 가끔 TV에서 '음성 변조 중입니다'라는 자막이 함께 표시되는 그런 종류의 목소리였다. 남자인지 여자인지조차 구분할 수 없었다. 에츠시는 너무 놀라 잠시 그 자리에 얼어붙은 듯 서 있었다. 그러다 이내 정신을 차리고 자전 거를 내버려둔 채 아무도 없는 샛길로 이동했다.

"에츠시 씨? 들리시나요?"

"핸드폰 조작이 아직 익숙하지 않아서요."

상대는 인사말을 건넨 뒤 한동안 아무 말도 하지 않았다.

에츠시는 숨이 막혀왔다. 자기도 모르는 사이에 입고 있던 폴로셔 츠의 단추를 풀어버렸다.

"이사와 변호사님께 들으셨죠? 저는 15년 전 사건의 범인입니다."

목소리가 나오지 않았다. 예상은 했지만 머리를 한 대 얻어맞은 기 분이었다. 에츠시는 잠자코 상대의 말에 귀를 기울였다.

"에츠시 씨에게는 정말 죄송하게 생각하고 있습니다. 신이치 씨한 테는 훨씬 더 미안하고요. 아무리 사과해도 부족하겠지만…."

"그런…."

대답을 하려던 에츠시의 목소리가 중간에 갈라졌다.

"물론 믿기 어려우시겠지요."

에츠시는 어떤 반응을 보여야 할지 망설여졌다. 상대방을 화나게 만들어서는 안 된다. 그렇다면 어떻게 반응해야 할까? 일단 저자세로 나가는 수밖에 없겠다는 생각이 들었다.

"자수하실 건가요?"

에츠시가 처음으로 제대로 된 문장을 내뱉었다.

"그럴 겁니다. 다만…."

남자는 거기서 말을 끊었다. 왜 음성변조기를 사용하는지는 알 수 없지만 자수하겠다는 의사는 확실히 밝혔다. 말투도 부드러웠다. 물론 그 사실이 무언가를 보장해주는 것은 아니었지만.

"조금만 더 기다려 주세요."

역시 공소시효 때문인가. 에츠시는 이유를 짐작해 보았다.

"당신이 누구인지 알려 주실 수는 없나요?"

"아직은 불가능합니다. 저를 부르기가 애매해서 불편하시다면 메로스라고 불러 주십시오."

메로스? 다자이 오사무의 소설에 나오는 인물에서 따온 건가.

"마음에 안 드시면 굳이 강요는 하지 않겠지만 신뢰의 상징으로 괜찮은 이름이 아닌가 싶어서요."

"이름 따위는 아무래도 상관없습니다. 그보다 당신이 범인이라는 확실한 증거가 있나요?"

"저 자신이 증거입니다."

"그야 진범이 자수하면 그것만으로도 결정적인 증거가 되긴 하겠지만 거짓말일 수도 있으니까요. 게다가 이번 사건 같은 경우, 신이치는 이미 사형이 확정된 상태입니다."

"그게 왜 문제가 되지요?"

"지금까지 재심에서 무죄 판결을 받은 사람들은 시대적으로 자백을 강요받았던 경우가 대부분입니다. 하지만 이 경우는 다르죠. 신이치의 자백은 당시의 혼란스러운 심리상태에서 비롯된 것이지 경찰 조사 과정에는 아무 문제가 없었다고 스스로도 언급한 바 있습니다. 이제 와서 과거의 판결이 잘못되었다고 한다면 사형제도의 근간이 흔들리게 되는 만큼 쉽게 인정하려 들지 않을 겁니다. 자진신고만으로는 불충분합니다. 확실한 물증이 있나요?"

"역시 전직 변호사다우시네요. 침착하고 이성적이시고."

듣기에 따라서는 비꼬는 것 같기도 했지만 에츠시는 별다른 반응을 보이지 않았다.

"걱정 안 하셔도 됩니다. 범행에 사용한 과도가 있으니까요. 범행 당시 제가 입었던, 피해자의 피가 묻은 옷도 남아 있고요."

그 정도라면 확실하다. 에츠시는 끓어오르는 감정을 간신히 억누르며 침착하게 다시 물었다.

"왜 그때 바로 처분하지 않았죠?"

"저도 잘 모르겠습니다. 아직 조금이나마 인간의 마음이 남아 있었던 건지도요. 아니, 사실은 증거가 제 손을 떠나는 게 겁이 났던 것 같습니다. 언제 누가 발견할지 모른다는 공포에 시달리느니 차라리 직접 가지고 있는 편이 안전하겠다고 생각한 거죠."

메로스는 크게 숨을 한 번 내쉬더니 다시 한번 말했다.

"저는 제 목숨과 바꿔서라도 신이치의 무죄를 증명하고 싶습니다."

에츠시는 흥분을 가라앉히기 어려웠다. 이런 얘기를 거짓으로 꾸며 내는 것이 가능할까. 불가능해 보였다. 하지만 방심해서는 안 된다. 거짓말일 수도 있다. 기대하게 만들어 놓고 뒤통수를 치는 악질적인 장난일 가능성도 있었다. 메로스가 말하는 증거를 직접 보기 전까지는, 아니 신이치가 석방되는 모습을 보기 전까지는 안심할 수 없었다.

하지만 아무리 침착하려고 애써도 지난 15년간 억눌러 온 감정이 당장이라도 터질 것만 같았다. 눈시울이 뜨거워졌다. 진범에 대한 분노는 간데없고, 그저 감사하는 마음뿐이었다. 역시 신이치는 결백했다. 그 착한 아이가 남을 해칠 리 없었다.

"에츠시 씨, 자수하기 전에 한 번만 만나 주시겠습니까?"

"당신을요?"

"네, 직접 뵙고 사죄드리고 싶습니다."

갑작스러운 제안이었다. 하지만 애초에 이런 일도 있을 수 있겠다 싶어 주택으로 옮긴 것이었다. 물론 만나는 장소는 어디여도 상관없었다. 일단 얼굴을 공개하면 이 메로스라는 남자도 도망칠 생각은 하지 못하게 될 것이다. 자수하겠다는 결심을 돕기 위해서라도 범인과는 만나는 편이 좋았다. 상대가 자신을 해칠 가능성도 낮아 보였다.

"열흘 후는 어떠신가요?"

열흘 후. 정확히 공소시효가 성립하는 날이었다. 에츠시는 잠시 뜸을 들였다. 하지만 답은 이미 정해져 있었다.

"네, 좋습니다."

"자세한 내용은 당일에 다시 연락드리겠습니다. 제가 많이 원망스러우시죠? 그 감정을 다 쏟아내셔도 됩니다. 저는 그럴 만한 짓을 했으니까요."

기계를 통해 변조되긴 했지만 어딘지 모르게 온기가 느껴지는 말투였다.

"뺨이라도 내주겠다는 겁니까? 저는 당신을 조금도 원망하지 않습니다. 오히려 엎드려 절이라도 하고 싶을 지경입니다. 기꺼이 만나 드리죠."

진심이었다.

"그러신가요. 잘 알겠습니다."

메로스는 그렇게 말하고는 잠시 입을 다물었다. 핸드폰 너머로 수첩을 넘기는 듯한 소리가 들렸다. 에츠시는 잠자코 핸드폰을 꼭 붙잡은 채 기다렸다.

이윽고 메로스가 천천히 입을 열었다.

"다만 에츠시 씨가 그날 가지고 와주셨으면 하는 물건이 하나 있습니다."

"그게 뭐죠?"

"돈입니다. 5천만 엔 정도."

에츠시는 저도 모르게 헉 하고 숨을 들이마셨다. 어이가 없었다. 이야기가 갑자기 이렇게 흘러갈 줄은 전혀 예상하지 못했다.

"어떠신가요? 준비 가능하신가요?"

"그건…"

"이미 다 알아봤습니다. 대대로 유복한 집안 출신의 전직 변호사. 딱히 밖에서 돈 쓰고 다니는 걸 즐기는 성격도 아니라 모아 놓은 돈이 꽤 될 것 같은데요."

느닷없이 찬물을 뒤집어쓴 것 같은 기분이었다. 지금껏 평화로운 분위기에서 이야기를 이어온 것은 여기서 다 뒤집어엎기 위해서였나 하는 생각이 들었다.

"여보세요? 에츠시 씨? 듣고 계신가요? 어디 준비하실 수 있겠습니까?"

"그게⋯."

에츠시는 어물거리며 말꼬리를 흐렸다. 돈은 있었다. 월세를 살고 있긴 하지만 메로스 말대로 모아 놓은 돈이 꽤 되었다. 신이치를 위해서라면 그 돈을 전부 다 써버려도 상관없었다. 문제는 이 남자의 인성이다. 사형당하기 싫으니 공소시효가 끝날 때까지 기다려달라는 건 이해할 수 있지만, 이렇게 큰돈을 내놓으라는 건 정상이 아니었다. 메로스의 인간성을 의심하지 않을 수 없었다.

남자가 회개하길 바라는 건 아니었다. 정말로 자수해서 신이치가 풀려난다면 그것으로 충분했다. 비즈니스라고 생각하고 5천만 엔쯤 얼마든지 줄 수 있다. 하지만⋯.

"왜 그러시죠? 아들을 생각하면 이 정도는 바로 받아들이실 줄 알았는데요."

"당신의 인간성⋯ 아니, 약속을 믿을 수가 없어졌습니다."

"제가 돈만 받고 도망치기라도 할 것 같아서요?"

"지금 자기가 얼마나 말도 안 되는 소리를 하고 있는지 모르겠습니까!"

에츠시는 버럭 소리를 지르고 다시 입을 다물었다. 이런 말을 어떻

게 믿을 수 있겠는가. 현재 자신은 거의 한계 상태였다. 마음 같아서
는 상대가 아무리 수상한 제안을 해오더라도 믿고 매달리고 싶었다.
이 메로스라는 인물은 바로 그 점을 정확하게 노리고 있었다. 처음
부터 속일 생각으로 접근한 것임이 분명했다. 하지만 정말로 그렇다
하더라도 단 1퍼센트라도 가능성이 있다면…. 그런 생각을 떨쳐버릴
수가 없었다.

"당신은 5천만 엔이 아까워서 아들이 죽는 걸 두고 보기만 할 생
각입니까?"

"그게 아니라 당신을 못 믿겠다는 겁니다. 죄를 뉘우치고 자수하
는 데 왜 그런 큰돈이 필요합니까? 나도 믿고 싶습니다. 신이치를 구
할 수 있다면 돈이 아니라 내 목숨까지 내놓을 수 있다고요!"

"민사의 공소시효는 아직 남아 있습니다. 지금 자수하면 저는 민
사로 처벌을 받게 되겠지요."

"그게 무서워서 자수를 안 하겠다고요?"

에츠시는 소리 지르고 싶은 것을 가까스로 참았다. 메로스를 믿을
수가 없었다. 하지만 이 사람이 하는 말을 전부 거짓이라고 봐도 되
는 걸까. 게다가 이 제안을 거부할 경우, 달리 신이치를 구할 방법이
있는 것도 아니었다. 전화벨이 울릴 때마다 마음을 졸이는 것도 지
긋지긋했다. 어차피 사형이 집행되고 나면 돈 따위는 아무 의미도 없
다. 에츠시는 잠시 생각을 정리한 다음 천천히 입을 열었다.

"교환 조건을 걸어도 될까요?"

"무슨 뜻이죠?"

"2천 5백만 엔과 당신이 말하는 과도를 교환하자는 겁니다. 과도

에서 피해자의 혈액이 검출되어 진짜라는 사실이 밝혀지면 그때 나머지 2천 5백만 엔을 드리겠습니다."

"아들 목숨을 가지고 흥정을 하겠다는 건가요?"

"그런 게 아니라고 했잖습니까!"

"교환 조건은 받아들이지 않겠습니다."

메로스는 냉정하게 거절했다. 한동안 침묵이 이어졌다. 핸드폰 너머로 메로스의 숨소리만이 전해져 왔다. 어디선가 가츠라가와강의 강물 소리가 어렴풋이 들려왔다. 아니, 어쩌면 기분 탓인지도 몰랐다. 1분 가까이 고민한 끝에 에츠시는 마침내 힘없이 내뱉었다.

"알겠습니다. 5천만 엔 준비하도록 하지요."

4

데마치야나기행 급행열차는 한산한 편이었다.

밤 11시가 넘었으니 그럴 만도 했다. 승객은 술 취한 회사원, 대학생 청년, 술집에서 일하는지 진하게 화장을 한 여성 정도였다. 모두가 피곤해 보이는 표정이었다. 하지만 에츠시는 그들 모두를 날카롭게 주시하며 작은 틈 하나도 놓치지 않겠다는 각오로 주의 깊게 관찰했다.

마치 몸값을 노린 인질극 같다는 생각이 들었다. 에츠시는 알루미늄 합금으로 된 가방을 들고 있었다. 누가 봐도 이런 사건에서 사용될 법한 전형적인 현금 가방이었다. 하지만 실제로 이 가방 안에 5천만 엔이 들어 있으리라고 생각하는 사람은 없을 것이다. 메로스를 제외하면.

메로스의 전화를 받은 지 열흘이 지났다. 약속한 날짜가 되었다는 것은 곧 그 사건으로부터 15년이 지났다는 의미이기도 했다. 메로스가 해외로 도피한 적이 없다면, 앞으로 1시간 후면 공소시효가 성립한다.

메로스는 약속대로 오늘 다시 전화를 걸어왔다. 현금을 두랄루민 케이스에 넣어 지하철을 타고 고조대교까지 오라는 지시였다. 어느 회사에서 생산하는 어떤 종류의 가방인지까지 지정해주는 바람에 에츠시는 급히 나가서 가방을 사와야 했다.

에츠시는 메로스와 약속한 대로 경찰에도 이사와 변호사에게도 알리지 않았다. 스스로 생각하기에도 기특할 지경이었다. 하지만 돈을 신권으로 준비하라는 말은 하지 않았기 때문에 에츠시는 미리 준비한 1만 엔짜리 지폐 5천 장의 일련번호를 모두 사진으로 찍어두었다. 일련번호를 토대로 추적당할 수 있다는 사실을 메로스가 모르지는 않겠지만 혹시나 하는 마음에서였다.

메로스는 에츠시에게 고조대교로 오라고 했다. 하지만 중간에 갑자기 접촉해 올 가능성도 있었기에 에츠시는 승객들에게서 감시의 눈초리를 거두지 않았다. 이윽고 열차가 기요미즈고조역에 도착했다. 에츠시는 다른 승객이 모두 내리는 것을 지켜보고 있다가 문이 닫히기 직전에 마지막으로 열차에서 내렸다. 메로스가 타고 있는지 확인하기 위해서였다. 딱히 수상한 움직임을 보이는 사람은 없었다. 하는 수 없이 개찰구를 통과해 밖으로 나왔다. 교통량은 많은 편이었지만 다리 위에 사람은 별로 없었다.

'여기 메로스가 있는 걸까?'

에츠시는 몇 번씩 뒤를 돌아보며 고조대교 위를 걸어갔다. 이름 모를 상대로부터 학교 뒤뜰로 나와 달라는 러브레터를 받은 소년이 된 기분이었다. 메로스는 자신의 정체를 밝히고 싶지 않을 터였다. 그러니 순순히 모습을 드러내지는 않을 것이다. 다리 위는 통행인이 많지는 않지만 그렇다고 아예 없지도 않았기 때문에 현금을 주고받기에 그다지 적절한 장소가 아니었다. 메로스는 직접 만나서 사과하고 싶다고 했지만 여기서 그럴 것 같지는 않았다.

그때 착신음이 울렸다. 에츠시는 주위를 둘러보며 핸드폰을 주머니에서 꺼냈다. 화면에는 '발신자 정보 없음'이라고 떴다. 아마도 메로스일 것이다. 가모가와강을 향해 서서 조심스럽게 통화 버튼을 눌렀다.

"약속대로 와주셨네요."

메로스가 말했다. 이 타이밍에 전화를 걸어왔다는 것은 근처에 있다는 말이리라. 메로스는 어딘가에서 에츠시를 보고 있었다. 한 번더 주위를 빙 둘러보았지만 보이는 것이라고는 에츠시를 비웃듯 쳐다보는 요시츠네와 벤케이 석상뿐이었다. 메로스는 어딘가 가까이에 있는 건물에서 다리 위를 내려다보고 있는 것일까. 에츠시는 메로스를 찾는 것을 포기하고 다리 난간에 손을 짚었다.

"안 올 겁니까? 설마 이런 곳에 현금을 두고 가라는 말은 아니겠죠?"

"네, 여기서 주고받지는 않을 겁니다. 에츠시 씨를 믿지 못하는 건아니지만 저도 미행이 있거나 할 경우에 대비할 필요가 있으니까요. 이해해 주시기 바랍니다."

"몸값을 노린 유괴 사건도 아닌데 경찰이 움직일 리 없지 않습니까."

"그건 그렇죠. 그래도 만일을 생각해서요. 유괴 사건은 아니지만 비슷하지 않습니까. 약속을 지키지 않으면 죽는 사람이 있고, 대가로 돈을 요구하는 사람도 있으니까요. 경찰에는 알리지 말라는 전형적인 협박 멘트까지. 완벽한 인질극이죠."

메로스의 말은 에츠시가 지하철 안에서 생각한 것과 동일한 내용이었다.

"그래서 메로스인 겁니까?"

"네?"

"다자이 오사무의 〈달려라 메로스〉는 프리드리히 실러의 〈인질〉이라는 작품을 토대로 쓴 소설이죠."

"잘 아시네요."

"인터넷에서 대충 알아본 겁니다."

"그러고 보면 세상 참 편해졌죠? 뭐 그런 건 아무래도 상관없습니다만. 아무튼 아직 공소시효 성립 전이니 신중을 기하고 싶을 뿐입니다. 에츠시 씨, 이대로 고조 거리를 따라 가라스마 거리, 아니 호리카와 거리 쪽으로…."

거기까지 말한 메로스가 잠시 머뭇거렸다.

"왜 그러시죠?"

"여기서 더 먼 게 어느 쪽이죠?"

"그야 당연히 호리카와 거리죠."

"그럼 호리카와 거리까지 천천히 걸어가 주세요."

공소시효는 피의자가 기소되지 않으면 성립한다. 그러니 옛날 형사 드라마에서처럼 날짜가 바뀌기 직전에 잡혀서 공소시효가 성립하지 않게 된다거나 하는 일은 없다. 에츠시는 그렇게 설명했지만 메로스의 생각은 바뀌지 않았다.

"그래도 만일을 위해서요."

"알겠습니다. 이대로 서쪽으로 가면 된다는 거죠?"

"서쪽? 아… 네, 서쪽으로 가시면 됩니다."

에츠시는 현금 가방을 든 채 고조 거리를 서쪽으로 걸어가다가 호리카와 거리와 만나는 지점에서 멈췄다. 거기서 메로스의 연락을 기다렸지만 핸드폰은 좀처럼 울리지 않았다. 에츠시는 등 뒤에서 갑자기 메로스가 공격해 올 경우에 대비해 버스 정거장을 지나 육교 위로 올라갔다. 여기라면 주위에서도 잘 보이고, 육교를 올라오는 사람이 있으면 바로 알아차릴 수 있을 터였다.

다시 전화가 온 것은 그로부터 10분 가까이 지나서였다.

"죄송합니다. 많이 기다리셨죠? 미행은 없는 것 같네요."

"그건 걱정할 필요 없습니다."

"전달 장소를 알려 드리겠습니다. 덴시츠키누케에 있는 엔젤21이라는 아파트 옥상으로 오세요."

"네? 뭐라고요?"

"엔젤21이라는 아파트 옥상입니다. 원래는 비상계단에 자물쇠가 채워져 있어서 올라갈 수 없지만 제가 방금 부숴 놓았습니다. 사실 부수지 않아도 잘만 하면 올라갈 수 있지만요. 저는 몇 년 전인가 몰래 올라와서 여기서 사자자리 유성우를 감상한 적이 있습니다. 정말

장관이더군요. 여기라면 누구의 방해도 받지 않고 에츠시 씨와 단둘이 만날 수 있습니다. 남자 둘이라 그리 낭만적이지는 않지만요."

메로스의 말을 가로막으며 에츠시가 물었다.

"덴시츠키누케라는 게 어디를 말하는 건가요? 통칭입니까? 한 번도 들어본 적이 없는데요."

"지금 어디 계신가요?"

"안 보입니까? 고조호리카와 육교 위에 있습니다."

"고조… 호리카와라고요? 덴시츠키누케로 오세요."

"거기가 어딘지 구체적으로 알려 주세요. 전혀 모르겠으니까."

"아부라노코지 거리는 아시죠?"

"…네, 바로 근처입니다."

에츠시는 작은 소리로 답했다. 아부라노코지 거리는 특별한 의미가 있었다. 피해자인 사와이 메구미의 집으로 이어지는 길이었기 때문이다. 메로스는 일부러 이곳을 고른 것일까.

"거기서 위로 올라오다 보면 엔젤21이라고 적힌 아파트가 보일 겁니다."

에츠시는 전화를 끊고 메로스의 지시에 따라 육교에서 내려와 왔던 길을 다시 되돌아갔다. 얼마 지나지 않아 아부라노코지 거리가 나왔다. 위로 오라는 건 북쪽이라는 뜻이겠지. 에츠시가 사는 주쇼지마 쪽과는 다르게 이쪽은 길이 좁았다. 아부라노코지 거리를 따라 북쪽으로 향했다. 이 주변은 에츠시가 얼마 전까지 살던 미부에서도 멀지 않은 위치였다. 몇 번인가 근처를 지난 적이 있지만 덴시츠키누케라는 지명은 본 적이 없었다.

조금 걸어가자 눈앞에 작은 아파트 하나가 나타났다. 부지 면적은 그리 넓지 않고 대신 위로 높은 편이었다. 옆에 있는 건물과 딱 붙어 있는 모양이 건축 기준법을 위반하지 않는 범위 내에서 최대한 무리 해서 지은 듯했다. 7층짜리 아파트였다. 아파트 옆 전봇대에 '덴시츠 키누케(天使突)'라는 주소가 적힌 광고지가 붙어 있었다. 정말로 이 런 지명이었다니. 엔젤21이라는 아파트 이름은 지명에서 따온 것 같 았다. 어린이용 자전거가 몇 대 세워져 있는 것으로 미루어보아 대학 생이 많이 사는 아파트는 아닌 듯했다.

무성하게 자란 잡초 사이를 지나 아파트 뒤쪽으로 돌자 비상계단 이 보였다. 계단 입구가 쇠사슬과 자물쇠로 잠겨 올라가지 못하게 되 어 있었다. 합판을 기대어 세워 놓은 벽에는 애니메이션 캐릭터 같아 보이는 동물 얼굴 그림과 함께 '위험! 들어가지 마시오'라는 경고 문 구가 적혀 있었다.

에츠시는 자물쇠에 손을 뻗었다. 살짝 힘을 주자 쇠사슬이 스르륵 풀리더니 그대로 계단에 떨어져 철컹철컹 시끄러운 쇳소리를 냈다. 메로스 말대로 열쇠가 부서진 상태였다.

메로스가 옥상에서 기다리고 있다면 방금 난 소리로 에츠시가 도 착했다는 사실을 알아차렸을 것이다. 에츠시는 거침없이 계단을 올 라갔다. 조용한 밤거리에 싸구려 가죽구두 소리가 울렸다. 신문 배 달을 해온 덕분에 단숨에 옥상까지 올라가도 숨이 차지 않았다. 옥 상에는 쓸데없이 여기저기 세워진 안테나 외에는 아무것도 없었다. 생각보다 넓은 공간이 펼쳐져 있었다.

'없나?'

주위를 둘러보았지만 아무도 없었다. 손목시계는 11시 43분을 가리키고 있었다. 이제 곧 공소시효가 성립한다. 드라마에서처럼 시간과의 싸움을 벌이고 있는 상황은 아니지만, 어쩌면 메로스는 오전 0시가 되면 모습을 드러낼 속셈인지도 모르겠다는 생각이 들었다.

에츠시는 옥상 난간 너머로 아래를 내려다보았다. 아래에서 올려다볼 때보다 높게 느껴졌다. 힘을 주어 밀자 난간이 흔들렸다. 여기서 떨어지면 죽겠구나 싶었다. 하지만 메로스가 자기를 여기서 밀어 떨어뜨려 죽일 리는 없었다. 그래 봤자 아무런 이득이 없기 때문이다.

에츠시는 옥상을 둘러보았다. 역시 아무것도 없었다. 특이사항이라면 안테나 하나에 긴 로프가 둘둘 감겨 있는 것 정도였다.

핸드폰이 울린 것은 11시 51분이었다. 에츠시는 곧바로 전화를 받았다.

"정말 오셨네요."

"약속은 지킵니다. 이 두랄루민 가방에 든 지폐도 모두 진짜입니다. 아무한테도 말하지 않았고요. 저는 당신이 자수하기를 바랄 뿐이고, 그러기 위해서라면 뭐든 할 생각입니다. 그러니 당신도 약속을 지켜 주십시오."

메로스는 아무 말도 하지 않았다. 에츠시는 상대의 대답을 듣지 못해 짜증이 났지만 꾹 참고 다시 물었다.

"그래서 이제 어떻게 하면 됩니까?"

"우선 현금이 위조지폐인지 아닌지 확인해야겠지요."

"그럴 필요는 없습니다. 만약 이게 위조지폐일 경우, 곤란해지는 건 당신이 아니라 제 쪽이니까요."

"듣고 보니 그렇군요."

메로스는 잠시 무언가를 생각하는 듯하더니 다시 입을 열었다.

"난간이 보이시지요?"

"여기서 나를 떨어뜨리기라도 할 셈입니까?"

"설마요. 난간 너머로 현금 가방을 아래로 내려보내 주세요. 안테나에 감긴 로프가 있지요?"

"아아, 네."

"그럼 부탁드립니다."

에츠시는 안테나에 감긴 로프를 풀어 가방에 묶었다. 핸드폰 너머로 너무 꽉 묶지는 말되 풀리지 않도록 제대로 묶으라는 메로스의 모순된 주문이 들려왔다. 로프는 생각보다 훨씬 길었고, 한쪽 끝이 안테나에 단단히 고정되어 있었다.

"길이는 미리 계산해 두었으니 딱 맞을 겁니다."

"여기서 아래로 내리면 된다는 거죠?"

난간 폭은 가방 두께보다 훨씬 넓었다. 가방 종류까지 구체적으로 지정한 이유는 바로 이것 때문인 듯했다.

"천천히 내려 주세요. 벽에 부딪혀서 소리가 나면 주민들이 내다볼지도 모르니까요."

"알고 있습니다."

가방을 아래로 내리는 데 2분 정도 걸렸다. 에츠시는 가방을 내리면서 제법 괜찮은 아이디어라고 내심 감탄했다. 이렇게 하면 얼굴을 들킬 걱정도 없고, 이쪽에서 조금이라도 수상한 움직임을 보이면 메로스는 바로 도망칠 수 있다. 비상계단을 빠르고 조용하게 내려갈 수도 없을 뿐더러 뛰어내릴 수 있는 높이도 아니기 때문에 쫓아가는 것은 불가능하다.

마침내 가방이 땅에 닿았다. 로프를 통해 아스팔트의 딱딱한 감촉이 아니라 부드러운 감촉이 느껴졌다. 메로스가 직접 받은 것이다. 난간에서 아래를 내려다보았다. 지금 에츠시와 메로스는 거의 같은 위치에 서 있었다. 두 사람을 가로막고 있는 것은 높이뿐이었다.

"이 로프가 저희를 이어 주었네요. 에츠시 씨, 잘 받았습니다. 진짜네요."

"물론입니다."

"진심으로 감동했습니다. 아무리 사랑하는 아들을 위해서라지만 이렇게까지 할 수 있는 사람이 있다니."

울먹이는 목소리였다. 하지만 그냥 놀리는 것 같기도 했다.

"당신은 정말 대단한 분이시군요. 지폐의 숨은 그림도 다 잘 보이네요. 아, 죄송하지만 로프는 다시 감아올려 주세요."

로프의 무게가 사라졌다. 5천만 엔은 메로스에게 넘어갔다. 이대로 메로스가 사라지면 되찾을 방법은 없었다. 안 좋은 예감에 서둘러 로프를 감아올려 원래 묶여 있던 안테나 쪽으로 집어던졌다.

잠시 후 계속 통화 상태였던 핸드폰에서 메로스의 목소리가 들렸다.

"에츠시 씨, 메로스입니다."

"뭡니까?"

"난간에서 아래쪽을 좀 내려다보세요."

에츠시는 지시에 따라 아래를 내려다보았다. 손전등을 비추자 핸드폰을 귀에 대고 있는 사람이 보였다. 이렇게 더운 날씨에 겨울옷을 입고 스키 모자를 눌러쓰고 있었다. 얼굴은 전혀 보이지 않았다. 신이치가 말한 것처럼 아무런 특징도 찾아볼 수 없었다. 이 녀석이 메로스. 에츠시는 돌연 머릿속이 새하얘지는 것을 느꼈다. 지금 당장 메로스의 눈앞에 뛰어내리고 싶은 충동에 휩싸였다.

메로스는 이쪽을 향해 손을 흔들었다. 놀리는 건가? 하지만 바로 다음 순간, 메로스가 시야에서 사라졌다. 손전등을 비추자 바닥에 웅크리고 있는 것이 보였다.

"죄송합니다. 정말로 죄송합니다!"

에츠시는 어안이 벙벙했다. 메로스는 무릎을 꿇고 엎드려 사과하고 있었다. 핸드폰에서 흐느껴 우는 소리가 들렸다. 에츠시는 메로스가 사죄하는 모습을 잠자코 지켜볼 수밖에 없었다. 이윽고 메로스가 자리에서 일어나 걸음을 옮겼다. 어디론가 사라져버릴 거라고 생각했는데 메로스가 향한 곳은 비상계단 쪽이었다.

"뭐 하는 겁니까?"

메로스는 대답하지 않았다. 시계를 보니 0시 7분이었다. 공소시효는 지났다. 하지만 그건 아무래도 상관없었다.

"메로스! 뭘 하자는 겁니까?"

"돈은 돌려 드리겠습니다. 내려와 보시면 알 겁니다."

"뭐라고요!?"

에츠시는 황급히 비상계단을 뛰어 내려갔다. 조금씩 멀어지는 자전거 소리가 들렸다. 겨우 다 내려와서 주위를 둘러보았지만 메로스의 모습은 보이지 않았다. 비상계단 입구 쪽 애니메이션 캐릭터가 웃고 있는 벽 앞에 두랄루민 가방이 놓여 있었다.

'이럴 거면 대체 왜 이런 짓을 했단 말인가.'

서둘러 가방의 내용물을 확인했다. 익숙하지 않은 형태라서 가방을 여는 데 시간이 걸렸다. 에츠시는 자기 눈을 의심했다. 가방 안에는 현금이 손도 대지 않은 채 그대로 들어 있었다. 아니, 정확히는 에츠시가 준비한 돈보다 훨씬 더 많은 액수가 들어 있었다. 가방 종류를 지정한 것은 이런 식으로 현금을 추가하기 위해서였단 말인가.

끊지 않고 놓아두었던 핸드폰에서 소리가 들렸다.

"에츠시 씨, 정말 죄송했습니다."

"이게 대체 무슨 뜻입니까?"

"제 성의 표시입니다. 이렇게라도 하지 않으면 안 받으실 것 같아서요."

"대체 뭡니까? 도무지 영문을 모르겠군요."

"부디 받아 주십시오, 에츠시 씨. 제발 부탁입니다."

메로스는 울음 섞인 목소리로 애원했다. 에츠시는 전화기를 향해 소리를 질렀지만 이미 전화는 끊긴 뒤였다.

3장

메로스와 디오니스

1

가을 바람이 쌀쌀하게 느껴지는 아침, 지하철 단바바시역 플랫폼
에는 청년 몇 명이 서 있었다.

모두가 똑같은 네이비색 점퍼와 모자, 흰색 장갑을 착용하고 가슴
팍에 명찰을 달고 있었다. 다들 등을 곧게 펴고 역을 출발하는 열차
를 향해 고개 숙여 인사한 다음 선로에 떨어진 물건이 없는지 확인
했다. 모자를 떨어뜨린 초등학생이 선로에 내려가려 하자 한 명이 아
이를 제지하고 막대기로 모자를 집어 올려 주었다. 청년들은 러시아
워 때 몰리는 승객을 열차 안으로 밀어 넣는 일을 했다. 통칭 푸시맨
이라고 불리는 아르바이트였다.

지하철로 통학하는 아이들에게 이 기묘한 군단은 존경의 대상이
아니었다. 푸시맨은 등 뒤에서 몰래 다가가 모자를 빼앗아 달아나는
놀이 상대에 지나지 않았다. 어쩌면 아이들로서는 그것이 좋아하는
히어로에 대한 일종의 애정 표현일 수도 있겠지만.

그날도 줄무늬 티셔츠를 입은 소년이 먹잇감을 노리고 있었다. 아

이는 키가 큰 아르바이트생의 등 뒤에서 소리 없이 다가가 팔짝 뛰어 모자를 벗겼다. 그러면 보통은 모자를 빼앗긴 상대가 화난 척하며 소년과 추격전을 벌였다. 하지만 오늘은 달랐다. 상대는 담담하게 뒤를 돌아보았고, 소년도 달아날 의무를 잊고 그 자리에 멈춰 섰다. 모자 아래에서 나타난 것은 백발이었다. 얼굴에는 지금까지 살아온 60여 년의 세월이 깊게 새겨져 있었다.

"죄송해요."

소년은 꾸벅 고개를 숙이며 모자를 내밀었다. 에츠시는 조용히 모자를 받아들어 다시 썼다.

어제는 너무 많이 마셨다. 가모가와강 주변에 사는 노숙자들을 찾아간 것까지는 좋았는데 마시다 보니 상대방의 페이스에 말려버렸다. 잔뜩 취해 누군가의 텐트에 쓰러져 잠든 것까지는 기억이 났다. 텐트 주인은 수면을 신성불가침의 영역이라고 생각하는 사람이었는지 에츠시가 일어날 때까지 깨우지 않고 친절하게 내버려 두었다.

메로스와 덴시츠키누케에서 만난 그날 이후, 사건은 전혀 진전이 없었다. 메로스에게서도 아무 연락이 없었고, 노숙자도 여럿 만나 이야기를 들어 보았지만 유익한 정보는 얻지 못했다. 메로스가 자수한 것 같지도 않았다. 만약 자수했다면 세상이 떠들썩해졌을 것이다.

그야말로 속수무책이었다. 평일에는 신이치의 사형이 집행되었다는 연락이 오지는 않을까 두려움에 떨다가 금요일이 지나면 그제야 조금 마음을 놓았다. 그런 날들이 의미 없이 계속 반복될 뿐이었다. 전단지를 뿌리는 것도, 노숙자들의 이야기를 들으러 돌아다니는 것도 어쩌면 신이치의 결백을 증명하기 위해서가 아니라 자신의 마음속 빈틈을 조금이라도 메우기 위해서였는지도 몰랐다.

안내 방송이 나오고 급행열차가 도착했다. 만원이라는 말 정도로는 도저히 그 상태를 제대로 전할 수 없을 만큼 어마어마한 규모의 사람들이 타고 있었다. 배를 빵빵하게 부풀린 동화 속 개구리 같았다. 문 쪽에 있던 승객들은 일단 한번 내렸다가 다시 타기 위해 줄을 섰다.

"밀겠습니다."

에츠시는 줄 선 승객의 등을 힘껏 밀었다. 비지땀이 흘렀다. 스무 살 정도 되어 보이는 아르바이트생이 에츠시를 도와 열차 문이 닫히지 않도록 잡아 주었다. 피크 타임은 지났기 때문에 생각보다 수월하게 들어갔다. 에츠시는 문을 잡은 상태에서 한쪽 손을 들어 차장에게 신호를 보냈다.

그때 저쪽에서 젊은 여자가 헐레벌떡 뛰어왔다. 에츠시는 문이 닫히지 않도록 발로 고정한 채 두 손을 교차시켜 차장에게 조금만 더 기다려 달라는 신호를 보냈다. 달려온 여자는 휙 뒤로 돌아 열차에 올라탔지만 안에 있는 사람들에게 밀려 금방 다시 튀어나올 것만 같았다. 에츠시가 밀어 넣으려고 했지만 풍만한 가슴 때문에 밀 수가 없었다. 가장 곤란한 경우였다. 여자의 가슴을 손으로 밀 수는 없었다.

"죄송하지만 반대로 돌아서 주세요."

에츠시의 말에 여자가 한번 내렸다가 뒤돌아서 다시 탔다. 인파에 밀려나오기 전에 에츠시가 여자의 등을 밀어 무사히 문을 닫을 수 있었다. 역을 빠져나가는 차장에게 인사를 할 무렵에는 온몸이 땀으로 흠뻑 젖어 있었다. 에츠시는 흘러내리는 땀을 닦았다. 체력적으로 쉬운 일은 아니지만 이 급행을 보내고 나면 사실상 오늘 일은 끝이었다.

"최고령 푸시맨이네요."

갑자기 들려온 목소리에 뒤를 돌아보니 이사와 변호사가 서 있었다.

"어제도 가모가와강의 노숙자를 찾아가셨었나요? 집 전화를 받지 않으셔서 걱정했습니다. 저는 에츠시 씨가 메로스에게 받은 현금을 조사 중입니다. 거기서 뭔가 돌파구를 찾을 수 있으면 좋을 텐데 쉽지 않네요."

"그 돈을 경찰에 갖다주면 메로스가 약속을 지키지 않을 수도 있을까요?"

"그럴 가능성이 높습니다. 현재로서는 아직 메로스가 자수하지 않겠다고 한 건 아니니까요."

이사와의 대답에 에츠시가 한숨을 내쉬었다.

"그 엔젤21이라는 아파트는 어떤가요?"

"거기 사는 사람들은 대부분 신혼부부 아니면 독거노인입니다. 알고 보니 제가 예전에 신세를 졌던 분도 살고 계시더라고요."

"변호사님 지인이요?"

"네. 연세가 많으신데다가 지병도 있으셔서 그다지 도움이 될 만한 이야기는 듣지 못했습니다만. 주민 중에 딱히 수상한 사람은 없다고 하셨습니다."

"그 외에 뭔가 새로 알게 된 사실은 없나요?"

"이렇다 할 소식은 없습니다."

이사와가 미안하다는 듯 말했다.

"에츠시 씨 몸은 괜찮으신가요?"

"적당히 운동이 돼서 딱 좋습니다."

푸시맨 아르바이트는 이사와의 소개로 시작하게 되었다. 이사와는 과거 이 역에서 꽤 오래 푸시맨으로 일했기 때문에 지금도 역무원들과 사이가 좋았다. 푸시맨 아르바이트는 조건도 괜찮고, 신문 배달만큼 일찍 일어나지 않아도 되기 때문에 편했다. 주말 이틀을 쉬기 때문에 몸이 많이 힘들지도 않았다.

"곧 끝나니 대합실에서 잠시만 기다려 주시겠습니까?"

"더 괜찮은 일자리가 있으면 바로 알려 드릴테니 무리는 하지 마세요. 물론 아직 젊으시지만…. 제가 보기에는 에츠시 씨가 자신을 너무 몰아붙이는 것 같아서요."

"일반 열차가 들어오네요. 그럼 이따 뵙겠습니다."

푸시맨 아르바이트를 마치고 에츠시는 탈의실로 향했다. 스포츠 신문을 돌려 읽는 다른 아르바이트생들은 아직 에츠시가 살아온 인생의 3분의 1밖에 살지 않았다. 청년들이 에츠시에게도 같이 밥 먹으러 가자고 권했지만 거절했다. 이런 노인네를 살뜰히 챙겨주는 착한 녀석들이었다. 먼저 가보겠다고 인사하고 플랫폼으로 돌아와 이사와와 함께 특급 열차에 올라탔다. 러시아워가 지났기 때문에 열차 안은 한산했다. 게이한선은 별로 탈 일이 없다 보니 특급 열차가 이 역이나 주쇼지마역에 선다는 사실이 아직도 신기했다.

"신이치에게 뭔가 전할 말이 있으신가요?"

이사와의 질문에 에츠시는 잠시 생각에 잠겼다. 신이치를 만나러 오사카 구치소에 가는 길이었다. 몇 번째인지 기억도 잘 나지 않았다. 아마 오늘도 만나지는 못하겠지만 그래도 가보지 않을 수 없었다. 이사와의 질문도 신이치가 에츠시를 만나 주지 않으리라는 것을 전제로 하고 있었다. 야기누마는 이사와에게 물었다.

"이제 와서 이런 걸 묻는다는 것도 이상하지만, 신이치는 왜 저를 만나 주지 않는 걸까요?"

"잘 모르겠습니다. 아버지와 만나 보는 게 좋지 않겠냐고 저도 가끔 신이치에게 말을 하기는 하는데 그 얘기만 꺼내면 입을 꾹 다물어버리거든요. 제 스승이신 와타나베 선생님이 담당했을 때부터 그랬다고 들었습니다. 오히려 제가 여쭙고 싶을 지경입니다. 과거에 무슨 일이 있으셨냐고요."

"없지는 않았습니다만…, 그 이유는 아닐 겁니다."

"무슨 일이 있었는데요?"

에츠시는 대답을 얼버무렸다. 그것 때문에 신이치가 자신을 만나 주지 않는 것은 아닐 터였다. 그 일 이후 두 사람 사이에 벽이 생긴 것은 사실이었지만, 에츠시는 그것을 신이치가 어른이 되었다는 의미로 받아들였다.

대답을 하지 않는 에츠시를 답답해하며 이사와가 말했다.

"실은 한 가지 마음에 걸리는 일이 있습니다."

에츠시를 쳐다보는 이사와의 눈빛이 진지했다. 통로를 지나가는 차장이 사라지기를 기다렸다가 이사와가 말을 이었다.

"저도 설마 아니겠지 싶기는 합니다. 하지만 지금까지 15년간 검토해 온 가능성들은 죄다 빗나가지 않았습니까. 그렇다면 다소 비현실적이어도 새로운 가능성을 생각해 봐야 하지 않나 싶습니다. 실은 에츠시 씨에게 메로스와 만났다는 말을 듣고부터 계속 신경이 쓰였습니다."

"뭐가 말이죠?"

"짚이는 데가 없으십니까?"

이사와가 되물었다. 에츠시는 잠시 생각해 보았다. 차창 너머로 작은 역이 나타났다가 사라졌다. 이윽고 이사와가 무슨 말을 하고 싶어 하는지 깨달았다. 짚이는 데라고 하면 한 사람밖에 없었다. 최근 새로 만난 사람은 교토역에서 기타를 치던 청년뿐이었다. 에츠시의 표정이 변한 것을 보고 이사와가 말했다.

"아마 지금 생각하시는 사람이 맞을 겁니다. 타이밍적으로요."

"모치다… 말입니까?"

"네, 맞습니다. 에츠시 씨가 그 청년을 만난 건 우연일까요? 에츠시 씨는 당시 항상 같은 장소에서 전단지를 배포하고 있었습니다. 가해자 부모가 그런 활동을 하는 경우는 거의 없으니 금방 소문이 퍼졌을 겁니다. 게다가 지금은 인터넷의 시대니까요."

"그럼 처음부터 모치다가 의도를 갖고 제게 접근했다는 겁니까?"

"매번 그런 장소에서 기타 연주를 하고 있었다는 게 부자연스럽지 않습니까. 제게는 뭔가 목적이 있었다고밖에 보이지 않습니다. 에츠시 씨에게 접근할 기회를 노리고 있었다고 보는 편이 훨씬 자연스럽죠."

듣고 보니 맞는 말이었다. 하지만 에츠시가 느끼기에 모치다는 그런 사람이 아니었다. 처음에는 에츠시도 수상하다고 생각했다. 그렇지만 몇 번 만나 대화를 나누는 과정에서 의심은 서서히 풀렸다. 지금은 에츠시가 가장 믿고 신뢰하는 사람 중 하나였다.

"에츠시 씨는 그에 대해 얼마나 알고 계십니까?"

"잘 아는 편은 아니지요. 오히려 아무것도 모른다고 하는 게 더 정확할지도 모릅니다. 다만…"

"아는 사람 중에 모치다라는 성을 가진 남자는 없다는 말을 하고 싶으신 건가요? 하지만 에츠시 씨가 그의 신분증을 두 눈으로 직접 확인한 것도 아니지 않습니까."

"가명이라는 건가요?"

"네."

이사와가 대답했다.

"어제 그가 일하는 신문보급소에 가서 알아봤습니다. 김빠질 정도로 바로 답이 나오더군요. 그의 본명은 모치다가 아니라 카사이 하루히코라고 합니다."

모치다의 본명을 듣고 에츠시는 할 말을 잃었다. 카사이는 에츠시 안에 단단히 새겨져 있는 이름이었다. 아마 평생 잊지 못할 것이다. 지옥 밑바닥에서 기어 나온 원혼에게 발목을 붙잡힌 기분이었다.

"뭐라고요?!"

저도 모르게 소리친 후 아차 싶어 열차 안을 둘러보았다. 이쪽을 쳐다보는 사람은 없었지만 다들 무슨 일인가 싶었을 것이다. 에츠시는 목소리를 낮추었다.

"하지만 설마… 그럴 리가…"

"빙빙 돌려 말해서 죄송합니다. 일부러 놀라게 하려던 건 아니었습니다만."

이사와는 잠시 말을 끊었다가 다시 입을 열었다.

"제 쪽에서도 조사해 봤습니다. 카사이 하루히코는 살인사건의 피해자 유족이죠? 방금 에츠시 씨가 놀란 건 18년 전 그 사건 때문이고요."

"맞습니다."

에츠시는 고개를 숙인 채 조용히 설명했다.

"젊었을 때 카미야 미노루라는 남자의 변호를 맡은 적이 있습니다. 신참 변호사였던지라 한참 정의감에 불타고 있을 때였죠. 카미야는 나쁜 목적을 가지고 여중생 집에 침입했다가 들키자 소녀를 목 졸라 죽이고 시간했습니다. 범행 사실은 명백하기 때문에 다툴 것이 없었지만 문제는 양형이었습니다."

"무기징역…, 아니 지금이라면 사형도 가능하겠는데요?"

"카미야는 가정환경에 문제가 있었습니다. 어려서부터 아버지에게 심한 학대를 당했고, 저는 그 점을 최대한 강조했습니다. 검찰의 구형은 사형이었지만 결국 징역 15년으로 형이 확정되었죠. 항소심에서 피해자 유족들이 원통해하던 소리가 지금도 귀에 들리는 것 같습니다."

"가볍네요. 그 정도면 가석방으로 금방 풀려날 수도 있을 것 같은데요."

"맞습니다, 카미야는 모범수였고 가석방됐죠. 그리고 가석방 중에 아까 말한 사건을 일으켰습니다."

재범이라는 문제가 사회적 이슈로 떠오르게 된 사건이었다. 살해당한 사람은 다카라즈카에 위치한 카사이 철공소라는 작은 회사의 사장이었고, 카미야는 보호관찰관의 소개로 그 철공소에서 일하고 있었다. 그러던 어느 날, 갑자기 욱해서 사장을 공구로 때려죽이고 초등학교 5학년짜리 사장 딸을 납치해 도망쳤다.

"납치당한 딸도 결국 죽었죠?"

"네, 두 사람을 죽인 후 카미야 본인도 자살했습니다."

당시 에츠시에게 그 사건은 커다란 충격이었다. 그때까지 해온 일을 모조리 부정당하는 기분이었다. 자신은 피고를 위해 최선을 다했을 뿐이라고, 비난당할 이유는 없다고 생각하려 했지만 쉽지 않았다. 에츠시의 변호 때문에 카미야는 사형을 면했다. 그때 사형당했더라면 이번 비극은 일어나지 않았을 것이다. 단순하기 그지없는 인과의 실을 이성이나 논리의 칼로 끊어내는 것은 불가능했다.

"에츠시 씨가 변호사를 그만둔 것은 그 일 때문인가요?"

이사와의 물음에 에츠시가 고개를 끄덕였다.

"도망친 거죠. 한심한 이야기입니다만."

"신이치도 학교에서 뭔가 말을 들었을까요? 이 사건은 네 아버지 탓이다, 네 아버지는 살인자다 같은…."

"그것까지는 모르겠습니다. 충격을 받은 것 같아 보이기는 했습니다만."

에츠시는 고개를 떨구고 조용히 중얼거렸다.

"저는 그 사건을 계속 외면해 왔습니다."

"에츠시 씨 마음은 이해합니다. 저도 도망치고 싶어질 때가 있으니까요. 변호사는 때때로 악역을 자처해야 합니다. 세상이 욕하는 피고인을 변호하는 일은 변호사로서 일하는 데 마이너스가 될 수도 있기 때문에 보통은 맡지 않으려고 하죠. 그러다 보니 사실상 흉악 범죄를 담당하는 변호사는 정해져 있고요. 그런 것을 모두 감수하고 변호해서 피고의 갱생을 기뻐하기도 하고, 뒤통수를 맞기도 하지요. 그 사건에서는 최악의 가능성이 현실화되었을 뿐입니다."

에츠시는 고개를 저었다.

"유족들에게 그런 건 상관없습니다. 사랑하는 사람이 죽었다는 사실만이 전부죠. 당연합니다. 하지만 저는 그분들의 고통을 제대로 이해하지 못했습니다. 그래서 지금까지 계속 외면해 왔던 거죠."

머리를 감싸 쥐는 에츠시를 이사와는 묵묵히 지켜볼 뿐이었다. 에츠시는 자신이 한 말이 가슴을 후벼 파는 것만 같았다. 이사와의 말대로 모치다를 의심해 봐야 할지도 모른다. 그럴 가능성은 충분했다. 피해자 유족의 비분과 원통함이라면 세상에 못할 일이 없을 테니까. 하지만 만약 그것이 사실이라면 왜 그 분노를 자신에게 터뜨리지 않았을까. 신이치와 죽은 피해자들은 무슨 잘못이란 말인가.

"문제는 신이치가 아니라 카사이 하루히코입니다."

이사와의 말에 에츠시는 그저 알겠다고만 대답했다.

❖

구치소 앞에는 한 무리의 청년들이 모여 있었다.

낫을 쥔 해골이 그려진 플래카드를 들고 있었다. 사형 집행에 반대하는 모임인 듯했다. 구치소는 전국에 몇 군데 있지만, 그중에서도 오사카 구치소는 도쿄 구치소 다음으로 규모가 컸다. 그렇다 보니 사형이 집행된 사람 수도 많았다. 인터넷에서 찾아보니 사형이 집행되는 장소는 오카와강에서 가까운 북쪽 건물이라고 적혀 있었다.

"뭔가 문제가 생기기 전에 일단 면회 신청부터 할까요?"

"네, 신이치가 오늘도 면회를 거부한다면 저는 다카라즈카에 가볼까 합니다. 카사이 씨 댁을 찾아가 보려고요."

이사와는 말없이 턱을 쓰다듬었다. 그것을 보고 에츠시가 다시 물었다.

"시기상조라고 생각하시나요?"

"아니요, 괜찮다고 봅니다. 지금 카사이 씨 댁에 사는 사람은 사장 부인뿐입니다. 하루히코 씨는 신문 배달 아르바이트를 하니 교토에 살고 있겠지요. 신문보급소 소장도 근처에 사는 것 같다고 했습니다. 문제는 부인과 하루히코 씨가 이어져 있느냐는 겁니다."

"공범일 가능성도 있다고 보시나요?"

"실제로 어떤지는 모르지만 그럴 수도 있겠지요. 현재로서는 모든 가능성을 고려해 봐야 하니까요."

가능성은 이사와 변호사가 가장 자주 쓰는 말 중 하나였다.

"섣부른 행동은 하지 않을 테니 걱정하지 않으셔도 됩니다. 멀리서 집을 보기만 하고 돌아올 수도 있고요."

"수상한 사람이라고 의심받지 않도록 조심하세요."

이사와의 말에 에츠시가 미소를 지었다. 긴장이 조금 풀렸다.

"아까 묻다 말았는데 신이치에게 전할 말은 없으신가요?"

"한마디만 전해 주시겠습니까?"

"네, 뭐라고 전하면 될까요?"

에츠시는 잠시 주저하다 입을 열었다.

"아빠는 무슨 일이 있어도 너를 믿는다고, 이 말 한마디만 전해 주십시오."

"알겠습니다."

"좀 낯간지러운가요?"

이사와는 대답 대신 가만히 미소를 지어 보였다.

역시나 면회는 불가능했다. 신이치는 에츠시와 만나기를 거부했다. 에츠시는 신이치에게 전해줄 과자를 이사와에게 맡긴 다음 가장 가까운 미야코지마역에서 지하철을 타고 다카라즈카로 향했다. 18년 전 사건이 일어난 후 에츠시는 몇 번인가 피해자인 카사이 씨의 유족들을 찾아갔다. 하지만 매번 문전박대를 당했다. 당연한 일이었다. 에츠시도 신이치가 체포된 뒤로는 한 번도 찾아가지 않았다. 철공소는 사장이 죽고 문을 닫았다.

생각해 보면 무례하기 짝이 없는 방문이다. 원래대로라면 이렇게 세월이 지나 조의를 표하겠다고 찾아오는 것 자체가 불쾌할 수도 있었다. 하물며 자신은 유족을 의심의 눈초리로 쳐다보고 있었다. 그것도 그냥 나쁜 짓을 했다는 정도가 아니라 사형에 해당하는 중범죄를 저지른 것 아니냐는 의심이었다. 증거는 하나도 없었다. 과대망상에 가까운 추리의 결과일 뿐.

다카라즈카에서 내려 무코가와강을 따라 조금 걸어가자 이윽고 커다란 소나무가 심어진 집이 보였다. 주변 풍경은 예전과 거의 변함이 없었다. 에츠시는 집 앞 철공소가 있던 자리에서 걸음을 멈췄다. 철공소를 허물고 유료 주차장이 들어서 있었다.

주차장 옆 100평 정도 되는 주택 부지에 목조 단층주택과 다실 같아 보이는 별채가 자리잡고 있었다. 깔끔하게 손질된 정원수 사이로 '카사이'라고 적힌 문패가 보였다. 대문이 따로 없어 주택 현관까지는 바로 갈 수 있었다.

에츠시는 현관 앞에서 멈춰 섰다. 우편함 위에 대패로 직접 깎아 만든 나무판이 놓여 있었다. '요시하루, 토코, 하루히코, 마이카'. 나무판에는 멋들어진 붓글씨로 가족 모두의 이름이 적혀 있었다. 하지만 18년 전, 요시하루 씨와 마이카는 죽었다. 이미 죽은 두 사람의 이름이 남아 있다는 사실이 보는 이의 마음을 아프게 했다. 이 집의 시간은 18년 전 그때 멈춰버렸다. 에츠시는 인터폰에 손을 뻗었지만 누르기가 망설여졌다. 숨을 한 번 크게 들이쉬고 조심스럽게 벨을 눌렀다.

잠시 후 천천히 문이 열렸다. 현관문을 열고 나온 사람은 에츠시와 비슷한 나이대의 백발 여성이었다. 여자는 아무 말 없이 가만히 서 있었다. 여자의 표정에서는 아무런 감정도 읽어낼 수 없었다. 나이로 추정컨대 이 여자가 유족인 카사이 토코일 터였다.

"안녕하세요."

일단 인사를 건네기는 했지만 에츠시는 더 무슨 말을 하면 좋을지 알 수가 없었다. 여자가 먼저 입을 열었다.

"많이 변하셨네요. 야기누마 에츠시 씨 맞죠?"

"네, 오랜만에 뵙습니다."

"무슨 일이시죠?"

"많이 늦었지만 부군과 따님 영전에 향을 올리고 싶어 찾아왔습니다."

"…그러시군요."

짧은 대화 사이사이에 가시가 느껴졌다. 하지만 예전에는 말을 붙여볼 새도 없이 문전박대를 당했었으니 오늘은 훨씬 나은 편이었다. 카사이 토코는 대답 대신 현관 체인을 벗기고 문을 열어 주었다. 에츠시는 고맙다고 인사하며 집 안으로 들어갔다.

에츠시가 향을 올리는 사이에 카사이 토코가 다과를 내왔다. 에츠시는 방석에 앉은 채 곁눈으로 토코의 얼굴을 살폈다. 이 여자는 지금 어떤 심경일까.

"벌써 18년이나 지났네요. 여긴 이제 저만 남았어요."

"아드님은, 하루히코 씨는요?"

"잘 지내고 있습니다. 고등학교 졸업 후 일을 시작하고부터는 나가서 혼자 살고 있어요. 벌써 서른인데 좋은 사람이 없는지 아직 결혼은 안 했고요."

18년 전 카미야 미노루의 범행 당시 카사이 하루히코는 아직 초등학교 6학년이었다. 어린 하루히코를 만난 적은 없지만, 만약 그 사건으로 에츠시에게 복수하고자 하는 사람이 있다면 카사이 토코나 카사이 하루히코 외에는 생각할 수 없었다. 신이치의 사건은 그로부터 3년 후에 일어났다. 카사이 토코는 에츠시와 비슷한 연배니 당시 40대였을 것이고, 아들인 하루히코는 열다섯 살이었다. 신이치는 진범이 170센티미터 정도 되는 남자라고 말했다. 모치다는 180에 가깝지만 사건 이후 키가 더 컸을 가능성도 있었다. 문제는 어떻게 피해자들에게 접근해 살해할 수 있었는지, 그리고 어떻게 그 죄를 신이치에게 뒤집어씌울 수 있었는지 하는 점이었다. 답을 찾기는 쉽지 않았다. 전혀 감이 잡히지 않았다.

신이치는 남자에게 공격당했다고 했다. 성별을 헷갈리지는 않았을 테니 범행을 저지른 사람은 아들인 하루히코일 것이다. 만약 이런 말도 안 되는 추리가 사실이라면 에츠시가 찾아 헤매던 진범은 바로 카사이 하루히코라는 말이었다. 다만 직접 범행을 저지르지는 않았더라도 카사이 토코가 하루히코와 엮여 있을 가능성은 있었다.

"자취를 한다니 하루히코는 이 근처가 아니라 어디 먼 곳에서 일하나요?"

"아니요, 교토에 있어요. 그 나이에 엄마랑 둘이 산다는 게 남들 보기 창피했는지…. 하지만 얼굴은 자주 비추는 편이에요."

"무슨 일을 하나요?"

"복지 분야 일을 한다고 들었어요. 어릴 땐 자주 싸워서 문제를 일으키곤 했는데 그런 일이 겪고 남을 배려하게 된 건지도 모르겠네요."

"음악을 좋아하나요?"

"글쎄요, 그런 건 왜 물으시죠?"

"별 의미는 없습니다. 혹시 모치다라는 사람을 아시나요?"

그건 또 왜 묻냐고 미심쩍어할 줄 알았는데 토코는 선선히 대답해 주었다.

"하루히코의 단짝 소꿉친구였어요. 초등학교 때 사고로 죽었지만요."

가명의 유래는 쉽게 밝혀졌다. 에츠시는 토코에게 몇 가지 더 물어보았지만 하루히코의 근무지 등 너무 구체적인 질문은 하기가 어려웠다. 어쨌거나 모치다가 에츠시를 속인 것만은 분명했다. 카사이 토코는 이야기를 계속했다. 원래 말하는 것을 좋아하는 성격인 듯했다.

"그쪽도 많은 일이 있었네요."

듣기에 따라서는 고소해하는 뉘앙스로 받아들일 수도 있는 말이었다. 하지만 토코의 말투로 보건대 그런 의도는 전혀 없는 듯했다. 이쪽에서 먼저 건드리기 어려운 화제를 대신 꺼내줘서 고마울 정도였다. 하지만 그렇다고 얼씨구나 하고 신이치의 사건에 대해 물을 수도 없었다. 에츠시는 그저 작은 목소리로 네, 하고 대답했다.

"그 당시 제가 심한 말을 많이 했었죠?"

토코의 얼굴은 마치 수녀 같았다.

"정말이지 그땐 눈에 보이는 게 없었달까…."

"그럴 만한 상황이었으니까요."

에츠시가 답하자 카사이 토코가 말을 이었다.

"몇 번이고 죽으려 했어요. 나도 따라 죽어야만 한다는 강박관념에 사로잡혀서. 아마 하루히코가 없었다면 죽었을 거예요. 상상도 하지 못했던 끔찍한 일이 벌어져서…."

에츠시는 아무 말 없이 토코의 얼굴을 응시했다. 그녀는 마치 심리상담사 앞에서 자신의 모든 것을 털어놓고 싶어 하는 사람 같았다.

"억지로 말 안 하셔도 됩니다. 괜히 더 힘들어질 수도 있으니까요."

"아니요, 들어 주세요. 그리고 가능하다면 이 고통을 나눠 가져 주세요. 이기적인 부탁입니다만."

이렇게까지 나오니 에츠시로서는 더 할 말이 없었다.

"어떤 사건인지는 알고 계시죠?"

"그야 물론…."

"카미야는 제 남편을 죽인 다음 마이카를 데리고 도망쳤습니다. 그리고 마이카도 죽였죠. 하지만 당시 카미야가 구체적으로 어떤 짓을 했는지에 대해서는 거의 보도된 바가 없습니다. 카미야는 마이카를 납치해서 수차례 성폭행한 후 땅속에 묻었습니다."

에츠시도 모르는 사실이었다. 그럴 가능성도 있겠다 싶기는 했지만 언론에서 보도된 적은 없었다.

"카미야는 자살하기 전에 저희 집에 전화를 걸어왔습니다. 무슨 말을 했을 것 같나요?"

토코는 차분한 목소리로 질문을 던졌다. 흥분을 필사적으로 가라앉히려 하는 것처럼 보이기도 했다. 에츠시는 토코의 시선에 사로잡혀 그녀의 붉게 충혈된 눈동자를 마주 보았다.

"그 짐승 같은 놈은 이렇게 말했어요. 당신 딸은 맛있었다고. 음흉한 목소리로 자기가 어떤 짓을 했는지 의기양양하게 떠들어대더군요. 하지만 저는 수화기를 내려놓을 수가 없었어요. 그 아이가 무슨 짓을 당했든 살아 있기만 하면 그걸로 충분하다고 생각했으니까요. 카미야는 마이카를 죽였다는 말은 하지 않은 채 그런 이야기를 계속 늘어놓았어요. 마이카를 매춘부, 아니 물건으로 취급하는 듯한 말투였죠. 그 아이는 겨우 열한 살이었는데! 마지막에 웃으며 이렇게 말하더군요. 당신 딸은 죽여서 묻어버렸어. 엉망진창으로 만들어서 말이야. 난 이제 죽을 거야. 좋은 일이라고는 전혀 없는 비참한 인생이었지만 마지막에 충분히 즐겼으니 됐어. 불평등한 세상이라고 욕했는데 역시 신은 공평해. 내 인생에 후회는 없어…"

카사이 토코는 입술을 깨물었다.

"이게 인간이 할 짓인가요!"

토코의 얼굴이 붉게 달아올랐다. 에츠시는 할 말을 잃었다. 끔찍한 이야기였다. 인간은 어디까지 악해질 수 있는가. 이런 짐승 같은 인간을 벌하는 방법이 과연 죽음 말고 또 있을까? 나는 이런 괴물을 열심히 변호했었단 말인가. 실제 사건은 신문 기사로 보도되는 내용보다 훨씬 더 잔인하고 비참하다는 것 정도는 알고 있었지만 처음 듣는 사실에 에츠시는 머리를 세게 얻어맞은 기분이었다.

"에츠시 씨는 사형이라는 제도가 필요하다고 생각하시나요?"

대답하기 어려운 질문이었다. 지금 자신이 놓인 상황을 생각하면 대답은 '아니오'였다. 이런 고통이 존재한다는 사실을 알게 됐음에도 불구하고 대답은 '아니오'였다. 그러나 차마 입 밖으로 낼 수는 없었다.

"전 그 일을 겪기 전까지는 사형제도에 대해 생각해 본 적이 없었어요. 하지만 남편과 딸아이가 죽은 후 반드시 필요하다고 생각하게 되었죠. 만약 카미야가 사형을 당했더라면 그 일은 일어나지 않았을 테니까요."

에츠시는 아무 말도 하지 않았다. 이론적으로는 맞는 말이었다. 사형은 궁극의 사회 방어다. 죽여버리면 그 사람은 더 이상 죄를 저지를 수 없다. 죽고 싶지 않으면 죄를 저지르지 않으면 된다. 이 단순명쾌한 논리는 강한 설득력을 가지고 있었다. 하지만 굳이 죽이지 않더라도 종신형만으로도 방어라는 목적은 달성 가능하다. 탈옥은 이야기책 속에서나 가능한 일이기 때문이다. 게다가 이 논리대로라면 사형의 범위는 끝도 없이 확대될 것이고, 약자나 가난한 사람은 배척당하기 쉬웠다. 빈대 잡으려다 초가삼간 다 태우는 격이 될 수 있었다.

고문과도 같은 질문이 쏟아지는 가운데 에츠시는 반듯하게 앉아 묵묵히 듣고만 있었다. 그리고 1시간 후, 카사이 토코에게 고개 숙여 인사하고 자리에서 일어났다.

2

오사카시 조토구 노에역 앞에서 나츠미는 사람을 기다리고 있었다.

롱스커트에 프릴 달린 블라우스를 입고 긴 검은 머리를 하나로 묶은 모습은 수수한 편이었다. 머리띠가 조금만 더 화려했다면 요즘 유행하는 메이드 복장 같아 보였을 것이다. 잠시 후 도착한 초록색 열차에서 소매를 걷어 올린 남자가 내렸다. 야기누마 신이치의 재심을 담당하는 이사와 요지 변호사였다. 이사와는 나츠미를 발견하고 가볍게 숨을 내쉬었다.

"그럼 갈까요?"

두 사람은 나란히 걷기 시작했다.

"면회는 아마 불가능할 겁니다. 신이치가 나츠미 씨를 만나겠다고 하더라도 구치소 측에서 허락하지 않을 테니까요. 신이치의 아버지인 에츠시 씨도 지금까지 한 번도 면회가 성사된 적이 없습니다. 에츠시 씨는 신이치의 누명을 벗기기 위해 노력하고 있습니다."

"사건 후 제가 이바라키에 있는 친척 집에서 살 때, 거기까지 절 찾아오신 적도 있어요."

"사형수는 가족으로부터도 버림받는 일이 많습니다. 신이치 같은 경우가 오히려 드물지요. 아무튼 피해자 유족인 나츠미 씨가 협조해 주실 줄은 몰랐습니다."

"저는 단지 진실을 알고 싶을 뿐이에요."

나츠미는 오해하지 말라는 투로 말했다.

메로스라는 의문의 인물로부터 전화를 받은 후부터 나츠미는 내
내 마음이 어지러웠다. 메로스는 야기누마 신이치가 결백하다고 말
했다. 그뿐만 아니라 〈달려라 메로스〉 대본에 대해 알고 있었다. 현
장에 있었던 사람이 아니라면 알 수 없는 사실이었다. 이사와의 말
에 따르면 메로스는 야기누마 에츠시와 접촉해 5천만 엔을 건네고
사라졌다고 했다. 뭐가 뭔지 도무지 이해가 되지 않았다. 그래서 결
국 오늘 여기까지 오게 된 것이다. 야기누마 신이치에게 면회를 신청
하기 위해서.

두 사람은 서쪽으로 발걸음을 옮겼다. 생각했던 것보다 거리가 있
었다. 30분 정도 걸으니 그제야 커다란 건물이 시야에 들어왔다.

"저기가 정문입니다."

이사와가 말했다. 나츠미는 이사와가 가리키는 쪽을 쳐다보았다.
훨씬 더 크고 튼튼한 문을 상상했는데 구치소의 검은 문은 평범한
부잣집 대문 같아 보였다. 두 사람은 면회소 입구까지 걸어갔다.

"신이치는 아마 저 건물에 있을 겁니다."

도중에 이사와가 가리킨 방향에는 별다른 특징이 없는 건물이 서
있었다. 어떻게 반응해야 할지 난감했지만 아무튼 야기누마 신이치
와 자신은 현재 물리적으로 상당히 가까운 위치에 있다는 말이었다.
이 정도로 가까운 거리는 항소심 이후 처음이라는 사실이 나츠미의
긴장감을 고조시켰다.

야기누마 신이치의 아버지는 매달 이곳을 방문하고 있지만 아들이 면회를 거절해서 한 번도 만나지는 못했고, 매번 먹을 것만 넣어 주고 돌아간다고 했다. 만나지 못하더라도 가까이 있고 싶다는 심정은 이해가 갔다. 하지만 어째서 신이치는 아버지를 만나 주지 않는 걸까.

"일단 면회신청서부터 쓰시죠."

이사와가 말했다. 나츠미도 뒤따라갔다. 문득 고개를 돌려 주위를 둘러보았다. 지금 나츠미의 마음속에는 야기누마 신이치가 언니를 죽였는지 아닌지 그 답을 얻고 싶다는 생각뿐이었다. 면회는 한 번에 세 명까지 가능했다. 나츠미는 면회신청서에 자신의 이름을 적어 넣었다.

잠시 후 별실로 안내된 나츠미는 예상대로 구치소 직원에게 면회가 불가능하다는 설명을 들었다. 사형수는 기본적으로 가족이나 변호사밖에 만날 수 없었다. '심신의 안정에 도움이 되는 자'라고 구치소 소장이 판단한 경우에는 면회가 가능하다고 하지만 이 조건을 만족하는 사람은 거의 없었다. 처음부터 이사와도 아마 어려울 거라고 말했었다. 그나마 이들이 자신을 정중하게 대해주는 것은 피해자 유족이기 때문이리라. 피해자 유족이 사형수에게 면회를 신청하는 일은 극히 드물었다. 나츠미 역시 메로스가 아니었다면 여기까지 올 일은 없었을 것이다. 직원들도 내심 귀찮아하고 있을지도 모르겠다는 생각이 들었다.

"면회 거절은 구치소의 판단인가요, 아니면 야기누마 신이치의 뜻인가요?"

"구치소의 판단입니다. 예전에는 형 집행 일정을 며칠 전에 고지했지만 현재 사형수들은 언제 사신이 낫을 휘두를지 모르는 가혹한 상황에 놓여 있습니다. 절망한 나머지 도주 또는 자살을 시도해서 시설 관리나 질서 유지에 지장을 초래할 우려가 있기 때문에 사형수의 심신의 안정은 엄격하게 지켜질 필요가 있습니다."

사신의 낫 어쩌고 하는 고상한 문학적 표현 외에는 판결문을 그대로 인용한 듯한 내용이었다.

"그건 사형수에 따라 다르지 않을까요? 소란을 피우는 사람도 있는가 하면 조용히 형장의 이슬로 사라지는 사람도 있을 테니까요. 야기누마 신이치는 수기에서 명경지수와 같은 마음이라고 했습니다. 게다가 저희 피해자 유족 입장에서는 사형수와의 면회를 통해 치유받는 부분도 있을 것 같은데요."

일단 그럴 듯한 말로 우겨 봤다. 의미 없는 발버둥이었지만.

"유족분들 입장은 저희도 충분히 고려해야 한다고 생각합니다. 그래도 역시 사형수의 심신의 안정이라는 측면에서 보면 이런 판단을 내리지 않을 수 없습니다."

"공무원식 일처리네요."

구치소 직원은 말없이 쓴웃음을 지었다. 나츠미는 더는 무슨 말을 해도 소용없다는 것을 깨달았다. 한동안 실랑이를 벌이다 결국 포기하고 자리에서 일어났다. 그것을 보고 옆에 앉아 있던 젊은 남자 직원이 나츠미에게 물었다.

"하나만 여쭤봐도 될까요? 피해자 유족이 사형수를 만나러 오는 경우는 거의 없습니다. 그래서 저희, 아니 저는 굉장히 놀랐습니다."

"아, 네."

나츠미는 심드렁하게 대꾸했다.

"이런 말을 해도 되는지 잘 모르겠습니다만, 어쩌다 사형수의 면회를 올 생각을 하게 되셨는지 여쭤봐도 될까요? 앞으로의 구치소 운영에 참고가 되지 않을까 싶어서요."

아까까지 설명을 하던 나이 많은 직원이 떨떠름한 표정을 지었다. 이런 질문을 받을 거라고는 예상하지 못했기 때문에 나츠미는 조금 당황했다.

"누명을 쓰고 죽는 사람은 없어야 하니까요."

짧게 대답하고 서둘러 방을 나왔다.

구치소 밖은 조용했다. 이사와는 야기누마 신이치와 면회 중이다. 보통 수감자들처럼 면회객이 많아서 기다려야 하는 일은 없었다. 시간도 30분으로 정해져 있으니 여기서 기다리고 있으면 곧 나올 터였다.

"실례합니다. 사와이 나츠미 씨 맞으시죠?"

갑자기 누군가가 부르는 소리에 나츠미는 옆을 돌아보았다. 턱이 뾰족하고 키가 큰 여자가 미소를 지으며 서 있었다. 어디선가 본 얼굴이었다. 나츠미는 귀찮다는 듯 통명스럽게 대답했다.

"네, 그런데요."

"오랜만이네요. 마나카입니다. 예전에 한 번 뵌 적이 있죠?"

마나카 유코라는 저널리스트였다. 30대 중반의 전직 아나운서로, 3년 전 나츠미를 취재한 적이 있었다. 마나카는 피해자 유족의 목소리를 전달해서 더 좋은 사회를 만들고 싶다고 설명했다.

"깜짝 놀랐어요. 나츠미 씨가 왜 이런 곳에?"

"마나카 기자님이야말로 무슨 일로 오셨나요?"

"저요? 저는 사형수 취재차 왔습니다. 종종 들르는 편이에요. 신뢰 관계가 중요하거든요."

"사형수는 면회가 불가능하지 않나요? 만에 하나 면회가 이루어진 다고 하더라도 기사화할 수는 없을 텐데요."

마나카는 웃으며 대답했다.

"그래도 취재할 가치는 있어요. 특히 재판원 제도(한국의 국민참 여재판에 해당하며, 재판관과 재판원이 다수결로 결정한 판결이 구 속력 있게 작용한다-옮긴이) 실행을 앞두고 사형제도에 대해 제대로 고민해 볼 필요가 있으니까요. 회복적 사법에 대해서도 여러 각도에 서 취재하고 있습니다."

"입장이 바뀌셨나요?"

마나카가 어리둥절한 표정으로 나츠미를 쳐다봤다.

"전에는 피해자 유족의 목소리를 전하고 싶다고 하셨잖아요. 그런 데 지금은 가해자 편으로 돌아서신 건가요?"

"설마요. 피해자 유족에 대한 지원이 중요하다는 생각은 변함이 없 습니다. 다만 최근의 엄벌화 경향은 약간 정도가 지나치지 않나 싶어 서요. 사형 판결도 그렇고 사형이 집행되는 건수도 극단적으로 증가 했죠. 갑자기 흉악 범죄가 늘어난 것도 아닌데 말이에요."

나츠미는 그런 엄벌화 기류를 조성하는 데 당신도 일조한 거 아니 냐고 생각했지만 입 밖으로 내지는 않았다.

"나츠미 씨는 무슨 일로 오셨나요?"

나츠미는 저도 모르게 얼굴을 숙였다가 다시 고개를 들고 마나카를 똑바로 쳐다보며 말했다.

"야기누마 신이치를 만나러 왔습니다."

"혹시나 싶었는데 정말 그러셨군요."

"그것 말고 제가 여기 올 이유가 없으니까요."

"만나셨나요?"

나츠미는 말없이 고개를 저었다.

"그런데 갑자기 왜요? 진심으로 증오했잖아요."

마나카는 이해가 안 간다는 표정을 지어 보였지만 속에서는 저널리스트로서의 본능이 끓어오르고 있을 터였다. 과거 죽이고 싶을 만큼 증오하던 가해자를 용서한 여자. 대중이 좋아할 법한 화해와 치유의 스토리였다. 진실은 이야기라는 콘텐츠 안에서 원형을 찾아볼 수 없을 정도로 변형되어 소비된다.

"역시 그 수기의 영향인가요?"

"그건 상관없어요."

"그럼 왜죠? 자세히 좀 말씀해 주세요."

그때 등 뒤에서 나츠미를 부르는 소리가 들렸다. 면회를 마치고 나온 이사와가 이쪽을 노려보고 있었다. 마나카는 이사와를 보더니 나츠미에게 자신의 전화번호를 적은 종이를 주면서 나중에 연락 달라고 하고는 가버렸다.

"방금 마나카 유코 맞죠? 곤란하게 됐네요."

"왜 그러시는데요? 이사와 변호사님 표정이 안 좋으세요."

"예전에 저 사람 기사에서 신이치를 안 좋게 썼거든요. 나츠미 씨가 신이치를 만나러 온 걸 기사로 내거나 하면 메로스가 어떻게 생각할지 걱정도 되고요."

"별로 상관없을 것 같은데요? 그보다 어땠나요?"

이사와는 바로 대답하지 않고 주위에 사람이 있지는 않은지 살피며 역으로 가는 방향을 가리켰다. 나츠미는 이사와를 따라 천천히 걸음을 옮겼다.

"신이치는 나츠미 씨가 만나고 싶어 한다는 말을 듣고 매우 놀란 듯했습니다. 혹시 궁금한 게 있다면 제가 다음에 왔을 때 대신 물어보겠습니다."

이사와의 말에 나츠미는 잠시 무언가를 생각하는 것 같더니 이윽고 천천히 입을 열었다.

"뭘 묻고 싶었다기보다 제 질문에 그 사람이 어떻게 반응하는지를 보고 싶었어요. 같은 질문이라도 누가 대신 물어봐 주는 것과 상대의 눈을 보며 직접 묻는 건 다르잖아요. 제가 독심술을 하는 건 아니지만 그래도 한번 직접 만나서 이야기를 해보고 싶었어요."

나츠미의 대답에 이사와는 고개를 끄덕였다.

"그렇기는 하죠. 간접적으로 전해 들으면 오해가 생기기도 쉬우니까요. 오해로 인해 상대를 나쁜 놈이라고 넘겨짚기도 하고, 잘못된 선입견 때문에 불필요할 정도로 증오하게 되기도 하고."

"아까 마나카 기자님과도 잠깐 얘기했는데 그런 문제를 해결하는 방법이 회복적 사법일까요? 저도 임상심리사 자격증을 딸 때 공부한 적이 있지만 잘 모르겠어요."

"가해자와 피해자의 대화는 가능성을 내포하고 있습니다. 사건 직후에는 대화가 불가능하더라도 긴 시간이 지나면서 서로 생각이 바

뛰기도 하니까요. 가해자가 갱생하는 경우도 있고요. 물론 저도 나츠미 씨 같은 피해자 유족의 상처가 쉽게 치유될 수 있는 종류의 아픔이 아니라는 사실은 잘 알고 있습니다. 하지만 마나카 기자가 쓴 책을 보면 피해자 유족은 가해자의 갱생 따위는 바라지 않는다, 그저 가해자가 죽기만을 바란다고 적혀 있습니다."

나츠미는 이사와의 말을 듣고 저도 모르게 반박했다.

"맞는 말 아닌가요? 저도…."

"네, 압니다. 하지만 가해자가 갱생한 것을 보고, 용서는 불가능하지만 마음이 조금 편해졌다는 피해자도 있습니다. 사형에 반대하는 유족들도 있고요."

"그건 극히 일부잖아요."

"소수 의견도 존중되어야죠."

그건 그렇다. 나츠미는 바로 사과했다.

"사건 직후의 피해자에게 가해자를 죽이지 말라고 하는 건 너무 가혹하죠. 하지만 그때 느끼는 슬픔과 고통이 영원하지는 않습니다. 가해자의 갱생으로 치유될 수도 있는데 그 가능성을 순간의 고통에서 벗어나기 위해 완전히 없애버린다는 건 좀 불합리하지 않나 싶습니다."

"순간의 고통이라고요? 저는 15년이나 고통받아왔는데요?"

"어폐가 있었던 것 같네요. 그건 사과드리죠. 하지만 나츠미 씨에게도 아직 가능성은 남아 있습니다. 신이치는…, 아닙니다, 죄송합니다."

그 말을 끝으로 두 사람은 한동안 아무 말 없이 걷기만 했다. 신호등에 걸려 멈춰 섰다. 신호가 굉장히 길게 느껴졌다. 나츠미가 느끼기에 이사와는 사람을 너무 성선설의 입장에서 바라보는 것 같았다. 유족의 원통함은 시간이 지난다고 사라지는 성질의 것이 아니었다. 가해자의 갱생 운운하는 말은 단순히 판단을 뒤로 미루고 희박한 가능성에 매달리는 것으로밖에 보이지 않았다. 하지만 전혀 일리가 없는 말도 아니어서 완전히 부정할 수는 없었다.

"아까도 말씀드렸지만 저는 야기누마 신이치가 정말로 언니를 죽였는지 아닌지를 알고 싶을 뿐이에요. 변호사님 생각은 어떠신가요? 정말로 그 메로스라는 사람이 진범이고 야기누마 신이치는 결백하다고 보시나요? 솔직하게 말씀해 주세요. 몇 퍼센트 정도…."

"저는 100프로 누명이라고 생각합니다."

이사와는 나츠미의 말을 중간에 끊으며 단언했다. 흔들림 없는 표정이었다.

"나츠미 씨는 사건 전부터 신이치와 알고 지내셨죠? 나쁜 사람 같던가요?"

나츠미는 고개를 저었다. 그러고는 작게 한숨을 내쉬며 중얼거렸다.

"좋은 사람이라고 생각해요. 같이 있으면 즐거운 사람이기도 하고요. 가슴속에는 슬픔을 감추고 있으면서 항상 웃는 얼굴로…."

나츠미는 거기서 말을 멈추었다. 이사와가 흥미로운 눈빛으로 이쪽을 쳐다보고 있었다. 아차 싶었다. 쓸데없이 너무 떠들어버렸다. 나츠미가 입을 다물자 이사와는 아쉽다는 표정을 지었다. 두 사람은 한동안 말없이 걷다가 교바시역에서 지하철을 탔다.

이사와는 법률사무소가 있는 기온시조역에서 먼저 내렸고, 나츠미는 데마치야나기역에서 내려 혼자 집으로 돌아왔다.

짐을 내려놓고 길게 한숨을 내쉬었다. 오늘 오사카 구치소를 방문한 것은 결국 헛걸음이었다. 이대로라면 야기누마 신이치에게서 정보를 얻는 것이 문제가 아니라 면회 자체가 100프로 불가능해 보였다. 100프로라…. 그러고 보니 이사와는 신이치가 100프로 결백하다고 했다. 물론 확신에 찬 태도에는 어느 정도 연기가 섞여 있었겠지만 아무튼 그만큼 자신의 행동에 신념을 가지고 있다는 말이리라.

부재중 전화에 불이 깜박이고 있었다. 확인해 보니 녹음된 네 건 모두 빈 메시지였다. 나츠미는 업무와 관련된 연락도 사적인 연락도 모두 핸드폰을 사용하기 때문에 집으로 걸려오는 전화는 대부분 광고였다. 설마…. 안 좋은 예감이 들었다. 샤워를 하고 나와 저녁 준비를 시작했을 때, 그 예감은 들어맞았다.

전화벨이 울렸다. 나츠미는 조심스럽게 수화기를 들어올렸다.

"일은 끝나셨나요?"

낮은 남자 목소리였다. 나츠미는 흠칫 놀랐다. 역시 메로스였다. 반 년만이었지만 바로 알아보았다. 하지만 왜 이제 와서…? 혹시 오늘 오사카 구치소를 방문해서인가? 그걸 알고 있나? 아니다, 메로스는 나츠미에게 일이 끝났느냐고 물었다. 이 타이밍에 전화를 걸어온 것은 단순히 우연의 일치인 듯했다.

"오늘은 쉬는 날이었어요. 무슨 일이시죠?"

"나츠미 씨, 언니를 기억하시나요?"

"네?"

질문의 의도를 알 수 없어 나츠미는 대답을 얼버무렸다. 메로스는 개의치 않고 말을 계속 했다.

"나츠미 씨는 언니가 왜 그런 식으로 살해당했다고 생각하시나요?"

나츠미는 두 눈을 크게 떴다. 그날의 정황이 머릿속에 떠올랐다. 언니는 칼로 십여 군데를 찔렸다. 같은 인간이라고는 생각하기 어려울 정도로 무시무시한 악의가 느껴졌다. 억눌러온 기억이 되살아나 수화기를 쥔 손이 부들부들 떨렸다.

"저는 그날 일을 잊을 수가 없습니다."

"뭐 하자는 거예요, 이 살인자!"

"죄송합니다, 도발하려는 의도는 아니었습니다. 그날 일을 떠올리면 마음이 아프다는 말을 하고 싶었습니다. 저는 죽은 메구미 씨를 도저히 똑바로 쳐다볼 수가 없었습니다."

메로스의 목소리가 떨렸다. 나츠미는 순간적으로 끓는점을 훌쩍 넘겼던 감정이 조금씩 잦아드는 것을 느꼈다. 메로스가 언니를 죽였다는 확실한 증거 따윈 없었다. 그렇지만 언니에 대해 이야기할 때면 늘 몸이 먼저 반응해버렸다.

"메로스 씨, 당신 자수하겠다고 하지 않았나요?"

"마음 같아서는 당장이라도 그러고 싶습니다."

"하면 되잖아요."

"그게 그렇게 쉽지가 않습니다. 저 혼자만의 문제가 아니라서요…"

메로스가 입을 다물었다. 나츠미는 곰곰이 생각해 보았다. 자기 혼자만의 문제가 아니라는 게 대체 무슨 의미일까. 그러고 보니 이사와 변호사도 말하지 않았던가, 메로스는 야기누마 신이치의 수기가 발표되기 전부터 자수하고 싶어 했다고. 단순한 장난이라고 보기에는 너무 끈질겼다. 거짓말을 반복하다 보면 늑대소년처럼 아무도 믿어주지 않게 될 것이 뻔한데 왜 이러는 걸까.

"메로스 씨, 당신이 자수하면 다 끝나는 것 아닌가요? 왜 자수를 안 하는 거죠?"

"방금 설명했잖습니까. 할 수가 없다고."

"스스로 잘못했다고 생각한다면 얼마든지 자수할 수 있을 텐데요."

"하고 싶은데 할 수가 없다고요! 그렇게 말하고 있지 않습니까!"

메로스가 소리를 질렀다. 처음 듣는 큰 소리였다. 군데군데 간사이 지역 사투리가 섞여 있었다. 나츠미는 남자가 자기에게 소리를 지르면 마음속 상처를 짓밟히는 듯한 느낌을 받았지만, 메로스의 고함에는 그저 조금 놀랐을 뿐이었다. 지원 센터를 찾아오는 사람들과 마찬가지로 극심한 고통에서 비롯된 비명처럼 들렸기 때문이다. 고통에서 벗어나기 위한 필사적인 발버둥. 메로스는 진심으로 자수하고 싶어 한다는 생각이 들었다.

"모르겠어요, 어떻게 하면 됩니까? 전 정말 어떻게 해야 하느냔 말입니다!"

메로스는 패닉에 빠진 듯했다. 처음 전화를 걸어왔을 때의 침착하고 이성적인 태도는 어디로 가버린 걸까. 다시 어린아이로 돌아가기라도 한 것처럼 의미를 알 수 없는 소리를 내지르고 있었다. 대체 뭐지? 연기인가? 하지만 연기를 할 이유가 없었다. 나츠미는 지금 상황이 잘 이해가 되지 않았지만 일단 메로스에게 물었다.

"메로스 씨, 진심인 거죠? 진심으로 야기누마 신이치를 구하고 싶다고 생각하는 거죠? 그는 무죄니까. 맞죠?"

"네, 네, 그렇습니다!"

메로스는 아이처럼 같은 말을 계속 반복했다. 때때로 흐느껴 울며 코를 훌쩍이는 소리가 들렸다. 구해 달라고, 야기누마 신이치를 제발 구해 달라고 나츠미에게 애원했다. 나츠미는 뭐가 뭔지 알 수가 없었다. 얼마나 시간이 지났을까. 겨우 이성을 되찾은 메로스가 문득 생각난 듯 말했다.

"나츠미 씨, 당신도 그 대본을 봤죠?"

"네? 아, 네. 그런데요?"

"그렇다면 이해할 수 있겠네요. 제가 자수하지 못하는 이유는 디오니스 때문입니다."

디오니스? 디오니스는 〈달려라 메로스〉에 등장하는 왕의 이름이었다. 의심에 가득 차 죄 없는 사람들을 마구 죽이는 폭군. 그런데 그게 어쨌단 말인가. 나츠미의 머리가 빠르게 돌아갔다. 이윽고 한 가지 생각이 떠올랐다. 공범이 있을 가능성.

공범의 존재에 대해서는 지금까지도 생각을 안 해본 것은 아니었다. 두 사람이나 죽었으니 혼자보다는 여럿이 함께 하는 편이 더 수월했을 것이다. 만약 그들이 처음부터 야기누마 신이치에게 죄를 뒤집어씌울 생각이었다면 더더욱 그랬다. 디오니스야말로 이 사건의 주범이다…, 메로스는 이렇게 말하고 싶은 걸까. 메로스는 당장이라도 자수하고 싶지만 공범인 디오니스가 무서워서 못하고 있다고.

"나츠미 씨, 부탁입니다. 제발 좀 체포해 주세요."

메로스의 말에 나츠미는 잠깐만 기다려 달라고 다급하게 외쳤지만 전화는 이미 끊긴 뒤였다.

바로 시조법률사무소에 전화를 걸었지만 이사와는 자리에 없었다. 하지만 얼마 지나지 않아 나츠미의 핸드폰이 울렸다. 이사와였다. 사무소 직원이 연락한 모양이었다.

"나츠미 씨, 무슨 일이시죠?"

나츠미는 메로스에게서 전화가 왔다는 사실을 전했다. 이사와는 상당히 놀란 듯 자세한 이야기를 듣고 싶다고 했다. 마침 볼일이 있어서 근처에 와 있다고 하길래 니시진 우체국 앞에서 만나기로 했다.

니시진 우체국은 이마데가와 거리와 센본 거리가 교차하는 지점에 위치한 꽤 큰 규모의 우체국이다. 나츠미네 집에서는 자전거로 5분 정도 걸렸다. 이사와는 아직 도착하지 않은 듯했다. 늦은 시간이었지만 현금자동입출금기는 사용할 수 있었다. 나츠미는 우체국 계좌에서 생활비를 인출한 다음 주차장 근처에서 기다렸다.

이윽고 이사와가 나타났다. 서둘러 오느라 땀범벅이 되어 있을 줄 알았는데 의외로 괜찮아 보였다. 나츠미는 자전거를 끌고 인적이 드문 골목으로 들어갔다. 여기라면 아무도 듣는 사람이 없을 것 같았다. 나츠미는 방금 전 메로스와의 통화가 머리에서 떠나지 않아 흥분한 어조로 물었다.

"메로스는 대체 무슨 생각인 걸까요?"

"모르겠습니다. 저도 여기까지 오면서 여러모로 생각해 봤지만 모두 근거 없는 억측에 지나지 않으니까요. 굳이 말하자면 이런 거 아닐까요? 자수하더라도 공소시효가 지났다면 죄를 묻지 않으니 메로스로서는 오히려 그게 더 위험할 수도 있다⋯."

"배신으로 간주될 거라는 말씀이신가요?"

"맞습니다."

이사와가 고개를 끄덕였다.

"들킨 거라면 디오니스에게 할 말이라도 있겠지만 자수라면 얘기가 다르니까요."

"잘 이해가 가지 않는데요. 이사와 변호사님이 알고 계신 사실을 다 알려 주실 수는 없나요? 저는 야기누마 신이치를… 아니 진실을 알고 싶어요!"

이사와는 고민하듯 손을 입에 가져다 댄 채 고개를 숙였다. 나츠미는 주위에 아무도 없는지 다시 한번 확인한 뒤 이사와에게 제발 알려 달라고 간청했다. 이사와는 긴 한숨을 내쉬더니 고개를 끄덕였다.

"알겠습니다. 믿기 어렵겠지만…."

이사와는 가석방 중인 살인범에게 아버지와 여동생을 살해당한 모치다라는 청년의 사연을 들려주었다. 지금은 모치다라는 이름을 쓰고 있지만 본명은 카사이 하루히코라고 했다.

"그 살인범을 변호해 가석방을 받아낸 사람이 야기누마 에츠시…, 신이치의 아버지입니다."

나츠미는 할 말을 잃었다. 18년 전 사건에 대한 원한 때문에 범죄를 저지르고 누명을 씌운다는 것이 지나치게 비현실적으로 느껴졌다. 하지만 모치다라는 남자가 정말로 카사이 하루히코라면 그럴 수도 있겠다 싶기도 했다. 갈 곳 없는 분노를 어딘가에 쏟아내고 싶었는지도 모른다. 모치다는 얼마 전부터 야기누마 신이치의 아버지와 친해졌다는데 두 사람이 우연히 알게 되었을 가능성은 낮았다. 모치다가 고의로 접근했다고 보는 것이 현실적이었다.

나츠미는 곰곰이 생각해 보았다. 아까 메로스가 한 말이 떠올랐다. 디오니스 때문에 자수할 수 없다는 말은 곧 공범이 있다는 뜻이리라. 메로스의 말투에서 유추컨대 범인은 디오니스와 메로스 두 사람이고, 디오니스가 주범이라는 느낌이었다. 그 사실이 카사이 모자와 겹쳐졌다. 부모와 자식, 주모자와 실행범.

"설마 메로스가 카사이 하루히코이고, 디오니스는 그의 어머니인 카사이 토코라는 걸까요?"

나츠미가 말했다. 이사와는 고개를 끄덕였다.

"메로스…, 아니 정확히는 디오니스라고 해야겠지요. 그녀가 음성변조기를 사용한 이유도 설명이 됩니다. 다들 범인은 남자라고 생각하고 있는데 여자 목소리로 전화가 걸려오면 이상하게 여길 테니까요. 하지만 왜 메로스는 에츠시 씨가 아니라 나츠미 씨에게 연락해 왔는지, 그걸 모르겠습니다."

이사와의 의문에 나츠미가 자신이 추리한 바를 설명했다.

"연락은 디오니스가 담당하고 있었던 게 아닐까요? 메로스는 에츠시 씨의 연락처를 모르고 음성변조기도 사용할 수 없는 상황에서 디오니스 몰래 저희 집에 전화를 걸어온 거죠. 양심에 가책을 느껴서요."

"그럴 수도 있겠네요."

이사와가 동의를 표했다.

"계획을 짠 사람은 디오니스, 즉 카사이 토코이고, 실제로 범행을 저지른 사람은 메로스, 즉 카사이 하루히코라는 거죠. 법률사무소와 에츠시 씨에게 전화를 걸어온 음성변조 목소리의 주인공은 카사이 토코였고, 나츠미 씨에게 전화한 사람은 카사이 하루히코였다. 어머니는 지금도 에츠시 씨에 대한 분노를 가라앉히지 못하고 있는 반면 아들은 비교적 이성적인 인물이다. 대충 이런 모자 관계를 그려 볼 수 있겠네요."

"제가 이해가 안 가는 부분은 따로 있어요."

나츠미의 말에 이사와가 궁금하다는 듯 고개를 들었다. 나츠미는 말을 이었다.

"왜 디오니스인 걸까요? 공범 이름이 디오니스라는 건 이상하지 않나요? 메로스의 죽마고우인 친구 이름은 세리눈티우스잖아요."

"굉장히 사소한 부분에 집착하시네요."

이사와는 어이가 없다는 듯 웃었지만 나츠미의 진지한 표정을 보고 얼른 미소를 거두었다.

"딱히 깊은 뜻은 없지 않을까요? 디오니스라는 이름이 등장한 건 이번이 처음이니까요. 사건 당시는 어땠는지 몰라도 현재 두 사람 사이의 신뢰 관계는 깨진 상태라고 봐야겠죠. 도저히 세리눈티우스라고는 부를 수 없을 정도로요. 공범이야말로 진짜 악이라는 의미를 담아 디오니스라고 부른 게 아닌가 싶은데요."

"음…, 그런 걸까요?"

대화는 거기서 끊겼다. 모치다가 카사이 하루히코라는 사실이 밝혀진 이상, 이름 따위에 연연할 필요는 없었다. 지금 가장 중요한 문제는 앞으로 모치다를 어떻게 할 것인가 하는 점이었다. 방금 대화에서 나츠미는 한 가지 사실을 깨달았다. 사건을 크게 진전시킬지도 모르는 방법이었다. 아마 이사와도 눈치챘을 터였다. 나츠미가 먼저 말을 꺼냈다.

"이사와 변호사님, 제가 에츠시 씨를 만날 수 있을까요?"

이사와는 놀란 듯했지만 이내 미소를 지었다. 기다리고 있었다는 듯한 얼굴이었다.

"모치다라는 사람이 에츠시 씨와 대화하는 걸 제가 들으면 전화로 들은 목소리와 같은지 다른지 비교해 볼 수 있잖아요. 만약 둘이 같다면 사건 해결에 커다란 실마리가 될 테고요."

"맞습니다, 나츠미 씨. 저도 그 말을 하고 싶었습니다."

이사와는 수첩을 꺼내 뭔가 끄적이더니 그대로 찢어서 나츠미에게 건넸다. 종이에는 요도역 주변의 지도가 그려져 있었다.

"그럼 이번 일요일에 요도역 가까이에 있는 '위닝 스테이지'라는 카페로 와주시겠습니까?"

"'위닝 스테이지' 말이죠? 그럴게요."

"나츠미 씨와 저는 손님인 척 위장할 겁니다. 제가 아는 사람이 운영하는 가게라서 적당히 사정을 둘러대면 옆자리에 앉혀줄 거고요. 에츠시 씨가 모치다와 그곳에서 만날 약속을 잡도록 제가 말해 놓겠습니다."

"네, 그럼 일요일에 뵐게요."

❖

10월 26일, 오늘은 G1 국화상(菊花賞) 경주가 열리는 날이다. 지하철은 승객으로 가득하고, 임시 버스가 운행되는 등 일반적인 휴일과는 분위기가 확연히 달랐다. 경마 신문을 손에 든 경마꾼 같아 보이는 사람들이 계속해서 열차에 올라탔다. 절반은 대학생쯤 되는 젊은이들이었고, 나머지는 다양한 연령대의 사람들이 섞여 있었다. 일용직 노동자 같아 보이는 남자나 커플은 물론 아이를 데리고 가족 단위로 온 사람들도 있었다.

역에 도착했다는 안내 방송이 나오고 나츠미는 겨우 인파에서 벗어날 수 있었다. 열차에서 내려 사람들에게 떠밀리듯 개찰구를 나왔다. 나츠미는 정기적으로 쏟아져 나오는 승객들을 피해 지도가 그려진 종이를 조심스레 꺼내 들고 경마장과 반대 방향에 위치한 카페 '위닝 스테이지'로 향했다.

카페에 들어서자 이곳이 경마꾼을 위한 장소라는 사실을 한눈에 알아볼 수 있었다. 카페 안 여기저기 진열된 이름 모를 말 사진과 피규어 앞에 '교토의 자객' 같은 이름이 적혀 있었다. 경마 팬에게는 익숙한 이름인지도 모르겠지만 나츠미로서는 처음 보는 이름뿐이었다.

"나츠미 씨, 이쪽입니다."

관엽 식물이 놓인 창가 쪽 자리에서 손을 흔드는 이사와를 보고 나츠미는 그쪽으로 향했다. 아마도 하나 더 안쪽 자리에 야기누마 에츠시와 모치다가 앉을 예정인 듯했다. 나츠미는 크게 심호흡을 했다.

"녹음기도 가져왔으니 만약 여기서 제대로 못 듣더라도 나중에 다시 확인 가능합니다. 에츠시 씨는 방금 집에서 출발했다고 합니다. 요도역까지 한 정거장이니 금방 도착할 겁니다."

야기누마 에츠시는 야기누마 신이치의 아버지다. 나츠미는 한 번도 이야기를 나눠본 적이 없었다. 자기가 변호한 남자가 가석방 중에 살인을 저지르고 자살했으니 충격이 상당했을 것이다. 당시 피해자 유족들의 시선이 얼마나 깊고 예리하게 에츠시의 마음을 파고들었을지 어렵지 않게 짐작이 갔다. 하지만 솔직히 말해서 그것은 에츠시의 책임이 아니었다. 에츠시가 살인범을 변호했다는 사실에 앙심을 품고 그 아들인 야기누마 신이치에게 죄를 뒤집어씌우기 위해 사람을 둘이나 죽인다는 것은 일반인으로서는 상상조차 하기 힘든 일이었다. 만약 이 추리가 맞는다면 메로스도 디오니스도 정상은 아니라는 말이었다.

"국화상에는 좋은 기억이 있습니다."

나츠미가 무슨 생각을 하고 있는지 알 리 없는 이사와가 태평하게 말을 걸어왔다.

"15년 전 이맘때쯤 저는 사법시험에 합격했지요. 그때는 뭘 해도 운이 따라줬습니다. 경마에서도 제가 걸었던 비와 하야히데가 멋지게 국화상을 따냈죠."

나츠미는 건성으로 맞장구를 쳤다.

"이사와 변호사님은 왜 결혼을 안 하셨나요?"

나츠미의 질문에 이사와가 멈칫했다.

"그런 건 아무래도 상관없지 않습니까. 그보다 경마 얘기를 좀 더 해보자면 당시 스테이지 챔프라는 경주마가…."

"오신 것 같은데요."

나츠미가 창밖을 내다보며 말했다. 이사와가 카페 입구 쪽을 쳐다보았다. 딸랑, 하고 도어벨을 울리며 백발에 키가 큰 남자가 들어왔다. 무거워 보이는 서류 가방을 들고 있었다. 오늘 배포할 전단지가 들어 있는 듯했다. 야기누마 에츠시는 싸움을 앞둔 변호사의 눈을 하고 있었다.

"에츠시 씨, 안쪽에 앉으시면 됩니다."

"알겠습니다."

고개를 끄덕이며 안쪽으로 향하려던 에츠시가 나츠미를 발견했다. 나츠미는 인사를 하려고 했지만 소리가 나오지 않았다. 에츠시도 마찬가지인지 두 사람은 한동안 말없이 서로를 바라만 보았다.

3

그 여성은 마치 소녀 같았다.

하나로 묶은 검은 머리에 흰 피부, 커다란 검은 눈동자에 진녹색 원피스가 잘 어울렸다. 화장기 없는 얼굴에 엷게 연지를 펴 바른 듯 뺨이 발그스레했다. 이사와는 아름다운 여성이 되었다고 말했지만 에츠시가 보기에는 아직 앳된 티가 남아 있는 소녀 같은 인상이었다. 에츠시는 나츠미에게 인사했다. 사와이 나츠미는 신이치가 범인이라고 알려진 사건의 피해자 유족이었다. 뭐라고 말을 건네면 좋을지 알 수 없어 일단 이름을 말했다.

"야기누마 에츠시라고 합니다."

에츠시는 안쪽 자리에 앉아 믹스 주스를 주문한 다음 이사와 쪽을 쳐다보았다. 에츠시와 나츠미가 서로 할 말이 없어 어색해할까 봐 걱정이 되었는지 이사와는 애매한 미소를 지으며 분위기를 살피고 있었다. 하지만 쓸데없는 걱정은 하지 말라는 듯 나츠미는 자세를 고쳐 앉더니 바로 말을 꺼냈다.

"저는 신이치 씨가 누명을 썼다고 믿는 것은 아닙니다. 하지만 어쩌면 그럴 수도 있겠다 싶어서 마음이 혼란스러운 상태예요."

"신이치가 당신의 과외 선생님이었다고 들었습니다만."

"네, 이해하기 쉽고 재미있는 수업이었어요. 그때 전 중학교 2학년이었는데 당시 교과서에 실린 〈달려라 메로스〉라는 작품에 대해서도 배웠어요."

이 타이밍에 〈달려라 메로스〉에 대해 언급한 것은 사건과 관련해 좀 더 구체적인 이야기를 해보자는 의사 표현 같기도 했다. 에츠시는 나츠미의 의도를 알아차리고 지금 가장 중요한 문제인 모치다, 즉 카사이 하루히코가 정말로 메로스인지에 대한 자신의 생각을 밝혔다.

"저는 사실 디오니스가 카사이 토코라는 추론은 잘못되었다고 봅니다. 제가 실제로 카사이 토코를 만나서 이야기를 나누어 보고 내린 결론입니다."

"연기였을 가능성도 있지 않을까요?"

이사와가 끼어들었다. 에츠시는 두 사람을 번갈아 쳐다보며 설명했다.

"그 생각도 안 해본 건 아닙니다. 하지만 역시 아니라고 생각합니다. 카사이 토코는 저를 손님으로 맞아들였습니다. 자기한테 아무런 메리트가 없는데도 말입니다. 문 앞에서 쫓아내면 그만인 제게 차를 내오고 아들인 하루히코 이야기를 들려주었습니다."

"조만간 에츠시 씨도 알게 될 거라고 생각해서 선수를 친 건지도 모르죠."

이사와의 말도 일리는 있었다. 하지만 에츠시가 보기에는 그렇게까지 꼬아서 생각할 필요는 없을 것 같았다. 카사이 토코는 너무나도 무방비한 상태였다. 자신이 의심받는 일은 결코 없을 거라고 자신했기 때문일 수도 있지만, 아무리 그렇다고 해도 경계심이 너무 없었다.

"메로스가 두 사람이라는 점에 대해서는 어떻게 생각하시나요? 정확히 말하자면 한 명은 디오니스지만요."

나츠미의 질문에 에츠시가 잠시 생각하더니 대답했다.

"그건 가능하다고 봅니다. 그리고 범인이 한 명이 아니라면 카사이 토코가 의심스럽다고 생각하는 게 자연스럽기는 하죠. 하지만 디오니스는 카사이 토코가 아닌 다른 누군가라고 생각합니다."

나츠미가 약간 불만스럽다는 얼굴로 반박했다.

"18년 전 원한 때문에 저지른 사건이라는 가설은 에츠시 씨 의견이지 않나요? 그 가설대로라면 디오니스는 카사이 토코일 수밖에 없는 것 같은데요."

"그건 그렇습니다."

"얼마 전 메로스의 전화를 받았습니다. 당시 저는 18년 전 사고에 대해서는 전혀 몰랐기 때문에 나중에 이사와 변호사님께 그 이야기를 듣고 얼마나 놀랐는지 몰라요."

나츠미는 생각보다 훨씬 더 적극적으로 물어왔다. 말투는 차분했지만 진실을 알고 싶다는 간절한 열망이 눈빛에서 묻어났다. 이 아가씨는 신이치를 만나기 위해 오사카 구치소를 방문했다고 들었다. 범죄 피해자 유족이 가해자의 면회를 가다니…. 나츠미의 진지한 태도에 에츠시의 가슴이 뜨거워졌다.

"오래 기다리셨습니다."

믹스 주스가 나왔다. 컵에 말 머리 모양으로 자른 바나나가 꽂혀 있었다. 보기에 따라서는 외설스럽다고 느낄 수도 있을 것 같았다. 빨대로 한 모금 마셔보니 상큼한 맛이 생각보다 괜찮았다. 웨이터 때문에 대화가 끊긴 틈을 이용해 이사와가 시계를 보며 화제를 바꾸었다.

"에츠시 씨, 모치다는 몇 시쯤 오나요?"

"2시부터 전단지를 나눠줄 예정이니 곧 올 겁니다."

"그럼 이걸 갖고 계세요. 이 버튼을 누르면 녹음이 시작됩니다. 모치다가 오면 이 인형 아래 놓아두시고요. 테스트해본 결과 여기라면 문제없이 잘 들린다는 것을 확인했습니다. 나가실 때는 그대로 두고 가시면 됩니다. 부자연스러워 보일 수 있으니까요. 제가 나중에 회수하겠습니다."

에츠시는 녹음기를 받아들고 창가 쪽을 쳐다보았다. 갈색 말 인형이 놓여 있었다. 인형에는 사쿠라 로렐이라고 적힌 녹색 번호판이 달려 있었다.

모치다가 나타난 것은 에츠시가 믹스 주스를 3분의 2 정도 마셨을 때였다. 말 머리는 이미 배 속으로 사라진 후였다. 예정했던 2시를 15분 정도 넘긴 시각이었다. 에츠시는 미리 들은 대로 녹음기 버튼을 눌렀다. 녹음기를 인형의 귀여운 말발굽 아래에 숨긴 다음 이사와 쪽으로 슬쩍 눈길을 주었다. 이사와는 잠자코 고개를 한 번 끄덕였다.

에츠시가 손을 들어 보이자 모치다는 밑창이 두꺼운 부츠 굽 소리를 내며 다가왔다.

"늦었네, 미안."

용도를 알 수 없는 체인이 짤랑거리는 가죽 점퍼와 금발은 여전했고, 입으로는 딱딱거리며 껌을 씹고 있었다. 에츠시는 모치다에게 앉으라며 의자를 권했다.

"괜찮아, 빨리 전단지 뿌리러 가자."

"일단 가게에 들어왔으니 한 잔 정도는 마시고 가야지."

　에츠시의 말에 모치다는 씹던 껌을 재떨이에 뱉고는 그다지 내키지 않는다는 듯 말했다.

"그럼 난 콜라."

　주문을 받으러 온 웨이터에게 메뉴판을 돌려준 뒤 모치다는 사건에 대해 이야기하기 시작했다. 모치다 나름대로 열심히 조사한 듯했지만 딱히 흥미를 끌 만한 새로운 사실은 없었다. 모치다는 중간에 한 번 말 인형 쪽을 쳐다보았지만 곧 관심 없다는 듯 시선을 돌렸다.

　에츠시는 옆자리에 앉은 두 사람이 신경 쓰여 참을 수가 없었다. 너무 노골적으로 쳐다보면 수상해 보일 것 같아서 참고 있었지만 자꾸 눈길이 갔다. 나츠미는 무언가를 골똘히 생각하고 있는 듯했다. 모치다의 목소리가 메로스가 맞는지 확신이 안 서는 걸까. 수화기 너머로 들은 목소리라서 구분이 가지 않을지도 모른다.

"다 마셨으니 가자."

　콜라를 단숨에 들이켜고 얼음까지 다 씹어 먹은 모치다가 자리에서 일어났다. 벌써 오후 2시 반이었다. 전단지를 배포할 시간이 얼마 없었다. 오늘은 경마를 즐기러 나온 인파를 대상으로 나눠줄 예정이니 여기서 더 시간을 끌면 부자연스러워 보일 것이다. 에츠시는 전단지가 든 가방을 손에 들고 계산을 마친 다음 마지막으로 카페 안을 한 번 돌아보았다. 뒷일은 이사와와 나츠미에게 맡기고, 에츠시는 모치다와 함께 요도역으로 향했다.

　한 시간 넘게 전단지를 나눠 주었지만 날씨가 선선해진 덕분에 체력적으로 힘들지는 않았다. 경마가 끝나고 집으로 돌아가려는 사람들이 요도역으로 몰려들었다. 오늘은 평소와 다르게 이런저런 생각들이 꼬리에 꼬리를 물고 이어졌다. 이사와와 나츠미 쪽 상황은 어떨까. 메로스와 모치다가 동일 인물이라는 결론을 내렸을까.
　"잘 부탁드립니다!"
　모치다가 우렁찬 목소리로 외쳤다. 일전에 어떻게 소리를 내면 되는지 묻길래 에츠시가 간단하게나마 벨칸토 발성법을 가르쳐 주었다. 대충 내지르는 것처럼 들리기도 했지만 모치다의 목소리는 중후한 매력이 느껴지는 바리톤이었다.
　"무고한 사형수를 구할 수 있도록 도와주십시오!"
　"시끄러우니까 당장 집어치워!"
　한 중년 남자가 마권을 확 구기더니 모치다를 향해 집어 던졌다. 거리가 가까웠기 때문에 마권은 그대로 모치다의 머리에 명중했고, 모치다는 순간적으로 얼굴을 찌푸렸다. 에츠시가 깜짝 놀라 다가갔지만 모치다는 조용히 마권을 집어 쓰레기통에 버렸다. 그러고는 아무 일도 없었다는 듯 다시 큰 소리로 외치기 시작했다. 그런 모치다를 에츠시는 물끄러미 바라보았다.
　모치다는 대체 무슨 생각으로 이런 짓을 하는 걸까. 에츠시가 아반티 쇼핑몰 앞에서 전단지를 나눠 주기 시작한 것은 2년도 더 되었다. 반면 모치다가 같은 장소에서 노래를 부르기 시작한 것은 두 사람이 만나기 얼마 전부터였으니 모치다, 아니 카사이 하루히코는 길거리 공연을 하면서 에츠시에게 다가갈 기회를 노리고 있었을 것이다. 여기까지는 이해가 되었다. 하지만 모치다가 전단지 배포를 도와줄 이유는 전혀 없었다. 신문보급소에서 단박에 정체가 탄로 났다는 것도 이상했다. 어머니인 카사이 토코와 마찬가지로 경계가 너무 허술했다.

그때 한 젊은 여성이 모치다에게 다가가 전단지를 받아들었다. 받아주는 사람이 거의 없었기 때문에 모치다는 약간 과하다 싶을 정도로 고마워했다. 길고 검은 머리에 녹색 원피스를 입은 여자는 사와이 나츠미였다. 전단지를 받아든 나츠미가 모치다에게 뭐라고 말을 걸었다. 모치다의 목소리를 직접 들어보고 싶었던 걸까. 무모한 행동이었다. 대체 뭘 어쩌려고…. 에츠시는 가까이 다가가 무슨 말을 하는지 들어보려 했지만 주위에 사람이 너무 많아서 전혀 들리지 않았다.

두 사람은 잠시 이야기를 나누고 헤어졌다. 나츠미는 요도역 안으로 사라졌고, 모치다는 그 모습을 멍하니 바라보고 있었다. 궁금함을 참지 못한 에츠시가 모치다에게 물었다.

"무슨 일이야?"

"나도 잘 모르겠어. 메로스가 어쩌고저쩌고 하던데 머리가 좀 이상한 거 아닐까?"

모치다는 관자놀이 주변을 톡톡 두드려 보였다. 나츠미가 모치다에게 대놓고 물어본 모양이었다. 시치미를 떼고 있을 가능성도 있으니 지금 이 반응만으로는 그가 메로스인지 아닌지 분간할 수가 없었다. 나츠미는 알아봤을까.

"그보다 아저씨, 신경 쓰이는 일이 하나 있는데."

모치다가 목소리를 낮추며 등 뒤를 흘깃거리더니 엄지로 슬쩍 뒤를 가리켜 보였다.

"저 건물 보이지? 저기 저 회색 아파트. 거기 옥상에서 누가 이쪽을 카메라로 찍고 있어."

에츠시는 최대한 자연스러워 보이도록 애쓰며 모치다가 가리키는 방향을 확인했지만 사람도 카메라도 잘 보이지 않았다.

"잘 보라니까. 아직 있을 거야. 두 사람인 것 같은데."

두 사람이라는 말에 에츠시가 반응했다. 천천히 아파트를 향해 발걸음을 옮기자 모치다도 뒤따라왔다.

"내려오는 건 못 봤으니 어딘가에 숨어 있을 거야. 이쪽에서 올라가면 녀석들은 독 안에 든 쥐나 다름없어."

"좋아, 우리도 둘이니 해볼 만하겠네."

에츠시와 모치다는 전단지 배포를 멈추고 아파트로 향했다. 메로스와 만났던 아파트와 달리 자물쇠로 잠겨 있지 않아서 그냥 올라갈 수 있었다. 옥상에는 빨래건조대가 놓여 있었고, 한 쌍의 남녀가 있었다. 남자 쪽은 핸디 카메라를 들고 있었다.

"뭐 하는 거야?"

모치다가 말을 걸자 두 사람은 놀란 얼굴로 이쪽을 돌아보았다.

"들켰네."

여자는 어깨를 으쓱하며 두 손을 들어 보였다. 저널리스트인 마나카 유코였다.

마나카는 과거 자신의 저서에서 신이치의 사건을 다룬 적이 있었다. 책에서 지나치게 편파적인 태도로 신이치에 대해 말도 안 되는 비방을 늘어놓았기 때문에 에츠시로서는 좋은 감정이 있을 리 만무했다. 그런 사람이 왜 자신을 멋대로 찍고 있단 말인가.

"이번에 TV 특집 하나 꾸며 보려고요. 아들의 누명을 벗기고자 노력하는 아버지의 모습을 담은 다큐멘터리. 제목은 '그래도 아들이 하지 않았어' 정도가 되겠네요."

마나카가 뻔뻔하게 말했다.

"뭐야 그게. 영화 제목 패러디도 아니고."

독창성이 없다고 혹평하는 모치다의 말은 들은 척도 하지 않고 마나카는 에츠시 쪽을 보며 말했다.

"특집으로 다루는 게 마이너스가 되지는 않을 테니 반대는 안 하시겠죠?"

"할 거면 먼저 허락부터 받고 시작하면 되잖아."

옆에서 모치다가 끼어들었다.

"당신한테 물어본 거 아니니 신경 끄시죠. 원래 이렇게 아마추어가 찍은 것 같은 영상이 더 호소력이 강하다고요."

그렇게 말하며 마나카는 조수가 들고 있는 핸디 카메라를 검지로 톡톡 두드렸다. 아이들 운동회 때나 사용할 법한 평범한 카메라였다.

"당신은 피해자 제일주의 아니었나요? 사법은 오로지 피해자를 위해서만 존재해야 하며 인권 변호사가 설치도록 내버려두어서는 안 된다, 이런 말을 했던 걸로 기억하는데요."

에츠시가 담담한 말투로 묻자 마나카가 대답했다.

"맞습니다. 하지만 작년부터 급증한 사형 집행 건수는 지나치게 비정상적인 수준이라서요. 처형자 수가 두 자릿수에 달한 것은 32년 만에 처음 있는 일입니다. 신이치 씨 역시 당장이라도 형이 집행될지도 모르는 상태죠. 그게 현실입니다. 저는 사형제도에는 찬성하지만 집행은 신중하게 이루어져야 한다고 생각합니다. 그래서 지금 같은 상황은 막아야 한다는 입장이고요. 돈이나 명성을 노리고 하려는 게 아닙니다. 믿어 주세요."

에츠시가 대답하기 전에 모치다가 먼저 반응했다.

"놀고 있네. 피해자의 고통과 분노를 전한답시고 시청자를 부채질한 건 당신들이잖아. 피해자 감정을 이용해 단물만 쪽쪽 빨아왔으면서! 가해자가 사형당하길 원하나요? 가해자를 죽이고 싶은가요? 그런 질문은 결국 '당신은 지금 괴로운가요?'라고 묻는 거랑 똑같아. 질문을 받은 사람 입장에서는 당연히 그렇다고 대답할 수밖에 없지. 죽여버리고 싶다, 사지를 갈가리 찢어 죽이고 싶다고 말이야. 하지만 피해자들은 사실은 죽이고 싶은 게 아니야. 고통에서 벗어나고 싶은 거지. 그걸 당신들이 의도적으로 비틀고 꼬아서 이게 바로 피해자의 솔직한 심정이다, 이것이야말로 진정한 피해자 감정이다, 이렇게 떠들어대는 거잖아."

모치다는 잔뜩 흥분한 상태였다. 모치다가 하는 말은 예전에 에츠시가 그에게 한 말이기도 했다. 어쨌거나 이렇게까지 크게 화를 내는 모치다를 보는 것은 처음이었다.

"전단지 좀 뿌린 거 가지고 정의의 사도라도 된 양 착각하는 사람한테 그런 말 듣고 싶지는 않네요. 난 높은 연봉과 안정된 직장을 버리고 이 길을 선택했어요. 이 일에 목숨 걸었다고요."

"웃기지 마. 아무것도 모르는 주제에!"

"됐으니까 이제 그만해."

에츠시는 당장이라도 마나카에게 달려들 것 같은 모치다를 진정시키려고 애썼다. 모치다의 눈에 눈물이 고여 있었다. 그런 모치다를 보며 에츠시는 가슴이 죄어 오는 것만 같았다. 이 청년이 메로스일리가 없다. 모치다의 말대로 마나카는 아무것도 몰랐다. 이 남자는 피해자의 아픔에 대해 누구보다 잘 알고 있었다. 모치다와 그의 어머니는 세상에 존재하는 가장 큰 고통을 맛본 사람들이었다.

"방송에 내보내도 괜찮겠지요, 에츠시 씨?"

에츠시는 뒤로 돌아 마나카를 정면에서 바라보며 대답했다.

"좋을 대로 하십시오."

"아저씨, 정말 괜찮겠어?"

"음. 신이치에게 도움이 되는 일이라면 뭐든 해야지. 슬프지만 이렇게 거리에서 전단지를 뿌리는 것보다 TV에 한 번 나오는 게 훨씬 효과적인 것도 사실이고. 지금이라면 악마에게 영혼이라도 팔 수 있어."

모치다는 말없이 에츠시를 쳐다보았다. 옆에서 마나카가 머리카락을 쓸어 올리며 말했다.

"저는 악마가 아닌데요…, 뭐 그런 건 아무래도 상관없지만. 미디어의 힘이 크기는 하죠. 검찰이나 경찰뿐 아니라 미디어가 마음만 먹으면 사람 하나 매장시키는 건 일도 아니니까요. 툭하면 죽여버리라고 떠들어대는 사람들은 언론의 무서움을 모르니까, 자기 일이 아니라고 생각하니까 그렇게 말할 수 있는 거고요."

장광설을 늘어놓는 마나카를 뒤로 하고 에츠시와 모치다는 계단
으로 향했다. 모치다는 물러나면서도 계속해서 마나카를 노려보았
다. 계단을 두 칸 정도 내려갔을 때 에츠시가 갑자기 걸음을 멈췄다.

"왜 그래, 아저씨?"

에츠시는 모치다의 물음에는 대답하지 않고 다시 계단을 올라가
마나카에게 다가갔다.

"인질을 이용한 강요행위 등 처벌에 관한 법률 제4조, 인질살해죄
는 사형 또는 무기징역에 처한다. 인질을 죽이는 행위는 일반적인 살
인보다 더 엄중하게 처벌됩니다."

뜬금없는 말에 마나카의 눈이 동그래졌다.

에츠시는 더는 아무 말도 하지 않았다. 범인은 메로스와 디오니스
다! 마음 같아서는 그렇게 외치고 싶었지만 꾹 참았다. 말을 하면 마
나카는 당장 달려들 것이고, 이 사실이 언론에서 대대적으로 다루어
지면 신이치의 사형 집행을 막을 수 있을지도 모른다. 문제는 메로스
였다. 시간이 좀 지나긴 했지만 메로스와 한 약속이 깨진 것은 아니
었다. 에츠시로서는 아직 메로스를 믿고 싶은 마음이 남아 있었다.
에츠시는 다시 입을 열었다.

"실은 조금 전까지 진범이 아닐까 의심이 가는 인물이 있었습니다.
하지만 현재는 오해가 풀렸습니다. 눈앞에 어른거리던 사건 해결의
실마리가 뚝 끊긴 셈이죠. 매달릴 지푸라기조차 없다는 게 지금 제
가 놓인 상황입니다."

에츠시는 할 말을 마친 후 발걸음을 돌렸다. 마나카는 갑작스러운

에츠시의 고백에 당황한 듯했다. 계단 쪽에서 에츠시를 기다리고 있던 모치다도 마찬가지였다.

에츠시는 모치다의 어깨를 툭 친 다음 함께 계단을 내려갔다.

"지금까지 잠자코 있어서 미안하다. 네가 카사이 하루히코라는 사실은 알고 있었어."

고개를 숙인 모치다의 어깨가 움찔했다.

"아까 자네에게 말을 건 여성의 이름은 사와이 나츠미야."

"사와이 나츠미라면…."

"그래, 그 사건의 피해자 유족이지. 우리는 너와 네 어머니가 18년 전 일로 내게 원한을 품고 이번 일을 저지른 게 아닌가 의심했어. 바보 같은 망상이었지."

모치다는 한동안 아무 말도 하지 않고 있다가 이윽고 숨을 크게 한 번 들이마시더니 고개를 들어 에츠시를 쳐다보았다. 에츠시는 시선을 피하며 오늘 전단지 배포는 여기까지 하자고 말했다.

"아저씨, 어디 가려고?"

"경마장. 500엔 정도 걸었거든."

에츠시와 모치다는 인파를 거슬러 반대 방향으로 걸어갔다. 교토 경마장은 축제가 끝난 후의 여운에 잠겨 있었다. 예시장 근처에서 중년 남자가 차라리 날 죽이라며 땅바닥에 드러누워 있는가 하면, 그 옆에서는 부모가 아이와 함께 갓 구운 멜론빵을 맛있게 먹고 있었다. 무아지경에 빠져 춤을 추고 있는 티셔츠 차림의 청년도 눈에 띄었다. 가슴팍에 국화상이라는 글자가 프린트된, 원가는 저렴하지만

판매가는 비쌀 것 같아 보이는 티셔츠였다.

"얼치기 부르주아 같으니라고."

모치다가 중얼거렸다. 생뚱맞은 감상이라고 생각하며 에츠시가 대답했다.

"세상에는 다양한 사람들이 있으니까."

"하긴."

모치다가 눈을 내리깔았다. 뭔가 하고 싶은 말이 있는 듯한 표정이었다. 나한테 접근한 목적이 뭐냐고, 에츠시가 그렇게 대놓고 묻지 않아서 오히려 더 불편한 걸까. 어쩔 수 없이 에츠시는 메로스와 디오니스에 대해 털어놓았다. 모치다는 꽤나 놀란 듯했지만 곧 원래 페이스를 되찾았다.

"그런 거라면 의심을 받아도 어쩔 수 없지."

"화나지 않아?"

"왜 화가 나야 하는데? 입장이 반대였다면 나라도 의심했을걸? 오히려 아저씨가 왜 날 의심하지 않는지가 더 신기하다. 왜 내가 아니라고 생각하는 거야?"

"인간의 이성적인 욕구 때문이지."

"그게 무슨 뜻이야?"

모치다가 신관 건물을 올려다보며 물었다.

"식욕이나 성욕 같은 동물적인 욕구와는 조금 다른 욕구를 말하는 거야. 인간이 이성적인 존재이기 때문에 생겨나는 욕망이랄까. 사고를 멈추고 아무것도 생각하지 않는 상태를 추구하는 것. 다른 사람을 의심하는 건 힘들고 괴로운 일이니까 스스로가 괴롭지 않으려면 아무 생각도 하지 않는 편이 낫다는 거지. 하지만 살다 보면 의심을 해야만 할 때도 있어. 자기 자신이나 소중한 사람을 지키기 위해서 말이야."

"그야 그렇지. 지나치면 의심이 의심을 낳기도 하지만."

"그래, 반년쯤 전부터 나는 폭군 디오니스 같은 상태였어. 지나가는 사람 모두가 범인 같아 보였고, 이런 나를 보면서 다들 마음속으로 비웃고 있을 것만 같았어. 얼굴에서 미소가 사라졌지. 그랬던 내가 다시 한번 타인을 믿을 수 있도록 해준 사람, 나에게 미소를 되찾아준 사람이 바로 너야."

닭살 돋는 소리 하지 말라며 질색을 할 줄 알았는데 모치다는 진지한 얼굴로 에츠시를 쳐다보며 조용히 듣고만 있었다. 두 사람은 조금 더 함께 걸었다. 버려진 마권이 나뒹구는 발매소를 지나 계단을 올라가 텅 빈 관객석 한구석에 나란히 앉았다. 거대한 멀티비전에는 아무것도 표시되지 않았다.

"그런 이유로 남을 믿다가는 사기당하기 딱 좋겠는데."

"진심으로 믿을 수 있다고 생각한 상대에게 배신당한 적은 한 번도 없어."

"경험에서 터득한 진리라는 건가? 언젠가 큰코다칠걸."

"그럴지도 모르지. 그냥 생각하고 싶지 않다는 욕구에 진 걸 수도 있고."

"아들도 믿는 거지?"

"물론."

에츠시는 망설임 없이 대답했다.

"나를 믿어준 것도 틀리지는 않았어. 난 메로스도 디오니스도 아니고 그저 카사이 하루히코라는 백수일 뿐이니까."

모치다는 그렇게 말하며 자리에서 일어났다.

"사실 처음에 아저씨한테 접근했을 때, 아무런 의도도 없었던 건 아니야. 교토역에서 아들의 무죄를 주장하는 전단지를 나눠 주는 남자가 있다는 글을 인터넷에서 우연히 보게 됐는데 알고 보니 그 사람이 그때 그 변호사라잖아. 그래서 욕이라도 한마디 해줄까 해서 찾아가 봤지."

"네가 날 원망하는 건 당연해."

"하지만 무섭도록 진지한 얼굴로 전단지를 나눠 주는 아저씨를 보고 바로 생각을 접었어. 정말로 마음이 아팠거든. 잠깐이라도 그런 생각을 했다는 게 어찌나 미안하던지…. 아저씨 집에 갔을 때, 우리 가족사진이 있는 걸 보고 깜짝 놀랐어. 지금까지 잊지 않고 기억해 줬구나 싶어서."

에츠시는 그랬군, 하며 작게 고개를 끄덕였다. 모치다가 말을 이었다.

"나로서는 원망할 대상이 사라져버린 거잖아. 카미야는 자살해버렸고, 그 자식 가족들도 몇 명인가 자살했다더라. 그 자식은 몇 번을 찢어 죽여도 모자란데 더 이상 이 세상에는 존재하지 않아. 멀리 도망가버렸달까. 결국 피해자 유족에게 있어서 범인은 길바닥에 떨어진 흙 묻은 빵 같은 존재란 말이지."

"너랑은 그다지 어울리지 않는 표현이네."

에츠시는 슬며시 웃으며 말했다.

"목사가 한 말이야. 내 탓이 아니라고."

"탓이라고 할 것까지야…. 크리스천이었나?"

"음, 미들네임은 피츠제럴드…일 리가 없잖아. 부탁한 적도 없는데 피해자 유족을 위한답시고 멋대로 찾아오더라."

"방금 그건 무슨 뜻인데?"

에츠시가 물었다.

"더러운 빵 같은 건 평소라면 먹지 않겠지만 많이 굶주렸다면 허겁지겁 달려들어 먹게 될 거 아냐. 그게 피해자 유족이 놓인 상황이라는 거야. 범인을 사형에 처해도 배는 부르지 않아. 잠시나마 허기를 잊을 수는 있겠지만 운이 나쁘면 배탈이 날 수도 있지. 나한테는 그런 더러운 빵 조각조차 없는 셈이지만 그걸 아쉬워할 필요는 없다고, 죽지는 않을 테니까 굶주림을 참고 더 나은 먹을거리를 찾으라고 하더라."

"좋은 말이네."

"나로서는 흙 묻은 빵이 아니라 호빵맨 머리에 비유하는 편이 낫지 않았을까 싶지만 말이야. 누가 자기 머리를 먹으라고 내줘도 주저하게 될 거 아냐. 아무리 배가 고파도 절대로 먹을 수 없을걸."

에츠시는 엷게 웃으며 멀티비전의 깜깜한 화면을 바라보았다. 모치다가 말을 이었다.

"만화에 나오는 악당에는 두 가지 종류가 있어. 하나는 도저히 구제할 길 없는 절대 악, 다른 하나는 사연이 있는 악. 후자는 범죄 피해자 유족인 경우가 많지. 피해자의 원한을 풀어주기 위해 복수를 맹세한다는 패턴 말이야. 이런 경우, 주인공의 동정을 사기는 하지만 마지막에는 결국 주인공이 악당을 물리치게 돼."

에츠시는 잠자코 모치다의 말에 귀를 기울였다.

"그 장면에서 악당은 보통 이런 말을 하지. 자기는 죽어간 사람들을 위해서 죽이는 거라고. 그러면 주인공이 이렇게 대답해. 죽은 사람은 복수 따위는 바라지 않는다고, 당신이 행복하기를 바란다고 말이야. 마침내 전투나 두뇌 싸움에서 진 악당은 자기 잘못을 깨닫고 눈물을 흘리지. 이게 가장 전형적인 패턴이야."

"무슨 말을 하고 싶은 거야?"

"현실은 그렇지 않다는 거야. 피해자의 감정이 너무 왜곡되어 있달까. 폭력을 죽은 사람 탓으로 돌리고 있잖아. 자기가 힘들어서가 아니라 피해자를 위해서라고 하면서."

만화에서는 그런 식으로 이해하기 쉬운 단순한 묘사를 선호하기 때문이 아닐까.

"피해자의 아픔과 그 아픔을 가해자에게 돌리는 행위, 이 두 가지가 마치 하나인 것처럼 다루어지고 있잖아. 결국 복수는 아픔을 어딘가에 쏟아냄으로써 잠깐의 쾌감을 얻는 것일 뿐인데. 물건을 집어 던지는 것과 다를 게 없다고. 나는 유족들에게 가해자를 원망하지 말라고 좀 더 확실하게 말해 줄 필요가 있다고 봐. 결과적으로는 아픔이 더해질 뿐이니까. 금단 증상이 나타나서 괴로워하는 마약 중독자에게 마약 투여를 권하는 격이라고."

"목사 말이 맞았다는 거네."

"응, 좀 열 받지만."

모치다는 그렇게 말하며 입술을 깨물었다. 이 청년은 보기보다 훨씬 냉철하게 사물을 파악하고 있었다. 일반적인 피해자 유족들은 이런 식으로 생각하지 않는다. 극형이 존재한다면 그걸 바라는 것은 당연하다. 슬픔에 잠긴 유족에게 더 열심히 생각해 보라고 요구하는 것은 너무 가혹한 처사였다. 모치다는 우연히 만난 그 목사 덕분에 구원받은 셈이었다.

"다들 충분히 생각하지 못하고 있는 거야, 아픔과 사람을 죽이는 것의 상관관계에 대해서. 나는 사형이라는 제도가 필요한지 어떤지는 잘 모르겠지만 적어도 진지하게 고민해 볼 의향은 있어. 결과에 대해 책임질 각오도 되어 있고. 하지만 유족의 심리를 이용하려는 사람들을 보면 치가 떨려."

모치다가 말하려는 바는 이해했다. 피해자 감정을 충분히 고려하지 않은 사형 폐지론자들의 얄팍한 주장에는 동의할 수 없지만, 동시에 피해자 감정을 이용해서 피해자와 가해자 간 대립을 부추기는 것도 싫다는 말인 듯했다.

"책임질 각오라니?"

"신이치도 수기에서 말했잖아. 사람을 죽이려면 국민 모두가 참여해야 한다고. 그게 싫으면 사형제도를 없애면 되는 거고. 돈은 좀 들겠지만 사람 목숨에 비하면 그렇게 큰 문제도 아니고, 가둬두기만 하면 되니까. 만약 신이치가 누명을 쓴 채 사형당하게 된다면 신이치를 죽인 우리 모두 사형감이라는, 그 정도 각오는 필요하다는 거야."

너무 과격한 거 아니냐며 에츠시는 웃었지만 모치다는 웃지 않았다. 어색한 분위기 속에서 갑자기 벨소리가 울렸다. 에츠시가 핸드폰을 꺼내 들었다.

"이사와입니다. 지금 통화 괜찮으신가요?"

"네, 지금은 옆에 아무도 없습니다."

모치다가 놀란 얼굴로 에츠시를 쳐다보았다.

"아쉽지만 나츠미 씨 말에 따르면 모치다와 메로스의 목소리는 다르다고 합니다. 100프로 정확하다고는 할 수 없지만요."

"그런가요. 다시 원점으로 돌아갔네요."

에츠시는 힘없이 전화를 끊었다. 슬슬 일어나자는 모치다의 말에 두 사람은 경마장을 나와 요도역으로 향했다. 마음이 복잡했다. 역시 모치다는 범인이 아니었다. 그 사실 자체는 기뻤지만 동시에 간신히 매달려 있던 밧줄이 끊어진 듯한 기분도 들었다. 이러니저러니 해도 사실은 신이치의 죄를 대신 넘겨 받아줄 누군가를 필요로 했던 걸까. 하지만 메로스와 디오니스는 분명히 존재한다는 믿음은 변함이 없었다. 아직 희망은 남아 있다. 에츠시는 최대한 좋은 쪽으로 생각하자고 스스로를 다독였다.

4

어느덧 12월이 되어 격동의 2008년이 저물어가고 있었다.

돌이켜 보면 올해는 많은 일이 있었다. 대부분 15년 전 사건과 관련된 것들이었다. 메로스와 디오니스, 진범이 정말로 존재하는지 여부가 가장 큰 화두였다. 그날도 나츠미는 퇴근길에 이사와를 만나기 위해 시조법률사무소에 들렀다.

"메로스에게서 연락은 없었나요?"

이사와의 질문에 나츠미는 고개를 끄덕였다. 벽에 걸린 와타나베 변호사의 초상화가 눈에 들어왔다.

"뭔가 움직임이 있지 않을까 싶었는데 말이죠."

"움직임이 있었던 건 제 사생활 정도네요."

나츠미의 대답에 이사와는 멋쩍은 표정을 지었다.

아들의 누명을 벗기기 위해 활동하는 아버지의 이야기를 다룬 다큐멘터리가 11월 말에 방영되었다. 영상에는 에츠시가 노숙자를 찾아가 이야기를 듣거나 전단지를 나눠 주는 모습이 담겨 있었다. 비교적 온건한 톤으로 이런 사형수 가족도 있다고 소개하는 느낌의 다큐멘터리였다. 녹화 영상에는 나츠미도 출연했다. 나츠미는 내키지 않았지만 마나카 유코의 강요에 못 이겨 나가게 되었다.

"설마 이렇게까지 반응이 뜨거울 줄이야…"

"워낙 이쪽은 쉽게 달아올랐다가 쉽게 식는 경향이 있으니 해가 바뀌면 다들 그런 사람이 있었나? 하고 금방 잊어버리겠지만요."

다큐멘터리는 큰 반향을 불러일으켰다. 야기누마 신이치의 수기가 발표되었을 때에 비할 바가 아니었다. 15년 전 사건과는 아무 상관도 없는 주간지와 방송국에서 취재 요청이 쏟아져 들어오는 바람에 정신을 차리기 힘들 정도였다. 계기는 인터넷이었다. 방송 직후에는 잠잠한 편이었는데 얼마 지나지 않아 나츠미가 찍힌 영상이 인터넷 상에서 무서운 속도로 퍼져나갔다. 다큐멘터리 영상뿐만 아니라 나츠미가 메로스의 여동생 역을 맡았던 연극 무대 영상도 공유되었다. 나츠미의 아스키 아트가 만들어지고 캐릭터화되었다. 나츠미는 지금까지 자신을 특별히 예쁘다고 생각한 적이 없었지만, 범죄 피해자라는 요소에 일정 수준 이상의 외모라는 부가가치가 더해지면 대중적인 가치는 비약적으로 높아지는 듯했다.

처음에는 예쁘다는 말을 보고 별생각 없이 기뻐했지만, 인터넷상에서 자신이 마치 아이돌처럼 다루어진다는 사실은 당혹스러웠다. 대형 온라인 커뮤니티에 나츠미 전용 게시판이 생기고, 사건과 전혀 상관없는 성적 망상을 담은 글들이 넘쳐났다. 반대로 위선자라고 적힌 편지와 함께 면도칼이 배달되기도 하고, 스톡홀름 증후군이니 스포트라이트 증후군이니 하는 엉뚱한 비난이 쏟아지기도 했다. 나츠미가 연극을 좋아하는 것은 사실이었다. 그것은 곧 남들에게 보여지는 것, 주목받는 것을 좋아한다는 말이기도 했다. 하지만 사람들의 시선을 끌기 위해 출연한 것은 결코 아니었다. 누가, 무엇이 계기가 되었는지는 모르겠지만 이렇게까지 일이 커질 거라고는 전혀 예상하지 못했다.

"스토커 대책도 세워야겠네요."

이사와의 말에 나츠미는 대답하지 않았다. 솔직히 이 이야기는 더 하고 싶지 않았다. 그보다 사건에 관해 좀 더 건설적인 이야기를 나누고 싶었다. 나츠미는 궁금한 점을 물어보았다.

"이쪽으로 뭔가 유력한 정보가 들어온 건 없나요?"

"없습니다."

이사와가 힘없이 고개를 저었다.

"변호사님은 재심을 청구 할 계획은 없으신가요?"

"딱히 새로운 증거가 발견되거나 한 게 아니라서요."

"메로스의 전화는 증거라고 할 수 없나요?"

"진범밖에 모르는 사실을 메로스가 말한 건 아니니까요."

이사와의 말에 나츠미는 가슴이 찌릿했다. 처음에 대본에 대해 제대로 밝히지 않은 것이 후회스러웠다. 이사와가 왜 그러냐고 물었다. 안 되겠어, 이대로 야기누마 신이치가 사형당하면 평생 후회할지도 몰라. 나츠미는 그렇게 생각하며 입을 열었다.

"만약 메로스가 살해 현장의 상황에 대해 알고 있다면 재심 청구가 통과될까요?"

"어떤 내용이냐에 따라 다르겠지요. 증거를 조작할 수도 있고….. 확실한 증거가 있다면 문제없겠지만요."

"조작이라뇨?"

"메로스와 디오니스의 전화가 실은 형 집행을 미루기 위해 제가 아는 사람에게 부탁한 것일 수도 있다는 거죠. 인터넷상에서 저는 와타나베 선생님보다 더한 악당으로 묘사되고 있거든요. 사형을 피하기 위해서라면 뭐든 하는 악덕 변호사라고요. 지금까지 문제가 될 만한 일을 한 기억은 없는데 와타나베 선생님의 이미지가 남아 있어서일까요? 인터넷에 떠도는 아스키 아트가 저랑 너무 닮아서 웃기더라고요. 진짜보다 더 진짜 같달까. 그런 재능을 다른 데 쓰면 좋을 텐데."

농담을 하던 이사와의 안색이 어두워졌다.

"확실한 물증이 있으면 제일 좋은데 말이죠. 예를 들어 범행에 사용한 과도라든지. 저야 진범이 따로 있다고 확신하지만 결정적인 증거가 없는 상황이라서요."

"그래도 재심 청구 중에는 사형을 집행하기 어렵지 않나요?"

"그건 그렇죠."

"연말은 위험하다던데요. 게다가 사형수 몇 명이 최근에 재심을 청구했다면서요."

나츠미의 질문에 이사와가 얼굴을 찌푸렸다. 그 정도는 말해주지 않아도 이미 다 알고 있다고, 변호사로서 심사숙고한 끝에 내린 판단이라고 얼굴에 쓰여 있었다.

"재심 청구를 준비하고 있으니 집행을 미뤄달라고 법무성에 요청서는 제출했습니다."

"그러셨군요. 하지만 재심 청구를 하지는 않았다는 거죠?"

"어쩌면 일전에 방영된 다큐 덕분에 사형 집행이 늦춰질 수도 있고요."

"누명일 가능성이 있는 사형수를 처형하기는 부담스럽다는 건가요?"

"네. 그래서 저도 이런저런 문제가 예상됨에도 불구하고 다큐가 방영되도록 내버려 두었던 겁니다. 신이치의 사건을 객관적으로 살펴보면 유죄가 확정된 지 5년 미만인 데다가 재심 준비 중이고 본인은 무죄를 주장하고 있죠. 이런 점들을 고려했을 때 당장 형이 집행될 가능성은 낮다고 봅니다. 보통은 공소를 취하하는 등 죄를 인정한 사형수부터 집행하니까요."

"그래도 100프로는 아니잖아요."

"네, 100프로는 아닙니다. 형사소송법 442조에서 재심 청구에는 형 집행을 정지하는 효력은 없다고 규정하고 있으니까요. 실제로 재심 청구 준비 중뿐만 아니라 인신보호 청구 중이나 재심 청구 중에 형이 집행된 케이스도 있습니다."

"재심 청구를 한다고 반드시 안전하다고 볼 수도 없다는 거네요."

"그런 경우가 많지는 않지만요. 그러니 재심 청구가 가능하다면 해두는 편이 좋기는 합니다. 누명일 가능성이 높은 사건은 사형수를 직접 처형하지 않고 옥중사할 때까지 기다리는 경향이 강하기도 하고요. 신이치가 누명을 썼다는 소문이 많이 퍼지면 퍼질수록 집행은 어려워질 겁니다. 사건 당시에는 교토대생이 체포되었다는 것 때문에 크게 화제가 되었지만 요즘은 그렇지도 않아서…."

나츠미는 크게 한숨을 내쉬었다. 나츠미가 원하는 것은 분명했다. 한 번 더 신이치와 이야기해 보고 싶었다. 이대로 끝낼 수는 없다. 지금까지 있었던 일은 모두 누군가의 악의적인 모함일 가능성도 있었다. 나츠미는 무엇보다 진실을 알고 싶었다. 15년 전 비가 쏟아지던 그날, 피투성이가 되어 현관에서 뛰쳐나온 그 사람은 거기서 무얼 하고 있었던 걸까. 무슨 생각을 하며 나를 쳐다봤을까.

"이사와 변호사님, 궁금한 게 하나 있는데요."

"네, 말씀하시죠."

"변호사님은 재심 청구를 망설이고 계신 것 같은데 뭔가 이유가 있나요?"

"그렇게 보이나요?"

이사와가 콧등을 긁적였다.

"실은 제가 막 변호사가 되었을 때, 와타나베 선생님이 사형수의 재심 변호를 담당하신 적이 있습니다. 딱히 새로운 증거가 있는 것도 아닌데 두 번째 재심 청구였죠. 단순히 사형을 피하기 위한 수단이었던 겁니다. 청구는 기각되었고, 직후에 사형이 집행되었습니다. 기다렸다는 듯이요. 법무성이 의도적으로 움직였다는 생각이 들더군요. 몇 년 지나서 또 비슷한 일이 있었습니다. 그때도 두 번째 재심 청구가 기각된 직후에 사형이 집행되었죠."

"그랬군요."

"그래서 좀 겁이 나는 것도 사실입니다. 신이치도 이번에 재심 청구를 하게 되면 두 번째니까요. 솔직히 느긋하게 이런 말이나 하고 있을 때가 아니지만요. 하루라도 빨리 새로운 증거를 찾아서 사건을 근본적으로 해결해야 할 텐데…. 1년에 한 명도 사형이 집행되지 않던 때라면 모를까 집행 건수가 폭발적으로 늘어난 지금 같은 시기에는 당장 위기를 모면했다는 것 정도로는 아무 의미가 없으니까요."

❖

결국 그날도 아무런 진전이 없었다.

시조법률사무소를 나오며 나츠미는 메로스에 대해 생각했다. 그 남자는 체포해 달라고 했다. 울면서 야기누마 신이치를 구하고 싶다고 외쳤다. 나츠미는 진심이라고 느꼈다. 그런데 왜 그 후로 연락이 없는 걸까. 설마 디오니스에게 들켰나? 갑자기 든 생각을 떨쳐버리고자 교토 거리의 풍경으로 눈을 돌렸다.

"크리스마스네…."

교토에서는 11월 초부터 크리스마스 준비에 들어간다. 기독교와는 아무 상관도 없어 보이는 떡집까지 색색의 조명으로 장식해 놓은 것이 우스웠다. 한마디로 요약하자면 야기누마 신이치, 그리고 메로스와 함께한 한 해였다. 결국 올해도 외로운 크리스마스가 될 것 같았다. 그런 나츠미의 마음을 읽기라도 한 듯 핸드폰 착신음이 울렸다. 나가오 타카유키의 전화였다. 나이스 타이밍. 나츠미는 저도 모르게 미소를 지었다.

"여보세요."

"나츠미 씨? 접니다. 이번 주 금요일이 쉬는 날이시죠?"

"네, 그런데요."

타카유키는 나츠미와 마찬가지로 15년 전 사건으로 형을 잃은 피해자 유족이다. 사건 발생 후 몇 번 얼굴을 마주하는 과정에서 친해졌다.

"실은 나츠미 씨한테 할 얘기가 있는데 금요일에 만날 수 있을까요?"

구체적인 내용은 말하지 않았지만 진지한 목소리였다.

나츠미는 알겠다고 대답한 뒤 집으로 돌아가 가방을 내려놓고 침대에 누웠다.

고개를 돌리니 문틈 사이로 불단에 놓인 언니의 영정사진이 보였다. 아직 앳된 티가 남아 있었다. 사건 당시 열아홉 살이었으니 당연했다. 나츠미는 이미 언니보다 10년이나 더 오래 살고 있었다. 10년이면 즐거운 일도 많았을 텐데. 좋아하는 사람이 생기고, 지금쯤이면 아이도 있지 않았을까. 언니라면 분명 좋은 엄마가 되었을 것이다.

언니도 좋아하는 사람이 있었을까. 얼굴도 예쁘고 착해서 언니를 좋아하는 남자는 많았을 텐데 언니가 좋아하는 사람이 있는 것 같지는 않았다. 러브레터도 많이 받았지만 사귀는 상대는 없었다. 지금 와서 생각해 보면 신기한 일이었다.

나츠미는 언니 방에 들어가 보았다. 언니의 유품은 지금도 거의 그대로 남아 있었다. 음악과 관련된 물건이 많았다. 클래식 공연 팸플릿, 흑인 영가나 70년대 포크송 악보 등이 책장에 빼곡하게 들어차 있었다. 가장 참고가 될 만한 건 역시 일기였지만 언니는 일기를 쓰지 않았다. 그림도 잘 못 그려서 좀처럼 남에게 보여주지 않았다. 언니가 남긴 그림을 보며 나츠미는 아무래도 그림 실력은 내가 나은 것 같다며 빙그레 웃었다. 한참을 여기저기 뒤적여 보았지만, 사건과 관계가 있어 보이는 물건은 찾지 못했다. 다만 흑인 영가를 보니 그날 일이 자연스럽게 떠올랐다. 「Soon-ah will be done」을 부르던 야기누마 신이치의 모습이.

✣

금요일, 나츠미는 지하철을 타고 우지역에서 내렸다.

역 건물은 옛날과 다르게 현대적인 감각이 느껴지는 디자인으로 바뀌어 있었다. 이 주변은 유명 관광지다 보니 평일에도 사람이 많았다. 역 가까이에 우지가와강이 흐르고 다리를 건너면 뵤도인 호오도 (平等院 鳳凰堂)가 나왔다. 산과 강의 아름다운 풍경을 바라보며 사계절의 변화를 즐기기에 안성맞춤인 장소였다. 나츠미는 타카유키와 약속한 장소로 향했다. 의미를 알 수 없는 다섯 개의 맞배지붕 근처에 터틀넥 스웨터를 입은 나가오 타카유키가 서 있었다.

두 사람은 잠시 함께 걸었다. 타카유키는 얼마 전 아버지가 돌아가셨다는 이야기를 했다.

"아버님은 결국 마지막까지 한을 풀지 못하고 가신 거네요."

"그런 셈이죠. 치매 때문에 정신이 온전치는 못하셨지만요. 제 얼굴도 못 알아보시고 아이처럼 구셨죠. 하지만 그전까지는 종종 야기 누마 신이치에 대해 말씀하셨어요. 그 자식은 아직도 형이 집행되지 않았느냐고, 그럼 내가 직접 죽여주겠다고 말이에요."

"원한이 삶의 원동력이었던 셈이네요."

"내가 죽는 게 먼저일지 그 자식이 처형되는 게 먼저일지 한번 해 보자고, 그 자식 죽는 걸 보기 전까지는 결코 죽지 않을 거라고 말 씀하셨었어요."

고통스러운 인생이라는 생각이 들었다. 다른 사람이 죽기를 바라 고, 그것만이 살아가는 이유인 삶. 타카유키의 아버지는 생의 마지 막 순간에 무슨 생각을 했을까.

"이상하죠? 절 그렇게 예뻐해 주신 아버지가 돌아가셨는데 눈물이 별로 안 나더라고요. 형이 죽었을 때는 펑펑 울었는데. 아버지는 곧 돌아가실 거라는 사실을 알고 있었기 때문일까요."

말은 그렇게 하면서도 타카유키는 눈가를 가볍게 눌렀다.

"마음의 준비가 되고 안 되고의 차이는 있겠지요. 저도 언니의 죽 음은 너무 갑작스러워서 머릿속이 온통 뒤죽박죽이었거든요."

고개를 숙인 채 나직하게 중얼거리는 나츠미의 말을 들으며 타카 유키가 잠자코 고개를 끄덕였다. 타카유키는 잠시 망설이더니 숨을 한 번 크게 내쉰 후 결심한 듯 입을 열었다.

"나츠미 씨, 한 가지 물어보고 싶은 게 있는데요…. 야기누마 신이 치를 만나러 갔다고 들었는데 사실인가요?"

나츠미는 조심스럽게 고개를 끄덕였다.

"사실이었군요…."

"꽤 전에요. 하지만 결국 못 만났어요."

"갑자기 왜 만날 생각을 하신 건가요?"

뭐라고 대답하면 좋을지 고민이 되었다. 이사와와 나눈 이야기를 다 털어놓을 수는 없었다. 무엇보다 사형수를 만나러 가는 것은 개인의 자유인 만큼 남이 뭐라고 할 문제가 아니었다.

"혹시 그 사건의 범인이 야기누마 신이치가 아니라고 생각하시나요?"

타카유키의 감은 예리했다. 아니면 이 정도는 누구라도 추리할 수 있는 걸까. 나츠미는 대답을 피한 채 고개를 숙였다. 타카유키는 긍정의 의미로 받아들였을 것이다. 사실 나츠미도 예전부터 타카유키에게 묻고 싶은 것이 있었다. 타카유키는 메로스의 전화를 받은 적이 없는 걸까. 유족에게 사죄하고 싶다는 메로스의 말이 사실이라면 자기뿐만 아니라 타카유키네 집에도 연락을 취했을 터였다. 하지만 타카유키는 한 번도 그런 말을 하지 않았다.

"나츠미 씨, 무슨 일이 있었나요?"

"그게…."

"뭐든 괜찮으니 말해 보세요."

타카유키가 진지한 목소리로 말했다. 이사와와 한 약속이 마음에 걸렸지만 계속 입을 다물고 있을 수만은 없었다. 타카유키가 메로스의 전화를 받았는지 여부도 궁금했다.

"타카유키 씨는 연락받으신 게 없나요?"

"네? 무슨 연락이요?"

"범인한테요. 15년 전 사건의 범인이라고 주장하는 남자가 전화를 걸어오지 않았나요?"

타카유키는 대답하는 대신 놀란 표정을 지었다. 그게 무슨 소리냐고 얼굴에 쓰여 있었다. 나츠미는 이마를 잠시 짚었다가 타카유키가 묻기 전에 먼저 설명했다. 자칭 범인이라는 사람에게서 전화를 받았고, 야기누마 신이치의 변호사와 아버지에게도 메로스라는 인물이 접촉해 왔다고.

"메로스라고요?"

나츠미의 설명이 끝나자 타카유키는 크게 숨을 내쉬었다. 장난 전화라고 웃어넘길 줄 알았는데 예상과 다르게 심각한 표정을 지어 보였다.

"그런 전화는 못 받았습니다."

"그런가요. 왜 저한테만 연락을 했을까요?"

"나츠미 씨는 전화를 한 사람, 그러니까 메로스가 하는 말을 믿나요?"

"모르겠어요. 그래서 만나보고 싶었던 거예요."

타카유키는 무언가를 골똘히 생각하는 듯했다. 대본에 대해서도 말을 하는 편이 좋으려나 싶었지만 가까스로 참았다.

"만일 그게 사실이라면 큰일입니다."

나츠미는 힘없이 고개를 끄덕였다.

"사건이 발생했을 당시 세 사람은 가모가와강에서 종종 노래를 불렀다고 했죠? 노숙자를 지원하는 모임을 만들어서. 그 무렵 언니분과 관련해서 뭔가 기억에 남는 일은 없었나요?"

"연극을 하고 싶다고 했어요. 그날도 다리 위에서 언니랑 둘이서 야기누마 신이치가 노래하는 걸 들었거든요. 「Soon-ah will be done」이라는 곡이었는데 언니는 그 곡을 〈달려라 메로스〉 무대에서 부를 거라고 했어요."

"사건이랑 딱히 관련은 없는 것 같네요."

"역시 그렇죠?"

타카유키의 회의적인 반응에 나츠미도 동의했다.

잠시 침묵이 흘렀다. 신호등에 걸려 멈춰 섰을 때, 타카유키가 중얼거렸다.

"세 사람은 어쩌다 노숙자 지원 활동을 시작하게 된 걸까요? 단순히 어려운 사람을 돕겠다는 취지라면 꼭 노숙자가 아니라도 상관없잖아요. 장애인이든 범죄 피해자든."

나츠미는 잠자코 고개를 끄덕였다.

"무리해서 돈을 빌리거나 그냥 일하는 게 싫어서 노숙자가 된 사람들도 많다고 들었어요. 말하자면 자업자득인 셈이죠. 그런 사람들보다는 아무 잘못도 없는 사람들을 돕는 게 나을 텐데."

"우연히 그 타이밍에 눈에 들어온 대상이 노숙자였던 것 아닐까요?"

"저희 형은 노숙자에게 그다지 동정적인 편이 아니었는데 그런 활동을 했다는 게 이상해서요."

두 사람은 카페에 들어가 가볍게 식사를 하면서 사건에 대해 이야기를 나누었다. 별다른 진전은 없었다. 카페에서 나와 나츠미는 타카유키를 쳐다보았다. 타카유키는 무언가를 망설이고 있는 듯했다.

"타카유키 씨, 뭐 할 말 있으세요?"

"조금만 더 걸을까요?"

"네, 상관은 없는데…."

타카유키가 향한 곳은 붓토쿠산(仏德山)이었다. 별로 높은 산은 아니었다. 관광객이 없지는 않았지만 대부분 뵤도인이나 우지바시 다리를 보러온 김에 잠깐 들른다는 느낌이었다.

"얼마 전까지는 단풍이 예쁘게 물들어 있었는데…."

타카유키가 아쉽다는 듯 말했다. 정상에 오르자 저녁노을에 물든 우지가와강과 우지시 정경이 눈 아래 펼쳐졌다. 아름답네요, 하고 나츠미가 자그맣게 탄성을 내뱉었다.

두 사람은 아무 말 없이 한참 동안 산 아래를 내려다보았다. 주변에 사람은 보이지 않았고, 해가 조금씩 지고 있었다. 하지만 무섭거나 불편한 분위기는 아니었다.

"어렸을 때 여기 올라 한 가지 꿈을 갖게 되었죠."

타카유키가 침묵을 깨고 입을 열었다.

"무슨 꿈이요?"

"황당무계한 꿈이요."

"이 난간 너머 하늘을 날아보겠다든지?"

"땡."

"칫. 괜히 장난치는 거 아니죠?"

나츠미는 철봉을 하듯 난간에 매달렸다. 주위가 빠르게 어두워져 갔다. 타카유키가 계속 말이 없길래 그다지 관심은 없었지만 일단 예의상 물어보았다.

"그래서 무슨 꿈이었는데요?"

타카유키가 웃으며 대답했다.

"여기서 프러포즈하겠다는 꿈이요."

"네?"

"나츠미 씨, 저와 결혼해 주시겠습니까?"

결혼? 나츠미는 저도 모르게 시선을 피했다. 농담이냐고 되묻는 것은 불가능했다. 타카유키는 웃고 있었지만 눈은 진심이었다.

"계속 좋아했습니다."

아무 말도 할 수 없었다. 이런 데까지 데려와서 뭘 하려는 걸까 싶기는 했지만 설마 프러포즈를 할 거라고는 전혀 예상하지 못했다. 생각해 보면 오래 알고 지낸 사이기는 했다. 처음 만난 것은 사건이 일어난 15년 전이었고, 그때부터 둘이서 만난 적도 많았다. 하지만 둘 사이에 연애 감정이 있었는지는 확실하지 않았다. 같은 남자에게 각자의 사랑하는 가족을 살해당한 입장이라는 연대감이 너무 강했기 때문이다. 어쩌면 타카유키의 감각이 더 자연스러운 것일지도 모르겠다는 생각이 들었다.

"안 되나요?"

"너무 갑작스러워서요."

사실이었다. 나츠미는 동요하고 있었다. 조금 전까지만 해도 머릿속은 메로스에 대한 생각뿐이었다. 하지만 나츠미도 결혼이 꿈이 아니라 현실이라는 것 정도는 알고 있었다. 올해로 스물아홉이었고, 타카유키도 싫지는 않았다. 이 기회를 놓치면 평생 혼자 살게 될지도 모른다는 초조함과 절박감도 느꼈다. 나츠미는 난간에서 물러섰다. 타카유키의 아내가 된 자신을 어렵지 않게 그려볼 수 있었다. 결코 모든 것이 완벽하지는 않겠지만 적당히 행복한 인생이리라.

"실은 어머니한테 한소리 들었어요. 나츠미 씨가 왜 저런 다큐멘터

리에 나가냐고, 저건 좀 이상하지 않냐고. 제가 나츠미 씨랑 만나는
게 마음에 안 드시나 보더라고요. 하지만 전 나츠미 씨를 좋아합니
다. 평생 지켜주고 싶습니다."

"생각할 시간을 좀 주세요."

그렇게 말하며 나츠미는 타카유키에게서 등을 돌렸다. 두 사람은
말없이 역까지 함께 걸어간 후 거기서 헤어졌다.

나츠미는 데마치야나기역을 빠져나와 세워 두었던 자전거의 열쇠
를 풀었다.

가모대교는 평소와 다름없었다. 인생의 봄을 구가하고 있는 대학
생, 퇴근 후 한잔하러 가는 회사원, 모두가 금요일 밤을 마음껏 즐겨
보겠다는 기대로 가득 찬 얼굴이었다. 교토 시내는 오늘도 평화로웠
다. 그렇지 않은 사람은 자기뿐인 듯했다. 결혼이라니. 올해는 메로스
와 디오니스 외에 다른 것은 전혀 생각하지 않았다. 마지막에 커다
란 폭탄이 떨어진 느낌이었다.

나츠미는 마트에 들러 저녁거리를 사 들고 집으로 향했다.

우편함에 석간신문과 우편물 세 통이 들어 있었다. 두 통은 광고
였고, 나머지 한 통은 보낸 사람 이름이 없었다. 봉투를 열어 보자
나츠미를 좋아한다는 스토커 같은 내용의 편지가 나왔다. 나츠미는
후, 하고 한숨을 내쉬었다.

부재중 전화에 불이 들어와 있었다.

확인 버튼을 누르니 저장된 메시지는 한 건이었다. 나츠미도 아는
목소리, 메로스였다. 메로스는 울고 있었다.

"… 왜 체포해 주지 않은 겁니까."

그 한마디뿐이었다. 무슨 뜻일까. 잠시 고민하다 설마 싶었다. 뒤통수를 세게 한 대 얻어맞은 기분이었다. 서둘러 석간을 펼쳐 들었다.

예상대로였다. 소리가 나오지 않았다.

석간을 쥔 손이 부들부들 떨렸다. 바닥에 눈물이 후두둑 떨어졌다.

나츠미는 그 자리에 털썩 주저앉았다. 손가락 하나 까딱할 수 없었다. 석간에는 오늘 집행된 사형 관련 기사가 실려 있었다. 처형자란에는 '야기누마 신이치(37세)'라고 적혀 있었다.

4장

I wan' t'meet my father

1

오사카 구치소의 응접실은 무미건조했다. 사소한 장식 하나가 유족들의 마음을 건드릴 수도 있다고 생각해서일까. 난방을 위해 스토브가 켜져 있었다. 방 안에는 에츠시를 포함해 네 사람이 있었다. 한 명은 신이치의 변호사인 이사와 요지, 한 명은 구치소 교도관, 마지막 한 명은 40대로 추정되는 안경 쓴 스님이었다. 신이치가 처형되기 직전에 독경을 해주었다고 했다.

이사와는 고개를 떨구고 있었다. 에츠시에게 죄송하다는 말 한마디를 겨우 건네고 계속 울고 있었다. 신이치가 죽었다는 소식은 법무성에서도 연락이 왔지만, 그 전에 시조법률사무소 직원이 먼저 에츠시에게 전화를 걸어왔다. 신뢰할 수 있는 언론계 관계자가 알려준 모양이었다. 이사와는 충격이 너무 커서 말을 할 수 없는 상태였기 때문에 직원이 대신 걸어온 것이었다.

에츠시는 연락을 받고 나서부터 한마디도 하지 않았다. 누군가 말을 하면 반응을 보이기는 했다. 어쩌면 몇 마디 말을 했는지도 모르겠지만 스스로도 잘 기억이 나지 않았다.

"소장님 오셨습니다."

그 말을 듣고 에츠시는 천천히 고개를 들었다.

이윽고 똑똑 노크 소리가 들리더니 쉰 정도 되어 보이는 남자가 들어왔다. 소장은 교도관과 몇 마디 대화를 나누더니 안심한 듯한 표정을 지었다. 유족이 화를 내거나 소란을 피우고 있지는 않다는 사실을 확인해서일까.

소장은 의자에 앉아 에츠시 쪽을 바라보며 낮은 목소리로 천천히 말했다.

"제가 뭐라고 말씀을 드려도 위안이 되지는 않으시겠지요."

그러고는 한 차례 숨을 내쉬었다.

"사형수의 시신을 찾으러 오는 경우는 거의 없기 때문에 유족의 질문에는 저희도 가능한 한 최선을 다해 답해 드릴 생각입니다. 뭐든 물어보십시오."

에츠시는 소장의 얼굴을 쳐다보았다. 소장의 목소리에서는 포용력이 느껴졌고, 모든 원망과 고통을 쏟아내라는 말처럼 들렸다. 하지만 에츠시는 물어보고 싶은 것이 없었다. 어떻게 하면 죽은 사람이 살아 돌아올 수 있는지, 궁금한 건 그것뿐이었다.

한마디도 하지 않는 에츠시에게 소장도 질문을 강요하지는 않았다. 정적 속에 옅은 등유 냄새가 코를 찔렀다. 이윽고 소장이 소리 없이 긴 한숨을 내쉬었다. 반쯤 넋이 나간 에츠시에게 뭐라고 설명해야 좋을지 모르겠다는 표정이었다.

"아시다시피 법률상 화장은 사망 후 24시간이 지나지 않으면 불가능합니다. 다만 아드님의 경우는…."

소장은 잠깐 말을 멈추었다가 다시 입을 열었다.

"시신의 손상 정도가 좀 심해서요."

"손상이라고요?"

빈 껍데기 같은 물음이었다.

"저항했다는 건가요?"

등 뒤에서 이사와의 목소리가 들렸다.

"그렇습니다. 아니, 그걸 저항이라고 할 수 있을지…."

"이런 경우는 처음입니다."

그렇게 말한 사람은 의자에 앉아 있던 교도관이었다. 괜한 말을 꺼냈다는 후회가 그의 얼굴을 스치고 지나갔다. '처음'이라는 단어에 에츠시가 반응했다. 교도관을 향해 간절히 매달리는 듯한 시선을 던졌다. 교도관은 에츠시의 시선을 견디지 못하고 고개를 푹 숙였다.

"신이치 씨는 혀를 깨물었습니다."

소장이 결심한 듯 말했다.

"물론 형을 집행하기 전에 자살했다는 말은 아닙니다. 낙하 시 충격 때문입니다. 출혈이 심한 편이었고, 최대한 복원하려고 노력했습니다만 적지 않은 손상을 입었습니다."

"신이치가 심하게 저항했다는 말씀이신가요?"

이사와의 질문이 에츠시의 마음을 날카롭게 파고들었다. 동시에 '낙하'라는 한 단어가 무자비하게 가슴을 후벼 팠다. 그러나 신기하게도 눈물은 나지 않았다. 20여 년 전 아버지가 돌아가셨을 때도 눈물은 나지 않았지만, 이번에는 그때와 상황이 전혀 달랐다.

"아니요, 저항한 게 아니라 뭔가 중얼거리고 있었습니다. 빨간 램프가 들어오고 버튼을 눌러 바닥이 꺼질 때까지요. 저희가 멈추라고 해도 듣지 않았습니다."

"자신이 무죄라고 주장하는 것도 아니었고, 교도관들에게 살인자라고 욕을 하는 것도 아니었습니다."

"그럼 대체 무슨 말을 했다는 건가요?"

"저…"

스님이 입을 열었다. 에츠시를 제외한 모두의 시선이 스님을 향했다. 하지만 스님은 다시 입을 다물었고 방 안에는 기묘한 침묵이 흘렀다. 침묵을 깨듯 교도관이 말했다.

"피해자에게 사죄하고 싶었던 건지도 모르겠습니다."

말을 마친 후에 교도관은 자신이 실언했음을 깨달았다. 그 자체로는 별 특별할 것 없는 말이었으나 시종일관 누명이라고 주장해 온 사람에게는 모독으로 받아들여질 수 있는 발언이었다. 하지만 에츠시는 교도관을 탓하지 않았다. 그저 조용히 의자에 앉아 있을 따름이었다.

다시금 침묵이 흘렀다.

응접실 구석으로 걸어간 소장이 스토브가 내뿜는 바람에 손을 갖다 대며 입을 열었다.

"저희는 사형제도에 대해 이러쿵저러쿵 말할 수 있는 입장이 아닙니다. 명령서를 받으면 집행할 수밖에 없지요. 하지만 아무리 명령이라고 해도 저희가 했다는 사실은 변함이 없습니다. 사형 집행이 정말로 잘못이라고 생각한다면 이 일을 때려치우면 그만이니까요. 저희는 각자의 의지로 아드님의 목숨을 빼앗은 겁니다."

교도관이 놀란 눈빛으로 소장을 쳐다보았다.

"그리고 교도관 중에도 다양한 부류가 있습니다. 천성이 잔인한 사람들도 있지요. 개중에는 동물을 죽이는 것이 취미라고 자랑스레 떠들어대는 자도 있었습니다. 사실 변호사나 교사, 의사도 마찬가지 아닌가요? 드라마에 나오는 교도관은 대부분 바르고 성실할 뿐만 아니라 사형 집행에 의문을 느끼며 고뇌하는 인물로 묘사되지만요. 저는 늘 피해자의 원통함을 생각하며 사형에 대해서는 더 이상 고민하지 않으려고 노력합니다. 아니 어쩌면 그들에게 책임을 전가하고 있는 건지도 모릅니다. 어떤 변명을 둘러대더라도 저희가 살인자라는 건 부정할 수 없는 사실입니다. 그런 가운데 신이치 씨는 마지막까지 자신의 삶을 살아냈다고 생각합니다."

정상적인 정신 상태였다면 멋진 사람이라고 느꼈을지도 모르겠지만, 에츠시는 소장의 말에 아무런 반응을 보이지 않았다. 소장이 자리에서 일어나 시신을 옮기라는 지시를 내렸다. 에츠시를 비롯한 다른 사람들은 묵묵히 응접실을 뒤로 했다.

밖은 어두웠다.

신이치의 시신을 실은 영구차가 눈에 띄지 않도록 조심스레 구치소를 빠져나왔다. 하지만 이리로 나올 것을 예상하고 있었는지 구치소 앞에서 기다리는 사람들이 있었다. 아마도 사형 반대 단체에서 나온 이들 같았다. 영구차를 보자마자 서로 부둥켜안고 눈물을 쏟는 여자들도 있었다.

시신의 상태는 생각보다 양호했다. 실제 현장에서는 목이 끊어지고 눈알이 튀어나왔을지도 모르지만. 아마도 정액과 똥오줌을 토해낸 추한 몰골이었을 것이다. 어느 정도 수습이 되었다고는 해도 물론 생전과 다름없이 멀쩡한 모습은 아니었다. 의심의 여지가 없는 시체. 말하자면 솜 인형과 다를 바 없었다.

에츠시는 텅 빈 껍데기 같은 상태였다. 눈앞에 놓인 시신이 신이치라는 사실은 분명히 인식하고 있었고, 이사와나 다른 사람들이 하는 말도 다 들렸다. 하지만 모든 것이 옆 동네 불꽃놀이 같은 느낌이었다. 어딘지 모르게 먼 세계의 일처럼 시간이 흘러갔다.

"곧 도착합니다."

영구차는 교토시 우쿄구 우메즈에 위치한 이사와의 자택에 도착했다. 에츠시는 세 들어 사는 입장이었기 때문에 이사와의 집으로 옮긴 것이다. 집에서 기다리고 있던 로스쿨 학생들이 뭐든 시켜만 달라고 말했다.

"여기 두겠습니다."

거실에 들어서자 장의사가 말했다. 거실 옆방에는 불단이 놓여 있었다. 불단 위에 놓인 이사와 부모님의 사진이 보였다.

"여기는 일단 내일까지 아버님이 쓰세요. 필요한 일이 있으시면 언제든 부르시고요."

리더 같아 보이는 대학원생이 그렇게 말하고는 사라졌다. 그때 밖에서 오토바이 멈추는 소리가 나더니 한 청년이 새파랗게 질린 얼굴로 헐레벌떡 뛰어 들어왔다. 모치다였다.

"아저씨…."

에츠시가 고개를 들었다. 모치다는 잔뜩 흥분한 상태였다.

"제기랄, 어쩌다 이렇게 된 거야!"

모치다의 절규는 그 자리에 있는 모든 이의 마음을 대변하는 듯
했다.

밤이 깊어 다들 돌아가고 거실에는 에츠시, 이사와, 모치다 세 사
람만 남았다. 최근의 상조회사는 기술이 좋아서 전문가의 손길을 거
치자 신이치의 표정도 얼마간 편안해 보였다. 아무 말도 하지 않는
에츠시와 마찬가지로 모치다와 이사와도 입을 꾹 다물고 있었다. 지
금 이곳에 있어도 된다고 허락받은 존재는 오직 정적뿐이었다.

에츠시가 짧게 말했다.

"미안하지만 신이치와 둘이 있고 싶어."

"알았어."

모치다와 이사와는 자리를 비켜주었다. 2층에서도 아무 소리도 들
리지 않았다. 숨 막힐 듯 조용한 거실에서 에츠시는 십수 년 만에 아
들과 단둘만의 시간을 보내고 있었다. 죽은 아들과 함께 있는다 한
들 무슨 의미가 있으랴 싶었지만 에츠시는 신이치의 뺨에 살며시 손
을 가져다 댔다. 차가웠다. 탄력도 느껴지지 않았다. 신이치가 아기였
을 때, 아내 옆에서 신이치의 뺨을 쿡쿡 찔러 본 기억이 났다. 얼굴은
15년 전 그대로인데 완전히 변해버렸구나, 하는 생각이 들었다.

"신이치…."

에츠시가 불렀다. 하지만 아무 대답도 돌아오지 않았다. 불현듯 지
금까지 억눌러왔던 감정이 폭발했다. 어쩌다 이렇게 된 걸까. 메로스

와 디오니스, 그들은 분명 존재한다. 대체 누구길래 사람을 둘이나 죽이고 신이치를 이렇게 만든 걸까.

어제까지만 해도 에츠시의 머릿속을 점령하고 있던 의문들이었다. 하지만 이제는 아무런 의미도 없었다. 설령 메로스와 디오니스의 정체를 알게 되더라도 그들에게 죄를 묻는 것은 불가능했다. 아니, 그런 것은 아무래도 상관없었다. 어느 쪽이든 신이치는 돌아오지 못할 테니까.

"미안하구나. 아비는 너를 위해 모든 것을 다 버리고 최선을 다해 노력했단다. 아니, 그랬다고 생각했다. 그런데도 널 구하지 못했구나. 너는 마지막까지 결백을 주장했는데 이 아비가 충분히 힘이 되어주지 못해서 정말 미안하다."

에츠시는 얼굴을 감싸 쥐었다. 눈물이 쏟아졌다. 낮은 목소리로 신이치의 이름을 부르며 시신을 끌어안고 하염없이 울었다.

어느 정도 시간이 흘렀을까, 이사와와 모치다가 들어왔다. 이사와는 시신을 끌어안고 있는 에츠시를 보더니 참지 못하고 바닥에 엎드려 사죄했다. 눈물로 다다미가 젖어들었다.

"죄송합니다! 제가 재심 청구만 했어도 이런 일은 없었을 텐데…"

이사와는 신이치의 죽음을 막지 못한 자신을 탓했다.

"위험하다는 건 알고 있었습니다. 나츠미 씨도 지적했듯이 사형수 몇 명이 재심 청구를 했기 때문에 신이치가 먼저 집행될 가능성이 있었죠. 그런데도 전 기각되었을 경우를 걱정해서 재심 청구를 미루고 있었습니다. 저는 최악의 변호사입니다…"

"그렇지 않습니다. 변호사님은 최선을 다해 주셨습니다."

에츠시가 마음이 깃들지 않은 위로를 건넸다. 울먹이는 변호사와 전직 변호사를 바라보며 모치다도 비통한 표정을 지었다.

"모두 제 잘못입니다. 저는 카미야 미노루 사건에서 책임의 무게를 감당하지 못하고 형사 변호에서 도망쳤습니다. 그리고 신이치를 위해 아무것도 해주지 못했습니다."

"그건 그렇지 않습니다, 에츠시 씨."

"맞아, 아저씨도 할 수 있는 건 다 했잖아. 전단지를 뿌리고 노숙자도 찾아다니고…. 가해자 부모로서 그러기 쉽지 않았을 텐데."

모치다의 말에 에츠시는 고개를 가로저었다.

"전단지 배포는 가능하다면 하고 싶지 않았어. 이런 게 정말 의미가 있을지 늘 회의를 느끼면서 억지로 했을 뿐이야. 사람들의 시선에 노출되는 것이 스트레스였고, 심한 말을 들을 때마다 상처받았지. 노숙자를 찾아가는 것도 그래. 하려고만 하면 더 빨리 시작할 수 있었는데 노숙자 따위가 뭘 알겠느냐고 얕잡아 봤던 거지. 난 그저 할 만큼 하고 있다고 자기 위안을 삼고 있었을 뿐이야!"

이사와와 모치다는 입을 다물었다.

"할 수 있었는데…. 하려고만 하면 뭐든 다! 설령 법에 어긋나는 일이라 할지라도. 오사카 구치소에 식칼을 들고 쳐들어가서 인질을 잡은 다음 신이치를 풀어 달라고 요구할 수도 있었어. 형이 집행되는 장소는 대충 알고 있으니까 그리로 침입하면 신이치를 구할 수 있었을지도 모르는데…. 난 아무것도 하지 않았어. 아무짝에도 쓸데없는 겁쟁이 같으니라고!"

"아저씨…."

"내 목숨이라도 내줄 수 있는데… 이런 목숨 따위 하나도 아깝지 않은데…. 신이치, 나한텐 네가 전부였단 말이다!"

지금까지 쌓아 두었던 것을 전부 토해내듯 에츠시는 울부짖었다. 목이 갈라지고, 얼굴이 눈물과 콧물로 범벅이 되어 엉망이었다. 하지만 그런 건 아무래도 상관없었다. 돌려 달라고, 내 전부를 돌려 달라고 에츠시는 계속해서 외쳤다.

❖

고별식에는 많은 사람들이 모였다.

전날 밤은 유족과 가까운 이들 소수만이 함께했지만, 고별식에 온 조문객은 50명이 넘었다. 대부분 처음 보는 얼굴이었다. 에츠시가 현역 시절 알고 지내던 변호사나 검사 같은 법조계 인사들은 연락이 끊긴 지 오래였다. 오늘 모인 이들은 주로 TV나 인터넷을 통해 신이치의 사건을 알게 된 사람들이었다. 젊은 사람, 특히 여성이 많았다. 그러고 보니 구치소에 있는 동안 신이치에게 옥중 결혼을 신청한 여자들도 있다고 했다. 신이치는 물론 일언지하에 거절했지만 그래도 포기가 안 되었는지 신이치의 팬 같아 보이는 사람들이 눈에 띄었다.

"에츠시 씨."

작고 예쁘장한 여자가 에츠시에게 말을 걸어왔다. 신이치의 팬인가 싶었는데 아니었다. 피해자 유족인 사와이 나츠미였다. 그녀는 지금 대체 어떤 심정일까. 신이치가 죽어서 속이 후련하다고 생각하지는 않을 것이다. 나츠미 역시 메로스와 디오니스의 존재를 믿고 있기 때문이다.

뭐라 한마디로 표현하기 어려운 복잡한 심경이 아닐까 싶었다.

"나쁜 마음 먹지 마세요."

"네, 자살할 생각은 없습니다."

에츠시가 대답했다. 나츠미는 눈물을 참고 있는 듯 보였다.

"에츠시 씨, 실은…."

나츠미가 뭔가 말을 꺼내려다가 망설였다. 그사이에 다른 사람이 끼어드는 바람에 두 사람의 대화는 거기서 끊겼다. 별다른 이야기를 나누지는 않았지만 신기하게도 마음과 마음이 통한 듯한 기분이 들었다.

조문객은 점점 더 늘어났다. 사형수의 장례식은 보통 구치소에서 남몰래 진행되는 경우가 많다. 이렇게 조문객이 많은 장례식은 드물지 않을까. 물론 이중에 신이치의 죽음을 순수하게 애통해하는 사람이 얼마나 될지는 모르겠지만.

접수대는 이사와의 제자로 보이는 청년들과 모치다가 중심이 되어 맡아 주었다. 모치다의 머리는 어느샌가 검은색으로 바뀌어 있었다. 상주인 에츠시는 상조회사가 알려주는 역할을 소화하며 조문객들에게 머리를 꾸벅이기만 하면 되었다. 그러던 와중에 한 쌍의 남녀가 말싸움을 벌이는 모습이 눈에 들어왔다. 이사와와 저널리스트인 마나카 유코였다.

"변호사님이 재심 청구만 제대로 했어도 이렇게 되지는 않았을 텐데요!"

"기자님이야말로 사형이 집행된 후의 가해자 유족과 피해자 유족이 어떤 모습일지 살펴보려고 온 거 아닙니까! 이런 기회는 흔치 않을 테니까요!"

"말조심하세요! 무능한 변호사 같으니라고!"

"이런 자리에서 싸우지들 말지?"

모치다가 두 사람 사이에 끼어들었다.

"…제가 말이 좀 심했네요. 이사와 변호사님, 죄송합니다."

"아닙니다, 저도 유치하게 굴어서 죄송했습니다."

이사와는 마나카와의 설전을 마치고 에츠시가 있는 쪽으로 다가왔다.

에츠시도 나츠미도 별다른 말은 하지 않았다.

이윽고 신이치의 시신이 화장터로 옮겨져 한 줌의 재가 되었다. 신이치의 죽음을 어느 정도 받아들였다고 생각했는데 막상 시신이 모래시계 속 모래처럼 변한 것을 보자 치밀어 오르는 감정을 주체할 수가 없었다. 에츠시는 그 자리에 주저앉아 주변의 시선도 아랑곳하지 않고 목 놓아 울었다. 오열하는 에츠시의 모습이 방아쇠를 당겼는지 여기저기서 흐느껴 우는 소리가 들렸다. 이사와도 모치다도, 이름도 모르는 수많은 사람들이 손수건에 얼굴을 묻었다.

장례식이 끝난 후, 조문객들은 따뜻한 말 한마디씩을 남기고 돌아갔다. 어쩌면 신이치는 세상에서 가장 행복한 사형수가 아닐까. 문득 그런 생각이 들었지만 에츠시는 이내 머리를 흔들었다. 죽은 사람이 어떻게 행복할 수 있단 말인가. 호화로운 장례식장에 안치된 시신이든 가모가와강에 떠오른 백골 사체든 죽으면 다 마찬가지였다. 다시금 눈물이 차올라 에츠시는 눈가를 지그시 눌렀다.

그때 두 남자가 에츠시에게 다가왔다. 이사와와 모치다였다.

"이런 상황에서 묻기도 좀 그렇지만 아저씨, 앞으로 어떻게 할 거야?"

모치다가 물었다.

"글쎄…."

에츠시는 말끝을 흐렸다.

"에츠시 씨, 메로스와 디오니스를 잡아야지요."

"맞아, 지금 아저씨한테는 삶의 목표가 필요해."

"이대로 끝낼 수는 없지 않습니까."

흥분된 어조로 역설하는 두 사람과 달리 에츠시는 그저 공허하기만 했다. 그런 짓을 한다고 뭐가 달라질까. 메로스와 디오니스의 정체를 알게 된다 한들 신이치는 살아 돌아오지 않는다. 머릿속은 온통 그 생각뿐이었다. 내 인생은 이제 끝났다, 신이치가 형장의 이슬로 사라졌을 때 나 역시 죽은 것이나 마찬가지라고.

"에츠시 씨, 이대로는 신이치가 너무 불쌍하지 않습니까!"

"맞아, 메로스와 디오니스를 잡아서 신이치의 원수를 갚아야지."

"부모가 자식의 원수를 갚는 건 이론상 불가능해. 에도 시대에 만들어진 복수라는 제도는 남성 존속이 살해당한 경우에만 적용되는, 불합리하기 그지없는 엉터리 제도니까."

에츠시는 쓸데없이 구체적인 지식을 늘어놓으며 모치다의 말을 끊었다.

"그런 건 아무래도 상관없잖아. 신이치의 원한을 갚지 않겠다는 거야?"

"생각할 시간이 필요해."

에츠시는 자리에서 일어나 혼자 있게 해달라고 부탁했다. 신이치의 죽음은 에츠시의 모든 것을 부숴버렸다. 메로스와 디오니스, 이 둘과 싸워온 지난 1년간의 일들이 아주 먼 옛날 일처럼 느껴졌다. 진범은 그들인데 죽은 사람은 신이치다. 말하자면 살해당한 것이나 다름없었다. 하지만 미칠 듯한 분노가 치밀어 오르거나 하지는 않았다. 분노의 실은 뚝 끊긴 채 허공을 맴돌고 있었고, 현재의 에츠시로서는 끊어진 실을 다시 잇는 것이 불가능했다.

2

등 뒤에서 아이들의 환성이 들렸다. 에츠시는 지하철 플랫폼에 서 있었다.

고별식을 마친 후, 에츠시는 푸시맨 아르바이트에 복귀했다. 이사와와 모치다는 좀 쉬는 게 좋지 않겠냐고 했지만 뭐라도 하고 싶었다. 통근시간대의 단바바시역은 변함없이 사람들로 붐볐다. 크리스마스이브라 그런지 다들 어딘지 모르게 들뜬 기색이었다.

에츠시는 뒷짐을 지고 선로를 내려다보았다. 아무것도 떨어져 있지 않았지만, 설령 무언가 떨어져 있더라도 발견하지 못했을 것이다. 텅 빈 마음. 에츠시에게는 이제 아무것도 남아 있지 않았다.

"2번 선로에 열차가 통과합니다."

안내 방송이 나오고, 초록색과 연두색으로 된 거대한 물체가 무서운 속도로 다가왔다. 회송 열차였다. 갑자기 실이 끊어진 것처럼 에츠시의 몸이 흔들리더니 열차의 자력에 빨려 들어가듯 천천히 앞으로 기울었다. 저항할 생각은 들지 않았다. 발밑을 지탱하는 감각이 사라지고 공중에 붕 뜬 느낌이 들었다. 죽는 걸까. 문득 그런 생각이 머릿속을 스치고 지나갔다. 누군가의 비명이 들리고, 머리를 강타하는 충격과 함께 녹슨 쇠 냄새가 느껴졌다. 에츠시는 순간적으로 의식을 잃었다.

"괜찮으세요?"

여러 사람의 목소리가 들렸다. 녹색 제복이 보였다.

고개를 들자 역무원과 푸시맨 아르바이트를 하는 젊은이들이 파랗게 질린 얼굴로 에츠시를 내려다보고 있었다. 빙 둘러선 승객들 사이에서 중고생들의 웃음소리와 쯧쯧 혀 차는 소리가 들렸다. 푸시맨이 플랫폼에서 추락해 열차에 치일 뻔하다니 지나가던 개가 웃을 일이었다. 하지만 아르바이트 동료들은 에츠시가 무사하다는 사실을 확인한 후에도 여전히 불안해 보였다. 다들 에츠시의 아들이 사형당했다는 사실을 알고 있었다. 그래서 이번 일이 자살 미수가 아닌지 염려하고 있는 듯했다.

에츠시는 역무원의 부축을 받으면서 일어나 함께 역무원실로 향했다. 의자 위에 놓여 있던 스포츠 신문을 치우고 털썩 주저앉았다. 자살하려던 것은 아니라고, 잠깐 어지러웠을 뿐이라고 변명하려 했지만 목소리가 나오지 않았다.

"죽으면 안 돼요."

피부가 까무잡잡한 역무원이 서글픈 눈으로 에츠시를 쳐다보며 말했다. 에츠시는 잠자코 역무원을 마주 보다가 조용히 고개를 떨구었다.

"얼마 전에 아드님이 사형당했죠?"

역무원의 말에 에츠시가 담담한 말투로 대답했다.

"자살하려던 게 아닙니다. 잠깐 현기증이 났을 뿐입니다."

목소리에 기운이 없었다. 정말 현기증이었을까. 스스로도 확신할
수 없었다. 유서를 남기는 등 계획적으로 준비한 자살은 아니었지만,
어쩌면 대부분의 자살이 이런 것일지도 모르겠다는 생각이 들었다.

"저도 자살이 무조건 나쁘다고 말할 생각은 없어요. 어차피 자기
인생인데 하고 싶은 대로 하면 되죠. 하지만 아직 살 수 있는데 죽
는 건 좀 아깝잖아요. 회복 가능성이 없는 병으로 고생하다 인공 튜
브를 제거하기로 했다면 어쩔 수 없지만 그런 게 아니라면 살았으면
해요. 그것뿐이에요. 제가 보기에 에츠시 씨는 아직 충분히 다 살지
않으신 것 같거든요."

"그런가요."

"인생 선배에게 드릴 말씀은 아니지만요."

"실은 이 일 말인데요…."

"에츠시 씨는 잘해주고 계십니다. 체력적으로도 문제없고요!"

체력적으로 버티기 어렵다는 말을 하려고 했는데 선수를 빼앗겨버
렸다. 에츠시 입장에서는 아무래도 정신적으로 불안정한 상태다 보
니 주위에 폐를 끼칠까 염려가 되었다.

"함께 열심히 해보자고요."

"네에…."

"역시 힘들겠다 싶으면 다시 말씀해 주세요."

역무원이 웃으며 말했다. 그때 일이 끝났는지 다른 아르바이트생들이 우르르 들어왔다. 다들 걱정스러운 표정이었다.

"뭐야, 벌써 다 끝났어?"

역무원이 청년들에게 말했다.

"오늘은 승객이 별로 없으니 일찍 퇴근하라던데요."

"누가?"

"역장님이요."

"이 녀석들이! 지금 시간에 승객이 없으면 회사 다 망하겠다. 너희도 회사의 한 축을 담당하고 있는 거라고. 어서 담당 구역으로 돌아가."

억지스러운 핀잔을 주며 역무원이 씩 웃었다. 아르바이트생들도 안심한 듯 미소를 지었다. 역무원은 모두를 내쫓듯 역무원실에서 내보낸 뒤 자신도 방을 나서려다가 손잡이를 잡은 채 에츠시를 돌아보며 말했다.

"착한 녀석들이에요. 거짓말이 서툴러서 다 티가 난다는 게 문제지만요."

그 후, 역장과 함께 병원에 가서 반강제로 검사를 받았다.

특별한 이상은 없었다. 에츠시는 역장과 헤어져 지하철을 탔다. 목적지도 없이 지하철을 갈아타며 교토와 오사카를 몇 차례 왕복했다. 시간 낭비도 이런 시간 낭비가 없었다. 이사와, 모치다, 장례식에 와 준 조문객들, 아르바이트 동료들과 역무원들… 많은 사람들이 에츠시에게 힘이 되어 주고자 애썼다. 하지만 신이치는 이제 두 번 다시 돌아오지 않는다. 시간을 어떻게 사용하든 달라질 것은 없었다.

저녁이 되어 주쇼지마역에서 내렸다.

핸드폰 전원을 켜자 부재중 전화가 여섯 통이나 와 있었다. 발신인은 모두 이사와였다. 에츠시가 무사한지 걱정하고 있는 것이리라. 에츠시는 의무감에 이사와에게 전화를 걸었다.

이사와가 기다렸다는 듯 바로 전화를 받았다.

"하아, 다행이다. 괜찮으신 거죠, 에츠시 씨?"

역에서 있었던 일을 전해 들은 모양이었다.

"사고입니다. 자살 미수가 아니라요."

"알고 있습니다. 계속 전화를 드렸던 건 다름이 아니라 에츠시 씨를 만나고 싶다는 사람이 있어서요."

자신을 만나고 싶어 하는 사람이라니 좀처럼 짐작이 가지 않았다. 사와이 나츠미일 리도 없고, 언론의 취재라면 사양이었다.

"에츠시 씨, 그 사람을 만나셔야 합니다!"

이사와는 상당히 흥분한 듯했다. 에츠시에 대한 걱정도 섞여 있겠지만 무엇보다도 강한 열의가 느껴졌다. 꼭 좀 만나 달라는 이사와의 부탁에 에츠시는 알겠다고 대답했다.

"그럼 이따가 댁으로 모시러 가겠습니다."

통화를 마친 에츠시는 별수 없이 집으로 돌아가 이사와가 오기를 기다렸다.

세 시간 정도 지나 이사와가 차로 데리러 왔다. 밖은 이미 어두웠다.

"죄송합니다. 많이 기다리셨죠?"

이사와가 조수석 문을 열며 말했다. 에츠시는 잠자코 차에 올라탔다.

이사와는 만나러 가는 상대가 누구인지 알려주지 않았다. 에츠시도 묻지 않았다. 그저 말없이 크리스마스이브의 교토 시내를 바라보았다. 누구를 만나러 가는 걸까. 어디로 가는 걸까. 아무래도 상관없었다. 에츠시의 마음은 그 누구도 위로할 수 없었다. 신이라도 불가능했다.

이윽고 차가 상점가에 들어섰다. 가게들은 대부분 문을 닫았고, 이 시간까지 영업하는 곳은 노래방과 술집, 러브호텔 정도였다. 전봇대 옆에서 서로 끌어안고 키스하는 커플이 보였다. 차는 가미야가와강을 건너 다이쇼군하치 신사 앞을 지났다. 좁은 길을 따라 북쪽으로 올라가자 얼마 지나지 않아 작은 교회가 나왔다.

"다 왔습니다."

이사와가 말했다. 에츠시는 차에서 내렸다. 교회는 이 시간까지도 불이 켜져 있었다. 안에서 찬송가를 부르는 사람들의 노랫소리가 들렸다. 입구에 '크리스마스이브에 함께 찬송가를 부르지 않으시겠습니까?'라고 적힌 포스터가 붙어 있었다. 이사와는 살며시 문을 열었다. 스무 명 남짓한 사람들이 악보를 손에 들고 찬송가를 부르고 있었다. 사와이 나츠미의 모습도 보였다. 나츠미를 만나러 온 거냐고 물으니 이사와는 아니라고 대답했다. 방해가 되지 않도록 에츠시는 이사와를 따라 의자에 앉았다.

"오늘 이렇게 모여 주셔서 감사합니다."

목사가 모인 사람들 앞에 나와 이야기를 시작했다. 목사의 목소리는 부드럽고 포용력이 있었으며, 성서를 인용하는 등 자칫 딱딱해질 수 있는 부분에서는 농담을 섞어가며 능숙하게 이야기를 끌어나갔다. 사람들은 때때로 웃고 때로는 진지한 표정을 지으며 목사의 이야기를 귀 기울여 들었다.

에츠시는 생각했다. 오늘 만나야 한다는 사람이 이 목사인 걸까. 좋은 이야기를 들려주고 있다는 건 알겠지만 딱히 감명을 받거나 하지는 않았다. 다만 이사와의 성의를 봐서 마지막까지 듣기는 할 생각이었다. 어차피 집에 돌아가서 할 일이 있는 것도 아니었다.

이윽고 목사의 이야기가 끝나고 마지막으로 한 곡 더 찬송가를 부른 후 모임은 끝이 났다. 사람들이 줄지어 빠져나가고 나자 교회 안에 남아 있는 사람은 에츠시 외에 네 명뿐이었다. 사사키 목사, 이사와 변호사, 사와이 나츠미, 그리고 특이하게도 스킨헤드를 한 40대 후반 정도 되어 보이는 남자였다. 남은 사람들은 스킨헤드 남자를 중심으로 원을 그리듯 모였다. 목사는 그럼 말씀들 나누시라고 하며 빠져나갔다. 정적이 흐르는 가운데 이사와가 입을 열었다.

"에츠시 씨, 나츠미 씨, 오늘 오시라고 한 건 두 분도 주지 스님 말씀을 들어 보셨으면 해서입니다."

스킨헤드 남자는 안경을 쓰고 있었다. 복장은 캐주얼한 느낌이었지만 어딘지 모르게 분위기가 보통 사람들과 달랐다. 주지 스님? 어딘가에서 본 듯한 얼굴이었다.

"저는 야기누마 신이치 씨가 처형당할 때 그 자리에 있었습니다. 처형 당시 상황에 대해 구치소에서 말씀드리지 못한 부분을 전하고자 여기까지 왔습니다."

"그렇다면 스님이 신이치에게 독경을 해주신 분인가요?"

에츠시는 그제야 기억해냈다. 오사카 구치소 응접실에서 신이치의 죽음에 대해 무언가 말을 하려다 만 스님이었다. 그래서 어렴풋하게 나마 기억을 하고 있었던 것이다.

"이렇게 오셔도 괜찮으신 건가요?"

에츠시가 물었다. 이름도 모르는 주지 스님은 고개를 갸웃거리며 대답했다.

"아마 괜찮지 않을 겁니다."

"그런데도 일부러 오셨다는 건 그만큼 중요한 무언가가 있다는 말씀이신가요?"

이어지는 나츠미의 질문에 스님은 묵묵히 고개를 끄덕였다.

"이 사실을 여러분께 전하지 않으면 평생 후회하게 될 것 같아서 찾아왔습니다. 바로 본론으로 들어가도 될까요?"

모두가 좋다고 하자 스님은 자리에서 일어나 나츠미에게 다가가더니 종이 한 장을 건넸다. 자세히 보니 악보였다.

"이걸 좀 쳐주실 수 있을까요?"

나츠미는 알겠다고 대답하고는 파이프 오르간 의자에 앉아 악보를 세팅했다. 나츠미가 뒤를 돌아보며 바로 치면 되겠냐고 묻자 스님이 손을 들어 잠깐 기다려 달라고 했다. 그러고는 에츠시 쪽을 쳐다보았다.

"에츠시 씨."

에츠시가 고개를 들었다.

"구치소 응접실에서 제가 하려다 만 말이 있었습니다. 신이치 씨가 혀를 깨물었던 이유에 대해서입니다. 그건 무언가를 중얼거리고 있었기 때문이 아닙니다."

"그럼?"

"노래입니다. 신이치 씨는 노래를 부르고 있었습니다."

사형을 앞두고 노래를 부르고 있었다니?

"마치 무슨 주문 같은 노래였습니다. 저희는 독경에 집중하느라 소리가 나는 줄도 몰랐는데 중간에 신이치 씨의 목소리가 갑자기 커졌습니다. 엄청나게 큰 소리를 내지르길래 처음에는 두려움과 공포로 머리가 이상해진 건가 했는데 아니었습니다."

에츠시는 날카로운 눈빛으로 스님을 응시했다.

"신이치 씨의 목소리는 공포에 사로잡힌 절규 따위가 아니었습니다. 처형장을 쩌렁쩌렁 울리는 우렁차고 아름다운 테너였습니다. 잘은 모르겠지만 외국곡인 듯했습니다. 영혼의 외침이랄까 마음을 파고드는 노랫소리였지요. 너무나도 압도적인 노랫소리에 저는 독경도 잊고 신이치 씨를 처다보았습니다. 누가 예상이나 했겠습니까? 신이치 씨는 눈가리개를 한 채 깜깜한 암흑 속에서 공포와 싸우며 목이 터져라 노래하고 있었습니다. 한 사람의 노랫소리에 독경을 하던 저희 모두가 압도당했지요."

신이치는 죽음을 앞두고 노래하고 있었다. 에츠시는 주지 스님의 말이 믿기지 않았다. 얼마나 무서웠을까. 얼마나 괴로웠을까. 이미 일어난 비극은 돌이킬 수 없다. 더 이상 듣고 싶지 않았다. 하지만 에츠시는 꾹 참고 이어지는 말을 기다렸다.

"몇 차례 처형 현장 입회 경험이 있는 스님들도 식은땀을 흘리며 이런 경우는 처음이라고 입을 모아 말했습니다. 중간부터는 신이치 씨의 명복을 빈다기보다는 그저 노래의 저주에서 스스로를 지키기 위해 경을 외웠던 것 같습니다."

스님은 잠시 숨을 고른 후 말을 이었다.

"그때부터 그 장면이 머리에서 떠나질 않았습니다. 아니 정확히는 신이치 씨가 부른 그 노래가 계속 귀에 맴돌았습니다. 무슨 곡인지 알아보려 했지만 찾을 수가 없었습니다. 그런데 이사와 변호사님께 말씀드리니 혹시 이 노래가 아니냐고 하시더군요. 과연 그 노래가 맞았습니다."

이사와가 덧붙여 설명했다.

"주문처럼 들리는 도입부라는 말에 바로 알겠더라고요. 사건 직전에 신이치가 푸른 하늘 합창단을 지휘하며 부른 노래이기도 하고요. 「Soon-ah will be done」이라는 흑인 영가입니다."

에츠시도 아는 곡이었다. 학생 시절, 합창단에서 부른 적이 있었다. 유명한 곡인데 어째서인지 합창단원 외에는 아는 사람이 거의 없었다.

"Soon-ah will be done, 이제 곧 나는 끝날 것이다. 그 사건이 일어난 날, 신이치는 제게 이 곡의 의미를 가르쳐주었습니다. 흑인 영가는 고통 받는 흑인들의 영혼의 부르짖음이라고요. 이 노래도 예외는 아닙니다. 죽음을 앞두고도 꿋꿋하게 생명을 노래하는, 마음을 울리는 곡이지요."

말을 마친 이사와가 나츠미를 향해 부탁했다.

"나츠미 씨, 연주해 주시겠습니까?"

"아, 네."

나츠미는 잠시 발성 연습을 하더니 익숙하지 않은 손놀림으로 파이프 오르간을 연주하기 시작했다.

"Soon ah will be don' a-wid de trouble ob de worl', trouble ob de worl', de trouble ob de worl'……."

정말로 주문처럼 들리는 가사였다. 하지만 에츠시는 알고 있었다. 속삭이듯 흘러가는 부분은 도입부뿐이라는 것을. 도입부는 가능한 한 작게 불러야 했다. 감정을 최대한 억누르고 있다가 이어지는 파트에서 단숨에 터뜨리기 위해서.

해당 파트를 나츠미는 주눅 들지 않고 힘찬 소프라노로 완벽하게 불러냈다.

"I wan' t'meet my mother, I want' t'meet my motehr, I wan' t'meet my mother, I'm goin' t'live wid God!"

"여기! 이 부분이요!"

스님이 나츠미의 노래 중간에 갑자기 끼어들었다.

"뭔가 문제가 있나요?"

에츠시가 조용한 목소리로 물었다.

"저도 학생 때 합창을 했었습니다만 틀린 부분은 없는 것 같은데요."

"아니요, 틀렸다는 게 아닙니다."

스님이 손을 저었다.

"그럼?"

"가사가 다릅니다. 제가 구치소에서 들은 신이치 씨의 「Soon-ah will be done」은 이런 가사가 아니었습니다."

에츠시가 고개를 들었다.

"어느 부분이 달랐나요?"

"단어 하나가 확실히 달랐습니다."

"스님 말씀대로 아주 작은 차이지만 실은 그 한 단어 때문에 오늘 모이시게 한 겁니다."

이사와가 말했다. 스님이 설명을 이어나갔다.

"신이치 씨가 부른 가사는 mother가 아니었습니다. father라고 부르는 것을 제가 똑똑히 들었습니다."

"뭐라고요?!"

에츠시가 처음으로 놀란 표정을 지었다.

"잘못 들으신 거 아닙니까?"

에츠시가 스님에게 따지듯 물었다.

"100프로 틀림없습니다. 신이치 씨는 분명 father라고 했습니다. 제가 영어를 잘하는 편은 아니지만 일본인의 영어 발음 정도는 구분할 수 있습니다."

스님을 말을 듣고 에츠시는 책상 위에 두 손을 짚은 채 한동안 미동조차 하지 않았다. 체중을 지탱하는 두 팔이 부들부들 떨렸다. 그럴 수가.

"에츠시 씨, 괜찮으십니까?"

이사와가 가까이 다가왔지만 에츠시에게는 아무 말도 들리지 않았다.

I wan't t'meet my father — 아버지를 만나고 싶어요!

신이치는 에츠시가 면회를 신청해도 한 번도 만나주지 않았다. 만나고 싶지 않다고 했다. 그런데 죽기 직전에 이런 노래를 부르다니….
사실은 만나고 싶어 했고, 그 마음이 마지막 순간에 이런 노래로 표현된 것이다. 일반적으로 스님이 교회를 방문하는 일은 거의 없었다. 신이치도 사형 현장에 있던 스님이 나중에 아버지와 만나게 되리라고는 전혀 예상하지 못했을 것이다. 즉 신이치는 이 노래를 누군가에게 들려주기 위해 부른 것이 아니라는 말이었다. 닿을 리 없는 목소리로 아버지를 향해 자신의 본심을 노래한 것이었다.

——사실은 만나고 싶었어요…. 죄송해요, 아버지.

어디선가 그런 소리가 들리는 듯했다. 그 순간, 격한 감정이 가슴속 깊은 곳에서 울컥 치밀어 올랐다. 도저히 견딜 수가 없었다. 에츠시는 크게 부르짖었다.

"어째서…, 대체 왜 그런 거냐, 신이치!"

그날 밤, 스님과의 대화는 거기서 끝났다.

에츠시는 교회 밖으로 걸어 나갔다. 이름 모를 스님은 차를 타고 사라졌다. 아마 두 번 다시 만날 일은 없을 것이다. 교회 안에서 파이프 오르간 소리가 들렸다. 누군가 혼자 남아서 연주하고 있는 모양이었다. 「Soon-ah will be done」. 나츠미인 듯했다.

감정이 조금씩 잦아들었다. 에츠시는 냉정하게 생각을 가다듬을 여유를 되찾았다. 신이치가 자신과의 면회를 거부한 의미에 대해 고민해 보았다. 하지만 신이치에게 아버지를 만날 수 없는 사정이 있었으리라고 추측할 따름이었다. 아마도 사건과 관련된 이유일 것이다. 신이치는 마지막 순간에 결코 닿지 않으리라고 생각하면서도 메시지를 남겼다. 아무것도 할 수 없는 상황 속에서 에츠시를 향해 외친 것이다.

'이대로 끝낼 수는 없다.'

마음속에서 무언가가 활활 불타올랐다. 에츠시는 교회를 올려다보았다.

"에츠시 씨, 이만 돌아가시죠. 댁까지 바래다 드리겠습니다."

이사와가 말을 걸어왔다. 에츠시는 이사와 쪽으로 몸을 돌렸다. 그러고 보니 고맙다는 말도 못 하고 있었다.

"이사와 변호사님, 오늘 정말 감사했습니다. 주지 스님과 만나게 해주셔서요."

이사와는 웃으며 대답했다.

"다행입니다. 괜한 짓을 하는 게 아닌가 싶기도 했거든요."

에츠시는 고개를 저으며 미소로 화답했다.

"에츠시 씨, 꼭 붙잡읍시다, 진범을!"

에츠시는 천천히 고개를 끄덕인 후 그러자고 대답했다.

하지만 마음은 다른 곳에 가 있었다. 에츠시는 음악을 듣고 있었다. 교회에서 흘러나오는 파이프 오르간의 선율은 「Soon-ah will be done」이었다. 신이치는 죽음의 순간에 이 노래를 불렀다. 아버지를 향해서. 하지만 사실은 이 밤하늘 아래서 부르고 싶었을 것이다.

'그래, 아직 끝나지 않았어.'

삶의 목표가 생긴 느낌이었다. 신이치가 무슨 생각이었는지는 모르겠지만 어떻게든 알아낼 계획이었다. I wan' t meet my father라는 구절이 파이프 오르간의 선율과 함께 계속 머릿속에서 맴돌았다. 이사와가 에츠시에게 집에 돌아가자며 차에 타라고 권했다. 에츠시는 등을 돌린 채 대답했다.

"네, 알겠습니다. 잠시만, 잠시만 기다려 주세요."

3

모두가 밖으로 나간 후 나츠미는 홀로 교회 안에 놓인 긴 의자에 앉아 있었다.

스님이 알려준 야기누마 신이치의 최후가 머리에서 지워지지 않았다. 생각하면 할수록 '왜?'라는 질문이 늘어만 갔다. 이해가 가지 않는 것은 그가 자기 아버지와의 면회를 거부한 이유뿐만이 아니었다. 언니는 왜 살해당한 걸까. 메로스와 디오니스는 누구일까. 그리고 나는 왜 그 일을 아무에게도 말하지 않은 걸까. 특히 마지막 질문이 나츠미를 괴롭혔다.

"이야기는 다 끝나셨나요?"

뒤를 돌아보자 자그마한 체구의 남자가 서 있었다. 사사키 목사였다.

"밤늦게까지 죄송합니다."

나츠미가 미안해하며 고개를 숙였다.

"아닙니다. 교회에 항상 이렇게 사람이 많으면 좋을 텐데요."

"그렇게 말씀해 주시니 다행이네요. 목사님 덕분에 오늘은 진짜 크리스마스이브답게 뜻깊은 시간을 보낼 수 있었습니다. 보통 일본의 크리스마스이브는 성스러운 밤이 아니라 세속적인 밤에 가까우니까요."

사사키 목사는 나츠미가 하는 말을 조용히 듣고만 있었다.

"사람들의 연애 감정을 자극하고, 크리스마스 세일이다 뭐다 하면서 지갑을 열게 만들고. 빠르면 11월부터 크리스마스 장식을 하는 가게들도 있잖아요. 그야말로 세속적인 밤, 세속에 물든 밤이죠."

나츠미는 말을 마치고 가볍게 웃어 보였다. 하지만 왠지 모르게 공허했다. 사실 그런 것에는 아무런 관심도 없기 때문이리라. 사사키도 나츠미에게 똑같이 미소를 지어 보였지만 예의상 웃어준다는 느낌이었다. 모르는 척 지나가는 것도 싫었기에 나츠미는 단도직입적으로 사건에 관한 이야기를 꺼냈다.

"그 스님은 목사님이 아시는 분인가요? 기독교와 불교는 다른 종교인데."

"네, 지인입니다. 예전에 말씀드린 적이 있지 않나요?"

"그런가요?"

되묻고 나서야 기억이 났다. 사사키 목사를 처음 만났을 때, 나츠미는 목사에게 감옥에 봉사를 나가기도 하느냐고 물었다. 사사키는 자신은 하고 있지 않지만, 그런 일을 하는 지인이 있다고 대답했었다.

"윗대부터 알고 지내는 사이입니다. 큰 절의 후계자로, 대를 이어서 스님이 되었죠. 조금 소심한 편이지만 착한 녀석입니다. 그 사건과 관련해서 꼭 전해야 할 말이 있다길래 이사와 변호사님 사무실을 통해 나츠미 씨와 에츠시 씨에게 연락을 드린 겁니다."

"하지만 솔직히 스님 말씀을 통해서 새로 알게 된 사실은 딱히 없는걸요."

할 말이 있다길래 훨씬 더 굉장한 무언가를 기대했다. 그러나 아까 들은 설명만으로는 사건 해결에 진전이 있기를 기대하기는 어려워 보였다. 그저 야기누마 신이치가 죽기 직전에 어떤 상태였는지 알게 되었을 뿐이다. 물론 가볍게 듣고 넘길 생각은 없었다. 신이치는 「Soon-ah will be done」을 부르며 죽었다. 거기에는 반드시 어떤 의미가 있을 터였다. 특히 에츠시는 적지 않은 충격을 받은 것 같았다.

"나츠미 씨, 한 가지 여쭤봐도 될까요?"

"아, 네. 뭔가요?"

나츠미가 대답한 후에도 사사키는 좀처럼 질문을 꺼내지 않았다. 나츠미는 생각했다. 예전에 여기서 사사키는 나츠미에게 이렇게 물었다. 가해자를 사형에 처하면 피해자의 고통이 사라질 것 같으냐고. 나츠미는 고통이 완전히 사라지지는 않더라도 조금은 편해질 것 같다고 답했다. 사사키는 메워지는 건 사형제도가 판 구멍뿐이라고 했다. 그때의 가정이 현실이 된 지금, 다시 한번 어떠냐고 묻고 싶은 것이 아닐까.

하지만 사사키의 질문은 예상과는 전혀 달랐다.

"나츠미 씨, 전부터 궁금했습니다만 나츠미 씨를 괴롭히는 고통의 근원은 언니분의 죽음뿐만이 아니지 않나요?"

나츠미는 침묵했다. 맞는 말이었다. 자신이 야기누마 신이치를 죽인 것은 아닌지, 대본에 대해 말했더라면 결과가 달라지지 않았을지 후회하고 있었다. 나츠미는 잘 모르겠다고 대답한 뒤 참회하는 마음으로 덧붙였다.

"지금은 야기누마 신이치가 누명을 뒤집어썼던 거라고 믿어요."

진심이었다.

"재판에서 저는 그가 집에서 나오는 걸 봤다고 증언했습니다. 인터 뷰에서도 극형을 바란다고 대답했죠. 그래서 저를 살인자라고 부르 는 사람들도 있고요."

"그 점을 부정해 주길 바라는 건 아니지 않나요?"

사사키가 부드러운 표정으로 이쪽을 지그시 바라보았다. 나츠미는 저도 모르게 본심이 흘러나왔다.

"정말로 누명이었다면 전 어떡하면 좋죠?"

사사키 목사가 잠시 뜸을 들였다가 말했다.

"정말로 그것뿐인가요?"

"네?"

"나츠미 씨가 마음을 털어놓을 상대는 제가 아니라 따로 있는 것 같네요."

사사키는 뒤로 돌아서 교회 밖으로 나가 이치조 거리 쪽으로 사라 졌다.

사사키는 모든 것을 알면서 아무 말도 하지 않는 것 같았다. 나츠 미는 잠시 그대로 앉아 있다가 자리에서 일어나 파이프 오르간 쪽으 로 다가갔다. 남겨진 「Soon-ah will be done」 악보를 내려다보았다.

천천히 의자를 빼내어 앉았다. 그 사람은, 야기누마 신이치는 사건 당일 이 노래를 불렀다. 그리고 죽기 직전에도…. 이 곡은 특별했다. 아마 언니에게도 그랬을 것이다. 무언가에 홀린 듯 나츠미의 손가락 이 건반을 두드리기 시작했다. 연주가 시작되었다.

눈을 감지 않아도 두 사람의 얼굴이 떠올랐다. 한 명은 언니인 메 구미였다. 늘 웃는 얼굴로 나츠미의 투정을 다 받아 주었던 언니. 나츠미가 너무도 사랑했던 하나뿐인 언니. 다른 한 명은 야기누마 신이치였다. 신이치는 나츠미의 과외 선생님이었다. 똑똑할 뿐만 아니라 성격도 좋고 유머 감각도 뛰어났다. 신이치와 언니는 사이가 좋았다. 언니가 야기누마 신이치를 좋아한 것은 분명했다. 언니의 성격상 아마 그 마음은 평생 변하지 않았을 것이다. 그리고 나츠미는….

그때 교회 입구 쪽에서 소리가 났다.

나츠미는 연주를 멈추고 뒤를 돌아보았다. 사사키가 돌아왔나 싶었는데 아니었다. 그림자가 더 컸다.

"…에츠시 씨."

그림자는 여전히 아무 말이 없었다.

"「Soon-ah will be done」, 잘 아시는 곡인가요?"

나츠미의 질문에 에츠시가 그렇다고 대답했다.

"대학생 때 합창단 활동을 했거든요. 그 당시 불렀던 노래 중 하나입니다."

"저는 그 사건이 있었던 날 처음 들었어요. 언니랑 같이 가모대교 위에서. 노래를 부른 사람들은 푸른 하늘 합창단이었고요."

"그렇군요. 신이치도 함께 불렀던 거지요?"

함께 불렀다기보다도 나츠미에게는 신이치의 목소리밖에 들리지 않았다. 더없이 성스럽고 거룩한 감동이었다. 그렇게 대답하려고 했지만 말이 나오지 않았다. 그보다 지금은 일이 이렇게 되어버린 데 대해 사과하고 싶은 마음이 더 컸다.

대답이 없는 나츠미를 의아하게 생각했는지 에츠시가 한 걸음 가까이 다가왔다. 나츠미는 고개를 들고 거세게 소용돌이치는 감정을 에츠시에게 쏟아냈다.

"제가 신이치 씨를 죽인 거나 다름없어요!"

에츠시는 아무 말 없이 가만히 나츠미를 바라보기만 했다.

"아무한테도 말하지 않은 게 있어요!"

"말하지 않은 거라니요?"

"처음 메로스의 전화를 받았을 때, 그는 이렇게 말했어요. 현장에는 〈달려라 메로스〉의 대본이 놓여 있었다고. 그건 범인이 아니면 알수 없는 거잖아요. 저는 그 사실을 계속 숨겨왔어요. 결국 남 좋은일 하는 거 아닌가 하는 생각 때문에 망설인 거예요. 이사와 변호사님이 재심 청구를 위해 필사적으로 새로운 증거를 찾고 있다는 걸알면서 입 다물고 있었어요. 제가 이사와 변호사님께 진작 말씀을드렸더라면 신이치 씨는…."

에츠시는 슬픈 눈으로 나츠미를 쳐다보았다.

에츠시의 시선에 서린 감정이 비난인지 아닌지 나츠미로서는 분간이 되지 않았다. 에츠시는 한동안 말없이 교회 안쪽에 걸린 그리스도상을 바라보았다. 나츠미는 몇 번이고 죄송하다고 사과했다. 에츠시에게 어떤 대답을 듣고 싶은 걸까. 괜찮다고 위로해 주길 바라는걸까. 아니면 화를 내며 욕을 퍼붓길 바라는 걸까. 스스로도 알 수가없었다.

"가르쳐 주세요! 제게 전화를 걸어온 사람이 〈달려라 메로스〉 대본에 대해 언급했다는 사실은 재심을 청구할 만한 새로운 증거가 될수 있었던 건가요?"

에츠시는 바로 답하지 않았지만 대답을 고민하는 것 같아 보이지는 않았다.

"네? 제발 솔직히 대답해 주세요!"

에츠시가 나직한 목소리로 대답했다.

"나츠미 씨의 증언으로 재심 청구가 통과될지 여부는 알 수 없습니다. 여러 가지를 종합적으로 판단해야 하니까요. 하지만 재심을 청구하기 위한 신규 증거로서의 자격은 충분하다고 봅니다. 제가 주임 변호인이라면 즉시 재심을 청구했을 겁니다."

나츠미는 두 손으로 입을 틀어막았다. 아무리 참으려고 해도 복받치는 감정이 눈물이 되어 뺨을 타고 흘러내렸다. 역시. 역시 자신이 야기누마 신이치를 죽인 것이다. 나츠미는 더 이상 견디지 못하고 그 자리에 쓰러지듯 주저앉아 절규했다. 에츠시가 손바닥으로 두 눈을 덮었다. 나츠미는 에츠시를 똑바로 쳐다볼 수가 없었다.

1분 정도 지나 에츠시가 천천히 입을 열었다.

"이제야 알겠습니다, 나츠미 씨가 어떤 마음이었는지."

나츠미가 코를 훌쩍이며 고개를 들었다. 에츠시는 말을 계속했다.

"지금까지 나츠미 씨가 한 말 뒤에는 말과는 다른 본심이 숨어 있었던 거군요."

"말과는 다른 본심이라니요?"

나츠미가 떨리는 목소리로 되물었다.

"분노도 증오도 아닌 다른 감정…, 후회도 아닌 것 같고요."

"에츠시 씨는 그게 뭐라고 생각하시는데요?"

"나츠미 씨가 계속 감춰왔던 마음입니다."

나츠미는 시선을 피했다. 입에 손을 갖다 댄 채 고개를 숙였다. 피

아니스트처럼 가느다란 손가락이 희미하게 떨렸다. 나츠미는 작지만 확고한 목소리로 말했다.

"좋아했어요."

에츠시는 조용히 나츠미를 응시했다.

감정이 고조됨에 따라 나츠미의 하얀 목덜미가 조금씩 붉게 물들 어갔다.

"신이치 씨를 좋아했어요! 옛날부터 지금까지 계속!"

에츠시는 아무 말도 하지 않았다. 속마음을 토해낸 나츠미를 그저 가만히 안아 주었다. 에츠시의 품 안에서 나츠미는 흐느껴 울었다. 정말로 좋아했다고, 사실은 신이치를 아주 많이 좋아했다고 울부짖 었다.

나츠미는 스스로를 속이고 있었다. 언니를 잃은 슬픔과 분노를 쏟 아낼 누군가가 필요했다. 전형적인 악당이었다면 그나마 편했을 것이 다. 하지만 상대는 자신이 짝사랑한 사람이었다. 모순되는 감정 속에 서 15년 넘는 세월을 가까스로 버텨 왔다. 증오와 애정이 복잡하게 뒤엉킨 채 살아온 것이다. 그런 마음이 전해졌는지 에츠시의 눈가도 젖어 들었다. 나츠미는 에츠시를 붙잡고 목 놓아 울었다.

"아무한테도 말할 수 없었어요!"

❖

교회의 불빛이 꺼지고 문이 닫혔다.

정신을 차리고 보니 자정을 넘긴 시간이었다. 에츠시는 이사와의 차를 타고 집으로 돌아갔다. 나츠미는 두 사람과 헤어져 자전거에 올라탔다. 감춰왔던 속마음을 다 털어놓고 난 지금도 여전히 가슴이 욱신거렸다. 에츠시의 다정함은 자신이 짝사랑한 그 사람을 떠올리게 했다. 12월의 바람은 매서웠다. 나츠미는 자전거를 타고 크리스마스의 이마데가와 거리를 질주했다. 일방통행인 아부라노코지 거리로 접어들어 집에 도착했다. 신발을 대충 벗어놓고 불단 앞에 앉았다. 불단에는 언니와 엄마의 영정사진이 놓여 있었다.

나츠미는 사진 속의 언니를 보며 생각했다. 신이치를 좋아한다는 말은 아무에게도 할 수 없었다. 언니와 신이치가 행복하길 바라는 동시에 둘 사이를 방해하고 싶은 마음도 있었다. 좀 더 빨리 솔직하게 털어놓았더라면 언니가 좋아했던 그 사람은 죽지 않았을지도 모르는데. 언니를 죽인 가해자를 미워해야 한다는 강박 관념이 나츠미를 꼭 붙잡고 놓아주지 않았다.

조금만 생각해 보면 이상한 점은 얼마든지 있었다. 그날 피해자 두 명 중 메구미의 시신에만 유독 찔린 상처가 많았다. 야기누마 신이치가 정말로 질투 때문에 두 사람을 죽인 거라면 메구미가 아니라 야스유키 쪽을 난도질했을 터였다. 무엇보다 언니가 사랑한 사람은 오로지 신이치뿐이었다. 야스유키는 거들떠보지도 않았을 것이다. 이런 얘기도 지금껏 아무에게도 한 적이 없었다. 물론 언니의 마음을 들여다본 것은 아니다. 나츠미가 그렇게 느꼈을 뿐 그것이 사실이라는 증거는 없었다. 하지만 틀림없었다. 증거가 없다는 말은 핑계에 불과했다.

나츠미는 서랍 속에 넣어 놓은 앨범에서 사진 한 장을 꺼내 들었다.

아직 어린 나츠미 뒤로 메구미와 신이치가 나란히 서 있었다. 신이치가 나츠미에게 공부를 가르쳐주던 시절의 사진이었다. 지금까지 의식적으로 피해왔기 때문에 사진을 꺼내 보는 것은 몇 년 만이었다.

두 사람이 영원히 행복하길 바란다고, 지금이라면 그렇게 말해 줄 수 있을 것 같았다. 하지만 이제 와서 후회한들 아무 소용없었다. 두 사람은 돌아오지 않는다. 그렇다면 최소한 메로스와 디오니스만이라도 잡을 수 있다면…. 신이치가 남긴 I wan' t'meet my father, 그 마음을 헛되지 않게 하는 방법은 그것뿐이었다.

"… 언니, 신이치 오빠, 미안해요."

나츠미는 들릴락 말락 한 목소리로 두 사람에게 사과했다. 사진을 불단 위에 올려놓았다. 방해만 된다고 중얼거리며 사진 아래쪽에 찍힌 자신의 모습은 보이지 않게 가렸다. 사진 속 메구미와 신이치는 웃고 있었다. 앞으로 다가올 비극 따위는 상상도 하지 못한 채 더없이 행복한 미소를 짓고 있었다. 이걸로 충분했다. 이제 두 사람은 평생 함께할 것이고, 그 누구도 방해하지 못할 테니까. 나츠미는 불단 앞에서 조용히 두 손을 모았다.

4

에츠시는 미소 띤 얼굴로 모치다에게 전단지 한 장을 건넸다.

두 사람이 있는 곳은 교토역이었다. 작년에 모치다와 처음 말을 나눈 장소도 이 근처였다. 새로 찍은 전단지를 본 모치다가 놀란 표정을 지었다. 에츠시는 100장이 넘는 전단지가 든 종이 백을 들고 역

중앙의 유리로 덮인 천장을 올려다보았다. 천천히 걸음을 옮겨 교토역 빌딩 4층에 위치한 무로마치코지 광장으로 향했다. 설 귀경 행렬은 어느 정도 마무리되었지만 새해를 맞이한 교토역은 여전히 많은 사람들로 붐볐다. 모치다는 전단지를 읽으며 걷느라 지나가는 사람들과 계속 부딪혔다.

새로 만든 전단지에는 '설원(雪冤)'이라고 적혀 있었다.

메로스와 디오니스, 두 사람에 관한 정보를 제공해주는 사람에게 거액의 현상금을 지급한다는 내용이었다. 사형당한 사람의 유족이 진범을 잡겠다고 현상금을 내거는 것은 유례를 찾아보기 힘든 일이었다. 사와이 나츠미는 괜찮다고 하더라도 다른 피해자 유족들의 감정을 상하게 할 가능성도 있었다.

"놀랐나?"

"응, 뭐 아저씨가 의욕을 보이는 건 좋은 일이긴 한데 솔직히 이렇게까지 할 줄은 몰랐어. 너무 나간 거 아냐? 반감을 살 수도 있을 것 같은데."

"그 정도는 각오하고 있어."

"아무리 그래도 현상금 5천만 엔은 좀 너무 파격적이지 않나? 돈으로 진실을 사는 거 아니냐고 시비 거는 사람들이 나올지도…."

"상관없어. 효과만 있다면 뭐든 해 봐야지."

"흐음…. 그런데 아저씨, 여기 적힌 이 눈토끼[雪兔]라는 건 뭐야?"

"잘 봐. 토끼 토(兔)가 아니라 원통할 원(冤)이야. 설원이란 원통함을 씻어준다는 뜻이고."

무로마치코지 광장에는 선객이 있었다.

어깨띠를 하고 서명 운동을 펼치고 있는 사람들은 교토 범죄 피해자 유족회 회원이었다. 에츠시는 지나가던 사람인 척하고 다가가 무슨 내용인지 알아보았다. 그들은 유족의 감정이 충분히 반영된 사법, 피해자를 위한 사법이 실현될 수 있도록 도와 달라고 호소하고 있었다. TV에서 자주 본 얼굴도 있었다. 공소시효 폐지 운동으로 잘 알려진 코이와이 카오루라는 유족회 간부의 모습도 보였다. 유족으로 이름이 알려지는 것은 다들 원하는 바가 아니겠지만 이것도 다 죽은 사람을 위한 일, 사회를 위한 일이라는 신념이 그들을 지탱하고 있었다.

"안 되겠다. 다른 장소를 알아봐야겠는데?"

모치다의 말에 에츠시가 고개를 끄덕였다. 그들은 자신과는 입장이 달랐다. 하지만 만약 처한 상황이 달랐다면 자신도 그들과 똑같이 행동했을 것이다. 사랑하는 사람을 잃은 원통함, 갈 곳을 잃은 억울함은 피차 마찬가지였다. 동일한 감정이 각기 다른 형태로 발현되었을 뿐이다.

"피해자 유족이 엄벌을 요구하는 건 당연한 거겠지?"

모치다의 의견에 에츠시도 동감했다.

"맞아. 유족의 감정을 무시한 사형제도론은 무의미해. 전혀 다른 차원의 이야기이긴 하지만 그건 그것대로 충분히 논의될 필요가 있지. 변호사로 일하던 당시 나는 사형 폐지를 주장했지만 유족의 입장까지 제대로 고려했었다고는 단언할 수 없거든."

"가해자의 사형을 바라지 않는 유족도 있겠지?"

"음. 미국에는 '화해를 위한 살인 피해자 가족 모임(MVFR, Murder Victims' Families for Reconciliation)'이라는 단체가 있는데 이 사람

들은 사형 폐지 운동을 벌이고 있어. 사형으로 가족을 잃은 경우에도 회원이 될 수 있다더라."

"피해자 유족들끼리 의견이 달라서 싸우게 될 수도 있겠네."

"다들 어떻게든 고통에서 벗어나고자 발버둥치고 있는 거지. 그런 노력들이 제각기 다른 종류의 운동이라는 형태로 나타나는 거고. 그런데 슬프게도 운동은 아무래도 타도할 대상, 악을 필요로 하기 마련이거든. 그러다 보니 대립이나 오해가 생기기도 하고, 그걸 이용하려 드는 놈들도 나오는 거지."

"새빨간 잼을 발라대는 놈들 말이지?"

과거에 나누었던 대화를 인용한 모치다의 말에 에츠시가 피식 웃었다.

에츠시와 모치다는 장소를 옮겨 그날은 사가노선 플랫폼 쪽 계단에서 전단지를 배포했다. 지금까지와는 분위기가 조금 달랐다. 대부분 신이치가 처형당했다는 사실을 알고 있었고, 불쌍하다고 생각해서인지 전단지를 받아 주는 사람이 평소보다 훨씬 많았다.

전단지 배포를 도와주는 청년도 있었다. 트집을 잡거나 시비를 거는 사람은 없었다. 가져온 전단지가 한 시간 만에 다 사라졌다.

"신이치의 누명을 벗길 수 있도록 도와 달라는 홈페이지도 만들었어."

에츠시가 모치다에게 수고했다며 콜라를 건넸다.

"아저씨가 직접?"

"아니, 이사와 변호사가 아는 프로한테 맡겼지."

"아들이 죽기 전에 불렀다는 흑인 영가가 아저씨를 완전히 바꿔놓았네."

"맞아, 내 남은 인생을 다 걸고 반드시 진실을 밝혀낼 거야."

❖

작년 크리스마스 때부터 에츠시는 적극적으로 움직이기 시작했다.

제일 먼저 한 일은 덴시츠키누케에서 메로스에게 받은 돈을 경찰에 신고하는 것이었다. 경찰 측에서는 꽤나 놀란 듯했지만 이미 사형이 집행된 사건이다 보니 별다른 움직임을 기대하기는 어려워 보였다. 오히려 지금까지 왜 숨기고 있었느냐는 비난과 논란이 예상되었다. 그래서 에츠시는 홈페이지에 그 부분에 대해서도 자세히 설명했다. 자신이 어리석었다고, 그때는 메로스가 자수할 거라고 믿어 의심치 않았노라고.

가장 중요한 것은 현상금이었다. 에츠시는 정보를 제공해 주는 사람에게 자신의 전 재산을 주겠노라고 밝혔다. 이 사건을 해결하기 위해 모든 것을 걸었다는 확고한 의사 표시였다. 마나카 유코에게도 연락해 다큐멘터리든 토론회든 얼마든지 출연할 의향이 있으니 불러만 달라고 부탁했다. 그러나 반응은 좋지 않았다. 모치다가 우려한 대로 진실을 돈으로 사려는 거냐는 비난이 쇄도했고, 그럴 돈이 있으면 피해자 유족에게 주라는 지적도 있었다. 메로스에게 돈을 받았다는 것도 사실은 자작극 아니냐는 등 이사와라는 변호사가 내놓을 법한 비열한 아이디어라는 등 의심하고 몰아붙이는 의견이 대부분이었다.

게다가 가해자 엄벌을 요구하는 범죄 피해자 유족회와의 갈등도 있었다. 에츠시는 어떻게든 간극을 메워 보려 애썼지만 딱히 이렇다

할 묘안이 떠오르지 않았다. 유족들끼리 서로 반목하고 적대시하는 최악의 상황만큼은 피하고 싶었다.

에츠시는 컴퓨터를 끄고 집을 나서 지하철역으로 향했다.

가모가와강 근처라면 어디든 상관없었기에 일단 데마치야나기역에서 내렸다. 가모대교에서 아래를 내려다보았다. 노숙자는 보이지 않았다. 노숙자 수는 최근 들어 감소하는 경향을 보이고 있었다. 에츠시에게 노숙자 지원 제도나 재활 지원 센터에 대한 이야기를 듣고 노숙자 생활을 접은 사람들도 있었다.

돌이켜 보면 바로 여기서부터 모든 것이 시작된 셈이었다. 신이치는 사건 당일 여기서 노래를 불렀다. 처음 왔을 때도 했던 생각이었지만 그때와 지금은 달랐다. 이제는 신이치가 사형당하던 순간과 연결지어 생각하지 않을 수 없었다. 사건이 일어나기 전, 신이치는 무슨 생각으로 「Soon-ah will be done」을 불렀던 걸까. 그리고 죽음을 눈앞에 둔 순간에는 어떤 마음으로 아버지를 만나고 싶다고 외친 걸까.

가모대교를 건넌 에츠시는 코트 주머니에 손을 찔러 넣고 고진바시 다리 쪽으로 천천히 발걸음을 옮겼다.

"여어, 오랜만이네."

강을 따라 걷고 있으려니 예전에 만난 적이 있는 노숙자가 말을 걸어왔다. 얏상은 아니었다. 남자는 미국 프로 야구팀인 시애틀 매리너스의 로고가 새겨진 모자를 쓰고 있었다.

"오랜만에 뵙습니다. 오늘은 많이 춥네요."

남자는 기분이 좋아 보였다. 수거 업자에게 빈 캔을 갖다 주고 돈을 받아오는 길이라고 했다. 에츠시가 소주를 내밀자 매번 미안해서 어쩌나 하면서도 냉큼 받아 바로 입으로 가져갔다. 신이치가 죽었다는 사실을 남자가 알고 있는지 궁금했다. 이 주변에는 TV를 가지고 있는 노숙자도 있으니 소문이 돌았을 수도 있겠다 싶었다.

"이거 한 장 받으세요."

에츠시가 남자에게 이번에 새로 찍은 전단지를 건넸다. 남자는 불쾌해진 얼굴로 전단지를 들여다보더니 종이와 술을 땅바닥에 내려놓으며 크게 한숨을 내쉬었다.

"거 참 뭐라고 해야 좋을지 모르겠네. 아무튼 힘들겠수다."

"네, 뭐…."

에츠시는 기운 없이 대답했다. 가모가와강 주변 노숙자들에게 이야기를 들으며 돌아다닌 결과 별다른 수확은 없었다. 얏상은 이 근처 노숙자에 관해서라면 모르는 게 없는 걸어 다니는 사전 같은 존재였지만 그에게서도 쓸 만한 정보는 얻지 못했다. 그렇다고 그들을 탓할 수는 없었다. 에츠시는 노숙자들과 어울리면서 지금껏 알지 못했던 많은 것들을 배울 수 있었다.

"진범을 계속 쫓으려고?"

"죽을 때까지 쫓을 생각입니다. 지푸라기 같은 희망에 매달려서요."

"아들의 원수를 갚겠다는 거군."

시애틀 매리너스 모자를 쓴 남자의 지독한 입 냄새를 모른 척하며 에츠시가 물었다.

"얏상 있나요?"

"응, 있을 거야. 근데 상태가 많이 안 좋아. 병원에 가봐야 하지 않나 싶은데."

"그렇군요. 무리하면 안 되겠네요."

에츠시는 남쪽으로 향했다. 가모대교를 지나 고진바시 다리가 보이기 시작했다. 오늘은 유독 추운 것 같다 싶더니 이윽고 눈이 내리기 시작했다. 노숙자들은 대부분 자기 텐트에 들어가 있는 듯했다. 다리 아래에서 드럼통에 쓰레기를 태우며 불을 쬐고 있는 노인이 보였다. 검댕투성이인 얼굴만 봐서는 나이를 짐작하기 어려웠다. 노인은 얏상이 아니었다. 얏상은 텐트 안에서 자고 있었다. 불러도 좀처럼 일어나지 않았다. 왠지 요 며칠 사이에 확 늙은 것 같았다.

"이런, 어떡하지?"

"어쩔 수 없죠, 나중에 다시 올게요."

"이보게 얏상, 좀 일어나 보소."

시애틀 매리너스 모자를 쓴 남자가 얏상을 흔들어 깨우려 했다. 하지만 얏상은 꿈쩍도 하지 않았다.

그때 얏상 몸에서 이상한 냄새가 났다. 자세히 살펴보니 다리 아래가 젖어 있었다. 오줌을 싼 것이었다. 동시에 코를 찌르는 악취가 진동을 했다. 똥 냄새였다. 뭔가 이상했다. 얏상은 도저히 이야기를 나눌 수 있는 상태가 아니었다. 지금 당장 병원에 데려가야 할 것 같았다.

"병원에 데려가야겠는데요."

"얏상한테 돈이 있을 리 없잖아."

"돈은 제가 내면 됩니다. 노숙자 지원 단체도 알고 있고요. 일단 가시죠."

에츠시는 얏상의 팔을 잡고 일으키려 했다. 그러자 갑자기 얏상이 비명을 질러댔다.

"싫어! 병원은 절대 안 가!"

도저히 감당이 안 되었다. 얏상은 울고 있었다.

"건드리지 마! 신경 끄라고!"

얏상은 자기 몸에 손도 대지 못하게 했다. 갑자기 어떻게 된 일인지 영문을 알 수 없었다. 전부터 상태가 안 좋긴 했지만 더 심해진 것 같았다. 본인이 거부하더라도 병원에 데려갈 필요성을 느꼈다. 에츠시는 조만간 노숙자 지원 센터에 가봐야겠다고 생각했다.

"곧 다시 찾아뵙겠습니다. 무리하지 마세요."

에츠시는 그대로 텐트를 나서려다 말고 뒤를 돌아보았다. 얏상이 부른 것 같아서였다. 하지만 기분 탓인 듯했다. 에츠시는 고진바시 다리를 지나 가모대교로 향했다. 잠시 멈춰 서서 어깨에 쌓인 눈을 털어내고 하늘을 올려다보았다. 눈이 소리도 없이 계속 내리고 있었다.

❖

홈페이지를 만들고 2주가 지났다.

현상금 규모가 워낙 파격적이다 보니 매일같이 엄청난 양의 제보가 쏟아져 들어왔다. 대부분 한눈에 거짓임을 알 수 있는 것들이었지만 개중에는 그렇지 않은 것도 있었다. 2월의 어느 날, 에츠시는 오사카에 있는 모리구치시를 방문했다. 하지만 애써 찾아간 약속 장소는 폐공장이었다. 사방의 벽이 불량배들이 휘갈겨 놓은 스프레이 낙서로 뒤덮여 있었다. 꼭 해줄 말이 있다길래 찾아온 것이었는데 아무래도 거짓 제보였던 모양이다. 에츠시는 자신에게 진짜와 가짜를 구분하는 능력이 부족함을 자조했다.

이왕 여기까지 온 김에 전에 살던 동네에 들렀다 가기로 했다. 해는 졌지만 2월 들어 추위가 조금은 누그러진 편이었다. 에츠시는 울타리 너머로 네야가와강을 내려다보며 발걸음을 옮겼다. 제방 여기저기에 애들 낙서 같아 보이는 그림이 그려져 있었다.

"그대로네."

혼잣말로 중얼거렸다. 먼 거리는 아니었지만 걸어서 가니 시간이 꽤 걸렸다. 이윽고 에츠시가 걸음을 멈춘 곳은 헌책방과 노래방이 합쳐진 오락 시설이었다. 1층에는 중고 만화책이 빽빽하게 꽂혀 있고, 2층에서는 노랫소리가 들려왔다. 주차장에는 개조된 자동차와 중고생들이 타고 다니는 자전거 여러 대가 주차되어 있었다.

이곳은 과거 에츠시네 집이 있던 장소였다. 조상 대대로 물려받은 500평 남짓한 땅. 그 땅을 에츠시는 남의 손에 넘길 수밖에 없었다. 집을 새로 지을 당시에는 물론 상상도 하지 못한 일이었다. 신이치 방은 크게 만들자, 아침 햇살이 방 안을 가득 채울 수 있도록 창도 크게 내자, 욕조는 그 안에서 수영을 할 수 있을 정도로 크면 좋겠다, 별이 보이는 침실에서 당신과 함께 잠들고 싶다… 욕심껏 이런 주문을 늘어놓은 사람은 아내 사키에였다.

2층 노래방에서 누군가가 음정과 박자가 전혀 맞지 않는 노래를 부르고 있었다. 노래는 엉터리지만 즐거워 보였다. 에츠시는 완전히 변해버린 옛집을 말없이 올려다보았다. 집은 팔리지 않았다. 지은 지 10년 정도 된 철근콘크리트 단독주택. 그것만이라면 문제 될 것이 없었지만 그 집은 사형수가 자란 집이었다. 건물의 가치는 전혀 인정 받지 못했고, 토지만 팔렸다. 에츠시와 사키에, 신이치가 살던 집은 굴착기가 순식간에 부숴버렸다. 여기는 왜 왔을까. 보면 괴롭기만 할 걸 알면서.

에츠시는 지하철역 쪽으로 발걸음을 돌렸다. 너무 많이 걸어서 다리에 감각이 없었지만 어딘지 모르게 기분 좋은 피로감이었다. 역으로 향하던 도중 어둠 속에 환하게 빛나는 마트 불빛이 눈에 들어왔을 때 어디선가 음악 소리가 들렸다. 에츠시의 핸드폰 벨소리였다.

에츠시는 가방에서 핸드폰을 꺼냈다. 이 전화번호를 아는 사람은 이사와, 모치다, 나츠미뿐이다. 전화를 걸어온 사람은 셋 중 누구도 아니었다. 화면에는 21시 13분이라는 현재 시각과 함께 처음 보는 번호가 찍혀 있었다. 통화 버튼을 누르자 상대방의 목소리가 들렸다.

"에츠시 씨, 처음 뵙겠습니다."

음성변조기를 사용한 합성음이었다. 반사적으로 머릿속에 이름 하나가 떠올랐다. 메로스…. 예전처럼 놀라지는 않았다. 지금 느끼는 감정은 분노뿐이었다. 아마도 신이치가 죽고 에츠시가 진범을 찾고 있다는 사실을 알고 연락해온 것이리라. 이 자가 신이치를 죽인 거나 마찬가지였다. 자수하겠다고 말해 놓고 약속을 지키지 않았다. 덴시 츠키누케에서 만난 이후 연락도 끊겼었다. 아니다, 이 자는 방금 처음이라고 인사했다. 전화번호도 이전과 달랐다. 설마 메로스가 아니라 다른 사람인 건가.

"메로스, 아니 넌 디오니스인 건가."

"이름은 아무래도 상관없습니다. 좋을 대로 부르세요."

디오니스가 비웃듯 말했다. 에츠시는 끓어오르는 감정을 필사적으로 억눌렀다.

"디오니스, 넌 이미 쫓기는 몸이다."

에츠시가 말했다. 디오니스는 아무 말이 없었다. 에츠시가 말을 이어나갔다.

"너희는 신이치를 죽였어. 법의 힘을 빌려 살인을 저질렀단 말이다."

"굳이 안 알려주셔도 제가 살인자라는 건 잘 알고 있습니다."

"나는 너희를 잡기 위해 어마어마한 규모의 현상금을 걸었어. 앞으로 평생 눈에 보이지 않는 현상금 사냥꾼들에게 쫓기며 살게 될 거다!"

만약 자신이 죽더라도 이사와와 모치다가 있었다. 두 사람이 있는 한 메로스와 디오니스에게 두 번 다시 안식은 찾아오지 않을 것이다. 에츠시는 밝게 빛나는 마트 불빛을 등지고 섰다.

"무슨 영화 주인공이라도 되었다고 착각하고 계신 거 아닙니까? 그런 말로 위협해 봤자 아무 소용없습니다. 저는 잡히지 않을 거니까요. 게다가 이 작품에 해피엔딩이라는 선택지는 존재하지 않거든요."

"반드시 찾아낼 거다! 꼼짝 말고 기다려!"

에츠시의 호통에 디오니스가 잠시 침묵했다.

이윽고 다시 천천히 입을 열었다.

"에츠시 씨, 당신은 이렇게 해서 원수를 갚겠다는 겁니까?"

"그래, 내 아들의 원수를 갚고야 말 거다."

"상황 파악이 제대로 안 되시는 것 같네요. 설령 저를 찾는다 한들 제가 진범이라는 증거가 있나요? 일이 이렇게 된 이상 어설픈 증거로는 검찰을 움직일 수 없을 겁니다. 아니 어설프지 않은 증거로도 움직이기는 힘들 걸요. 사형수가 처형된 후에 진범을 잡는다는 건 일본에서는 전례가 없는 일이니까요. 그들이 순순히 잘못을 인정할 리가 없지 않습니까. 사형제도의 근간을 뒤흔드는 일이 될 텐데."

"그런 건 얼마든지 뒤흔들리라 그래!"

에츠시가 버럭 소리쳤다. 그러면서 생각했다. 역시 전과는 뭔가가 달랐다. 메로스의 경우에는 에츠시에게 미안해하는 마음이 느껴졌었다. 자수하고 싶다는 말도 거짓이 아닌 것 같았다. 하지만 이 자에게서는 그런 것을 조금도 느낄 수 없었다. 자세히 들어보면 음성변조기를 타고 전해지는 말투도 달랐다. 메로스는 더듬거리며 말했지만 이 자는 전혀 막힘이 없었다.

디오니스가 말했다.

"아시겠지만 증거는 모두 이쪽에 있습니다. 가모가와강에 흘려보내서 오카와강 언저리에서 오사카 구치소 직원에게 건져 달라고 할까요? 증거를 인멸하는 건 일도 아닙니다."

"문제는 너희가 2인조라는 거야."

"문제라고요?"

"그래, 그게 돌파구가 될 거다."

"무슨 말을 하고 싶은 겁니까?"

"디오니스 네가 아무리 부정하더라도 메로스가 죄를 인정한다면 얘기가 달라지지. 메로스의 증언만으로도 널 같이 잡아넣는 건 가능해."

에츠시의 지적에 디오니스가 입을 다물었다.

"게다가 모든 증거를 전부 다 네가 갖고 있는 건 아닐 수도 있지.

보스는 너일지 몰라도 메로스도 뭔가 증거를 갖고 있을 수도 있고."

"희망적인 관측이네요."

"조금만 생각해 보면 알 수 있는 일이야. 메로스는 자수하려고 했어. 당연히 자기 말이 진짜라는 걸 증명하는 증거를 가지고 있었겠지. 아니, 내 생각이 맞는다면 처음부터 증거를 관리하는 건 메로스의 역할이었을 거야."

"좋을 대로 생각하세요."

디오니스가 코웃음을 치며 말했다. 에츠시가 말을 이었다.

"너와 메로스의 관계에 대해 생각해 봤어. 메로스는 네가 두려워서 자수하지 못하고 있지만 너 역시 메로스를 없애지 못하고 있지. 왜냐하면 넌 메로스가 증거를 보관한 장소가 어딘지 모르니까. 그래서 못 없애는 거야. 그렇지?"

"과연. 대단한 상상력이네요."

빈정거리는 말투였다. 하지만 어딘지 모르게 여유가 없어 보였다. 허세를 부리는 것 같기도 했다.

"너희는 왜 신이치를 죽인 거지? 사형 폐지론자인 내게 피해자의 아픔을 알게 하려고? 나한테 원한이 있다면 왜 난 죽이지 않는 거지?"

디오니스가 웃었다. 뭐가 그리 웃긴지 배를 잡고 웃어댔다.

"그럴 만한 가치도 없다는 건가."

"뭐 솔직히 말해 그렇습니다. 하려고 하면 얼마든지 할 수는 있어요. 정말로 위험하다는 생각이 들면 저도 필사적이 될 테니까요. 그때는 에츠시 씨를 죽이게 될지도 모르겠네요. 제가 나서지 않아도 이미 한 차례 죽을 뻔한 적도 있잖아요, 단바바시역에서."

디오니스가 다시 한번 웃었다. 순간 디오니스가 그날 현장에 있었던 건가 싶었지만 그럴 가능성은 낮았다. 아마도 소문을 들었을 것이다. 늙은 푸시맨이 선로에 떨어진다는 건 흔치 않은 일이니까. 아무튼 도무지 무슨 생각인지 알 수가 없었다. 대체 왜 이런 짓을 하는 걸까. 불현듯 초등학생 시절 신이치의 웃는 얼굴이 떠올랐다. 신이치, 제발 좀 가르쳐다오! 이 자는 누구인지. 정말로 이 자가 진범 디오니스인 거냐?

"에츠시 씨, 제가 특별히 좋은 거 하나 가르쳐 드릴까요?"

에츠시는 대답하지 않았다. 디오니스는 웃음을 참으며 말했다.

"에츠시 씨의 전략은 이미 틀어졌습니다."

"무슨 뜻이지?"

에츠시가 참지 못하고 반응했다. 디오니스가 대답했다.

"에츠시 씨는 메로스를 돌파구로 삼아 저를 잡겠다고 하셨죠? 하긴 약한 부분을 노리는 건 싸움의 정석이라고 할 수 있죠. 그건 맞습니다. 하지만 말이죠."

디오니스는 거기서 말을 끊더니 또 쿡쿡 웃었다. 핸드폰을 쥐고 있던 에츠시의 손에 힘이 들어갔다. 괜히 뜸을 들이는 디오니스의 태도에 짜증이 치솟았다. 도발이라는 건 알았지만 참을 수가 없었다.

"말할 게 있으면 어서 해!"

"이제 메로스를 돌파구로 삼는 건 불가능합니다."

"어째서?"

"방금 죽었거든요."

에츠시는 말문이 막혔다. 메로스가 죽었다···. 생각도 하지 못한 일이었다. 게다가 방금이라니. 아무 말도 하지 못하는 에츠시에게 디오니스가 말했다.

"오늘은 이걸 알려 드리려고 연락한 겁니다. 메로스는 에츠시 씨도 아는 사람입니다. 본명은 들어도 모르시겠지만요."

"뭐?"

에츠시가 빠르게 머리를 굴리는 사이에 디오니스가 먼저 답을 말했다.

"이렇게 말하면 아실까요? 얏상이라고."

5장

1억 3천만 명의 적

1

일을 마치고 집에 돌아오던 나츠미는 저녁거리를 사러 폐점 시간
이 가까워진 기타노 상점가에 들렀다.

밸런타인데이가 가까워서인지 가게마다 초콜릿이 진열되어 있었
다. 디오니스라고 적힌 초콜릿을 보고 깜짝 놀라 다시 자세히 들여다
보니 디오니소스였다. 포도주가 들어간 초콜릿인 듯했다.

──밸런타인데이니까 이거 줄게요. 예의상.

초등학교 6학년 때였다. 나츠미는 공부를 가르쳐주러 온 야기누마
신이치에게 그렇게 말하며 초콜릿을 건넸다. 신이치는 웃으며 고맙다고
했다. 하지만 사실은 예의상 준 게 아니었다. 나츠미는 진심으로 신이
치를 좋아했다. 언니도 신이치에게 초콜릿을 주었다. 초콜릿을 건네는
언니는 얼굴이 새빨갰고, 받아드는 신이치도 쑥스러운 듯 얼굴을 붉혔
다. 둘 사이에 자신이 끼어들 틈 따위는 없다고, 그런 생각을 했던 것
이 바로 어제 일 같았다. 작년 크리스마스 때 교회에서 에츠시를 만나
고부터 신이치와 관련된 기억들이 봇물 터지듯 쏟아져 나왔다.

내일은 쉬는 날이었다. 이번에 또 연극에 참가하게 되어서 연습 일정이 잡혀 있었다. 작년과 마찬가지로 〈달려라 메로스〉를 한다는 연락을 받고 거절하지 못했다. 장소는 이번에도 교토어린이문화회관이었다. 하지만 작년과는 연극을 대하는 마음이 전혀 달랐다. 작년의 나츠미에게 메로스는 아무런 의미도 없는 단어였다. 그러나 최근 1년 동안 그 단어는 자신을 꽁꽁 옭아맨 사슬과도 같았다.

어쩌면 그 남자가 메로스라는 이름을 사용한 것도 그때 그 연극을 보았기 때문인지도 몰랐다. 전화에서도 과거 나츠미를 본 적이 있다는 듯한 말투였다. 관객 중에 메로스가 있었던 걸까. 그쪽으로 좀 더 열심히 알아봤더라면…. 그 생각을 하면 언니와 신이치에게 미안했다. 두 사람을 위해 자신이 무엇을 해야 하는지는 잘 알고 있었다. 진범을 붙잡아서 신이치의 누명을 벗기는 것. 에츠시의 말을 빌리자면 설원(雪冤), 그것뿐이었다.

밤 9시가 넘어 사방이 칠흑같이 어두웠다.

저녁거리가 든 비닐봉지를 자전거 앞 바구니에 싣고 있는데 핸드폰이 울렸다. 발신자는 에츠시였다. 에츠시에게서 연락이 오는 일은 거의 없었기 때문에 나츠미는 의아해하며 전화를 받았다.

"네, 나츠미입니다."

에츠시는 뭔가에 쫓기듯 다급한 목소리로 물었다.

"이런 시간에 갑자기 연락해서 미안합니다. 지금 많이 바쁜가요?"

집으로 돌아가던 길이니 바쁠 건 없었다.

"아뇨, 내일은 쉬는 날이어서 괜찮아요."

"아, 다행이네요. 나츠미 씨가 제일 가까울 것 같아서요."

"무슨 일이신데요?"

나츠미가 묻자 에츠시가 급히 대답했다.

"고진바시 다리에 얏상이라는 노숙자가 있습니다. 저는 지금 집인데, 아, 그러니까…."

무슨 말을 하고 싶은 건지 알아들을 수가 없었다. 항상 논리정연하게 말하는 에츠시답지 않게 말을 더듬고 횡설수설했다. 고진바시 다리는 가모가와강에 걸린 다리 중 하나였다. 지금 당장 그리로 가 달라는 말인 듯했으나 이유는 알 수 없었다. 에츠시는 자기가 지금 집에 있다고 하더니 다시 네야가와라고 고쳐 말했다. 정신이 오락가락하는 듯했다.

"대체 무슨 일인가요?"

나츠미가 재차 물었다.

"확인 좀 부탁드립니다. 메로스가 정말로 죽었는지!"

그 말을 듣고 나츠미는 화들짝 놀랐다. 메로스가 죽다니? 에츠시의 설명에 따르면 디오니소로부터 갑자기 전화가 왔다고 했다. 그가 에츠시에게 메로스의 정체는 얏상이라는 노숙자이며, 얏상이 죽었다는 사실을 가르쳐 주었다는 것이었다.

"고진바시 다리 어디쯤인데요?"

"서쪽. 개가 묶여 있는 파란 텐트입니다. 이렇게 말해도 모르려나…. 미안하지만 직접 물어봐 줄래요? 근처에 있는 노숙자라면 다들 알 겁니다."

"이름이 얏상이란 말이죠?"

"네. 뭔가 알게 되면 바로 전화 주세요. 저도 서둘러 그쪽으로 갈 테니까."

그러고는 통화가 끊겼다. 나츠미는 자전거에 올라타 서둘러 가모가와강으로 향했다. 짐을 실은 앞 바구니가 조금 무거웠지만 개의치 않고 열심히 페달을 밟았다. 메로스가 가모가와강에 사는 노숙자이고 방금 죽었다고? 대체 뭐가 어떻게 된 걸까. 병사? 자살? 아니면…. 에츠시는 사인에 대해서는 아무 말도 하지 않았다. 나츠미로서는 노숙자가 에츠시에게 5천만 엔을 주었다는 게 도무지 이해가 가지 않았지만 혼자서 아무리 생각해 본들 의미 없는 일이었다. 일단 지금은 가보는 수밖에 없었다.

고진바시 다리까지 정확히 12분 걸렸다.

다리 서쪽으로 파란색 텐트들이 보였다. 전보다 수가 줄어든 것 같았다. 얏상은 어디 있을까. 현장에 도착한 나츠미는 조금 마음이 놓였다. 살인사건이 일어났을 가능성은 희박해 보였기 때문이다. 정말로 얏상이 메로스이고 디오니스가 그를 죽였다면 이미 경찰이 움직였을 것이고, 노숙자는 물론 지나가던 사람들이 모여들어 어디가 사건 현장인지 바로 알 수 있을 터였다.

나츠미는 자전거를 세워두고 텐트가 있는 쪽으로 내려갔다. 아직 2월이라 불을 쬐기 위한 드럼통이 놓여 있었고, 추위 때문인지 주위에 사람은 보이지 않았다. 밤늦은 시간에 혼자 이런 곳을 돌아다니는 것은 무서웠지만 그렇다고 에츠시의 부탁을 그냥 지나칠 수도 없었다.

'누구라도 좋으니 일단 물어보자.'

나츠미는 가장 가까운 텐트로 다가갔다. 그러나 바로 말을 걸지는 못했다. 젊은 여자가 밤에 혼자 이런 곳에 와 있기 때문은 아니었다.

텐트 안에서 어디선가 들어본 듯한 목소리가 들렸기 때문이다. 노숙자 같지 않은 청년의 목소리였다.

'요즘에는 젊은 노숙자도 있다고는 하던데.'

나츠미는 텐트 안을 살짝 들여다보았다. 불그스레한 얼굴에 이가 빠진 노숙자와 금발 머리 청년이 언쟁을 벌이고 있었다.

"아니 글쎄 텐트에는 아무도 없다니까!"

금발 머리가 소리를 질렀다.

"그래? 그럼 나도 몰라. 아무튼 거기 맞다니까."

이빨 빠진 노숙자가 대답했다.

"저…, 실례합니다."

말을 걸자 두 사람이 동시에 나츠미를 돌아보았다. 고개를 돌린 금발 머리 청년은 나츠미도 아는 얼굴이었다.

"사와이… 나츠미 씨?"

모치다였다. 예전에 경마장 앞에서, 그리고 신이치의 고별식에서 본적이 있었다. 본명은 카사이 하루히코. 전혀 그렇게 보이지 않지만 나츠미와 마찬가지로 살인사건으로 가족을 잃은 피해자 유족이었다.

"당신도 에츠시 씨 연락을 받고 온 거야?"

나츠미의 질문에 모치다가 그렇다고 대답했다.

"뭐라고 부르면 될까? 카사이 씨? 하루히코?"

"아무래도 상관없어. 모치다라고 불러."

"왜 하필 가명으로?"

"의미가 있어 보이는데 사실은 아무 의미도 없다는 게 멋있잖아. 그보다 뭔가 큰일 난 것 같던데."

모치다도 에츠시에게 메로스 이야기를 듣고 얏상을 찾고 있는 듯했다. 이곳에는 나츠미보다 조금 빨리 도착한 모양이었다. 나츠미와 모치다는 서로 알고 있는 정보를 간단히 교환한 후 텐트 밖으로 나왔다. 모치다는 다리가 시작되는 지점 근처에 있는 파란 텐트를 가리켰다.

"가봤는데 안에는 아무도 없어."

모치다가 말했다. 얏상이 사는 텐트라고 했다.

"이 주변은 전에도 한 번 온 적이 있어."

"그래? 얏상은 어떻게 된 걸까?"

"아까 그 노숙자 말로는 요즘 계속 상태가 안 좋았대. 그런데도 주위에서 병원에 가보라고 하면 벌컥 화를 냈다더라고."

모치다가 파란 텐트로 다가갔다.

"이것 봐."

모치다가 텐트를 열자 안에서 이상한 냄새가 훅 끼쳤다. 반사적으로 코를 틀어막게 되는 강한 악취였다. 담배 냄새와 똥오줌 냄새가 뒤섞여 있었다. 모치다가 말한 대로 텐트 안에는 아무도 없었다.

"진짜 없지?"

나츠미는 냄새에도 아랑곳하지 않고 텐트 안으로 들어갔다. 좁은 공간이었다. 낡아 빠진 램프와 스포츠 신문, 빈 소주병 따위가 바닥에 굴러다니고 있었다.

"여기 가만히 있는다고 뾰족한 수가 생기는 것도 아니니 주변을 좀 찾아보자."

모치다의 말에 나츠미가 고개를 끄덕였다. 두 사람은 고진바시 다리 주변을 샅샅이 뒤지기 시작했다. 모치다가 시애틀 매리너스 모자를 쓴 노숙자에게서 손전등을 빌려와 어둠을 밝혔다. 나츠미도 얏상의 텐트에 있던 램프를 가져와 주위를 비추며 탐색을 이어갔다.

에츠시가 속은 게 아닐까 싶기도 했다. 사형이 집행되고 에츠시가 진범을 찾는 홈페이지를 만든 지 얼마 지나지 않았다. 이런 식으로 장난을 치는 사람이 있을 법도 했다. 하지만 에츠시는 진짜 디오니스라고 단언했다. 게다가 얏상이라는 노숙자가 사라졌다는 사실도 나츠미를 불안하게 만들었다. 적어도 얏상이 죽었다면 병사는 아닐 터였다. 모치다 말로는 병원에는 절대 가지 않겠다고 버텼다고 하니 만약 병으로 죽었다면 텐트에서 발견되었을 것이다.

15분쯤 지났을까. 가까이서 큰 소리가 들렸다.

모치다였다. 모치다는 무릎까지 다 적셔 가면서 징검다리 옆에 서 있었다. 손전등 불빛이 그리 깊지 않은 강바닥을 비추었다. 나츠미는 서둘러 그쪽으로 달려가 스커트 자락을 붙잡고 징검다리에 올라가 그대로 멈췄다. 눈이 크게 벌어졌다.

설마. 이럴 수가.

모치다의 손전등이 징검다리에 매달리듯 쓰러진 사람을 비추고 있었다.

그 사람은 엎드린 채 쓰러져 있었다. 전신이 거의 다 물에 잠겼고, 등의 일부가 빙산의 일각처럼 수면 위로 드러나 있었다. 한쪽 손으로 징검다리를 움켜잡고 있었다. 아니, 그냥 올려만 놓은 상태였다. 움직임은 전혀 없었다. 가까이 다가가 살펴보니 머리에 난 상처에서 피를 흘린 자국이 확인되었다. 엎드린 자세여서 정확히는 알 수 없지만 나이는 70대 정도인 듯했다. 죽었다는 건 한눈에 알아볼 수 있었다.

"이 사람이… 메로스라고?"

모치다가 혼잣말처럼 내뱉더니 입을 다물었다. 나츠미도 할 말을 잃었다. 고개를 들자 다리가 보였다. 저기서 떨어진 걸까. 수심이 얕은 장소였다. 외진 곳도 아니니 낮이었다면 누군가가 발견했을 것이다. 결국 죽은 것은 오늘 밤이라는 말이었다. 자살? 사고? 아니 이건 아무리 봐도…. 등에 소름이 쫙 끼쳤다. 나츠미는 한참을 가만히 서서 노인의 시신을 내려다보았다.

경찰이 도착한 것은 그로부터 10분쯤 지나서였다.

시체의 최초 발견자인 모치다와 나츠미는 경찰 조사를 받았다. 이제 와서 숨길 이유도 없었기에 지금까지의 경위를 자세히 설명했다. 경찰은 놀란 눈치였다. 노숙자와 지나가던 사람들이 하나둘 모여들기 시작했다.

경찰은 현장 사진을 찍는 한편 노숙자들을 상대로 탐문 수사를 벌였다. 얏상이라는 통칭 외에 본명을 아는 사람은 아무도 없는 것 같았다. 자연사가 아닌 변사체임은 분명했다. 일개 노숙자의 죽음을 얼마나 열심히 수사할지는 알 수 없으나 나츠미는 이것이 사건임을 직감했다.

이윽고 다리 위에 덩치 큰 남자가 나타났다.

나츠미와는 반대로 경찰에게 이것저것 묻고 있었다. 에츠시였다. 나츠미와 모치다를 발견하고 종종걸음으로 다가왔다. 아직 시신을 옮기기 전이었기에 에츠시는 확인차 노인의 얼굴을 찬찬히 들여다보았다. 그러고는 한탄하듯 중얼거렸다.

"맞아…, 얏상이야."

나츠미는 침을 꿀꺽 삼켰다. 얏상이 누군지는 모르겠지만 이로써 그가 메로스라는 사실은 확실해졌다. 이 사람이 나츠미에게 전화를 걸고 에츠시에게 5천만 엔을 건넸다. 틀림없이 메구미의 죽음과 관련이 있는 사람이었다. 정확한 사정은 알 수 없으나 이 노인에 대해 조사하다 보면 사건의 돌파구를 찾을 수 있지 않을까.

하지만 에츠시의 표정은 어두웠다.

에츠시의 얼굴에서는 아들의 누명을 벗길 희망이 보이기 시작했다는 기쁨도, 얏상이 자수했더라면 아들은 죽지 않았을 거라는 분노도 찾아볼 수 없었다. 오히려 이로써 진실에서 더 멀어졌다고 절망하는 것 같아 보이기도 했다. 디오니스는 에츠시에게 무슨 말을 한 걸까.

"두 사람이 얏상을 발견했다고요?"

에츠시의 물음에 나츠미가 그렇다고 대답했다. 모치다는 발견한 건 자기라고 말했다. 에츠시는 두 사람에게 자세히 설명해 주었다. 디오니스와의 통화에서 에츠시가 메로스를 통해 너를 잡을 거라고 하자 디오니스는 불가능한 일이라고 비웃었다고. 메로스는 이미 죽었다면서…. 나츠미는 몸을 부르르 떨었다. 입막음을 하려고 죽였다는 건가.

"아무 상관도 없는 죽음을 마치 관계가 있는 것처럼 보이게 꾸몄을 가능성은 없을까요?"

나츠미의 질문에 에츠시가 고개를 저었다.

"경찰 말로는 아직 죽은 지 한두 시간밖에 지나지 않았다더군요. 디오니스는 이 노인이 죽자마자, 그러니까 한 시간도 안 지나서 제게 전화를 걸어 메로스가 죽었다고 했습니다. 그게 우연일 리 없죠. 백

번 양보해서 누군가가 다리 위에서 우연히 시체를 발견했다고 치더라도 그 시체가 얏상이라는 노숙자임을 확인하고 제게 전화를 거는 일련의 과정을 한 시간 안에 끝내는 건 불가능합니다. 전화번호를 그렇게 쉽게 알아낼 수 있을 리도 없고요. 게다가 보통 이런 장난을 치겠다고 음성변조기까지 사용하는 사람은 없지요."

맞는 말이다. 반론의 여지가 없었다. 에츠시가 말을 이어나갔다.

"디오니스는 분명 얏상이 죽었다는 사실을 알고 있었습니다. 입막음을 하려고 직접 죽였는지까지는 모르겠지만 틀림없이 사건과 관계가 있을 겁니다. 실은 저도 얏상이 죽기 얼마 전에 그를 만났는데 지금 생각하면 그것 역시 우연이 아니었던 것 같기도 합니다. 자신이 저지른 죄의 무게를 이기지 못하고 자살한 건지 디오니스에게 제거당한 건지는 알 수 없지만요."

"그가 메로스라는 건 확실해요."

"네, 죽은 사람은 메로스입니다. 메로스는 얏상이었고요. 그건 틀림없습니다."

에츠시가 단언했다.

"누구 목격한 사람 없어요?!"

모치다는 노숙자와 지나가는 사람들을 향해 소리쳤다. 에츠시가 대신 답했다.

"목격자는 없어. 유서도 없고."

"그럼 디오니스가 죽인 거네!"

모치다가 흥분한 말투로 말했다. 모치다의 심정은 이해가 갔다. 에츠시 역시 당장이라도 소리를 지르고 싶은 기분이었다.

세 사람은 다시 한번 얏상이라는 노숙자의 시체를 살펴보았다. 에츠시는 뭔가 알아낼 수 있을 만한 게 없는지 시신을 뚫어지게 응시했다. 얏상의 시신을 열심히 뜯어본 사람은 에츠시뿐만이 아니었다. 모치다도 가만히 얏상을 쳐다보고 있었다. 나츠미는 모치다에게 다가가 물었다.

"뭘 보고 있어?"

모치다는 아무 대답도 하지 않았다.

"응? 뭘 그렇게 열심히 보는 건데?"

나츠미가 재차 물어도 모치다는 심각한 표정으로 시신을 노려보기만 했다. 겉보기와 다르게 한번 신경이 쓰이기 시작하면 끝까지 파고들어야 직성이 풀리는 성격인 듯했다. 이윽고 모치다가 시선을 시체에 고정한 채 조용히 중얼거렸다.

"이 할아버지…, 어디선가 본 적이 있어."

❖

그날 밤, 세 사람은 경찰서에 가서 얏상의 죽음에 대한 조서를 작성했다.

나츠미가 타살이냐고 물어봤지만 담당 여경은 아직 모른다고만 했다. 얏상은 다리 위에서 떨어졌다. 고진바시 다리에는 튼튼한 난간이 설치되어 있으니 사고일 리는 없었다. 자살이거나 디오니스가 죽였거나 둘 중 하나일 터였다. 나츠미는 텐트 안을 샅샅이 뒤졌지만 유서는 나오지 않았다. 경찰도 그 사실은 인정했다. 타살이라고, 신이치는 누명을 쓴 거였다고 나츠미가 강하게 주장했지만 과연 경찰이 어디까지 조사할지는 알 수 없었다.

조서 작성을 마치고 나오자 모치다가 나츠미를 기다리고 있었다. 에츠시는 아직 경찰과 이야기 중이라고 했다. 모치다가 조심스럽게 말을 꺼냈다.

"얏상…, 아니 메로스의 정체를 알아냈어."

"뭐?"

노숙자 중에 알고 있는 사람이 있었나? 아니면 경찰이 실종자 명단에서 찾아낸 걸까?

"기억이 났어."

모치다가 말했다. 그러고 보니 아까 아는 얼굴이라고 했었다.

"얏상이라는 노숙자는 목사야. 20년쯤 전에 나한테 주절주절 설교를 늘어놓은 목사. 틀림없어."

얏상은 범죄자와 피해자 유족들을 찾아다니며 이야기를 나누었다. 목사가 노숙자를 돕는 활동을 하는 경우는 흔했다. 사사키 목사도 하는 일이었다. 하지만 목사가 노숙자가 되었다는 말은 들어본 적이 없었다.

"얏상의 본명은 뭔데?"

"응? 그건 나도 몰라."

모치다의 심드렁한 대꾸에 나츠미는 실망한 기색을 감추지 못했지만 목사라는 사실을 알게 된 것만으로도 큰 수확이었다. 무엇보다 목사가 피해자 유족한테까지 찾아왔다는 부분이 걸렸다.

"모치다, 혹시 이런 말 들어본 적 있어? 피해자에게 있어 가해자란 길바닥에 떨어진 흙 묻은 빵 같은 존재라는 말."

"음…. 그러고 보니 그 목사가 비슷한 말을 했던 것 같아."

모치다의 대답에 나츠미는 화들짝 놀랐다. 그건 사사키 목사가 교회에서 나츠미에게 해준 말이었다. 모치다가 얏상에게 그 말을 들은 것은 오래전 일이었지만 인상적인 표현이어서 그런지 아직까지 기억하고 있었던 것이다. 혹시 얏상과 사사키 목사가 아는 사이인 걸까? 여기서 이렇게 고민해 본들 정답을 찾을 수 있을 리 없었다.

"서둘러 다이쇼군 교회에 가보자, 지금 당장!"

두 사람은 교회로 향했다. 니시진 경찰서 뒤쪽 길을 지나 다이쇼군 교회까지 오고 보니 조금 긴장이 되었다. 사사키 목사가 디오니스일 리는 없다고 믿었지만, 한편으로는 그럴 수도 있겠다 싶었다. 흙 묻은 빵이라는 단어가 지닌 마성에 속수무책으로 빨려 들어가는 듯한 기분이었다.

"이런 데 교회가 있을 줄이야."

"신기하지? 잘 보면 십자가도 있어."

"흐음. 어? 열려 있네."

모치다가 문을 열고 안으로 들어갔다. 교회 안은 평소와 다름없이 조용했고 안쪽에는 그리스도상이 걸려 있었다. 파이프 오르간이 반들반들 빛났다. 평소에는 아무도 없는 교회 안에 오늘은 사람이 있었다. 그리스도상 앞에서 기도하는 사사키 목사의 뒷모습이 눈에 들어왔다.

"이렇게 늦게까지 기도를 하시나요?"

나츠미가 말을 걸자 목사가 천천히 뒤를 돌아보았다. 모치다는 아무 말도 하지 않았다.

"오늘은 여쭤보고 싶은 것이 있어서 찾아왔습니다."

"제가 대답할 수 있는 거라면 좋을 텐데요."

"목사님은 모르는 게 없으시잖아요."

사사키가 모치다 쪽으로 시선을 돌렸다.

"처음 뵙는 분이네요."

"응, 나는 모치다라고 해."

"이 시간에 무슨 일이신가요?"

나츠미가 사정을 설명했다. 사건의 경위, 얏상이라는 노숙자가 죽었다는 것, 그리고 과거 사사키가 했던 말과 얏상의 연결고리… 사사키는 얏상이 죽었다는 말에 놀란 표정을 지었다.

"과연…. 그런 일이 있었군요."

사사키가 온화한 얼굴로 중얼거렸다.

"둘이 아는 사이야? 그것부터 말해 봐."

모치다가 재촉하자 목사는 두 사람을 번갈아 쳐다보며 입을 열었다.

"저는 예전부터 가모가와강 노숙자들을 지원하는 활동을 계속해 왔습니다. 얏상이라는 분도 당연히 알고 있고요. 다만…."

사사키가 잠시 머뭇거렸다.

"그분은 평범한 노숙자가 아닙니다."

"원래 목사였지? 왜 목사가 노숙자가 된 거야?"

모치다의 질문에 사사키가 고개를 가로저었다.

"아니요, 그분은 목사가 아닙니다."

아니라니? 나츠미도 모치다도 의아한 표정이었다.

"자선 활동가…라고 해야 할까요. 범죄 피해자와 가해자, 재해를 당한 사람들을 찾아다니며 다양한 지원 활동을 펼치셨지요. 저희 교회에 기부하신 적도 있고요. 그뿐만 아니라 저는 그분께 많은 것을 배웠습니다. 목사는 원래 신의 가르침을 전하는 사람이지만, 그분 말씀 중에 공감 가는 것이 많아서 종종 빌려다 쓰고 있습니다."

"그럼 그 흙 묻은 빵이라는 것도…."

나츠미의 말에 사사키가 천천히 고개를 끄덕였다.

"그분께 들은 말입니다. 그것 말고도 여러 가지를 가르쳐 주셨죠. 저는 신의 말씀을 혼자만 이해하는 것이 아니라 고통에 허덕이는 다른 사람들에게 제대로 전달하는 것이 중요하다고 생각합니다. 그런 의미에서 그분은 제 스승이셨다고 할 수 있습니다."

"그런데 얏상은 왜 노숙자가 된 거죠?"

나츠미의 물음에 사사키는 바로 답하지 못했다.

"그럴 만한 사정이 있었겠지요."

한참 뒤에 돌아온 대답은 그것뿐이었다. 모치다가 대답이 충분하지 않다며 불만스러운 기색을 내비쳤다. 나츠미가 보기에도 사사키는 무언가를 더 알고 있는 것 같았다. 하지만 목사에게는 비밀유지 의무가 있으니 말하고 싶어도 말할 수 없을 것이다. 이쪽 사정은 다 밝혔다. 계속 매달려 본들 더 자세한 대답은 기대하기 어려워 보였다. 그래도 사사키는 일부러 구치소에서 신이치의 사형 현장에 입회한 스님을 데려오기까지 했었다. 사건의 진실을 밝히고 싶다는 마음만큼은 모두와 다르지 않을 것이다. 나츠미는 고민 끝에 조심스레 물었다.

"얏상의 이름만이라도 알려주실 수 없을까요?"

본명을 알면 어떻게든 찾을 방법이 있겠지. 이 정도는 알려주지 않을까. 나츠미가 예상한 대로 사사키는 한숨을 크게 내쉬며 대답했다.

"얏상⋯, 그분의 본명은 아키야마 테츠조입니다."

나츠미는 방금 들은 이름을 머릿속에 단단히 박아 넣었다. 사사키는 그 외에는 아무것도 알려주지 않았다. 어쩔 수 없었다. 모치다와 사사키 덕분에 이렇게 빨리 본명을 알게 된 것만 해도 큰 수확이었다. 이것이 돌파구가 되어줄 것이다.

밖으로 나온 나츠미는 다시 한번 교회를 돌아보며 속으로 생각했다.

'신이치 오빠, 진실에 한 발 더 다가섰어요. 이제 곧 누명을 벗겨드릴 수 있을 것 같아요.'

2

오전 8시 반. 에츠시는 지하철 진구마루타마치역에서 내렸다.

일요일은 푸시맨 아르바이트가 없기 때문에 일찍부터 움직일 수 있었다. 서쪽으로 조금 걸어가니 저 앞에 니조 성(二条城)이 보였다. 성 주변은 인기 있는 산책 코스여서 워킹을 즐기는 사람이 많았다. 오늘은 자전거를 타고 오지 않았다. 주머니에 손을 넣고 걸어가는데 모르는 사람들이 에츠시에게 안녕하세요, 하고 인사했다. 에츠시도 웃는 얼굴로 인사를 건넸다.

얏상의 본명이 아키야마 테츠조라는 사실은 나츠미와 모치다가 알아냈다.

에츠시는 그 이름을 바탕으로 교토에 사는 아키야마 테츠조를 찾아다니고 있었다. 같은 이름을 가진 사람이 몇 명 있었다. 지금까지는 모두 헛걸음이었다. 노숙자이니 교토 밖에서 흘러들어 왔을 가능성도 있었고, 실종자 리스트에 올라 있을 수도 있었다. 하지만 에츠시는 그렇게 생각하지 않았다. 아키야마 테츠조는 자선 활동가였다. 평범한 노숙자가 아니니 실종자 리스트에는 없을 것이다. 일반인처럼 집과 직업이 있는 상태에서 텐트에서도 생활하는, 말하자면 겸업 노숙자가 아니었을까. 아키야마 테츠조가 왜 노숙자 생활을 했는지는 알 수 없지만 가난뱅이가 아니라 오히려 부자였을 것 같았다.

오늘 찾아가는 사람은 꽤 가능성이 높아 보였다. 연배가 비슷한 자산가였다. 고진바시 다리에서 가깝지는 않지만 걸어갈 수 있는 거리였다. 15분 정도 걸었을 때 전화벨이 울렸다. 「Ride The Chariot」. 핸드폰 화면에 뜬 이름은 저널리스트 마나카 유코였다. 사회문제를 중심으로 활동하는 전직 아나운서. 그러고 보니 얼마 전 전화번호를 알려줬었다. 아침 일찍 전화해서 미안하다고 인사하는 마나카에게 에츠시는 무뚝뚝한 목소리로 응했다.

"제가 좀 바빠서 용건만 간단히 부탁드립니다."

"알겠습니다. 실은 TV 프로그램에 출연해 주셨으면 해서요."

"TV요? 지난번 다큐멘터리의 속편이라도 찍는 건가요?"

"아니요, 토론 프로예요. 사형제도의 옳고 그름을 따지는."

에츠시는 한숨을 내쉬었다. 사형제도의 옳고 그름 따위 에츠시가 알 바 아니었다. 게다가 자신에게 출연을 의뢰한다는 것은 의외성을 노린 기획이라는 뜻이었다. 에츠시는 내키지 않는다고 솔직하게 답했다.

"요전에 뵈었을 때는 적극적으로 발언하겠다고 하셨잖아요."

그러고 보니 그랬었지. 에츠시는 쓴웃음을 지었다.

"부탁드려요. 실은 저명한 사형 폐지론자인 교수님을 대신할 사람이 필요해서요. 에츠시 씨도 폐지론자시잖아요."

"골수 폐지론자는 아닙니다만."

"그렇게 말씀하시다니 의외네요. 변호사 시절에 폐지론에 관한 논문도 쓰지 않으셨어요?"

"논문이라고 할 만한 수준은 아니었습니다."

"그래도 전 그걸 읽고 감명을 받았는걸요."

"그러셨나요?"

에츠시가 건성으로 대답했다. 마나카가 말을 이어나갔다.

"사형이 집행되기 전 피해자 유족의 심정은 자주 보도되는 편이죠. 하지만 형이 집행된 후의 유족, 특히 집행된 측 유족의 이야기는 거의 전해지지 않아요. 저는 사형에 대해 논할 때 이런 부분에 좀 더 주목할 필요가 있다고 생각해요. 협조 부탁드립니다."

"원래는 사와이 나츠미 씨에게 출연을 부탁하려던 거 아닙니까?"

"부정은 하지 않겠습니다. 나츠미 씨의 미모 덕분에 시청률이 잘 나오는 건 사실이니까요."

"마나카 기자님도 욕을 많이 먹고 있는 것 같던데요. 피해자 유족한테 찰싹 달라붙어 있다가 요즘은 입장을 바꿔서 사형 폐지론 쪽으로 돌아서셨다고. 배신자라는 말을 들어도 변명의 여지가 없지 않나요?"

에츠시가 살짝 비꼬는 어투로 지적하자 마나카가 발끈해서 대답했다.

"저는 스스로에게 정직하게 살고 있을 뿐이에요. 설령 그게 제 발등 찍는 일이 되더라도 솔직하게 살려고요."

에츠시는 마나카를 별로 좋게 보지 않았다. 정말로 사회를 위해 움직인다기보다는 자아실현을 위해 남을 이용한다는 인상을 받았기 때문이다. 하지만 자신이 TV에 나오면 디오니스가 반응을 보일지도 모른다. 에츠시는 잠시 고민하다가 크게 한숨을 내쉬었다.

"출연하겠습니다."

"정말이세요?"

"네, 사형제도에 대한 제 생각은 변함이 없습니다. 변호사 때와 전혀 달라지지 않았죠. 학자 대신이라고 하셨으니 저 나름대로 논리적인 주장을 펼쳐 보겠습니다."

"감사합니다."

몇 마디 더 나눈 뒤 전화를 끊었다.

통화가 끝날 무렵에는 센본 거리까지 와 있었다. 리츠메이칸대학 법학전문대학원, 니조 역…, 마루타마치역의 이름이 진구마루타마치역으로 바뀐 것 외에도 많은 것이 변해 있었다. 에츠시는 센본 거리를 따라 올라가다가 자동차 학원 근처 가게들이 모여 있는 곳에서 서쪽으로 향했다. 얼마 지나지 않아 커다란 매화나무 한 그루가 시야에 들어왔다. 문패에 '아키야마'라고 적혀 있었다. 여기다.

나무 울타리로 둘러싸인 넓은 부지 위에 서양식 2세대 주택이 세워져 있었다. 약속한 시간보다 조금 일렀다. 전화를 걸어 볼까 했지만 그냥 그대로 부지 안으로 들어섰다. 아까 본 커다란 매화나무가 있었다. 에츠시는 홀린 듯 나무 앞으로 걸어갔다. 매화나무를 보니 예전에 고진바시 다리에서 본 우메상의 사당이 떠올랐다. 사당은 얏상의 텐트와도 가까운 위치에 있었다. 뭔가 관계가 있는 걸까. 에츠시는 그런 생각을 하면서 현관 벨을 눌렀다.

"누구세요?"

실내용 방한복을 걸친 여자가 나왔다. 40대 중반 정도 되어 보였다. 에츠시가 이름을 밝히자 여자는 놀란 얼굴로 다시 집으로 들어가 누군가를 불렀다. 얼마 후 남편인 듯한 남자가 나왔다. 성인병 예방에는 전혀 관심이 없어 보이는 대머리 남자였다.

"처음 뵙겠습니다. 야기누마 에츠시라고 합니다."

"알고 있습니다. 아드님 일은 뭐라 말씀을 드려야 할지…."

"실은 한 가지 여쭤보고 싶은 것이 있어서 이렇게 찾아왔습니다."

"네, 무슨 일이신가요? 아, 일단 들어오시죠."

아키야마는 에츠시를 정중하게 대했다. 넓은 응접실로 안내하고 차를 내왔다.

"그래서 오늘은 무슨 일로 오신 겁니까?"

에츠시는 잠시 뜸을 들였다가 대답했다.

"테츠조 씨에 대해 여쭙고자 합니다. 제 아들 사건과 관계가 있을지도 몰라서요."

그 말을 듣고 아키야마도 적잖이 놀란 듯했다. 에츠시도 표현이 너무 직설적이었나 싶기는 했지만 안 그러면 일부러 여기까지 온 의미가 없었다. 어느 정도 세게 말하지 않으면 정보를 끌어내기 어렵다고 판단했다.

"설마 저희 아버지가 진범이라는…, 그런 말씀이신가요?"

최악의 사태를 가정한 그 질문을 하리라는 것은 예상하고 있었다. 에츠시는 미소를 지으며 천천히 고개를 저었다.

"그렇지 않습니다. 제가 진범이라고 생각하는 사람은 따로 있습니다."

진짜 적은 디오니스였다. 그러니 이것도 거짓말은 아니라고 스스로에게 변명하며 에츠시는 말을 이었다.

"진범에 대해 아버님께서 뭔가 알고 계신 것 같습니다."

"그런가요···."

"아버님을 뵐 수 있을까요?"

에츠시의 요청에 아키야마가 고민하는 기색을 보였다. 에츠시는 마음이 편치 않았다. 당신 아버지는 죽었다고 말을 해주는 것이 맞겠지만 일부러 가만히 있었다. 아무리 기다려도 아키야마는 좀처럼 답을 하지 않았다. 에츠시는 내키지 않았지만 돈 얘기를 꺼냈다.

"협조해 주시면 사례는 꼭 하겠습니다."

그렇게 말하자 아키야마의 표정이 변했다. 겉으로 드러내지 않으려 하지만 솔깃해하는 것이 느껴졌다. 세간에서 에츠시는 대단한 부자로 알려져 있다. 돈이 궁하지 않기 때문에 주로 형사 사건을 다루는 인권 변호사. 과거에는 그게 사실이었을지 몰라도 지금은 아니었다. 하지만 이용할 수 있는 것은 무엇이든 이용해야 했다.

"도와드리고 싶지만 아버지가···."

아키야마의 대답은 불분명했다. 하지만 돕고 싶다는 쪽으로 마음이 기운 것은 확실해 보였다.

"테츠조 씨는 집에 안 계신가요?"

"아니요, 실은 아버지가 치매를 앓고 계셔서요. 알츠하이머요. 예전에 혼자 사실 때도 한밤중에 곧잘 주변을 배회하곤 하셨거든요. 그래서 기껏 2세대 주택으로 만들어 놨더니 혼자 살겠다고 아파트로 옮기셨어요. 요즘은 연락도 잘 안 해요."

역시 제대로 찾아온 모양이었다. 에츠시가 질문을 계속했다.

"아파트는 어디인가요?"

"덴시즈키누케에 있는 엔젤21이라는 아파트입니다. 저희가 관리하는 아파트예요."

틀림없었다. 에츠시는 확신했다. 연락을 잘 안 한다는 부분에서 거의 맞는 것 같다고는 생각했는데 이로써 모든 것이 확실해졌다. 엔젤21, 잊으려야 잊을 수 없는 이름이었다. 에츠시는 그곳에서 메로스와 만났다. 메로스가 정한 장소였으니 이것이 우연일 리는 없었다. 하지만 어째서 테츠조는 노숙자인 척 한 걸까. 그리고 사건과는 어떤 관련이 있는 걸까. 전혀 짐작이 가지 않았다.

"집이 참 멋지네요."

에츠시는 부지 안에 있는 정원을 내다보며 말했다.

"이건 좀 여쭤보기가 조심스럽습니다만 테츠조 씨는 상당한 자산 가졌던 것 같은데요."

"네, 건축 자재 사업으로 떼돈을 버셨죠. 자선 활동을 하면서 기부도 많이 하신 것 같지만 그래도 남은 자산이 꽤 될 거예요."

"돈 문제로 고민하시는 것 같지는 않던가요?"

"하하, 그런 일은 없을 겁니다. 아버지가 상속을 포기하는 바람에 집이 일단 우메조 큰아버지 소유가 되기는 했었지만요. 큰아버지는 조상 대대로 내려오는 땅을 멋대로 팔아버리셨죠. 정말이지 집안의 골칫덩어리였달까요."

"큰아버님 성함이 어떻게 되신다고요?"

"아키야마 우메조라고 합니다."

얏상은 테츠조, 우메상은 우메조, 두 사람은 형제였다. 하지만 이 사실이 신이치의 사건과 무슨 관계가 있는 걸까.

"제 아버지라는 사실을 떠나서 뛰어난 장사꾼이라고 봅니다. 존경할 만한 분이시죠."

"우메조 씨는요?"

"큰아버지요? 그분은 그냥 백수였어요. 요즘 말로 니트라고 하던가요? 말은 번드르르하게 잘했지만 매번 하지도 못할 일에 뛰어들어서 빚만 잔뜩 지셨죠. 그걸 갚는 건 언제나 저희 아버지 몫이었고요. 큰아버지가 돌아가셨을 때도 아버지는 여기저기 열심히 알아보고 다니셨어요. 그만하시라고 하면 화를 내셨죠. 누군가가 형을 죽인 걸지도 모르는데 이대로 내버려 둘 수 있겠느냐고."

누군가가 형을 죽였다? 우메상이라는 노숙자는 사고로 죽었다고 들었는데?

에츠시의 표정이 변한 것을 보고 아키야마가 설명을 덧붙였다.

"아, 오해하지 마세요. 저희 아버지가 그렇게 말했다는 것뿐이니까요. 큰아버지가 돌아가신 건 사고였어요. 술에 취해 주쇼지마역 플랫폼에서 떨어지는 바람에 열차에 치어 돌아가셨죠."

에츠시는 잠시 생각에 잠겼다. 무언가가 조금씩 보이기 시작했다. 흩어져 있던 퍼즐 조각이 하나둘씩 제자리를 찾아가는 것 같았다. 너무 오래 말을 안 하는 것도 이상하게 보일까 싶어 입을 열었다.

"형님을 많이 좋아하셨나 보네요."

"아마도요. 아버지랑은 떨어져 살아서 잘은 모르겠지만요."

에츠시는 아키야마의 말을 들으며 덴시츠키누케에 가봐야겠다고 생각했다. 여기서는 더 얻을 것이 없었다. 혹시나 싶어 테츠조의 방을 볼 수 있겠느냐고 물어보았다. 방 안은 예상했던 대로 텅 비어 있었다.

"테츠조 씨의 사진은 없나요?"

"아버지는 사진 찍는 걸 싫어하셔서요…. 잠깐만 기다려 보세요."

그렇게 말하더니 아키야마는 어디론가 사라졌다. 앨범을 찾으러 간 듯했다. 한참이 지나 아키야마가 돌아왔다.

"30년도 더 된 사진 같은데 이게 도움이 될까요?"

"네, 제가 좀 봐도 될까요?"

아키야마가 옆에서 같이 들여다보며 너무 젊다고 감탄했다.

"실물보다 잘 나왔는데요? 원래는 더 험악한 인상이에요."

아키야마가 웃으며 사진 귀퉁이에 작게 찍힌 남자를 가리켰다. 도쿄에서 회사를 운영하던 시절에 찍은 사진인 듯했다.

에츠시는 사진을 한참 동안 들여다보았다. 사진에는 안경 쓴 남자가 찍혀 있었다. 나이는 마흔 정도. 안경테가 굉장히 굵었다. 이 사람이냐고 묻자 아키야마가 그렇다고 대답했다. 테츠조는 피부가 가무잡잡하고 삐쩍 마른 남자였다. 고진바시 다리에서 본 얏상과는 비교도 되지 않을 만큼 젊었고, 독특한 모양의 안경을 쓰고 있었다. 하지만 이 남자는 얏상이었다. 그것만은 분명했다.

"만담꾼 요코야마 야스시랑 닮았죠? 안경을 벗으면 하나도 안 닮았는데 말이죠."

아키야마가 말했다. 듣고 보니 닮은 것도 같았다. 아키야마 테츠조라는 본명에서 어떻게 얏상이라는 호칭이 나왔을까 싶었는데 얏상의 야는 야스시에서 따온 모양이었다. 에츠시는 컬러 복사한 사진을 받아들고 집을 나섰다. 조만간 인사하러 다시 들르겠다고 하자 아키야마는 미소를 지어 보였다. 이 욕심 많은 남자를 속이는 것 같아서 마음이 편치 않았지만 무엇보다 진실을 밝히는 것이 우선이었다. 신이치의 누명을 벗기는 것은 이제부터가 시작이다. 가자, 엔젤21로.

덴시츠키누케까지 도보로는 꽤 시간이 걸렸다. 자전거의 고마움을 실감했다.

그래도 피곤하지는 않았다. 에츠시는 눈앞에 있는 7층짜리 아파트를 올려다보았다. 엔젤21. 여기서 작년에 자신은 메로스와 만났다. 옥상에서 5천만 엔을 내려보내고 거꾸로 5천만 엔을 받았다. 그때 메로스, 아니 아키야마 테츠조는 무릎을 꿇었다. 진심으로 미안하다고 사과했다. 적어도 에츠시는 진심이라고 느꼈다. 장난으로 그런 짓을 할 리가 없었다.

얼마 전 가모가와강에 갔을 때 테츠조는 울고 있었다. 그건 아파서가 아니라 신이치의 죽음 때문이 아니었을까. 메로스를 자칭하면서 세리눈티우스인 신이치를 구하지 못한 데 죄책감을 느껴서? 무엇보다 테츠조는 형인 우메조가 누군가에게 살해당했다고 생각했다는 점이 마음에 걸렸다.

하지만 그 전에 해야 할 일이 있었다. 바로 아파트를 수색하는 것이었다.

흐린 하늘 아래 에츠시는 엔젤21 아파트로 향했다. 텐트 생활을 하면서도 가끔은 집에 돌아왔을 테니 뭐라도 남아 있지 않을까 싶었다. 테츠조의 방은 101호실, 보통 아파트 관리인이 쓰는 방이라고 했다. 등잔 밑이 어둡다고 하지만 설마 이렇게 가까이에 메로스의 집이 있을 거라고는 생각도 하지 못했다. 테츠조는 거의 텐트에서 생활했으니 여기 와도 만나지는 못했겠지만.

차마 집 열쇠까지 빌려 달라고는 하지 못했다. 테츠조가 죽었다는 사실을 숨기고 있는 이상 주인 없는 집에 들어가겠다는 건 수상해 보일 수 있었기 때문이다. 건물 뒤로 돌아가니 유리창이 나 있었다. 창은 잠겨 있었다. 여기는 길에서는 잘 보이지 않으니 여차하면이 창을 조용히 깨고 침입할 수도 있을 것 같았다. 하지만 될 수 있는 한 그런 짓은 하고 싶지 않았다. 아까 본가로 찾아갔었으니 여기서 무슨 일이 생기면 가장 먼저 에츠시가 의심을 받을 것이다. 아키야마에게 사실대로 말하고 열어 달라고 부탁하는 편이 좋을 듯했다.

문을 두드려 보았지만 대답은 없었다. 살던 사람이 죽었으니 당연한 일이었다. 에츠시는 문손잡이를 잡고 돌려보았다. 당연히 잠겨 있을 거라고 생각했는데 예상과는 달리 슥 하고 문이 열렸다. 어떻게된 일인가 싶어 손잡이를 자세히 살펴보니 무언가를 억지로 찔러 넣은 흔적이 남아 있었다. 안 좋은 예감이 들었다.

에츠시는 방 안으로 들어갔다. 한 가족이 살 수 있는 일반적인 2LDK 아파트였다. 가구는 거의 없고 생활에 필요한 최소한의 것들만 놓여 있었다. 조금만 정리하면 입주 전 상태와 비슷해질 것 같았다. 에츠시는 방 안을 샅샅이 훑어보았다. 뭐라도 좋으니 진실에 한발짝 다가갈 수 있는 실마리를 찾고 싶었다. 하지만 아무것도 찾을수 없었다.

한 시간 정도가 지났다. 역시 가장 신경 쓰이는 건 문손잡이였다. 열쇠 구멍을 망가뜨린 듯했다. 테츠조가 열쇠를 잃어버려서 억지로 열려고 한 걸까? 그럴 리는 없었다. 여분의 열쇠가 있을 테니 아들에게 말해서 받아오면 해결될 일이었다. 그보다는 누군가가 침입했다고 보는 편이 훨씬 자연스러웠다. 그리고 그 침입자는 디오니스일 터였다. 디오니스가 여기 들어왔었다면 디오니스와의 관계를 입증하는 증거는 사라졌을 것이다. 하지만 디오니스가 아무것도 찾지 못했을 가능성도 있었다. 남의 아파트를 그렇게 오래 뒤지지는 못했을 테니까.

에츠시는 그 자리에 쪼그리고 앉아서 곰곰이 생각해 보았다. 신이치는 어릴 때 보물찾기 시합을 좋아했다. 좁은 방 안에 어쩌나 물건을 잘 숨기는지 에츠시는 보물찾기에 성공한 적이 거의 없었다.

──나뭇잎을 숨기려면 숲에 숨기라는 건 기본 중의 기본이래요, 아빠.

신이치는 그런 말도 했다. 에츠시는 일어나 부엌으로 향했다. 흉기는 피해자 집에 있던 과도였다. 싱크대 앞까지 와서 다시 쪼그려 앉았다. 설마 하는 심정으로 싱크대 아래 찬장을 열어보았다. 저염 간장이나 올리브유 같은 것들과 함께 부엌칼 몇 자루가 눈에 들어왔다. 과도는 없었다. 있는 거라곤 살상 능력이 전혀 없어 보이는 작은 나이프 정도였다.

역시 잘못 짚었나 싶었지만 에츠시는 쉽게 포기하지 않았다. 저염 간장과 올리브유 병을 집어 들었다. 병 입구는 좁지만 바닥에 뭔가 장치를 해놓았을 가능성도 있었다. 초등학교 3학년 때 신이치가 쓴 수법이었다. 신이치가 숨긴 보물은 당시 좋아하던 야구 선수의 사인볼이었다. 신이치는 빈 간장병의 바닥을 잘라내고 검은색 종이로 두른 다음 병 안에 공을 숨겼다. 야구공을 간장병 입구로 집어넣는 것은 물리적으로 불가능하다. 또 심리적으로도 사람들은 보통 소중한 사인볼을 간장병에 넣지는 않는다. 두 가지 상식을 역이용한 발상이었다. 에츠시는 혹시나 싶어 병 안까지 살폈다. 하지만 양쪽 다 아무것도 들어 있지 않았다.

에츠시는 찬장 안에 몸을 밀어 넣었다. 딱히 이상한 점은 발견하지 못했다. 그런데 바닥을 보니 보수를 했는지 나무판이 덧대어져 있었다. 구멍은 여섯 개인데 못이 박힌 곳은 두 군데뿐이었다. 에츠시는 나무판을 두드려 보았다. 뭔가 이상했다. 아래가 비어 있는 듯했다. 배수관이 지나고 있다고는 해도 느낌이 이상했다. 에츠시는 일단 찬장에서 빠져나와 공구함에서 십자드라이버를 가지고 왔다. 드라이버로 못을 빼고 나무판을 걷어냈다.

예상했던 대로 빈 공간이 드러났다. 버려진 모종삽 옆에 구멍이 파여 있었다. 깊지는 않아서 바닥이 보였다. 직경은 약 40센티미터, 깊이는 50센티미터 정도 되어 보였다. 구멍 안에는 아무것도 없었다. 뭐지, 이건. 에츠시는 망연자실한 표정으로 한참을 가만히 있었다. 주변을 샅샅이 살펴봤지만 역시 아무것도 없었다. 누군가가 구멍에 들어 있던 뭔가를 빼내갔다고밖에 생각할 수 없었다.

이럴 수가…. 에츠시는 고래고래 소리를 지르고 싶었다. 구멍 안에는 아마도 흉기로 사용된 과도나 현장에서 사라진 사와이 메구미의 옷 같은 결정적인 증거가 들어 있었을 것이다. 가져간 사람은 디오니스. 아무리 희망적으로 해석하려 해도 그것 말고는 생각할 수 없었다. 디오니스가 흉기를 가져갔다면 당연히 곧바로 처분했을 것이다.

최악의 상황. 다 끝나버렸다. 그런 생각이 에츠시를 무겁게 짓눌렀다.

'포기하지 말자. 아직 방법은 남아 있다. 우메조의 일도 있고….'

에츠시는 그렇게 자신을 고무하려 했지만 쉽지 않았다. 증거가 사라진 이상 달리 방법이 없어 보였다. 신이치의 무죄를 증명할 길이 더 멀어졌다. 피로 때문인지 몸에서 힘이 빠져나갔다.

미안하구나, 신이치…. 에츠시는 그 자리에 털썩 주저앉아 멍하니 천장을 올려다보았다.

3

엔젤21을 방문한 후 며칠이 지나 에츠시는 지하철 주쇼지마역을 찾아갔다.

주쇼지마역은 에츠시의 집에서 가까웠다. 지금은 난방이 틀어진 역장실에서 사람을 기다리고 있었다.

아파트에 침입자가 들었다는 사실은 충격이었다. 디오니스가 침입해 얏상, 아니 테츠조가 가지고 있던 증거품을 가지고 도망쳤을 거라는 에츠시의 추측은 사실과 크게 다르지 않을 터였다. 아키야마에게 전화해서 열쇠가 망가져 있다는 사실을 알렸다. 경찰에도 연락해 죽은 노숙자가 테츠조임을 확인했다. 테츠조의 죽음을 숨기고 있었던 것에 대해 아키야마는 그다지 개의치 않았다. 오히려 아들의 누명을 꼭 벗기길 바란다고 응원해 줬다. 나쁜 사람은 아닌 듯했다.

상황은 안 좋은 방향으로 굴러가고 있었다. 증거를 빼앗겼다는 사실은 치명적이었다. 예전에 교토역에서 공소시효 폐지를 주장하는 피해자 유족들을 목격한 적이 있었다. 그들은 공소시효가 폐지되면 앞으로도 범인을 쫓을 수 있을 것이다. 하지만 신이치의 사건은 이미 시효가 지났기 때문에 디오니스를 처벌하는 것은 불가능했다. 그렇다고는 해도 증거를 손에 넣고 디오니스의 정체를 밝힐 수만 있다면 신이치의 누명은 벗길 수 있었을 것이다. 에츠시는 그러면 충분했다. 그런데 증거마저 사라지다니…. 그래도 포기할 수는 없었다.

디오니스는 메로스를 돌파구로 삼는 건 불가능하다고 했다. 그러나 두 사람이 공범인 이상 분명 무언가 관계가 있을 터였다. 에츠시는 메로스, 즉 테츠조의 과거를 조사해 보기로 했다. 모치다와 사사키 목사에게 테츠조가 하던 자선 활동에 대해 물어보았지만 두 사람 다 자세히는 알지 못했다. 알아낸 거라곤 테츠조가 생전에 범죄 피해자와 가해자들을 찾아다니며 꽤 큰 규모의 금전적 지원을 했다는 것 정도였다.

아키야마가 아버지의 자산 상황을 확인해 본 결과, 에츠시에게 건넨 5천만 엔이 테츠조의 전 재산이었다. 에츠시는 5천만 엔을 아키야마에게 돌려주었다. 테츠조의 자선 활동에서 디오니스와 연관된 정보를 얻기는 어려워 보였다. 이제 남은 돌파구는 우메조뿐이었다. 지푸라기라도 잡고 싶은 심정이었다.

"에츠시 씨?"

역장실 문 앞에 에츠시보다 다섯 살 정도 많아 보이는 남자가 서 있었다.

"아, 네. 제가 야기누마 에츠시입니다. 잘 부탁드립니다."

"그럼 바로 이야기를 시작해 볼까요?"

남자는 전직 지하철 기관사였다. 아키야마 우메조의 죽음에 대해 테츠조는 그가 살해당했다고 했는데 진상은 무엇인지 알고 싶었다. 변호사인 이사와를 통해 당시 상황을 알고 있는 기관사와 연락이 닿았다.

남자가 걸음을 옮겼다. 두 사람은 함께 2번 플랫폼으로 향했다.

"이쯤이었습니다. 제가 우메조 씨를 친 게."

플랫폼 끄트머리에서 남자가 철로 쪽을 가리켰다. 흔적이 남아 있지도, 꽃이 놓여 있지도 않았다. 여느 지하철 철로와 마찬가지로 침목과 자갈이 깔려 있을 뿐이었다.

"보기는 했습니다. 하지만 멈출 수는 없었죠."

"급정차를 하면 지하철에 탄 승객들도 다칠 수 있으니까요."

에츠시가 이해한다는 듯 맞장구를 쳤다.

"물리적으로도 불가능했습니다. 그러니 저희로서도 기도하는 수밖에 없었죠. 피하라고, 제발 피해 달라고."

"우메조 씨는 자살이 아니었던 걸까요?"

에츠시의 질문에 남자는 신중하게 말을 골랐다.

"글쎄요. 우메조 씨는 마지막 순간에 철로에서 이쪽을 돌아봤습니다. 입고 있던 옷, 머리 모양, 표정까지 다 똑똑히 기억하고 있습니다. 우메조 씨의 얼굴에 떠오른 건 공포뿐이었습니다."

"자살하려는 사람의 얼굴은 아니었다는 건가요?"

에츠시가 다시 물었다.

"음, 달리 자살하려는 사람을 본 적이 있는 건 아니라서 비교는 어렵습니다만⋯. 우메조 씨는 놀라서 달아나려고 했습니다. 결국 늦었지만요. 제가 사람을 친 건 그때가 처음이자 마지막이라서 전부 다 생생하게 기억하고 있습니다."

우메조의 죽음에 대해 이 기관사보다 더 잘 아는 사람은 없을 것이다. 지금까지 들은 이야기를 바탕으로 판단하건대 자살이 아니라는 데츠조의 주장은 사실일 가능성이 높았다. 그렇다면 정말 타살인 걸까? 타살이었다고 하면 우메조를 철로로 떠민 사람이 있다는 말이었다.

"플랫폼에 사람이 있었나요?"

에츠시가 흥분을 억누르며 물었다.

"아니요, 갑자기 사람이 튀어나올 수 있기 때문에 항상 주의해서 전방을 주시하지만 그날은 플랫폼 안쪽에 서 있는 노부부 한 쌍뿐이었습니다. 우메조 씨는 경마 신문을 읽고 있었고, 가까이에 소년이 한 명 있었지요. 초등학생 정도 되어 보이는 남자아이이었요."

초등학생 남자아이. 에츠시는 무언가가 걸렸다. 주쇼지마역 근처에 학원이 있어서 신이치도 초등학생 때 그 학원을 다녔다. 에츠시가 이곳에 집을 구한 것도 그런 인연이 있었기 때문이다. 남자가 말하는 소년이 신이치가 아니었을까 싶기도 했지만 그럴 리는 없었다. 사건 현장에 아이가 있었다면 부모에게 바로 연락이 왔을 것이다.

"혹시 소년이 남자를 밀치는 장면을 노부부가 목격했다던가요?"

"아니요, 그냥 까불대고 있었다고만 했습니다."

"우메조 씨가 떨어지는 순간을 본 사람은 아무도 없다는 말이군요."

"그렇죠. 저도 우메조 씨를 발견한 건 선로 위에서였으니까요."

에츠시는 출퇴근 시간대의 단바바시역을 머릿속에 떠올려 보았다. 아무리 주의를 주어도 아이들은 모자 벗기기 놀이를 그만두지 않았다. 뛰어다니다 사고를 당할 수 있다는 데까지 생각이 미치지 않는 것이다. 그 소년도 그랬던 것이 아닐까. 고의로 떠민 것이 아니라 장난치며 까불다가 실수로 우메조와 부딪힌 거라면. 말하자면 과실치사인 셈이다. 형사 처벌은 받지 않겠지만 사람을 죽였다는 십자가를 평생 짊어지고 살아가게 될 것이다.

"노부부가 거짓말을 하는 게 아니라면 의심이 가는 사람은 그 소년밖에 없네요."

"그런 셈이죠."

"제가 노부부를 한번 만나 볼 수 있을까요?"

에츠시의 부탁에 기관사가 고개를 갸우뚱했다.

"벌써 25년도 더 지났는걸요. 진작에 돌아가셨겠죠."

"그런가요…."

에츠시는 힘없이 대답했다. 요도야바시행 급행열차가 도착해 로쿠지조·오바쿠·우지 방면으로 가시는 손님은 어쩌고 하는 안내 방송이 흘러나왔다.

"형사님을 만나는 건 가능하겠지만요."

기관사의 말에 에츠시가 반응했다.

"우메조 씨의 사고를 담당했던 형사님 말씀인가요?"

"네, 유명한 형사님인데 지금은 은퇴해서 대학에서 객원교수를 하고 계세요."

기관사는 형사에 대해 간단히 설명해 주었다. 교토에서는 꽤 이름이 알려진 형사로, 사고인 줄 알았던 죽음이 사실은 타살이었음을 밝혀낸 적도 있다고 했다. 우메조의 사고도 상당히 열심히 파고든 모양이었다. 그런가…, 그래서 얏상은, 테츠조는 형의 죽음이 타살이라고 생각했던 건가. 에츠시는 기관사에게 고맙다고 인사한 다음 거기서 헤어졌다.

에츠시는 일단 집으로 돌아왔다가 신이치의 자전거를 타고 다시 교토역 쪽으로 향했다.

예전에 전단지를 배포하던 하치조 출구 근처를 지나 서쪽으로 달렸다. 관광객 무리와 니시혼간지(西本願寺) 절이 보였다. 좁은 골목으로 들어가 조금 더 전진하자 메이지 시대의 정취가 느껴지는 대학 건물이 시야에 들어왔다. 건물 뒤 주차장에 자전거를 세웠다. 아까 기관사가 말한 형사가 교수로 재직 중인 대학이었다.

교수실에는 아무도 없길래 학과 사무실에 물어보니 교수는 주로 도서관에서 지낸다고 알려 주었다. 에츠시는 도서관으로 향했다. 넓은 열람실에는 없었고, 다락방을 연상케 하는 서고에서 교수를 찾을 수 있었다. 천장이 낮아서 에츠시는 몇 번이나 머리를 부딪칠 뻔했다. 단단한 체구의 노인이 선 채로 책을 읽고 있었다. 에츠시가 인사를 건네자 이쪽을 돌아보았다.

"처음 뵙겠습니다. 야기누마 에츠시라고 합니다."

전직 형사인 교수는 책을 펼쳐 든 채 에츠시를 쳐다보았다. 나이는 들었지만 위압감이 느껴지는 눈빛이었다.

"TV에서 본 얼굴이군. 진상 규명 홈페이지에서도 봤고."

"복잡한 사정이 있어서요."

"진범이라는 놈이 연락해왔다면서?"

"형이 집행된 후에도 전화가 왔었습니다. 아무래도 장난은 아닌 듯합니다. 오늘은 아키야마 우메조 씨 사건에 대해 교수님께 여쭤볼 것이 있어서 찾아왔습니다."

좁은 서고 안에는 에츠시와 교수 둘뿐이었다. 듣는 사람이 없으니 여기라면 이야기해도 괜찮을 것 같았다. 에츠시가 자세한 사정을 설명하자 교수가 책을 덮었다.

"당신 아들 사건에 대해서는 TV나 홈페이지에서 본 내용밖에 몰라. 내가 아는 건 아키야마 우메조라는 노숙자에 대한 사실뿐인데 그래도 괜찮겠나?"

"물론입니다."

에츠시는 바로 본론으로 들어갔다.

"아키야마 우메조 씨 건은 자살이었다고 보시나요?"

교수는 한숨을 내쉬며 잠시 뜸을 들였다가 대답했다.

"자살은 아니었다고 보네."

"그럼 사고란 말인가요? 아니면 타살? 사건 당시 의심을 받은 아이가 있었다고 들었습니다."

"아아, 있었지."

"아이 이름을 기억하시나요?"

에츠시가 재촉하듯 묻자 교수는 책을 서가에 다시 꽂아 두고 팔짱을 끼며 되물었다.

"그게 자네 아들 사건과 관계가 있다고 보나?"

즉답을 피하는 듯한 모습이었다. 에츠시는 강한 어조로 대답했다.

"모르겠습니다. 의심받은 아이 입장에서는 억울할 수도 있겠지요.

하지만 솔직히 말해서 이것 말고는 전혀 실마리가 없는 상황입니다."

"그런 것 같군. 이런 상황에서 아들의 누명을 벗길 수 있다면 기적이겠지."

기적이라는 말에 에츠시는 순간 말문이 막혔다. 그럴지도 모른다. 자신이 아무리 애를 쓴다 한들 이미 진실은 손이 닿지 않는 곳까지 가버렸다. 현실을 직시할 필요가 있었다.

"하지만 제게는 신이치의 비명이 들립니다. 신이치는 시종일관 자기는 죽이지 않았다고 주장했고, 죽기 직전 저를 만나고 싶다고 부르짖었습니다. 저는 신이치를 믿습니다."

교수가 긴 한숨을 토했다. 에츠시와 시선이 마주치자 머리를 긁적이더니 그 자세 그대로 무언가를 곰곰이 생각하기 시작했다. 서고 안에 정적이 흘렀다. 공기 중을 떠도는 낡은 책 냄새만이 희미하게 느껴졌다. 1분 정도 지나 교수가 천천히 입을 열었다.

"후…, 정말 못 당하겠군."

교수가 씩 웃으며 말을 이었다.

"아이 이름은 일단 놔두고 우메조에 대해서 얘기해 보자고. 그 사고 후에 나는 가모가와강 노숙자들을 만나러 다녔어. 우메조라는 노숙자는 아이들 대상으로 이상한 학원을 열고 있었다더군. 위험하니 가까이 가지 말라는 부모도 있었던 모양이야."

"이상한 학원이라니요?"

"일본의 미래를 짊어질 젊은이를 자기 손으로 키워 내겠다고 했다더군. 일종의 서당 같은 거지. 실제로 우메조가 몇몇 아이들과 함께 놀거나 과자를 사주는 모습이 목격되기도 했지만 딱히 체계적인 교육을 한 것 같지는 않네. 아이들 입장에서는 단순히 이상한 아저씨를 상대로 장난을 치면서 놀고 있었던 게 아닐까?"

"그 아이들 중 한 명이 현장에 있던 소년이라는 말이군요?"

교수가 고개를 끄덕이며 그렇다고 대답했다.

"아이 이름은요?"

"너무 재촉하지 말라고. 아까 자네가 하는 말을 들으니 그 아이가 수상하다고 거의 확신하고 있는 것 같은데 그런 선입견은 버리는 게 좋아."

그렇게 말하는 교수의 얼굴에서는 묘한 포용력이 묻어났다. 목소리도 전혀 위압적이지 않았다. 호랑이 교관이 나이가 들면서 둥글둥글해진 듯한 특유의 절제가 느껴졌다.

"사실 자네가 아들 누명을 벗기기 위해 애쓰고 있다는 소식을 접하고 신경이 쓰이긴 했어. 그 소년이 뭔가 알고 있을 것 같았거든. 우메조가 죽고 9년 뒤에 그 사건이 일어났으니까. 하지만 잠자코 있었지."

"아이 이름을 가르쳐 주십시오."

재차 부탁했지만 교수는 대답하지 않았다. 아마 이 전직 형사도 우메조의 죽음에서 수상한 점을 발견했을 것이다. 에츠시는 과거 우메조가 '몇몇 아이들'과 어울렸다는 점이 마음에 걸렸다. 사고 현장에 있던 소년은 한 명이었지만 당시 신이치도 주쇼지마에 있는 학원을 다녔고, 피해자 중 한 명인 사와이 메구미 역시 피아노 학원에 다니고 있었다. 단순한 우연의 일치라고 보기는 어려웠다. 5분 정도 지났을까. 긴 시간이었다. 교수는 가늘고 긴 한숨을 내쉬더니 마음을 정한 듯 고개를 들었다. 기분 탓인지 눈빛에서 날카로움이 걷힌 듯한 느낌이 들었다.

"알겠네. 말해주지."

에츠시는 교수의 입을 주시했다.

"초등학교 2학년이었네."

역시 신이치는 아니었다. 신이치는 당시 6학년이었으니 계산이 맞지 않았다.

"많이 어리네요."

"그렇지. 아이 이름은 나가오 타카유키라네."

"뭐라고요?!"

저도 모르게 큰 소리가 튀어나왔다. 몸이 휘청였다.

"자네도 아는 아이지?"

교수의 물음에 에츠시는 말없이 고개를 끄덕였다.

"나 역시 이상하다고는 생각했네. 25년 전 사건은 우메조 씨한테는 미안한 얘기지만 그다지 특별한 일은 아니었어. 고작 노숙자 한 명이 열차에 치어 죽은 사건일 뿐이니까. 하지만 자네 아들 사건에 대해 듣고 머리를 한 대 얻어맞은 것 같더군. 왠지 알겠나? 자네 아들이 체포되었기 때문이 아니야. 피해자인 나가오 야스유키가 바로 그 소년의 형이었기 때문일세."

교수가 말을 끊었다. 에츠시는 뒤를 재촉할 생각도 하지 못한 채 교수가 들려주는 이야기를 듣고만 있었다.

"그 형제는 둘 다 문제아였어."

"네?"

"형인 야스유키도 초등학생 때부터 남을 때리거나 물건을 훔치는 등 나쁜 짓을 밥 먹듯이 하고 다녔거든. 아버지가 동네에서 알아주는 지역 유지인데 늦은 나이에 얻은 자식이라 오냐오냐하며 키운 모양이더라고. 야스유키란 녀석은 나쁜 짓을 해서 잡히면 '선인도 극락왕생하거늘 하물며 악인이야'라는 불교의 가르침을 인용하며 뻔뻔하게 굴었다더군. 원래는 소수의 훌륭한 사람뿐만 아니라 고통에 몸부림치는 모든 중생에게 종교가 구원이 되어야 함을 강조한 구절인데 그냥 자기 편할 대로 해석한 게지. 알고 보면 그 아비도 전후 혼란스러운 상황을 틈타 꽤나 악랄한 짓을 해서 한몫 챙겼던 모양이야. 뭐 그때는 그런 사람이 한둘이 아니긴 했지만."

피해자인 야스유키에 대해서는 에츠시도 알아보았지만 거기까지는 파악하지 못했었다.

"형제가 항상 붙어 다니며 나쁜 짓을 했는데 형 쪽은 중학교에 입학한 이후로는 경찰 신세를 지는 일은 없어졌어. 하지만 난 그 아이가 잡히지만 않았을 뿐이지 악한 심성이 사라진 건 아니었다고 보네. 그렇지 않겠나? 사람은 그렇게 쉽게 바뀌지 않거든. 동생 쪽은 더 심했지."

"더 심했다고요?"

"타카유키는 중고등학교에서도 여러 가지 문제를 일으켰어. 절도와 상해뿐만 아니라 강간이나 스토킹으로 붙잡힌 것도 한두 번이 아니었지. 중학생 여자아이를 임신시킨 적도 있었고. 이런 사안은 피해자도 사건이 공론화되는 걸 꺼리기 때문에 뒤에서 손을 쓰면 그대로 덮이는 경우가 많거든. 소년이긴 하지만 소년법이 적용되는 나이보다는 훨씬 어리니 책임능력을 물을 수도 없지."

"선로로 밀치는 정도는 초등학생도 가능하지 않나요?"

"그건 그렇지. 하지만 타카유키 본인은 밀치지 않았다고 주장한 데다가 목격자도 없었으니까 달리 증명할 길이 없지 않나."

에츠시는 생각을 정리해 보았다. 나가오 타카유키가 아키야마 우메조를 선로로 밀친 게 사실이라면? 교수의 말에 따르면 야스유키와 타카유키 형제는 늘 붙어 다녔다고 했다. 그러니 타카유키가 의심스러운 행동을 했다면 형인 야스유키가 함께 있다가 그렇게 하라고 시켰을 가능성이 높았다. 타카유키로서는 아무리 어릴 때 실수라고는 해도 그런 일이 있었다는 사실을 주위에 들키고 싶지 않았을 것이다. 하물며 나가오 공업은 이 지역에서는 나름 알아주는 대기업이다. 스캔들은 회사에도 안 좋은 영향을 미칠 수 있었다. 설마 나가오 타카유키가….

그때 서고에 누군가 들어오는 소리가 들렸다.

"어떤가? 내 얘기가 좀 참고가 되었나?"

"네, 감사합니다. 뭔가가 조금씩 보이기 시작한 것 같습니다."

에츠시는 교수에게 정중하게 인사한 후 도서관을 빠져나왔다.

✤

주쇼지마로 돌아온 에츠시는 지하철역 의자에 앉아 있었다.

따지고 보면 25년 전 사건과 관계가 있을지도 모르는 사람들은 모두 죽었다. 나가오 타카유키만 빼고. 그렇다고 곧바로 타카유키가 디오니스라고 단정 짓기는 어려웠다. 둘 사이의 관계를 입증할 수 있는 것은 하나도 없었다. 다만 오늘 만난 전직 형사의 말에 따르면 타카유키가 무언가를 알고 있을 가능성은 높았다. 쉽게 물어볼 수 있는 상대는 아니었다. 애써 찾아가더라도 문전박대나 안 당하면 다행이었다. 어떻게 해야 할까. 맞은편 플랫폼 가장자리에서 아이들이 장난치며 떠들고 있었다. 엄마처럼 보이는 여성이 옆에서 가만히 있으라고 타이르는 듯했다. 아이들은 귀여웠지만 에츠시는 웃음이 나오지 않았다.

집에 돌아와 간단히 저녁을 먹은 후 거실에 놓인 서랍장을 열어 보았다.

서랍장 안에는 신이치의 물건이 들어 있었다. 네야가와에 있던 집을 처분하고 교토로 옮긴 후에는 거의 열어 볼 일이 없었다. 얼마 전까지만 해도 그렇지 않았는데 이제는 자전거를 포함해 여기 있는 물건 전부가 유품이 되어버렸다. 에츠시는 지관통에 든 그림을 꺼내서 펼쳐 들었다. 신이치가 초등학생 때 그린 에츠시의 초상화였다. '우리 아빠'라는 제목이 적혀 있는 것을 보니 눈시울이 뜨거워졌다.

에츠시는 눈물을 닦고 신이치의 일기장을 펼쳤다. 목적 없이 그냥 훑어보는 것이 아니었다. 25년 전 신이치가 초등학교 6학년 때 쓴 일기를 확인하고 싶었다. 신이치의 주변은 여러모로 알아보았지만 설마 초등학생 때까지 거슬러 올라가게 될 줄은 몰랐다. 우메조와 야스유키, 타카유키 형제는 관계가 있었다. 사와이 메구미도 그 무렵 피아노 학원을 다녔다고 했고, 신이치도 근처에 있는 학원을 다녔다. 우연이라고 보기는 어려웠다. 신이치도 우메조와 뭔가 관계가 있는 게 아닐까 싶었다.

에츠시의 예상은 맞아떨어졌다.

아키야마 우메조가 죽기 전, 신이치의 일기에 몇 번인가 교토에 사는 친구네 집에 놀러 갔다는 이야기가 나왔다. 친구 이름은 적혀 있지 않았지만 사와이 메구미나 나가오 야스유키일 가능성이 높았다. 한편 우메조가 죽은 당일은 아무것도 적혀 있지 않았다. 역시 뭔가 의미가 있어 보였다. 친구라…. 전직 형사는 우메조가 몇몇 아이들과 함께 어울렸다고 했다. 신이치도 그 아이들 중 하나였던 게 아닐까.

아키야마 테츠조는 형인 우메조의 사건에 필사적으로 매달렸다. 전직 형사보다 사건의 진실에 더 가까이 접근했는지도 모른다. 노숙자가 된 것도 노숙자들로부터 더 많은 정보를 얻어내기 위해서가 아니었을까. 아무나 할 수 있는 일은 아니지만 그런 거라면 이해가 되었다. 형을 죽인 사람이 아이들이라고 확신한 테츠조는 어떻게 했을까. 거대한 분노는 고스란히 아이들에게 향했을 것이다. 복수를 위해 사와이 메구미와 나가오 야스유키를 죽이고 신이치에게 죄를 뒤집어씌웠다고 하더라도 조금도 이상할 것이 없었다. 그 후 자신이 한 짓을 반성하고 메로스라는 이름으로 에츠시에게 접근했지만, 결국 신이치의 죽음에 대한 죄책감을 이기지 못하고 자살…. 모든 추리가 하나의 선으로 연결되었다. 흩어져 있던 퍼즐 조각들이 단숨에 채워져 갔다. 얼굴이 뜨거워졌다.

'그렇다면 디오니스는 누구지?'

테츠조가 죽은 날, 에츠시에게 전화로 그 사실을 알려준 사람이 있었다. 테츠조가 건 전화는 아니었다. 테츠조의 사망 추정 시각은 전화가 걸려오기 전이었기 때문이다. 게다가 테츠조의 집에서 증거품을 빼내어 간 사람도 있다. 전화를 건 사람과 증거품을 가져간 사람 모두 디오니스라고밖에 생각할 수 없었다.

디오니스라는 공범이 존재한다는 것 자체는 확실해 보였다. 하지만 테츠조와 동일한 동기를 가진 사람이 또 있을 것 같지는 않았다. 아니면 디오니스는 테츠조를 움직여서 범행을 저지르게 한 것일까? 그편이 더 현실성 있어 보였다. 디오니스는 분명 신이치와 피해자들에게 원한을 품고 있던 인물일 것이다. 그리고 지금쯤 소원을 이뤘다며 만족스러운 미소를 짓고 있겠지.

신이치가 그린 에츠시의 초상화에는 자세히 보면 변호사 배지가 빛나고 있었다.

"이걸 이제야 발견했구나, 신이치…"

에츠시는 초상화를 들여다보며 맹세했다. 공소시효가 지났든 증거가 사라졌든 아무 상관없다고. 무슨 일이 있더라도 반드시 아들의 누명을 벗기고야 말겠다고. 신이치를 이렇게 만든 것은 테츠조가 아니라 디오니스다. 결코 용서할 수 없었다.

"디오니스…, 너만은 죽어도 용서하지 않겠다."

4

일요일, 에츠시는 오랜만에 양복을 차려입고 오사카에 있는 방송국으로 향했다.

얼마 전 마나카 유코와 약속한 토론 프로그램에 출연하기 위해서였다.

사형제도에 대해 논하는 자리라고 하지만 부담감은 없었다. 단지 이 프로그램을 보고 있을 디오니스에게 한마디 해주고 싶다는 생각뿐이었다. 에츠시는 자신의 추리가 틀리지 않다고 믿었다. 테츠조, 우메조, 신이치, 메구미, 야스유키, 타카유키는 모두 같은 시기에 주쇼지마 근방에서 지냈다. 이러한 일치가 우연이라고 보기는 어려웠다. 완벽하지는 않더라도 대략적으로는 맞을 것이다. 문제는 디오니스가 누구냐는 것과 증거가 없다는 점이었다. 문제의 벽은 높았다. 생각했던 것보다 훨씬 더.

"긴장하셨나요?"

마나카 유코가 말을 걸어왔다. 그러고 보니 생방송 출연은 처음이었다. 마나카의 말에 따르면 피해자 유족 대표로 모치다의 모친인 카사이 토코도 출연한다고 했다.

"먼저 출연자들에게 순서대로 발언할 시간이 주어질 거예요. 카사이 씨가 제일 처음이고, 두 번째가 저, 에츠시 씨는 마지막입니다. 다른 사람이 말하는 중에 반론이나 지적은 삼가 주시고요."

"알겠습니다."

"모두의 발언이 끝나면 그때부터는 자유롭게 토론하시면 됩니다."

"상황을 봐가면서 적당히 맞추도록 하겠습니다."

"사회자는 있지만 특정 입장을 대변하지는 않을 겁니다."

"저도 재판처럼 진행하는 게 편합니다. 석명권(釋明權, 법원이 사건 당사자에게 사실을 설명할 기회를 주고 입증을 촉구하는 권한-옮긴이)을 과도하게 행사하면 안 되겠지만요."

"이건 부탁하신 자료입니다."

마나카가 건넨 물건은 방송에서 자주 보는 종이판이었다. 가림 스티커는 없지만 에츠시가 부탁한 대로 알아보기 쉽게 만들어져 있었다. 딱히 세상에 자신의 의견을 어필하겠다는 의도는 아니었다. 일단 출연하기로 한 이상 생각하는 바를 솔직히 털어놓을 생각이었다.

스태프의 안내에 따라 세트장으로 들어갔다. 바로 눈앞을 유명 정치가가 지나갔다. 에츠시는 TV를 잘 보지 않지만 아무리 그래도 정부 부처 장관쯤 되면 얼굴을 모를 수가 없었다. 평소 웃는 얼굴을 보인 적 없는 장관이 집음 마이크 앞에서 노래하는 시늉을 하자 주위에서 웃음이 터져 나왔다. 세트장은 고급 저택의 응접실을 연상케 하는 구조로, 호화로운 의자가 놓여 있었다. 에츠시는 안내해 주는 대로 의자에 앉았다. 종이판은 밑에 내려놓았다. 이 프로그램은 실질적으로는 참가자들의 토론이 아니라 장관의 출연이 메인인 듯했다. 에츠시와 카사이 토코는 시간을 채우기 위해 특별기획으로 마련된 대담에 참가하게 된 것이었다.

옆자리에 마나카가 앉고 대각선 정면에 카사이 토코가 앉았다. 카사이 토코가 에츠시를 보고 말없이 고개 숙여 인사했다. 에츠시도 똑같이 고개를 숙였다. 음악이 흐르고 카메라가 움직이기 시작했다. 어떻게 찍히고 있는지는 알 수 없었으나 에츠시는 긴장하지 않고 조용히 사회자석을 쳐다보았다. 남자 사회자가 먼저 입을 열었다.

"드디어 올해 5월부터 재판원 제도가 시행되기 시작했습니다."

나란히 앉은 여자 사회자가 말을 이어받았다.

"일반 국민이 경우에 따라서는 사형 판결에 관여하게 되기도 합니다. 우리는 정말로 남을 재판할 수 있을까요? 사형 판결에 동의할 수 있을까요? 죄의 대가로 죽음을 선고하는 것은 어떤 상황에서도 용인될 수 없는 행위일까요? 오늘 마련한 특별기획에서는 이러한 문제의

식을 바탕으로 사형제도에 관해 이야기를 나눠 보고자 합니다. 약간 늦은 감이 있긴 하지만 사형에 대해 제대로 생각해 볼 시간이 필요하다는 판단하에 세 분의 게스트를 모셨습니다."

사회자는 막힘없이 프로그램을 진행해 나갔다. 사회자의 소개에 맞추어 출연자들이 한 사람씩 인사했다. 에츠시도 전직 변호사라는 소개와 함께 고개를 숙였다. 신이치의 죽음에 대해서는 에츠시가 발언할 차례가 되었을 때 설명할 예정인지 따로 언급하지 않았다.

우선은 리허설에서 확인한 대로 카사이 토코를 인터뷰하는 형식으로 시작되었다. 카사이 토코는 남편과 딸의 죽음이 자신에게 얼마나 큰 고통을 안겨 주었는지 담담한 말투로 설명했다. 감정이 실리지 않은 말투가 오히려 말에 무게를 더해 주는 느낌이었다. 사실은 에츠시 앞에서 했던 것처럼 딸의 죽음에 대한 분노와 원통함을 솔직하게 털어놓고 싶을 것이다. 그렇게 하는 편이 사형 존치론에도 더 힘을 실어주게 될 텐데 토코는 그렇게 하지 않았다. 토코의 심정은 이해가 갔다. 피해자는 가해자를 죽이고 싶은 것이 아니다. 그저 지금의 이 고통에서 벗어나고 싶을 뿐이다. 시간을 되돌릴 수만 있다면 그것이야말로 피해자들이 무엇보다 바라는 해결책이었다.

마나카는 우선 사형은 필요하다고 단언했다. 많은 유족들을 취재하는 과정에서 그들의 고통을 알게 되었다고 부드러운 어투로 설명했다. 다만 그럼에도 불구하고 사형 집행은 보다 더 신중해야 한다고 강조했다.

"마지막으로 발언하실 분은 야기누마 에츠시 씨입니다."

사회자의 소개에 에츠시는 조용히 고개 숙여 인사했다.

"에츠시 씨에 대해서는 좀 전에 전직 변호사라고 소개해 드렸습니다만, 사실 오늘 이 자리에서는 조금 특별한 입장에서 발언하실 예정입니다. 에츠시 씨의 아들은 작년에 사형을 당했습니다. 에츠시 씨의 출연에 대해서는 방송국 내부에서도 의견이 분분했지만 다양한 입장의 의견을 듣는 것이 의미가 있다고 판단해서 요청을 드렸고, 에츠시 씨도 저희 취지에 공감해 주셔서 오늘 출연이 성사되었습니다."

사회자의 설명은 사실이 아니었다. 에츠시가 출연을 결정한 것은 프로그램의 취지에 공감해서라기보다는 자포자기 심정에 가까웠다. 그래서인지 전혀 긴장이 되지 않았다. 대신 이상한 열기가 온몸을 휘감고 있었다. 카메라를 똑바로 쳐다보며 디오니스를 향해 지금 이 프로그램을 보고 있다면 당장 정체를 드러내라고 소리치고 싶었다.

사회자는 지금까지 있었던 일에 대해 간단히 설명했다. 에츠시가 길거리에서 아들의 결백을 주장하는 전단지를 배포했다는 것, 메로스에게서 전화를 받았다는 것, 덴시츠키누케에서 5천만 엔을 주고받았다는 것, 그리고 신이치의 사형 집행까지…. 하지만 사회자의 설명은 에츠시의 귀에 잘 들어오지 않았다.

"그럼 우선 사형제도에 대해 여쭤보겠습니다. 에츠시 씨는 변호사 시절부터 사형제도에 반대하는 입장이셨다고 들었는데요."

"무슨 일이 있어도 결사반대한다는 건 아닙니다."

"흉악한 범죄자라면 사형에 처할 수도 있다는 뜻인가요?"

"그렇지는 않습니다."

사회자가 짐짓 놀라는 표정을 지었다. 대본대로 연기하는 것이었다.

"사람이 사람을 죽이는 건 어쩔 수 없는 상황에서만 허용된다고 생각하기 때문입니다."

"그건 뭐랄까 좀 당연한 말인 것 같습니다만."

"제가 말씀드리고 싶은 것은 국가가… 아니, 사람이 사람을 죽여도 된다는 근거는 과연 무엇인지 확실히 할 필요가 있다는 겁니다. 우리는 그 근거를 복수할 권리에서 찾고 있는 것 같습니다."

"복수할 권리요? '맞았으니 나도 때린다', '눈에는 눈, 이에는 이' 이런 걸 말씀하시는 건가요?"

"네. 많은 분들이 복수와 정당방위를 헷갈리시는데 정당방위는 급박한 상황에서만 성립합니다. 법률 용어로는 급박성의 요건을 충족해야 한다고 하지요. 내가 맞았다고 해서 나도 때릴 권리가 발생하는 것이 아니라 자신이나 남을 보호하기 위해서 때리는 행위가 허용되는 것입니다. 아껴두었다가 쓰고 싶을 때 아무 때나 쓸 수 있는 성질의 것이 아니라는 거죠. 이 점을 제대로 이해할 필요가 있습니다."

에츠시는 잠시 숨을 고른 다음 말을 이어나갔다.

"사형제도에 대해서는 이미 충분한 논의가 이루어졌다고 생각하는 분들도 계시지만 저는 오히려 아직 제대로 시작도 안 했다고 봅니다. 사람이 사람을 죽여도 되는 근거는 무엇인가. 국민 한 사람 한 사람이 이 질문에 대한 답을 충분히 고민해 봐야 합니다. 이것이 사형제도 논의에서 가장 중요한 포인트라고 생각합니다. 저는 정당방위에 해당하는 경우 외에는 허용되지 않는다는 입장입니다. 사람이 사람을 죽여도 되는 명확한 근거를 들어 설명할 수 있다면 저도 사형에 찬성하겠습니다. 하지만 여태까지 그런 논리적인 주장은 접해 본 적이 없습니다. 명확한 근거도 대지 못하면서 누군가에게 죽음을 선고한다는 것은 있을 수 없는 일입니다. 막연한 불안감이나 피해자에 대한 동정심만으로 결정할 문제가 아닙니다. 그렇기 때문에 저는 사형에 반대합니다. 물론 노트에 이름을 쓰는 것만으로 사람을 죽일 수 있는 살인마라면 급박성의 요건을 충족하니 사형에 처할 수도 있겠지만요."

마나카와 사회자의 입꼬리가 살짝 올라갔지만 카사이 토코의 표정은 변화가 없었다.

"잘 알겠습니다. 하지만 사형에는 범죄 발생을 억지하는 효과도 있지 않습니까. 사형수를 죽임으로써 구할 수 있는 생명도 있고요. 정당방위는 아니지만 비슷하다고 볼 수 있지 않을까요?"

"상당히 억지스러운 주장이긴 하지만 그 부분에 대해 저 나름대로 생각을 정리해 보았습니다."

그렇게 말하며 에츠시는 종이판을 들어 보였다. 재미있는 내용은 아니지만 천천히 설명해 나갔다.

"이 표는 제가 생각하는 사형제도 4단계설을 나타낸 것입니다."

표는 A, B, C, D 네 칸으로 나누어져 있었고, A, B와 C, D 사이는 멀리 떨어져 있었다. A는 '예방효과 큼', B는 '예방효과 있음', C는 '예방효과 불명', D는 '촉진효과 있음'이라고 적혀 있었다.

"사형에 범죄 발생을 예방하는 효과가 있다는 것은 당연한 전제라고 봅니다. 문제는 그 정도입니다. 확실한 효과가 없다면 제도로서 인정해서는 안 될 것이며, 이를 위해 사형제도의 예방효과가 얼마나 되는지 알아볼 필요가 있습니다. 지금 일본은 이 표에 보이는 C 단계에 해당합니다. 예방효과가 분명하게 확인되지도 않았는데 사람에게 죽음을 선고하고 있는 것이지요. 이런 상태에서 사형제도를 인정한다는 것은 말이 되지 않습니다."

예전에도 비슷한 말을 한 적이 있었다.

"하지만 사형은 예방효과 외에도 여러 가지 면에서 의미가 있다고 보는데요."

"맞습니다. 지금 말씀드린 건 어디까지나 이론상의 이야기입니다. 실제로는 일이 이렇게 기계적으로 굴러가지는 않죠. 특히 피해자 감정을 무시한 사형 논의는 무의미합니다. 다만 사형에 대해 논할 때 앞서 말씀드린 부분도 염두에 둘 필요는 있다는 겁니다. 왜 이 사람을 죽이기로 했는가. 이 질문에 대한 답이 '복수'가 되어서는 안 됩니다. 논리적으로 제대로 설명할 수 있어야 하는데 저는 그런 점에서 정당방위나 그에 상당하는 경우 외에는 살인이 허용되어서는 안 된다고 봅니다."

그때 카사이 토코가 이쪽을 쳐다보았다. 기분 탓인지도 모른다. 사회자는 이어서 몇 가지 질문을 던졌지만 에츠시는 신이치에 대해서는 한 마디도 꺼내지 않았다. 방송국 입장에서는 에츠시가 누명이나 오심 같은 문제에 대해 더 적극적으로 발언해 주기를 기대했을 텐데 기대가 어긋난 셈이었다.

"에츠시 씨는 아들의 누명을 벗기기 위해 홈페이지도 만드셨다고 들었는데요."

"네, 설원(雪冤)이라는 홈페이지입니다."

"누명이나 오심에 대해서는 어떻게 생각하시나요?"

조바심이 났는지 사회자가 아무 맥락도 없이 갑자기 화제를 전환

했다. 에츠시는 당황하지 않고 담담한 어조로 대답했다.

"사형 존폐론과는 직접적인 관계가 없습니다. 누명이나 오심을 어떻게 없앨 것인가는 제도의 정비와 관련된 문제입니다. 사형 존치론자가 피해자 감정을 논거로 삼아서는 안 되는 것과 마찬가지로 사형 폐지론자 역시 누명이나 오심을 근거로 들어서는 안 됩니다. 피해자 감정이나 오심도 중요한 문제이긴 하지만 사형 존폐론과는 다른 차원의 문제이기 때문입니다. 이 둘은 별개의 것이므로 나누어서 생각해야 합니다."

에츠시는 거기서 한 번 말을 끊었다. 그러고는 자신의 말을 곱씹듯 천천히 덧붙였다.

"다만 누명을 쓰고 사형당하는 사람은…, 결코 있어서는 안 될 것입니다."

이후에 이어진 토론은 밋밋한 내용이었다.

마나카 유코가 가장 말을 많이 했다. 마치 말로 자신의 존재 의의를 어필하려는 듯했다. 하지만 그 내용은 단순히 본인의 취재력과 지식을 자랑하는 수준에 지나지 않았다. 에츠시와 카사이 토코가 직접적으로 공방을 벌이지는 않았다. 에츠시는 당신은 내 적이 아니라는 마음을 담아 토코를 쳐다보았고, 그 마음이 전해졌는지 토코가 날카로운 발톱을 드러내는 일은 없었다.

그런데 끝날 시간이 거의 다 되어서 토코가 에츠시에게 물었다.

"에츠시 씨는 오심이나 누명에 대해서는 아무 말도 안 하시네요. 왜죠?"

직설적인 질문이었다.

"이럴 거면 굳이 이 자리에 나와서 논의하는 의미가 없지 않나요?"

감정이 실린 지적이 연타로 에츠시를 공격했다. 에츠시는 쓴웃음을 지었다. 끝날 때까지 아직 시간이 남았으니 이대로 얼버무리기는 힘들어 보였다.

"저는 피해자 유족으로서 사형제도는 존속되어야 한다는 입장이지만 그렇다고 폐지론을 완전히 부정하지는 않아요. 특히 억울하게 누명을 쓰고 저지르지도 않은 죄에 대해 죗값을 치르는 사람들이 있다는 건 문제라고 봅니다. 그러니 제대로 토론해 보고 싶어요. 다시 한번 묻겠습니다. 에츠시 씨, 어째서 누명과 오심에 대해 아무 말도 하지 않으시는 건가요?"

"누명이라는 것이 사형제도의 본질과는 관련이 없다고 보기 때문입니다."

"거짓말. 에츠시 씨도 사실 마음속으로는 분노에 떨고 계시잖아요."

맞는 말이었다. 에츠시는 토코의 지적에 내심 당황했지만 애써 아무렇지 않은 척했다.

"에츠시 씨는 아드님이 누명을 썼다고 생각하시죠?"

"그렇습니다. 하지만…"

에츠시가 말하는 도중에 토코가 끼어들었다.

"만약 제가 에츠시 씨 입장이었다면 도저히 그렇게 이성적인 태도를 유지하지는 못했을 거예요. 억울하고 답답하고 분통이 터져서… 아마 스스로가 제어가 안 되었겠지요. 누명을 쓰고 사형당했다면 누군가에게 살해당한 거나 마찬가지잖아요."

에츠시는 잠시 침묵한 뒤에 짧게 내뱉었다.

"… 저도 그렇게 생각합니다."

감정을 억누른 에츠시의 목소리에 장내가 긴장에 휩싸였다. 사회자도 흥분한 표정이었다. 끝날 때가 다 되어서야 토론다운 토론이 시작된 것이다. 사형제도에 대해 논하는 이 자리의 취지에는 맞지 않는다는 걸 알면서도 에츠시의 말에 감정이 묻어나기 시작했다. 치밀어 오르는 충동을 가라앉히는 것이 불가능했다. 에츠시가 다시 입을 열었다.

"원래는 이대로 끝내려고 했습니다. 이런 자리에 나와서 이야기하는 것이 무슨 의미가 있나 싶어서요. 하지만 감정을 숨긴다는 게 쉽지 않네요. 결국 이렇게 다 들켜버렸으니…. 그냥 제가 연기를 못하는 걸 수도 있겠지만요."

"에츠시 씨…. 죽여버리고 싶다는 감정은 말로 설명할 수 있는 게 아니에요."

"압니다, 저도. 너무 잘 알지요."

"진범을 찾으면 어떻게 하실 건가요?"

카사이 토코의 물음에 에츠시는 바로 대답하지 못했다. 디오니스의 정체가 밝혀진다면 어떻게 할 것인가. 공소시효는 이미 지났다. 남아 있는 증거도 없다. 그런 가운데 디오니스가 누구인지 에츠시만 알게 된다면. 에츠시는 신이치의 원통함을 풀어주기 위해 어떻게 해야 할까.

"모르겠습니다…. 어떻게 해야 할까요? 저 같은 경우는 생각하기에 따라서는 일본 국민 1억 3천만 명이 다 적이라고 할 수 있으니까요."

실언이었다. 하지만 후회는 하지 않았다. 카사이 토코의 도발에 넘어가 일단 불이 붙은 감정은 순식간에 번져 나갔다. TV 생방송이니 뭐니 하는 것은 아무래도 상관없었다. 아무리 이성적으로 대답하려고 해도 에츠시는 기본적으로 감정의 기복이 큰 편이었다.

"진범은 메로스, 아니 디오니스라고 했던가요?"

토코의 질문에 에츠시가 대답했다.

"그렇습니다. 두 사람 중 메로스는 이미 죽었습니다. 메로스의 본명은 알고 있지만 여기서 말씀드릴 필요는 없을 것 같군요. 왜냐하면 제가 메로스를 원망하는 마음은 그리 크지 않기 때문입니다. 진범은 디오니스입니다."

에츠시의 말을 듣고 사회자가 애매한 웃음을 지었다.

"디오니스를 죽여버리고 싶으시죠?"

"네, 진심으로 죽여버리고 싶습니다. 제 목숨과 바꾸는 한이 있더라도…. 무슨 짓을 해서라도요."

예정된 토론 시간이 모두 끝났다.

에츠시는 다행히 눈물을 보이는 사태는 피했지만 흥분해서 얼굴이 붉게 상기되었다. 사회자도 설마 이렇게까지 감정적인 대화가 오갈 것이라고는 예상하지 못했는지 너무 지나치지 않았나 하는 우려와 제대로 한방 터뜨렸다는 만족감이 교차하는 표정을 짓고 있었다. 그 와중에도 능숙하게 마무리 멘트를 하는 모습이 프로다웠다. 에츠시는 사회자가 하는 말이 하나도 귀에 들어오지 않았다. 엔딩 음악이 흘러나오는 내내 고개를 숙이고 있었다.

방송국에서 나온 에츠시는 도망치듯 지하철에 올라탔다.

집이 있는 주쇼지마역에서 내리지 않고 우지선으로 갈아타 미무로도역까지 갔다. TV 출연은 잘못된 선택이었는지도 모른다. 실언을 한 데다가 지나치게 흥분해서 감정을 그대로 드러내 버렸다. 시청자들의 반감만 사고 정작 얻은 것은 아무것도 없지 않은가. 토론에 대해서는 더 생각하고 싶지 않았다. 반성할 필요도 없었다. 지금은 단지 디오니스를 잡기 위해 앞만 보고 가야 했다.

에츠시가 향한 곳은 나가오 공업이었다.

미무로도역에서 10분 정도 걸으니 나가오 공업이라는 간판이 달린 공장이 보였다. 일요일이지만 공장은 돌아가고 있는 듯했다. 사건 이후 유족들에게 사죄하기 위해 피해자인 나가오 야스유키의 집을 찾아간 적은 있지만 공장을 방문하는 것은 처음이었다. 지방에 위치한 공장이기는 하지만 꽤 규모가 큰 편이었다. 주차장에는 차가 200대 정도 들어갈 것 같았다. 제2공장이라고 적혀 있는 것을 보니 다른 곳에도 공장이 있는 모양이었다.

피해자 가족 중에 범인이 있을 가능성에 대해 생각해 보지 않은 것은 아니었다. 가족을 잃은 사람을 의심하는 것은 내키지 않았지만 일반적으로 중범죄는 가족이나 지인이 범인인 경우가 많기 때문이다. 그래서 당시 열세 살이었던 사와이 나츠미까지 의심했었다. 피해자인 나가오 야스유키의 가족을 의심하는 것은 변호사로서, 진실을 밝히고자 하는 사람으로서 당연히 해야 할 일이었다. 하지만 동기나 실행 가능 여부 등 결정적인 단서가 없었다.

에츠시의 추리가 맞는다면 메로스, 즉 아키야마 테츠조는 형인 우메조를 죽게 만든 아이들을 증오했을 것이다. 그것은 움직이지 않는 사실이었다. 그러나 디오니스는 달랐다. 그의 행동 원리는 알 수 없었다. 우메조의 죽음에 테츠조와 동일한 증오를 느끼는 사람은 없을 것이다. 디오니스에게는 다른 이유가 있을 터였다. 어쨌거나 메로스와 디오니스는 연결되어 있었으니 두 사람의 연결고리를 찾기 위해서라도 우메조의 사건을 자세히 알아볼 필요가 있었다. 무엇보다 이제 남은 실마리라고는 피해자 나가오 야스유키의 동생인 타카유키한 사람밖에 없었다.

다만 에츠시가 타카유키를 만나고 싶다고 해도 거절당할 것이 뻔했다. 나츠미도 요즘은 타카유키와 연락하지 않는다고 하니 일반적인 방법으로는 만나기 어려울 듯했다. 그렇다면 허를 찌르는 수밖에 없었다.

에츠시는 경비원의 눈을 피해 공장 안으로 숨어들었다.

'청결'이라고 적힌 공장 옆 계단을 올라가자 공장 내부가 보였다. 공장이라는 이미지와는 어울리지 않는 근대적인 건축 양식이었다. 장식적인 요소가 전혀 없어 병원 같은 분위기였다. 방진복을 입고 반도체 칩 같은 것을 기계로 조작하는 사람이 있는가 하면 컴퓨터로 데이터를 입력하는 사람도 있었다. 이사와 변호사는 사법고시에 붙기 전 이곳에서 일한 경험이 있다고 했다. 이사와의 말에 따르면 강도 높은 노동을 강요하는, 비위생적인 환경이었다고 했다. 지금은 상황이 많이 바뀐 모양이었다. 이제는 공장 일이라고 해도 더 이상 노숙자 등 일용직 노동자가 할 수 있는 일이 아니었다.

복도 맞은편에서 누군가가 걸어왔다. 서류 뭉치를 들고 있는 여자 사무원이었다. 주위에 몸을 감출 만한 곳은 보이지 않았다. 에츠시는 나츠미가 한 말을 떠올렸다. 나가오 공업은 형제의 아버지가 죽은 후 어머니가 사장이 되었으며, 현재 공장장이라는 직함을 달고 있는 타카유키는 몇 년 후 사장직을 물려받을 예정이라고 했다. 그렇다면….

에츠시는 마음을 정하고 사무원 쪽으로 다가갔다.

"실례합니다. 모치다 변호사라고 합니다만, 나가오 타카유키 공장 장님 계신가요?"

실명을 댈 수는 없으니 가명을 사용했다.

"제조품의 ISO 인증과 관련해서 은밀히 상담하시고 싶은 것이 있다고 연락을 받았는데요."

입에서 나오는 대로 둘러댄 것이었지만 사무원은 딱히 의심하는 기색도 없이 친절하게 응대해 주었다. 사무원의 안내를 받으며 함께 계단을 올라가 방 앞에 도착했다.

"감사합니다. 제가 노크하고 들어가겠습니다."

에츠시가 점잖게 말했다. 사무원이 직접 타카유키에게 손님이 왔다는 사실을 알리면 그 자리에서 거짓말이 들통날 것이기 때문이었다. 사무원은 알겠다고 하고는 다시 계단을 내려갔다. 주위에는 아무도 없었다. 에츠시는 크게 한 번 심호흡을 하고 방문을 똑똑 두드렸다.

"네, 들어오세요."

대답을 듣고 에츠시가 문을 열었다. 넓은 방 안에 작업복을 입은 청년이 앉아 있었다. 책상 위에는 제품 설계도가 펼쳐져 있고, 공구들이 여기저기 널려 있었다. 타카유키는 고개를 숙인 채 설계도를 들여다보고 있었기 때문에 방문객이 누군지 알아차리는 데 시간이 걸렸다.

타카유키가 고개를 들었을 때 이미 에츠시는 바로 옆까지 다가가 있었다. 타카유키는 에츠시를 보고 눈이 휘둥그레졌다. 타카유키가 성인이 된 이후로는 만난 적이 없지만 에츠시의 얼굴을 기억하고 있는 모양이었다. 타카유키의 입술이 부들부들 떨렸다. 하지만 소리는 나오지 않았다.

"몇 가지 묻고 싶은 것이 있는데 시간 괜찮으신가요?"

에츠시가 담담한 말투로 물었다. 타카유키는 대답을 하지 않았다.

"아키야마 우메조 씨 사건에 대해서입니다. 자세한 내용을 알고 싶어서요."

거기까지 말했을 때 타카유키가 방문을 가리키며 소리쳤다.

"나가시죠! 할 말은 아무것도 없으니 당장 돌아가 주세요!"

에츠시는 씩 웃으며 오른손으로 타카유키의 머리카락을 움켜잡았다. 왼손으로 책상 위에 놓여 있던 송곳 같이 생긴 공구를 들어 타카유키 쪽으로 내밀었다. 타카유키가 갈라진 목소리로 경찰을 부르겠다며 경고했지만 에츠시는 개의치 않았다.

"우메조 사건에 대해 알고 있는 걸 다 말해 봐."

"전 안 죽였어요! 제가 죽인 게 아니라고요!"

겁에 질린 작은 동물 같은 얼굴로 타카유키가 외쳤다.

"정말이에요, 전 아무것도 몰라요!"

"그런 게 아니라 관계에 대해 묻고 있는 거야. 내 아들 신이치와 너희 형은 무슨 관계였지?"

"그냥 친구였어요. 같은 학원에 다니는 친구요."

"거짓말하지 말고 알고 있는 걸 사실대로 말해!"

타카유키는 얼굴이 새파래졌다. 반면 에츠시는 완벽한 무표정이었다. 타카유키는 필사적으로 기억을 더듬는 듯하더니 겨우 생각이 났는지 다급하게 털어놓았다.

"형이 시켰어요. 그 남자한테 요도역 방향을 보게 하라고. 그게 다예요. 제가 밀친 게 아니라고요! 진짜예요!"

"그게 다야?"

"네, 정말로요. 믿어 주세요!"

에츠시의 눈은 당장이라도 울음을 터뜨릴 듯한 타카유키의 얼굴을 쳐다보고 있었지만 마음은 이미 여기 있지 않았다. 역시 신이치와 아이들은 우메조와 관계가 있었다. 하지만 타카유키에게서 더 이상의 정보는 얻기 힘들 것 같았다. 타카유키는 디오니스가 아니다. 타카유키는 살인을 저지를 만한 위인이 못 되었다. 그저 소심한 악당에 불과했다. 에츠시는 공구를 던져버리고 나가오 공업을 빠져나왔다.

주쇼지마로 돌아오는 지하철 안에서 계속 핸드폰이 울렸다.

등록되지 않은 번호였지만 네야가와에서 받은 것과 동일한 전화번호였다. 디오니스의 전화였다. 빨리 전화를 받으라고 재촉하는 문자도 왔다. TV를 보고 연락해 온 것이겠지. 계속 무시하다가 주쇼지마역 화장실에 들어가 통화 버튼을 눌렀다.

에츠시는 아무 말도 하지 않았다. 디오니스도 마찬가지였다.

에츠시가 크게 한숨을 내쉬자 그걸 신호 삼아 디오니스가 먼저 입을 열었다.

"TV 잘 봤습니다. 정말이지 꼴사납더군요."

"그래, 나도 동감이야."

"웃겨서 죽는 줄 알았습니다. 처음엔 퍽이나 이성적인 사람인 양 굴더니 옆에서 살짝 건드리기만 해도 바로 이성이 날아가 버리던데요. 내성이 없어서 그런가? 평소에는 사형에 결사반대하던 사형 폐지론자가 자기 아들이 사형당하니까 다 죽여버리겠다고 발광하는 것 같더군요."

디오니스가 소리죽여 쿡쿡 웃었다.

"게다가 그 말도 안 되는 이론은 뭡니까? 웃기지도 않는 4단계설. 당신 말에 동의하는 사람은 아무도 없을걸요. 독일의 법학자 하인리히 트리펠의 4단계설을 차용한 겁니까? 지금쯤 인터넷상에는 4단계설 뒤에 괄호하고 웃음이라고 적힌 사진이 돌아다니고 있을 겁니다. 아니면 'ㅋ'이 열 개쯤 달려 있을 수도 있고요."

"그런 건 아무래도 상관없어."

에츠시가 단호하게 말했다.

"에츠시 씨, 오늘 TV 토론은 당신의 완패입니다."

"그건 나도 알고 있어."

"보고 있기가 힘들더군요. 에츠시 씨는 논리의 집합체, 이성의 상징 같은 사람이었는데 이렇게 쉽게 무너져버릴 줄이야. 아들을 잃은 아픔과 저에 대한 분노 때문에 자기 자신을 잃어버린 거죠. 같은 사형 폐지론자로서 부끄럽기 그지없습니다. 당신은 폐지론자 얼굴에 먹칠을 한 거라고요. 누명을 근거로 들기만 했어도 이렇게 속절없이 당하지는 않았을 텐데."

이 녀석은 사형 폐지론자인가. 정보가 하나 늘었다고 생각했지만 그냥 던지는 말일 수도 있었다.

"폐지론은 어디까지나 누명을 중심으로 논지를 전개해 나가야 합니다. 통계를 좀 보세요. 사형제도를 폐지해야 하는 이유로 누명이나 오심 가능성을 드는 사람이 많지 않습니까. 영국에서는 에반스 사건을 계기로 사형제도를 폐지했죠. 일본에서는 아직까지 그런 일이 없었지만 비슷한 사건이 일어난다면 일본도 달라질 겁니다. 반대로 에츠시 씨가 내세우는 논리로는 아무것도 바꿀 수 없어요. 설득력이 없으니까요. 말도 안 되는 소리를 늘어놓고 있다고밖에 생각되지 않아요."

디오니스의 말에 에츠시가 반박했다.

"사형 존치론자들이 피해자 유족의 원통한 마음을 근거로 드는 건 치사한 짓이야. 그런 말을 들으면 치가 떨린다고. 누명을 쓰고 잡혀 들어간 사람들의 억울함을 사형 폐지론의 근거로 삼는 것도 마찬가지야."

"흠…. 그것 참 독특한 견해군요."

"그러니까 TV에서도 말하지 않았나! 사람이 사람을 죽이는 의미에 대해 고민하지 않는 논의는 무의미하다고!"

버럭 소리를 지르자 디오니스가 입을 다물었다. 의외였다. 디오니스가 사형에 대해 진지하게 고민하고 있다고는 생각되지 않았으나 에츠시는 가만히 상황을 지켜보았다. 디오니스는 한참 동안 아무 말이 없었지만 통화를 끊지는 않았다. 이윽고 디오니스가 다시 천천히 입을 열었다.

"신이치와 같은 말을 하시네요. 그 아버지에 그 아들이라는 건가요."

예상치 못한 지적이었다. 신이치는 사형을 긍정하는 입장이었다. 하지만 비슷할지도 모르겠다는 생각이 들었다. 신이치는 수기에서 사형 집행 버튼을 전 국민이 함께 눌러야 한다고 했다. 그것은 사람이 사람을 죽이는 의미에 대해 신이치가 깊이 고민한 끝에 내린 결론이었다. 결과는 다르지만 기본적인 생각의 뿌리는 비슷해 보였다. 폐지론과 존치론은 사실 그다지 다르지 않은 것이 아닐까.

"그건 그렇고 에츠시 씨, 드디어 제가 증거를 회수했습니다."

디오니스의 말에 에츠시는 정신이 들었다.

"분하시죠? 이제 이걸로 게임은 끝난 거나 마찬가지니까요."

에츠시는 말문이 막혔다. 역시…. 예상은 했지만 충격이었다. 증거가 없으면 디오니스의 정체를 알게 된다 한들 의미가 없었다. 신이치의 누명을 벗기는 것은 불가능했다.

"에츠시 씨, 이제 어쩌실 건가요?"

"너를 모두 앞에 끌고 나와서 신이치의 억울함을 풀어줘야지."

쥐어짜내는 듯한 목소리로 겨우 말했다. 말에서 힘이 느껴지지 않았다.

"그건 불가능하다니까요."

"가능해! 사람 마음이 가진 힘을 만만하게 보지 마!"

"마음이 가진 힘이라고요?"

디오니스가 코웃음을 쳤다.

"증거도 없고 공소시효도 지났고 사형수는 사형당했는데 앞으로 뭘 어쩌시려고요?"

"증거나 공소시효 따위는 필요 없어! 내가 널 찾아내고 각오를 굳히기만 하면 충분해!"

"저를 죽일 건가요?"

"반드시 복수할 거다! 난 이제 더 이상 잃을 게 없어!"

에츠시가 부르짖자 디오니스가 웃었다.

"복수라고요? 억울함을 풀어준다는 게 복수로 변했네요? 역시 인권팔이답네요. 빌어먹을 변호사 같으니라고. 인권을 중시하라, 피해자 감정은 중요하지 않다, 피고인을 사형에 처해도 죽은 사람은 살아 돌아오지 않는다, 가해자가 갱생하는 것이야말로 피해자를 위하는 길이다, 이렇게 말해오지 않았나요? 그래 놓고 자기 아들이 죽으니까 상대를 죽여버리겠다고 날뛰는 꼴이라니. 후…. 결국 지금까지 기분 좋게 흔들리는 사형 폐지론의 요람에 누워 달콤한 꿈을 꾸고 있었던 거네요. 좋았나요?"

에츠시는 대답하지 못했다. 디오니스의 말이 완전히 틀린 것은 아니었기 때문이다. 자신은 집안 형편이 넉넉해서 형사 사건을 많이 맡을 수 있었던 것뿐이고, 보통 변호사들은 민사를 중심으로 돈을 벌어야 했다. 정말로 다른 사람의 마음을 이해하는 거냐고 물으면 대답하기가 망설여졌다. 에츠시가 침묵하는 동안 디오니스도 한꺼번에 말을 너무 많이 한 탓인지 잠시 호흡을 고르고 있었다.

"어째서… 왜 피해자들을 죽이고 신이치에게 뒤집어씌운 거지?"

에츠시가 낮은 목소리로 물었다. 디오니스는 대답하지 않았다.

"왜냐고 묻고 있잖아. 대답해!"

재차 묻자 디오니스가 작게 답했다.

"아직도 모르시겠습니까? 25년 전, 아키야마 우메조라는 노숙자가 죽은 건 알고 계시죠? 그가 왜 죽었는지도 아십니까?"

이번에는 에츠시가 침묵할 차례였다.

"세 명의 아이들에게 살해당한 겁니다. 나가오 야스유키, 사와이 메구미, 그리고 야기누마 신이치한테요."

에츠시는 할 말을 잃었다. 자신이 추리한 대로였다. 역시 우메조 사건과 관계가 있었던 건가. 하지만 증언에 따르면 플랫폼에 타카유키 말고 다른 아이들은 없었다고 했다. 그 자리에 있지도 않았던 아이들이 어떻게 죽였다는 말인가.

"아이들이 타카유키한테 우메조를 죽이라고 시키기라도 했다는 말인가?"

"돌입니다. 아이들은 선로에 돌멩이를 놓아두었어요. 우메조는 그 돌을 치우려고 선로에 내려갔던 겁니다. 그리고 열차에 치어 죽었죠. 얏상이…, 테츠조가 제게 사건의 진상을 알려 주었습니다."

돌이라니. 생각지도 못한 일이었다. 이로써 테츠조의 동기와 범행 사실은 확실해졌다. 문제는 디오니스였다. 테츠조와 친분이 있었다는 건 알겠지만 디오니스가 누구인지, 어째서 범행에 가담했는지는 짐작이 가지 않았다.

"네 동기는 뭐지, 디오니스? 실제로 피해자들을 죽인 건 너잖아!"

디오니스가 웃으며 대답했다.

"동기? 그야 당연히 아이들이 미웠으니까."

존댓말이 갑자기 반말로 바뀌었다. 디오니스가 거칠게 말을 이어 나갔다.

"사실은 사와이 메구미도 나가오 야스유키도 아무래도 상관없었어. 난 당신 아들이 미웠다고! 그래서 얏상을 이용했지. 모든 사람은 세상에 단 하나뿐인 꽃이라고? 누구한테든지 장점은 있다고? 웃기지 말라고 해! 당신 아들은 혼자서 모든 걸 다 가지고 있었어. 나는 하나도 갖지 못했는데. 그래서 뺏었지. 그것뿐이야!"

"신이치가 가진 게 많아서 죽였다고?!"

"그래! 그래서 뭐 불만 있냐!"

디오니스의 대답에 에츠시는 미친 듯이 부르짖었다. 스스로도 무슨 말을 하고 있는지 알 수 없었다. 디오니스, 널 죽여버릴 거야! 반드시 죽이고야 말겠어! 그런 말들을 쏟아냈다. 큰 소리가 나자 역무원이 화장실로 달려와 무슨 일이냐고 물었다. 에츠시는 손으로 얼굴을 가리고 아무것도 아니라고 답했다.

역무원이 돌아가자 전화기 너머의 디오니스가 다시 입을 열었다. 흥분을 가라앉힌 듯했다.

"한 번 더 기회를 드릴까요, 에츠시 씨?"

"기회라고? 그게 무슨 뜻이지?"

"다음 주 일요일에 공연을 합니다. 사와이 나츠미 씨가 출연하는 연극이지요. 알고 계셨나요? 그날 모든 걸 끝내기로 하죠. 저는 그 연극을 보러 갈 예정입니다. 공연장에 있는 사람 중 한 명이 저라는 말이죠. 거기서 저를 찾아낸다면 에츠시 씨가 이기는 겁니다. 우리 둘의 싸움은 거기서 끝나는 거죠. 그날이 지나면 두 번 다시 우리가 만날 일은 없을 겁니다. 저를 찾아내서 각오를 굳히기만 하면 된다고 하셨죠? 두고 보겠습니다. 과연 에츠시 씨가 아들의 원한을 풀어줄 수 있을지."

디오니스는 공연 당일에 다시 연락하겠다는 말을 남기고 전화를 끊었다.

에츠시는 멍한 상태로 역을 빠져나가 노을 지는 거리를 걸어 집으로 돌아왔다. 디오니스가 대체 뭘 어쩌려는 건지는 알 수 없었지만 조금 전 통화로 알게 된 사실도 많았다. 신이치는 실제로 살해당한 거나 마찬가지였다. 모든 걸 다 가졌다는 말도 안 되는 이유 때문에. 그리고 디오니스가 누군지도 대충 짐작이 갔다. 100프로는 아니지만 70프로, 아니 80프로 정도는 확신했다. 조금만 더 조사하면 100프로로 만들 수 있을 것 같았다. 하지만 디오니스의 말대로 이제 증거를 기대하기는 어려웠고, 증거 없이는 신이치의 누명을 벗겨줄 수 없었다.

집에 들어가자 부재중 전화 표시가 깜박이고 있었다.

디오니스인가 했는데 아니었다. 경찰이었다. 남긴 번호로 전화를 걸어 보니 낮에 찾아갔던 일로 타카유키가 협박을 당했다고 경찰에 신고했다는 이야기였다. 에츠시는 조만간 경찰서로 찾아가겠노라고 말하고 전화를 끊었다. 가겠다고는 했지만 불가능했다. 나츠미의 연극을 보러 가야 했기 때문이다. 지금 구속될 수는 없었다. 수화기를 내려놓으며 저도 모르게 쓴웃음이 나왔다. 웃기는 상황이었다. 디오니스가 아니라 자기가 쫓기는 몸이 될 줄이야….

'신이치, 이 아비가 어떻게 하면 좋겠니?'

에츠시는 창밖으로 지는 해를 바라보며 속으로 물었다. 대답은 돌아오지 않았다. 에츠시는 부엌으로 가서 사 들고 온 저녁거리를 테이블 위에 내려놓았다. 문득 고개를 돌려 싱크대 쪽을 보니 도마 위에 놓인 부엌칼이 석양 속에서 엷은 빛을 뿜어내고 있었다.

6장

설원

6

설
원

1

교토어린이문화회관에서는 연극 연습이 한창이었다.

내일 무대를 앞두고 오늘은 리허설을 하는 날이었다. 나츠미는 회관 앞에 자전거를 세워두고 정면 출입구를 지나 공연장으로 향했다. 아직 시간은 되지 않았지만 벌써 연습이 시작된 모양이었다.

"안녕하세요!"

누군가가 불필요하게 큰 목소리로 목청껏 인사했다. 한 사람이 인사하자 연쇄 작용처럼 여기저기서 인사가 터져 나왔다. 나츠미도 일일이 인사를 건넸다. 극단 푸른 하늘 단원들은 모두 성격이 밝고 쾌활했다. 연기는 서툴지만 연극을 하는 것이 즐거워서 어쩔 줄 모르겠다는 사람들뿐이었다.

"우리 연극 표가 날개 돋친 듯 팔리고 있대요."

소품을 체크하는 나츠미에게 메로스 역을 맡은 청년이 말을 걸어왔다.

"정말?"

설원   335

"믿기지가 않아요. 작년에는 그냥 막 뿌렸었는데."

청년의 눈이 반짝반짝 빛났다. 잘됐다 싶기는 했지만 사실 자신의 마음은 딴 데 가 있다는 것이 어쩐지 좀 미안했다. 나츠미는 의상을 보관하는 1층 제4대기실에서 옷을 갈아입고 연습에 합류했다. 하지만 실수를 연발했다. 마음이 떠 있었기 때문이다.

"죄송하지만 한 번만 더 가볼게요."

청년의 말에 나츠미가 미안하다고 사과했다. 이마에 배어 나오는 땀을 어깨로 닦았다.

에츠시가 실종된 지 일주일이 지났다.

에츠시는 TV 토론을 마친 후 나가오 타카유키를 찾아가 협박하고 모습을 감추었다고 했다. 나츠미는 물론 모치다나 이사와에게도 아무 연락이 없었다. 핸드폰으로 아무리 전화를 걸어도 받지 않았다. 메로스의 정체가 밝혀지고, 이제부터 본격적으로 디오니스를 찾아 나서려던 참이었는데 어떻게 된 걸까. 에츠시가 무슨 생각인지 알 수가 없었다. 무슨 일이 있었던 것 같기는 한데…. TV에 나온 에츠시는 지친 모습이었다. 혼자서 모든 것을 끌어안고 있는 것처럼 보였다.

나츠미는 지금까지 있었던 일을 다시 한번 정리해 보았다. 하지만 디오니스가 누구이고, 왜 이런 짓을 하는지는 알 수 없었다. 그보다 지금 가장 큰 문제는 에츠시였다. 어디에서 뭘 하려는 걸까.

최악의 경우, 죽었을 수도 있었다. 지금까지 몰랐던 사실을 알게 된 것을 계기로 이제 더는 방법이 없다고 생각해서 스스로 목숨을 끊었을 수도…. 에츠시는 그런 짓을 하지 않을 거라고 믿고 있었지만 100프로 확신할 수는 없었다. 타카유키네 공장에 쳐들어갔다는 것 자체가 정상은 아니었다. 그만큼 궁지에 몰려 있다는 말이었다.

공연장에서는 메로스 역을 맡은 청년이 무대 장치가 제대로 작동하는지 점검하고 있었다. 하나부터 열까지 모두 아마추어가 직접 만드는 소박한 무대였다. 연습이 끝나고 디오니스 역을 맡은 청년이 모두 앞에서 크게 외쳤다.

"모두들 내일은 정말 열심히 해보자고요!"

그러자 뒤따라서 다들 제각기 시끄럽게 기합을 넣었다. 어느 나라 말인지 알 수 없는 언어로 떠드는 사람도 있었다. 나츠미는 짐을 정리한 후 옷을 갈아입고 공연장 입구 쪽으로 향했다. 체인이 짤랑거리는 가죽점퍼를 입은 남자가 껌을 짝짝 씹고 있었다. 모치다였다. 어디로 가야 할지 고민하고 있는 듯한 모치다에게 나츠미가 인사를 건넸다.

"좋은 아침."

"어, 좋은 아침. 끝났어?"

모치다가 아무렇지 않게 대답했다. 오후 인사로 '좋은 아침'은 이상하다고 생각하면서 일부러 해본 말이었는데.

"원래 연예계에서는 그렇게 인사하지 않아?"

연극판도 연예계로 간주되는 모양이었다. 모치다는 무대 쪽을 바라보고 있었다. 자기도 출연시켜 달라며 좌석을 쿡쿡 찔렀다. 쿠션감을 확인하는 듯하더니 갑자기 펀치를 날렸다. 어디로 튈지 모르는 어린 아이 같은 행동이었다.

"얘기 좀 할 수 있어?"

공연장 오른쪽 복도를 통과해 노면 전차 모양의 부조가 새겨진 벽 앞까지 왔다.

"무슨 얘기?"

"에츠시 아저씨 얘기. 그쪽에도 아직 연락 없지?"

나츠미가 말없이 고개를 끄덕였다. 모치다가 말을 이었다.

"그 아저씨가 겉으로는 얌전해 보여도 속은 부글부글 끓고 있잖아, 범인 잡겠다고. 나는 물론 우리 엄마까지 의심했을 정도니까."

"미안, 두 사람을 의심한 건 나도 마찬가지야."

나츠미는 모치다에게 사과했다. 그때는 그랬다. 모치다와 그의 어머니가 범인이 아닐까 의심했다. 지금 생각하면 터무니없는 오해지만 당시에는 진심으로 그렇게 믿었다.

"아마 지금도 완전히 의심이 풀린 건 아닐걸. 아저씨는 모든 사람을 의심하고 있어. 단 한 명의 예외도 없이. 경우에 따라서는 저기 걸어가는 고양이까지 의심할걸? 변호사 시절의 전투적인 자세로 돌아갔달까. 사냥꾼 모드라는 거지, 아주 위험한."

모치다가 입을 다물었다. 나츠미는 생각했다. 사람은 자신의 고통을 누군가에게 내던지고 싶어 한다. 내던질 상대가 있다면 다행이다. 그렇게 고통을 내던지는 것이 정당한 행위라면 말이다. 사형도 그중 하나였다. 하지만 그렇지 않은 경우, 고통은 어디로 향하게 될까. 어떻게 처리될까. 에츠시는 변호사로서 많은 사람의 아픔을 접해 왔다. 그리고 그 아픔을 이해한다고 생각했다. 하지만 실제로는 자신이 피해자가 된 후에야 비로소 이해하게 된 것이 아닐까. TV 토론을 보며 나츠미는 그런 생각을 했다.

"벌써 일주일이나 지났잖아. 아저씨가 갈 만한 곳은 한 군데밖에 없지 않아?"

모치다의 말에 나츠미가 고개를 들었다.

"어디?"

"가모가와강 노숙자들 있는 데. 거기서 같이 지내고 있는 게 아닐까?"

듣고 보니 그럴 수도 있겠다 싶었다. 에츠시는 최근 1년간 가모가와강 주변 노숙자들을 열심히 찾아다녔다. 개중에는 친해진 사람도 있을 것이다. 집에는 돌아오지 않는 것 같으니 어딘가 머물 곳이 필요할 터였다. 노숙자들 거처에서 같이 지내고 있을 가능성이 높았다.

하지만 대체 왜? 타카유키가 경찰에 신고했다고는 하지만 그렇다고 해서 에츠시가 몸을 숨겨야 할 정도의 범죄를 저지른 것은 아니었다. 오히려 숨으면 입장이 더 불리해지기만 할 것이다. 에츠시가 이런 행동을 하는 이유를 알 수 없었다. 만약 지금 에츠시가 노숙자들과 함께 있다면 만나서 왜 이러는지 묻고 싶었다.

"좋아. 같이 가보자."

나츠미가 대답했다. 모치다가 살짝 고개를 끄덕였다.

가모가와 강변에는 항상 커플들이 동일한 간격을 두고 앉아 있다.

3월이 가까워지면서 날이 많이 풀려서인지 이날도 파란 하늘 아래 여러 쌍의 커플이 즐거운 시간을 보내고 있었다. 한편 예전에 비해 노숙자들의 파란 텐트는 많이 줄었다. 아키야마 테츠조가 살던 텐트도 사라졌다. 남아 있는 텐트 중 어딘가에 에츠시가 있다면 어렵지 않게 발견할 수 있을 듯했다.

해가 저물기 시작했다. 나츠미와 모치다는 각자 흩어져서 에츠시를 찾아보기로 했다.

나츠미는 고진바시 다리를 기준으로 위쪽을 맡았다. 고진바시 다리는 아키야마 테츠조가 죽었을 때 한 번 왔었기 때문에 조사하기가 수월했다. 이 빠진 노숙자와 시애틀 매리너스 모자를 쓴 노숙자에게 물어보았지만 아무것도 모른다고 했다. 어째서인지 내일 하는 연극에 대해서는 알고 있으면서 에츠시에 대해서는 전혀 알지 못하는 모양이었다. 노숙자 몇 명에게 더 물어보았지만 반응은 마찬가지였다. 내일 연극 무대가 열린다는 사실은 다들 알고 있지만 에츠시의 행방을 아는 사람은 아무도 없었다.

나츠미는 고진바시 다리에서 에츠시를 찾는 것을 포기하고 자전거에 올라탔다. 어스름이 깔릴 무렵 가모대교에 도착해 파란 텐트 앞에서 꾸벅꾸벅 졸고 있는 남자에게 말을 걸었다. 불그스레한 얼굴을 한 남자가 호기심 어린 시선으로 나츠미를 쳐다보았다.

"사와이 나츠미 맞지?"

"네, 그런데요."

"소문대로 미인이네…. 내일 연극 꼭 보러 갈게."

"감사합니다."

고진바시 다리에서와 동일한 반응이었다. 단원들이 열심히 홍보했다고는 들었지만 설마 노숙자한테까지 소문이 퍼졌을 줄은 몰랐다. 하지만 문제는 그게 아니었다. 나츠미가 물었다.

"죄송하지만 혹시 에츠시 씨가 어디 있는지 아세요?"

남자는 모른다고 대답했다. 하지만 지금까지 만난 다른 노숙자들과는 어딘지 모르게 다른 느낌을 받았다. 에츠시는 현재 실종된 상태이니 만약 그를 숨겨주고 있다면 솔직히 말해줄 리가 없었다. 나츠미가 사정을 설명하고 에츠시를 꼭 만나야만 한다고 호소하자 남자는 크게 한숨을 쉬었다.

"방금 전까지 여기 있었던 건 맞는데…, 지금은 없어."

방금 전까지 여기 있었다? 나츠미는 자살이라는 최악의 가능성이 사라졌다는 점에 일단 감사했다. 하지만 곧 의문이 들었다. 지금은 없다는 건 무슨 뜻일까.

"사실은 내일 떠날 예정이었는데…. 당신 아까 고진바시 다리에서 에츠시 씨를 찾으며 돌아다녔지? 그 소문을 듣고 이대로 여기 있다가는 들키겠다고 말하면서 가버렸어."

남자가 거짓말을 하는 것 같지는 않았다.

"어디로 간다고는 말하지 않던가요?"

"그런 말은 안 했어. 갈 곳을 정하고 움직이는 것 같지는 않던데. 에츠시 씨는 그동안 고마웠다는 말만 남기고 어디론가 떠났어. 어딘지 모르게 쓸쓸해 보이는 얼굴로 말이야."

나츠미는 무슨 말을 해야 할지 알 수 없었다. 타카유키의 신고 때문에 도망 다니는 건 아닌 듯했다. 오늘 나츠미가 찾아오기 전부터 내일 떠날 예정이었다고 하니 거기에는 뭔가 의미가 있을 터였다. 내일까지만 버티면 된다는 말이겠지. 도대체 내일 무슨 일이 있길래? 나츠미로서는 연극 공연을 하는 날일 뿐이지만 에츠시에게는 뭔가 아주 중요한 일이 있는 것 같았고, 그렇다면 분명 사건과 관련이 있을 것이다. 그것 말고는 생각할 수 없었다.

움직이고 있었다. 나츠미가 모르는 사이에 사건이…. 디오니스와

에츠시는 연락을 취하고 있는 게 아닐까. 내일 두 사람이 만나기로
한 걸까. 아니면 에츠시는 누군가가 디오니스라고 확신하고 내일 그
사람을… 아니, 설마. 아무튼 에츠시가 눈치챘으니 더 찾아다닌들 소
용없을 것 같았다. 나츠미는 노숙자에게 고맙다고 인사한 후 모치다
에게 전화해 상황을 설명했다.

"그래? 그럼 당신은 이만 돌아가. 나는 조금만 더 찾아볼게."

모치다가 대답했다. 나츠미는 전화를 끊고 계단을 올라갔다.

강둑에 세워둔 자전거에 올라탔을 때 핸드폰이 울렸다. 화면을 보
니 에츠시였다. 나츠미는 서둘러 통화 버튼을 눌렀다.

"에츠시 씨?"

수화기 너머에서는 아무 소리도 들리지 않았다. 나츠미는 주위를
둘러보았다. 이 타이밍에 전화를 걸어온 것을 보면 아직 가까이에 있
을지도 모르겠다는 생각이 들었기 때문이다. 하지만 에츠시는 보이
지 않았다.

"저 때문에 괜히 고생하게 만들어서 죄송합니다, 나츠미 씨."

긴 침묵을 깨고 에츠시가 입을 열었다. 나츠미는 에츠시를 찾는
건 포기하고 통화에 집중하기로 했다.

"나츠미 씨한테는 알려줘야 할 것 같아서요."

"뭘요?"

"디오니스에 대해서…. 녀석의 정체를 알아냈습니다."

나츠미는 할 말을 잃었다. 누구냐고 물어볼 생각도 하지 못했다.
디오니스의 정체를 알아냈다는 그 말을 곧이곧대로 받아들이기가
힘들었다. 에츠시는 지금 아마도 제정신이 아닐 것이다. 확실한 증거

도 없이 섣불리 넘겨짚고 있는 것인지도 몰랐다. 나츠미는 침을 한 번 삼킨 후 천천히 물었다.

"누구…인가요?"

"그 전에 일단 16년 전 사건에 대해 알 필요가 있습니다. 아니, 정확히는 25년 전 사건이라고 해야겠지만요."

에츠시는 사건에 대해 설명하기 시작했다.

모든 것은 25년 전, 아키야마 우메조라는 노숙자의 죽음으로부터 시작되었다. 메구미와 신이치, 야스유키가 선로에 돌을 놓아둔 것이 우메조의 죽음으로 이어졌다. 우메조의 동생인 테츠조는 강한 집념으로 진상을 밝혀냈고, 테츠조와 디오니스가 메구미와 야스유키를 죽였다….

나츠미로서는 받아들이기 힘든 사실이었다. 하지만 그렇다고 하면 모든 것이 맞아떨어졌다. 세 사람이 노숙자 지원 활동을 시작한 것도 어쩌면 속죄하는 의미에서였는지도 모른다. 한편 테츠조가 자수하려고 한 것도 사실일 것이다. 세 사람에 대한 분노와, 누명을 쓰고 사형당한 야기누마 신이치. 테츠조는 증오와 죄책감이라는 두 가지 감정 사이에서 갈등했을 것이다. 문제는 디오니스였다. 이 사람은 테츠조와 어떤 관계인 걸까? 상당히 가까운 사이라는 것만은 분명해 보였다.

"디오니스는 나츠미 씨 연극을 보러 간다고 했습니다. 그리고 그후로는 두 번 다시 만날 일이 없을 거라고도…. 그러니 전 내일까지는 경찰에 출두할 수 없습니다."

디오니스가 연극을 보러 온다고? 나츠미는 등줄기가 서늘해졌다.

에츠시가 누군가를 디오니스라고 확신하고 있는 걸 보면 디오니스는 나츠미도 아는 사람인 걸까? 하지만 두 번 다시 만날 일이 없을 거라고 했다는 걸 보면 전혀 모르는 사람일 수도 있을 것 같았다. 아무튼 말투에서 추측건대 에츠시의 상태가 생각보다 괜찮은 듯해서 나츠미는 조금 안심이 되었다.

"증거가 있나요? 그 사람이 디오니스라는 확실한 증거요."

나츠미의 질문에 에츠시가 잠시 입을 다물었다가 이윽고 작은 목소리로 답했다.

"증거 말입니까? 아니요, 전혀 없습니다. 하지만 저는 확신합니다. 이미 각오도 굳혔고요."

법률가답지 않은 말이었다. 나츠미가 무슨 뜻이냐고 물었지만 에츠시는 대답하지 않았다. 어떻게 된 걸까. 역시 어딘지 모르게 평소와는 달랐다. 게다가 이 타이밍에 전화를 걸어왔다는 것은 가까이에 있다는 말이었다. 그렇다면 직접 만나서 얘기해도 되지 않는가.

"나츠미 씨, 그럼 내일 뵙겠습니다."

에츠시가 일방적으로 전화를 끊으려 했다. 나츠미는 다급하게 기다려 달라고 소리쳤다.

"에츠시 씨, 이거 하나만 가르쳐 주세요. 디오니스는 대체 누구죠?"

에츠시가 뭐라고 대답했다. 하지만 목소리가 너무 작아 들리지 않았다. 나츠미는 같은 질문을 다시 한번 반복했지만 이미 전화는 끊긴 뒤였다.

❖

나츠미는 집으로 돌아가려다가 가라스마 거리에서 왼쪽으로 꺾었다.

야기누마 신이치의 변호사였던 이사와가 일하는 법률사무소에 들르기 위해서였다. 혼자서는 에츠시의 행동을 예상하기 어려우니 누군가 믿을 수 있는 사람과 상의하고 싶었다. 나츠미는 핸드폰을 꺼내 이사와에게 전화를 걸었다. 사정을 설명하니 이사와는 놀란 목소리로 당장 만나자고 했다.

이사와를 만나러 가는 길에 나츠미는 지금까지의 상황을 정리해보았다. 에츠시는 누군가를 디오니스라고 확신하고 있다. 증거는 없지만 디오니스의 정체를 확신한 에츠시는 어떤 행동에 나설까. 공소시효가 지나서 법적인 처분을 기대하기는 어렵지만 상대가 진범인 것이 확실하다면? 지옥과도 같은 매일매일을 겨우 버텨 오던 에츠시는 과연 어떻게 할까.

최근 반년 동안 에츠시와 만나 이야기를 나누면서 나츠미는 에츠시가 얼마나 이성적이고 올바른 사람인지 알게 되었다. 하지만 아들을 죽인 사람을 앞에 두고도 과연 이성을 유지할 수 있을까? 에츠시가 디오니스의 정체를 밝혀낸 지금이야말로 가장 위험한 상황이 아닐까.

이윽고 자전거가 시조법률사무소에 도착했다.

이사와는 응접실에서 기다리고 있었다. 나츠미는 의자에 앉아 오늘 있었던 일을 자세히 털어놓았다. 이사와는 잠자코 듣고 있다가 크게 한숨을 내쉬었다.

"저도 걱정하고 있었습니다. 아무튼 자살이라는 최악의 사태는 피한 것 같군요."

"최악의 사태가 지금부터 일어날지도 몰라요."

나츠미의 말에 이사와가 잠시 침묵했다가 다시 입을 열었다.

"에츠시 씨가 디오니스를 찾아내서 16년 전 사건을 종결지으려 할지도 모른다는 말인가요? 더 직설적으로 말하자면 증거도 없는데 디오니스를 죽여버릴지도 모른다고, 그걸 걱정하는 건가요?"

나츠미의 마음을 그대로 대변하는 정확한 지적이었다. 그리 놀랍지는 않았다. 모치다도 비슷한 말을 한 걸 보면 다들 생각하는 건 비슷한 것 같았다.

"그런 짓은 하지 않을 겁니다."

이사와의 말에 나츠미가 고개를 들었다.

"그럼 좋겠지만…."

"에츠시 씨는 이성적인 분이니까요. 마지막에는 이성적인 판단을 할 겁니다."

"이사와 변호사님은 가족을 누군가에게 살해당한 경험이 있으신가요?"

"아니요, 없습니다."

"그러니까 그런 말을 할 수 있는 거 아닌가요?"

나츠미의 지적에 이사와가 끙 하고 신음 소리를 냈다.

"직접 경험한 사람만이 알 수 있는 고통이 있다고 하면 할 말이 없습니다만…. 이래 봬도 인간의 복수심에 대해서는 나름대로 잘 아는 편이라고 생각하는데 말이지요. 제가 아무리 피해자의 심정을 이해하려고 노력해도 직접 경험하지 않았으니 모를 거라고 해버리면 할 말이 없습니다. 실제로 제가 그런 상황에 놓인다면 어떻게 할지 알 수 없기도 하고요. 이성을 잃고 폭주할지도 모르죠. 만약 그렇게 된다면 누군가 저를 멈춰 주기만을 바랄 따름입니다."

"그런데도 이사와 변호사님은 에츠시 씨가 괜찮을 거라고 보시나요?"

"그렇게 믿고 싶을 뿐인지도 모르지요. 이러면 안 되는데. 믿는다는 건 생각을 포기하는 거라고 에츠시 씨가 말한 적이 있습니다. 생각하고 싶지 않다는 욕구에 지는 거라고요. 그러니 최악의 상황에 대비할 필요는 있겠지요. 에츠시 씨도 인간이니까. 가장 좋은 건 우리가 에츠시 씨보다 먼저 디오니스를 찾아내는 겁니다."

"그건 그렇지만…"

나츠미는 의욕에 찬 이사와의 말에 압도당했다. 디오니스를 찾아낸다? 자신은 그럴 가능성에 대해서는 처음부터 포기하고 있었던 게 아닐까. 실제로 나츠미는 에츠시를 막을 생각만 하고 있었다. 어쩔 수 없었다. 지금 상황에서는 달리 방법이 없으니까. 에츠시처럼 이사와도 뭔가를 알고 있는 걸까.

"디오니스가 누구인지 짐작이 가시나요?"

"네. 에츠시 씨가 생각하는 사람과는 다른 것 같지만요."

"이사와 변호사님은 누구라고 생각하시는데요?"

나츠미가 진지한 얼굴로 묻자 이사와가 쓴웃음을 지었다.

"죄송합니다. 너무 기대하게 만들었나 보네요. 실은 저도 잘은 모릅니다. 증오나 질투라는 감정은 무시무시한 힘을 가지고 있습니다. 따지고 보면 피해자 감정과 별반 다를 게 없다고 주장하는 사람들도 있지요. 나츠미 씨 같은 피해자 유족이 보기에는 말도 안 되는 소리 같겠지만요. 아무튼 만만하게 봐서는 안 됩니다. 저 역시 디오니스가 정확히 누구라는 확신은 없습니다. 게다가 저는 변호사다 보니 섣불리 말을 했다가는 명예훼손으로 고소당할 수도 있거든요."

나츠미는 한숨을 내쉬었다. 교묘하게 대답을 피해 갔다는 느낌이 들었다.

"제가 신경 쓰이는 건 오히려 신이치에 대해서입니다. 형이 집행되기 전에 발표한 그 수기의 내용 말입니다."

생각지도 못한 말이었다.

"무슨 말씀이신지?"

"신이치가 왜 사형제도론 얘기를 꺼냈을까 싶어서요. 자신의 무죄를 주장하고 싶었다면 그 이야기만 하면 되었을 텐데 말이지요."

"그냥 무죄라고 주장하는 것보다 사형제도를 긍정하면서 무죄를 주장하는 편이 더 효과적이라고 생각한 게 아닐까요?"

"그럴지도 모르겠네요."

나츠미가 생각한 것을 이사와가 생각하지 못한 것일까. 나츠미가 보기에는 이사와가 괜한 억측을 하는 게 아닌가 싶었다. 아무튼 그 날은 더 이상 별다른 이야기를 하지 않고 헤어졌다.

❖

새들이 지저귀는 소리와 함께 창문을 통해 아침 햇살이 쏟아져 들어왔다.

나츠미는 침대에서 일어나 커튼을 열어젖혔다. 눈부시게 파란 하늘이 펼쳐져 있었다. 공연은 저녁 7시부터였다. 나츠미는 콘 시리얼에 저지방 우유를 붓고 키위를 곁들여 간단하게 아침 식사를 했다. 식

후에는 소파에 누워 패션 잡지를 뒤적이다가 이내 테이블 위에 내려 놓았다. 도통 집중이 되지 않았다.

여러모로 생각해 봤지만 디오니스가 누구인지 전혀 짐작이 가지 않았다. 세 사람에게 악감정을 가진 사람이 테츠조 말고 또 있었을까? 본인도 모르는 사이에 원한을 샀을 가능성도 있기는 했다. 나츠미 역시 작년 다큐멘터리 프로그램에 출연한 후 곤욕을 치른 경험이 있었다. 증오와 질투는 무시무시한 감정이라고, 피해자 감정과 별반 다를 게 없다고 한 이사와의 말이 떠올랐다.

예전 같으면 말도 안 되는 소리라고 웃어넘겼을 것이다. 하지만 지금은 그 문제에 대해 재고할 여지가 있어 보였다. 사람이 사람을 미워하는 것은 자연스러운 일이다. 하지만 그 감정을 겉으로 발산하는 것을 제도로 인정하거나 부추기는 것이 과연 옳은 일일까? 사사키 목사는 그래서는 안 된다고 했다. 에츠시는 지금 증오를 발산하는 데 스스로의 목숨을 걸고 있는 게 아닐까. 그것만은 어떻게든 막아야 했다.

나츠미는 준비해 둔 스포츠 가방을 손에 들었다.

자리에서 일어나 복도를 통과해 욕실 쪽으로 걸어갔다. 커다란 전신 거울이 나츠미를 비추고 있었다. 겉보기에는 여전히 젊어 보였다. 16년 전, 이 거울은 사건의 진상을 처음부터 끝까지 고스란히 비추고 있었을 것이다. 이제껏 풀리지 않았던 수수께끼. 오늘로써 모든 것이 끝날 예정이었다. 나츠미는 스포츠 가방을 자전거 앞 바구니에 싣고 다시 들어와 불단 앞에 앉았다. 불단 위에 놓인 메구미와 신이치의 사진을 보며 맹세했다. 반드시 디오니스를 잡겠다고. 진실을 밝혀내고야 말겠다고. 다시 집에 돌아왔을 때는 모든 것이 끝나 있을 터였다. 비극은 결코 일어나지 않을 것이다.

'언니, 신이치 오빠…. 그럼 다녀올게요.'

마음속으로 중얼거리며 나츠미는 집을 나섰다.

2

아직 2월. 낮이 길어지긴 했지만 이미 주위는 어둑했다.

폰토초는 인파로 붐볐다. 거나하게 취해 비틀거리는 취객들을 요령 있게 피하며 마이코(수습 과정에 있는 예비 게이샤. 게이샤는 일본의 전통 예능에 능한 기생을 뜻한다-옮긴이)가 지나갔다. 낡은 스웨터를 입고 스키 모자를 눌러쓴 한 남자가 사람들 틈에 섞여 걸어가고 있었다.

'노숙자 같아 보이겠지.'

자전거를 끌고 걸어가던 에츠시는 그런 생각을 했다. 폰토초에는 변호사 시절, 접대로 몇 번인가 온 적이 있었다. 괜찮은 여자를 소개해 주겠다는 사람도 있었다. 하지만 도를 넘는 유흥은 즐기지 않았다. 화려한 분위기는 여전했지만 그 시절에 비하면 많이 사그라든 느낌이었다.

교토는 역사와 문화의 도시라는 이미지가 강하다. 교토를 무대로 하는 드라마에서는 주로 도지(東寺) 절이나 다이몬지야마(大文字山) 산, 마이코가 등장했다. 하지만 교토가 사실 고도(古都)는 아니라고 하는 사람도 있었다. 생각보다 역사가 그렇게 길지 않다는 말이었다. 그것이 사실인지 아닌지는 아무래도 상관없었으나 에츠시도 비슷한 생각이었다. 에츠시에게 교토는 신이치와 관련된 부분이 전부였다. 노숙자, 파란 텐트, 흑인 영가, 메로스와 디오니스…, 그것이 교토였다.

에츠시는 신이치의 자전거에 올라타 페달을 밟았다. 시계를 보니 저녁 6시 반이었다. 슬슬 가야 했다. 이제 곧 모든 것이 끝날 것이다. 디오니스와의 마지막 싸움이 기다리고 있었다. 지금 출발하면 나츠미의 공연이 시작되기 전에 충분히 도착할 수 있을 것이다.

디오니스의 정체를 알아냈다. 나츠미에게는 그렇게 말했지만 사실 100프로 확신하는 것은 아니었다. 에츠시의 확신은 일주일 전과 마찬가지로 70~80프로 정도에 불과했다. 말하자면 사형제도 지지율과 비슷한 정도였고, 형사소송에서 말하는 '합리적 의심의 여지가 없을 정도로 증명'되었다고 볼 수 있는 수준에는 한참 못 미쳤다. 자신은 디오니스를 만나서 뭘 하려는 걸까. 스스로도 알 수 없었다. 그렇지만 에츠시는 갈 수밖에 없었다. 오늘을 놓치면 기회는 두 번 다시 오지 않을 것이다. 디오니스가 던져준 기회, 그 기회를 이용해서 진실을 밝혀내고야 말 생각이었다.

에츠시의 주머니에는 나이프가 들어 있었다. 크기는 작지만 살상 능력은 충분했다. 필요하다면 이 나이프를 꺼내 들 계획이었다. 인간이 생명의 위협이나 공포를 느끼는 상황에서 진실을 털어놓는다는 사실은 이미 타카유키를 통해 충분히 확인했다. 실수하지 않을 자신은 있었다. 그래도 안 된다면… 아니다, 여기까지만 생각하자.

곧 공연이 시작될 시간이었다. 교토어린이문화회관은 많은 사람들로 붐볐다.

자전거도 잔뜩 주차되어 있었다. 오백 명 이상 수용 가능하다고 들었는데 모인 사람의 규모가 그 정도는 되어 보였다. 건물 밖에 나와 있는 관객 중에는 후줄근한 차림을 한 중년 남자와 노인이 많이 눈에 띄었다. 대부분 노숙자였다. 에츠시가 계획한 대로였다. 에츠시는 알고 지내는 노숙자들에게 연극을 보러 와 달라고 부탁했다. 공짜로 보기만 하라는 것도 아니고 돈까지 쥐어 주면서 말이다. 비슷한 차림새의 사람이 이렇게나 많이 모여 있으면 에츠시가 눈에 띌 가능성도 낮아졌다. 나뭇잎을 숨기려면 숲에 숨겨라. 초등학생 때 신이치가 기본 중의 기본이라고 강조하던 원칙에 따른 것이었다.

에츠시는 스키 모자를 더 깊게 눌러썼다. 어깨를 움츠리고 입구에 서 있는 직원에게 다가가 표를 건넨 다음 앞 사람을 따라 공연장으로 들어갔다. 객석도 관객들로 가득 찬 상태였다. 발 디딜 틈도 없을 정도는 아니었지만 만석에 가까웠다. 에츠시는 처음부터 자리에 앉을 생각은 없었다. 객석 맨 뒤에 서서 공연장 안을 둘러보았다. 여기 어딘가에 디오니스가 있다…. 만석이라고는 해도 오백 명 정도라면 찾을 수 있지 않을까 싶었다.

아는 얼굴도 많이 보였다. 나츠미가 초대한 사람들인 듯했다. 피해자 유족인 나츠미에게는 미리 알려줄 필요가 있다고 판단했다. 하지만 디오니스가 온다는 사실을 나츠미에게 말한 것은 실수였는지도 모른다. 이것은 디오니스와 에츠시, 두 사람의 싸움이었다.

"오래 기다리셨습니다. 이제 곧 공연이 시작될 예정입니다…."

안내 방송이 흘러나오기 시작했을 때, 에츠시는 가족석 근처에 서 있는 남자를 뚫어지게 쳐다보았다. 디오니스인가 싶었는데 아니었다.

에츠시는 크게 숨을 들이마신 후 다시 천천히 내쉬었다.

이윽고 막이 오르고 박수가 터져 나왔다. 모두의 시선이 무대 위로 향하는 가운데 에츠시는 객석을 샅샅이 훑어보았다. 노숙자 같아 보이는 사람이 많았고, 디오니스는 보이지 않았다. 디오니스가 노숙자 차림을 하고 있다면 알아차리기 어렵겠지만 설마 그럴 리는 없을 것 같았다.

'어디냐… 어디 있는 거냐, 디오니스.'

필사적으로 찾았지만 찾지 못했다. 잘 보이지 않아서 자리를 이동했다. 공연을 보는 데 방해가 되지 않도록 허리를 숙인 채 조심스럽게 지나갔다. 다시 한번 객석 쪽으로 시선을 돌렸다. 맨 앞에 있는 가족석부터 맨 뒷줄까지 한 차례 훑었지만 디오니스는 발견하지 못했다.

무대 위에서 디오니스가 웃었다.

기분 나쁜 비웃음이었다. 새장에서 도망친 새가 돌아올 리 없다며 웃고 있었다. 몸 전체를 울리는 듯한 베이스였다. 청년이 연기하는 디오니스는 교활하기 짝이 없는 데다가 갱생 가능성도 전혀 없는 악당이었다. 폭군 디오니스는 이미 열두 명을 죽인 상태였다. 아무리 좋게 해석하려고 해도 명백한 오상과잉방위였으며, 위법성 조각사유에도 해당하지 않았다. 심신상실이나 심신미약도 인정되지 않는다. 마지막에 회개했다는 점을 감안하더라도 결코 용서받지 못할 행위였다.

자세히 보니 디오니스 역을 맡은 청년 옆에 서 있는 경비병은 모치다였다. 평소라면 웃음을 터뜨렸겠지만 지금은 그럴 기분이 아니었다.

"메로스, 네 부탁을 들어주마. 사흘 뒤 해가 지기 전까지 돌아와야 한다. 그때까지 돌아오지 않으면 세리눈티우스라고 했던가, 그 친구를 대신 죽이겠다. 알겠나?"

"감사합니다. 그때까지는 반드시 돌아오겠습니다."

"조금 늦게 오게나."

"네?"

"네 속셈이야 뻔하지. 그래 놓고 도망치려는 거잖아. 뭐 아무래도 상관없다만. 난 네 목숨 따위에는 전혀 관심 없거든. 단지 너처럼 정의를 내세우는 인간이 무너져 가는 과정을 보고 싶을 뿐이야. 너도 평생 도망자로 살고 싶지는 않을 테니 늦게 오면 네 죄를 영원히 사해 주지. 약속하마. 그것이야말로 내게는 가장 큰 즐거움이니까."

"디오니스 왕이여, 당신은 착각하고 있습니다!"

"그럴지도 모르지. 하지만 너는 반드시 갈등하게 될 것이다. 난 네 녀석이 약속대로 돌아온다고 하더라도 널 용서할 생각은 전혀 없거든. 네 녀석은 벗을 배신하고 살아가는 건 죽는 것보다 못하다고 생각하겠지. 하지만 정말 그럴까? 지금의 넌 일시적인 정의감에 취해 있을 뿐이야. 아니면 약속을 지켜서 돌아오면 내가 감동해서 마음을 고쳐먹기라도 할 거라고 기대하는 건가? 말도 안 되는 소리. 사흘 안에 돌아온다면 내 반드시 널 죽이겠다. 약속대로 말이야. 이 점을 똑똑히 기억해 두는 게 좋을걸!"

이윽고 음악이 흐르고, 말없이 서로를 노려보는 두 사람을 남겨둔 채 무대는 서서히 어두워졌다. 디오니스의 낮은 웃음소리가 공연장 안에 울려 퍼졌다. 사악한 웃음소리를 듣고 겁에 질려 울음을 터뜨리는 아이도 있었다. 배우들도 이런 상황까지는 미처 예상하지 못했을 것이다.

에츠시는 다시 무대에서 객석 쪽으로 시선을 돌려 디오니스를 찾았지만 여전히 보이지 않았다. 실패인가…. 그때 퍼뜩 이런 생각이 들었다. 디오니스는 연극을 보러 오겠다고는 했지만 객석에 있을 거라고 말한 적은 없었다. 이렇게 열심히 찾아도 없다면 여기가 아닌 다른 곳에 있는 것이 아닐까? 에츠시는 서둘러 공연장 밖으로 나가서 주위를 둘러보았다. 입구에서 접수를 담당하는 청년과 노숙자 몇 명밖에 없었다.

에츠시는 계단을 통해 공연장 2층으로 올라갔다. 2층 복도에는 아무도 없었다. 왼쪽에는 화장실, 욕실, 대기실이 있고, 오른쪽에는 사무실과 숙직실이 있었다. 에츠시는 오른쪽에 있는 사무실로 들어갔다. 역시 아무도 없었다. 숨을 크게 들이마시고 잠깐 멈추었다가 천천히 코로 내쉬었다. 어째서 디오니스는 보이지 않는 걸까. 그냥 조금 늦는 것일까. 사무실을 나와 발걸음을 옮기려는데 뒤에서 누군가가 불렀다.

"에츠시 씨?"

에츠시는 깜짝 놀라 뒤를 돌아보았다. 검게 그을린 피부에 체구가 작은 노인이 서 있었다. 크리스마스이브에 교회에서 만난 사사키 목사였다. 에츠시가 공연장에서 나오기를 기다렸다가 따라온 모양이었다.

"잠깐 얘기 좀 할 수 있을까요?"

사사키가 손가락으로 사무실을 가리켰다. 들어가서 얘기하자는 말인 듯했다. 에츠시는 잠시 망설였다. 아니, 당황하고 있었다. 이 사람이 디오니스? 에츠시가 예상한 인물은 아니었다. 디오니스는 오늘 여기 오겠다고는 했지만 에츠시에게 말을 걸겠다고는 하지 않았다.

어딘가에 있다가 에츠시가 자기를 찾지 못한 것을 나중에 비웃으려는 속셈이라고만 생각했다. 하지만 아직 이 자가 디오니스라고 결정이 난 것은 아니었다.

사무실은 그리 넓지 않았다. 집기라고는 책상 하나와 의자 두 개뿐이었다. 사사키는 사무실 문을 닫고 의자에 앉으면서 에츠시에게도 앉으라고 권했다. 에츠시는 떨떠름한 표정으로 의자에 앉았다. 심장 박동이 빨라지기 시작했다. 이 녀석인가? 이 녀석이 신이치를 죽인 건가? 사사키가 양손으로 깍지를 끼며 입을 열었다.

"나츠미 씨에게 들었습니다. 에츠시 씨가 오늘 올 거라고요."

에츠시는 아무 말도 하지 않았다. 사사키가 말을 이어나갔다.

"디오니스도 온다지요? 나츠미 씨는 모르는 척해 달라고 했지만 제가 에츠시 씨한테 꼭 해야 할 말이 있어서요."

에츠시는 순간 긴장했다. 이 느낌은…, 아니다. 사사키는 자신이 디오니스라고 말하려는 것이 아니었다. 에츠시는 조용히 숨을 뱉어낸 후 천천히 입을 열었다.

"조금 전까지 객석을 둘러보고 오는 길입니다. 하지만 디오니스 같아 보이는 사람은 없었습니다."

"그런가요. 에츠시 씨, 저는 오늘 참회하기 위해서 여기 왔습니다."

"참회라니요? 무슨 말씀이신지…"

에츠시의 물음에 사사키는 바로 답하지 않았다. 사람들의 참회를 들어주는 입장인 목사가 일반인인 자신에게 참회라니…. 에츠시는 영문을 알 수 없었다. 사사키와는 작년 크리스마스이브에 한 번 만났을 뿐이었다. 달리 접점이 없으니 둘 사이에 할 말이라고 하면 신이치의 사건밖에 없었다.

사사키는 어두운 표정으로 고개를 숙인 채 나지막한 목소리로 말했다.

"오늘 저는 목사의 의무를 저버릴 생각입니다."

잠시 뜸을 들였다가 사사키가 이어서 말했다.

"지금부터 제가 하는 말을 잘 들어주셨으면 합니다. 최근 몇 년간 테츠조 씨는 괴로워했습니다. 신이치 씨가 결백하다는 사실을 알고 있었기 때문입니다. 하지만 다른 누군가에게 말하지도, 자수하지도 못했습니다. 제게 고해성사를 요청한 적도 있습니다. 다시 말해 저 역시 신이치 씨에게 죄가 없다는 사실을 알면서 입을 다물고 있었던 것입니다."

목사에게는 비밀을 엄수할 의무가 있으니 어쩔 수 없었을 것이다. 신이치의 사형 현장에 입회했던 스님을 크리스마스이브에 사사키가 교회로 데려온 것은 일종의 속죄였는지도 모른다. 하지만 에츠시로 서는 괜찮다는 말은 할 수 없었다. 아무리 목사의 의무라고는 해도 신이치를 죽게 내버려둔 것을 긍정할 수는 없었기 때문이다. 신이치와 관련된 일에서는 법률가로서의 자아를 유지하기가 힘들었다. 그렇다고 해서 이 목사를 탓할 생각도 없었다.

"테츠조 씨가 왜 노숙자 생활을 했는지 아십니까?"

"글쎄요…, 잘 모르겠는데요."

"사건이 일어난 후, 흉기를 고진바시 다리 근처 강기슭에 묻었기 때문입니다. 당시 테츠조 씨는 가족들과 함께 살고 있어서 집 안에 숨길 수는 없었거든요. 그래서 강변에 묻어두고 가까이에서 지키고 있었던 것이지요. 아파트로 거처를 옮긴 뒤 흉기도 옮겼다고는 했습니다만…."

과연 그런 사정이 있었던 것인가.

"테츠조 씨의 고백을 듣고 저는 어떻게 하라고도 말하지 못했습니다. 진실을 밝혀야 한다고 생각은 하면서도 강하게 주장하지 못했던 것입니다. 변명처럼 들리시겠지만 테츠조 씨를 믿은 부분도 있고요. 제게는 자수할 생각이라고 했기 때문입니다. 그러나 테츠조 씨는 작년 4월경 다시 마음이 흔들리는 듯했습니다. 신이치 씨의 수기가 발표되었을 무렵의 일입니다."

에츠시는 이해가 되지 않았다. 사사키의 설명이 사실이라면 신이치의 수기가 테츠조의 자수를 막았다는 말이었다. 하지만 수기에 딱히 이상한 부분은 없었다. 신이치는 자신이 무죄임을 말 그대로 목숨을 걸고 주장했을 뿐이다. 수기를 읽었다면 테츠조의 죄책감은 오히려 더 커졌을 터였다.

"그리고 신이치 씨의 사형이 집행된 후, 테츠조 씨는 양심의 가책을 이기지 못하고 스스로 죽음을 선택했습니다. 평소 자살은 결코 해서는 안 된다고 주장해 왔으면서 말입니다."

테츠조의 죽음은 자살이다. 그럴 가능성도 있었다. 하지만 디오니스에게서 전화가 걸려온 타이밍을 생각하면 디오니스가 테츠조를 다리 위에서 밀어 떨어뜨렸을 가능성이 더 높았다. 에츠시가 사사키에게 물었다.

"사인은 특정되지 않았습니다. 테츠조는 디오니스에게 살해당한 건지도 모릅니다. 목사님은 왜 테츠조가 자살했다고 보시는 겁니까?"

사사키가 한숨을 내뱉으며 대답했다.

"테츠조 씨는 제게 이렇게 말했습니다. 자살하면 안 된다고 말하기는 쉽지만 자신이 그렇게 말할 수 있었던 것은 그 정도로 심한 양심의 가책을 느낀 적이 없었기 때문이라고 말입니다. 사형에 반대하는 것도 마찬가지라고 했습니다. 피해자가 얼마나 괴로워하는지 제대로 이해하지 못한 상태에서 하는 주장은 탁상공론에 불과하다고요. 게다가 디오니스는…."

그때 에츠시의 핸드폰이 울렸다.

에츠시는 양해를 구하고 서둘러 핸드폰을 꺼내 들었다. 화면에 뜬 숫자는 지금까지 걸려왔던 것과 동일한 번호였다. 디오니스다. 에츠시는 사사키에게 살짝 고개를 숙여 보인 뒤 사무실 밖으로 나왔다. 바로 통화 버튼을 눌렀다. 잠시 아무 소리도 들리지 않다가 이윽고 변조된 음성이 들려왔다.

"어떤가요? 찾으셨나요?"

기분 나쁜 미소가 연상되는 말투였다.

"저는 정말로 여기 있습니다. 그 증거로 저는 에츠시 씨를 찾았거든요. 스키 모자에 낡은 스웨터를 입고 저를 찾아 돌아다니셨죠? 노숙자들을 불러 모은 건 눈에 띄지 않게 하기 위해서인가요? 쓸데없는 짓을 하느라 고생 많으셨습니다."

바보 취급하는 말투에 머리에 피가 쏠렸다. 에츠시는 버럭 소리를 지르고 싶은 충동을 억누르며 머릿속으로 빠르게 생각을 정리해 보았다. 역시 디오니스는 여기 있는 것이 틀림없다. 그렇지 않다면 오늘 에츠시가 입은 옷이나 행동을 정확하게 맞힐 수 있을 리 없었다. 사사키와 얘기하느라 쓸데없이 시간을 너무 오래 잡아먹었다.

"그 정도는 때려 맞힐 수도 있지. 정확히 무슨 색 스웨터를 입고 있는지 말해 봐."

"갈색 터틀넥 스웨터 아닌가요? 어두워서 잘 보이지는 않았습니다만."

정답이었다. 에츠시도 딱히 디오니스가 여기 있다는 말 자체를 의심하는 것은 아니었다. 에츠시는 무서운 얼굴로 건물 안을 헤집고 다니기 시작했다. 최대한 통화를 오래 끌어서 시간을 벌어야 했다. 통화 중인 사람이 디오니스일 가능성이 높았기 때문이다.

'어디냐, 어디 있는 거냐, 디오니스…'

에츠시는 마음속으로 중얼거리며 알맹이 없는 대화를 이어나갔다. 화장실이 아닐까 싶어서 확인해 보았지만 아무도 없었다.

"하하하! 저를 찾고 계신 건가요? 지금 통화 중인 사람일 테니까? 헛수고입니다. 저는 지금 밖에 나와 있거든요."

에츠시는 창문 너머로 밖을 내다보았다. 불빛이 보였다. 손전등 불빛이었다. 마치 자신의 존재를 과시하듯 켜졌다 꺼졌다를 반복하고 있었다.

"디오니스, 너 이 자식! 거기 있는 거냐!"

에츠시가 저도 모르게 소리쳤다. 그 순간 불빛이 꺼졌다. 주위가 다시 어둠 속에 묻혔다.

"도망치는 거냐! 아직 연극은 끝나지 않았어!"

에츠시는 고함을 지르며 건물 입구를 향해 달렸다. 접수대에 있던 청년이 놀란 얼굴로 에츠시를 돌아보았지만 개의치 않았다. 이제 이곳에는 볼일이 없었다. 디오니스는 밖에 있다. 밖으로 나와 불빛이 점등하던 곳으로 서둘러 발걸음을 옮겼다. 하지만 이미 디오니스는 사라진 후였다. 얼굴을 아는 노숙자가 담배를 피우고 있을 뿐이었다. 핸드폰에서는 아무 소리도 들리지 않았지만 통화가 끊긴 것은 아니었다.

"디오니스!"

에츠시가 부르자 디오니스가 어째서인지 숨을 헐떡이며 대답했다.

"…50분 드리죠."

의미를 알 수 없었다. 제한시간 50분이라니 무슨 뜻일까. 수화기 너머에서 디오니스의 거친 숨소리가 들렸다. 달리고 있는 듯했다.

"무슨 말이지? 50분 동안 뭘 하라는 거냐!"

디오니스가 잠시 숨을 고른 후 대답했다.

"사건 당일 신이치가 도망 다니던 시간입니다. 한 시간도 채 안 돼서 잡혔지요. 50분 안에 저를 찾아보세요. 에츠시 씨, 하실 수 있겠습니까?"

뭐지. 여기까지 와서 나를 가지고 놀겠다는 건가.

"제가 지금 향하는 곳은 아무런 의미도 없는 장소가 아닙니다. 이 사건의 마지막을 장식하기에 걸맞은 장소지요. 택시를 타면 데려다줄 겁니다. 저는 딱히 몸을 숨기고 있지 않으니 마음만 먹으면 얼마든지 찾을 수 있습니다. 제가 누구이고, 무엇을 하려고 하는지 정확하게 추리해 낸다면 장소는 금방 알 수 있을 겁니다. 모르겠다면 그걸로 끝입니다. 진실은 영원히 어둠 속에 묻히고, 신이치의 누명을 벗기는 것은 불가능해지겠지요."

디오니스의 호흡이 차츰 잦아들었다. 에츠시는 잠자코 디오니스가 하는 말을 듣고 있었다.

"에츠시 씨, 제가 어디 있는지 짐작이 가십니까?"

에츠시는 대답하지 않았다.

"그럼 지금부터 카운트다운에 들어가겠습니다. 오후 8시 15분까지
입니다. 그럼."

에츠시는 끊지 말라고 외쳤지만 이미 전화는 끊어진 후였다.

3

에츠시는 망연자실해서 한동안 그 자리에 우두커니 서 있었다. 50
분 안에 디오니스를 찾으라니…. 아무리 생각해도 불가능해 보였다.

디오니스의 거친 숨소리에서 유추컨대 자전거로 도망친 듯했다. 자
전거로 50분 동안 달려서 갈 수 있는 곳은 수도 없이 많았지만 한
가지 힌트가 있었다. 이 사건의 마지막을 장식하기에 걸맞은 장소라
는 것이었다. 어디일까. 디오니스의 성격상 거짓말을 했다고는 생각되
지 않았다. 오늘도 약속대로 여기까지 왔으니까. 디오니스는 단지 에
츠시가 화내는 것을 보며 즐기고 있을 뿐이다. 유치하기 그지없는 행
동이었지만 그런 만큼 디오니스가 한 말은 모두 믿어도 좋을 것이다.

후보지는 몇 군데 있었다. 우선 고진바시 다리, 테츠조가 죽은 장
소다. 사사키 목사 말로는 증거품이 그곳에 오랫동안 묻혀 있었다고
했다. 다음으로 16년 전 사건이 일어난 현장인 사와이 나츠미의 집,
25년 전 모든 것이 시작된 장소라고 할 수 있는 주쇼지마역…. 테츠
조가 살던 엔젤21 아파트일 가능성도 있었다. 하지만 모두 결정타가

될 만한 무언가가 없었다. 어디일까. 에츠시는 목적지를 정하지 못한 채 자전거에 올라탔다. 디오니스는 누구이고, 무엇을 하려고 하는 걸까. 역시 이 근본적인 물음에 대한 해답부터 찾아야 할 것 같았다.

에츠시는 페달을 밟았다. 세 번째 후보인 주쇼지마역은 제외해도 좋을 것이다. 자동차로 이동하지 않는 한 50분 안에 갈 수 있는 거리가 아니었다. 엔젤21 아파트도 가능성은 낮아 보였다. 메로스인 테츠조와 에츠시에게는 5천만 엔을 주고받은 장소라는 점에서 의미가 있지만 디오니스와는 직접적인 관계가 없었기 때문이다. 나머지 두 군데, 고진바시 다리와 나츠미의 집은 같은 방향이었다. 어느 쪽이든 일단 가모가와강 쪽으로 가야 했다.

만약 에츠시가 생각하는 인물이 디오니스가 맞다면 후보지는 한 군데 더 있었다. 그쪽도 같은 방향이었다. 오히려 그곳일 가능성이 가장 높을지도 모른다. 에츠시는 기타노 상점가에서 센본 거리로 나간 다음, 사람이 거의 지나다니지 않는 좁은 길을 따라 동쪽으로 향했다. 50분이면 남은 후보지를 전부 둘러볼 수는 있겠지만 결코 여유롭지는 않았다. 지금은 1분 1초가 소중했다. 호리카와 거리에서 신호등에 걸려 조바심을 내다가 횡단보도를 건너자마자 왼쪽으로 꺾었다. 일방통행 길이 나츠미의 집까지 이어져 있었다.

아마 여기는 아닐 거라고 생각하면서 일단 주위를 살폈다. 사와이 메구미와 나가오 야스유키는 여기서 칼에 찔려 죽었다. 야스유키는 등 뒤에서 한 차례 찔렸을 뿐이었는데 반해 메구미의 상처는 열몇 군데에 이르렀다. 이 차이는 무엇을 의미하는 걸까. 여기서 대체 무슨 일이 있었던 걸까.

한동안 주위를 살폈지만 역시 디오니스의 모습은 보이지 않았다. 메구미의 집은 그리 크지 않으니 일부러 숨어 있는 것이 아니라면 여기에는 없다는 말이었다. 에츠시는 이마데가와 거리까지 돌아간 후 거기서 왼쪽으로 꺾어 가모가와강 쪽으로 향했다.

교토 고쇼를 지나 계속 달렸다. 이윽고 가모대교가 보이기 시작했다. 여기는 사건이 일어나기 전, 신이치가 노숙자들과 함께 「Soon-ah will be done」을 부른 곳이었다. 에츠시 입장에서는 이곳이야말로 모든 것이 시작된 장소였다.

'가장 가능성이 높은 곳은 아마도 이곳일 터…'

주변을 둘러보았다. 지나다니는 사람이 있긴 했지만 만약 디오니스가 여기 있다면 못 알아볼 리가 없었다. 하지만 디오니스는 보이지 않았다. 다리를 건너 데마치야나기역 쪽으로도 가보았지만 마찬가지였다.

에츠시는 가로등을 올려다보았다. 옷 위로는 거의 느껴지지 않았지만 자세히 보니 안개비가 내리고 있었다. 시계를 보니 8시가 거의 다 된 시각이었다.

'어떻게 된 거지? 내 추리가 틀렸나?'

알 수 없었다. 자전거를 타고 가면 고진바시 다리까지도 금방이었지만 에츠시는 이곳이 가장 가능성이 높다고 판단했다. 이 주변을 좀 더 찾아보는 게 좋지 않을까.

어딘가에서 들려오는 노랫소리에 에츠시는 다리 아래를 내려다보았다. 대학생들이 노래를 부르고 있었다. 「Soon-ah will be done」은 아니었다. 그냥 술에 취해 유행가를 부르고 있는 것 같았다. 사건 당일, 푸른 하늘 합창단도…, 신이치도 이곳에서 노래를 불렀다. 앞으로 어떤 비극이 찾아올지 짐작도 하지 못한 채. 세 아이가 죽인 노숙자, 그의 동생이 가까이에서 칼을 갈고 있다는 사실은 셋 중 누구도 눈치채지 못했을 것이다. 게다가 그런 유족의 심정을 이용해서 살인을 저지르려는 사람까지 있다고는 말이다.

──I wan'tmeet my father!

갑자기 그 말이 떠올랐다. 심장이 쿵 하고 한 차례 세게 뛰었다.

신이치는 왜 면회를 거부했던 걸까. 지난 크리스마스이브 이후 계속 풀리지 않는 의문이었다. 그러고 보니 아까 사사키 목사가 한 말도 걸렸다. 신이치가 발표한 수기 때문에 테츠조는 자수를 망설이게 되었다고 했다. 어째서? 처음 들었을 때부터 이상하다고 느꼈다. 신이치의 수기는 자수를 저지한다기보다는 오히려 유도하는 쪽에 가까웠을 텐데….

'신이치는… 설마!'

에츠시의 머릿속에서 퍼즐 조각들이 무서운 속도로 차례차례 맞춰지며 생각지도 못한 그림을 완성해갔다. 그런 건가. 그래서 시신이…. 그렇다면 디오니스의 행동이 의미하는 바는…. 확인을 위해 시조법률사무소에 전화를 걸어 보았다. 약간 시간이 걸리긴 했지만 예상했던 대답이 돌아왔다. 에츠시는 밤하늘을 향해 소리쳤다. 지나가던 사람들이 에츠시를 쳐다보았다.

드디어 모든 의문이 풀렸다. 디오니스가 있는 곳은 여기가 아니다. 고진바시 다리도 아니다. 어디인지 특정하기 어려웠다. 아니, 아마도 그곳일 것이다. 아까 디오니스는 통화 중에 미묘하게 표현을 바꿨다.

처음에는 '제가 지금 향하는 곳'이라고 했던 것이 마지막에는 '제가
어디 있는지'로 바뀌어 있었다. 도착한 것이다. 에츠시와 통화하는 잠
깐 사이에 목적지에 도착했다는 말이었다. 그 말은 곧 교토어린이문
화회관에서 상당히 가깝다는 의미였다. 디오니스는 아직 거기 있을
터였다. 그곳 말고는 생각할 수 없었다. 시간 안에 닿을 수 있을까. 에
츠시는 시간을 확인했다. 아슬아슬할 것 같았다. 하지만 고민할 여
유는 없었다. 곧바로 자전거에 올라타 죽을힘을 다해 페달을 밟았
다. 신호등도 무시한 채 사방에서 차들이 경적을 울려대는 가운데
약속 장소를 향해 내달렸다. 무슨 일이 있어도 시간 안에 도착해야
만 했다.

그때 갑자기 「Ride The Chariot」의 선율이 울려 퍼졌다. 에츠시의
핸드폰 벨소리였다.

화면을 보니 나츠미였다. 아직 연극이 끝났을 시간은 아니었다. 아
마 누군가로부터 에츠시가 심상치 않은 분위기로 뛰쳐나갔다는 말
을 듣고 걱정이 돼서 전화를 걸어온 듯했다. 에츠시는 통화 버튼을
누르지 않고 잠시 내버려 두었다. 하지만 전화벨 소리는 그치지 않았
다. 나츠미의 강한 의지가 느껴졌다. 호리카와 거리까지 와서 신호등
에 걸렸을 때, 에츠시는 포기하고 전화를 받았다.

예상대로 나츠미는 잔뜩 흥분한 상태였다. 에츠시는 생각했다. 이
아이는 사건의 피해자 유족이다. 언니가 살해당했을 뿐만 아니라 첫
사랑 상대까지 살해당한 것이나 마찬가지였다. 디오니스와 결판을
내는 것은 어디까지나 에츠시의 문제지만 나츠미에게도 알 권리는
있었다. 에츠시는 나츠미에게 디오니스와의 통화 내용을 들려주었다.

아니나 다를까 나츠미는 화들짝 놀라며 에츠시에게 재확인했다.

"그래서 지금부터 디오니스를 만나러 가신다고요?"

"네, 디오니스의 정체를 알았으니 결판을 내야지요."

"잠시만요, 에츠시 씨! 잘못 짚으신 거예요."

잘못 짚었다고? 그럴 리가. 수수께끼는 모두 풀렸다.

"제 말 좀 들어 보세요. 제가 보기에는 전부 디오니스가 그렇게 생각하게 만든 거예요. 에츠시 씨가 디오니스라고 생각하는 사람은 디오니스가 아니라고요. 착각하신 거라니까요!"

착각하고 있는 건 나츠미 쪽이라고 말해 주려는데 신호가 파란불로 바뀌었다. 에츠시는 힘껏 페달을 밟았다. 미안하지만 시간이 없었다.

"충고 고맙습니다. 이만 끊겠습니다."

"잠깐만요, 에츠시 씨! 끊지 마세…"

에츠시는 작은 목소리로 미안하다고 중얼거리며 전화를 끊었다.

호리카와 거리를 지나면서부터는 사람이 많이 지나다니는 이마데가와 거리를 피해 좁은 골목으로 들어갔다. 교토어린이문화회관 근처까지 왔다. 센본 거리를 지나 기타노 상점가를 통과했다. 문화회관 옆 좁은 길을 지나고 있을 때, 연극을 끝까지 보지 않고 돌아가던 노숙자 몇 명이 에츠시를 보고 인사했다. 에츠시는 대답할 겨를이 없었다. 시간 안에 닿을 수 있을까. 이제는 시계를 보는 것도 의미가 없었다. 전력을 다해 가는 수밖에 없었다.

핸드폰이 울렸다. 이번에도 좀처럼 멎지 않고 끈질기게 울려댔다. 다만 이번에 걸어온 사람은 나츠미가 아니라 디오니스였다. 에츠시는 서둘러 전화를 받았다.

"이제 3분도 안 남았습니다. 가능하겠습니까, 에츠시 씨?"

에츠시는 거친 숨을 내쉬며 겨우 대답했다. 병원 근처에서 잠시 멈췄다가 기타노텐만구 쪽으로 이어진 길을 쳐다봤다. 이마데가와 거리에 청년 몇 명이 모여 와자지껄 떠들고 있었다. 차도에는 차가 거의 지나다니지 않았다. 이치조 거리에도 사람은 별로 없었다. 일요일은 휴무인 가게가 많기 때문이리라.

"그래. 거의 다 왔다."

시계를 보니 8시 12분이었다. 3분밖에 안 남았지만 앞으로 1분 정도면 도착할 것이다. 시간에 맞춰 왔다. 스스로 생각하기에도 엄청난 스피드였다. 숨이 차고 심장이 터질 것 같았다.

"기다리고 있었습니다."

핸드폰 너머에서 디오니스가 그렇게 말했을 때, 어둠 속에 빛이 보였다. 손전등 불빛이었다. 누군가가 서 있었다. 에츠시는 침착하게 전방을 주시했다. 디오니스는 저기 있다.

"이제 서로 얼굴이 보이는 거리까지 왔네요. 에츠시 씨, 자전거에서 내려 이쪽으로 오시죠. 이제 핸드폰은 없어도 되겠는데요."

"그럴 것 같군."

에츠시는 순순히 자전거에서 내렸다. 핸드폰을 집어넣고, 횡단보도가 없는 병원 앞길을 건넜다. 교회의 작은 지붕이 보였다. 불빛은 아직 거기 그대로 있었다. 디오니스는 미동도 하지 않았다. 에츠시는 앞을 똑바로 응시했다. 누군가가 바로 눈앞에 있었다.

끈적한 공기가 피부에 달라붙어 땀이 되어 흘러내렸다. 에츠시는 이마의 땀을 닦은 다음 주머니 안에 든 나이프를 꽉 쥐었다. 긴 시간이었다. 신이치, 이제 곧 끝날 거다…. 에츠시는 작게 중얼거렸다. 이걸로 지난 16년 동안 있었던 모든 것이 다 끝난다. 에츠시는 죽어도 신이치의 누명을 벗기고야 말 것이다.

에츠시는 조심스레 디오니스에게 다가갔다. 걷어 올린 소매 아래로 단단한 근육질 팔뚝이 드러났다. 오른손에는 손전등, 왼손에는 손가방을 든 채로 가만히 에츠시를 바라보고 있었다. 에츠시는 걸음을 멈추고 천천히 입을 열었다.

"당신이 디오니스였나."

그는 대답 대신 에츠시를 똑바로 쳐다보았다. 에츠시도 눈을 피하지 않았다.

눈앞에 서 있는 남자는 변호사인 이사와 요지였다.

두 사람은 한참 동안 아무 말이 없었다. 에츠시는 이사와의 얼굴을 찬찬히 뜯어보았다. 이상하게도 마음은 고요히 가라앉아 있었다. 언제 터질지 모르는 휴화산 같은 느낌이었다.

에츠시의 시선이 부담스러웠는지 이사와가 먼저 눈을 피했다. 그러고는 짐짓 쾌활한 어조로 말했다.

"여기를 알아내다니 대단하시네요. 솔직히 어려울 거라고 생각했습니다."

에츠시는 아무 말도 하지 않았다. 이사와가 말을 이어나갔다.

"1~2분이면 갈 수 있는 거리를 두고 제한시간을 50분이라고 했으니까요. 그래도 속지 않고 잘 맞히셨네요. 진심으로 존경합니다, 에츠시 씨. 아들의 누명을 벗기고야 말겠다는 집념의 결과인가요?"

이사와는 평소와 마찬가지로 웃는 낯이었다. 그 거짓 웃음을 보며 에츠시는 계속 입을 다물고 있었다. 주머니 속 나이프를 꼭 움켜쥔 채.

"뭐라고 말 좀 해보세요."

에츠시는 이사와가 들고 있는 손가방에 잠시 눈길을 주었다가 이윽고 천천히 입을 열었다.

"왜 이런 짓을 한 거지?"

최대한 자제심을 발휘해 내뱉은 질문이었다. 입술이 미세하게 떨렸다. 에츠시의 질문에 이사와가 장난스럽게 대꾸했다.

"운동은 중요하니까요. 저만 해도…."

"장난치지 마! 그걸 묻고 있는 게 아니잖아!"

에츠시가 버럭 소리쳤다. 인내심은 진작에 바닥났다.

"신이치의 사건 말이다. 디오니스라니 대체 뭐 하자는 거냐!"

에츠시의 고함에 이사와가 뒤를 힐끗 쳐다봤다. 두 사람이 있는 곳은 니시진 경찰서 앞이었다. 정확히는 몇 년 전부터 가미교 경찰서로 이름이 바뀌었다. 교토어린이문화회관 바로 근처였다.

"여기서 이러는 건 좀 위험하겠는데요. 장소를 옮기지요."

이사와는 엄지손가락으로 등 뒤를 가리키더니 획 돌아서서 걷기 시작했다. 에츠시도 뒤따라갔다. 에츠시의 공격을 기다리기라도 하듯 무방비한 뒷모습이었다. 두 사람은 니시진 경찰서 뒤쪽으로 돌았다. 아무도 없는 길이 길게 뻗어 있었다. 가게들은 모두 불이 꺼져 있었다.

이사와는 갑자기 걸음을 멈추더니 에츠시에게 등을 돌리고 선 채로 조용히 말했다.

"사건을 일으킨 동기에 대해서는 예전에도 말씀드린 적이 있지요. 그냥 싫었기 때문입니다."

에츠시는 잠자코 이사와의 등을 바라보며 듣기만 했다.

"16년 전, 저는 노숙자나 다름없는 상태였습니다. 대학을 자퇴한 후에는 할 수 있는 일이 노가다 정도밖에 없었고, 일터에서는 스트레스만 쌓여갔지요. 이럴 리가 없다고, 여기는 내가 있을 곳이 아니라고, 매일같이 그 생각만 했습니다. 사법고시는 그런 제게 드리워진 한 가닥의 거미줄과 같았지요. 하지만 번번이 미끄러졌습니다. 아시다시피 고시는 마약 같은 거라서요. 눈 깜짝할 사이에 청춘을 날려버렸죠. 얏상…, 아니 아키야마 테츠조와는 그때 만났습니다. 술에 취해 형인 우메조 이야기를 하더군요. 아이들이 선로에 놓아둔 돌 때문에 죽었다고. 그 아이들이 누군지도 알아냈다고. 당시 제겐 아무것도 남아 있지 않았습니다. 사시 1차에 떨어졌다고 생각해서 절망하고 있었죠…."

이사와는 잠시 말을 끊었다가 다시 이어갔다.

"반대로 신이치는 모든 것을 다 가지고 있었습니다. 젊음, 학력, 예쁜 여자친구, 프로 성악가 못지않은 노래 실력…. 그래도 그때는 아직 죽여버리고 싶다는 생각까지는 안 했습니다. 어디까지나 질투심에 불과했죠. 제 안에 살의가 싹트기 시작한 건 신이치가 재학 중 사시에 한방에 붙었다는 이야기를 얏상에게 전해 들었을 때부터입니다. 신이치는 원래 음대에 가고 싶어 했었다지요? 대체 이 차이는 뭔가 싶더군요. 그때 제 안에서 무언가가 뚝 끊어지는 소리가 들렸습니다. 뜨거운 마그마가 온몸을 휘젓는 것 같았달까요."

이사와가 이쪽으로 몸을 돌리더니 손에 들고 있던 가방에서 무언가를 꺼냈다.

단단히 봉해진 투명한 비닐봉지였다. 에츠시는 그것을 뚫어지게 쳐다보았다. 봉지 안에는 어렴풋이 빛나는 검붉은 색의 무언가가 들어 있었다. 피 묻은 과도 —에츠시는 눈을 크게 떴다.

"그건… 진짜냐?"

"물론입니다."

이사와가 대답했다.

"사건 현장인 사와이 메구미의 집에 있던 겁니다. 사건 이후에는 얏상이 감춰두고 있었죠. 제가 엔젤21 아파트 101호에서 회수했습니다. 이 과도에 묻은 혈액을 분석하면 사와이 메구미와 나가오 야스유키의 피라는 사실이 확인될 겁니다. 움직일 수 없는 증거지요."

이사와는 거기까지 말한 뒤 다시 본론으로 돌아갔다.

"저는 그날 푸른 하늘 합창단이 노래를 마친 후 메구미 씨를 미행했습니다. 우메조를 죽인 아이들이 그 세 명이라는 건 얏상에게 들어서 알고 있었거든요. 셋이 사와이 메구미의 집에서 모이기로 한 모양이더군요. 제가 얏상에게 말했죠. 우메조의 복수를 할 생각이라면 나도 돕겠다고. 저 아이들은 전혀 반성하고 있지 않다고. 제가 부추기니 얏상은 술기운에 금방 좋다고 따라나서더군요. 막상 쳐들어가서는 겁에 질려 아무것도 못했지만요. 저는 달랐습니다. 마그마처럼 휘몰아치는 공격욕의 힘을 빌려 사정없이 찔러댔죠. 야스유키는 아무래도 상관없었습니다. 제 관심은 야기누마 신이치, 그를 어떻게 괴롭힐 것인지…."

"그만해!"

에츠시가 소리쳤다. 주머니에서 손을 꺼냈다. 이사와의 눈이 동그래졌다. 시선은 에츠시의 오른손을 향해 있었다. 가로등 불빛 아래 에츠시가 쥔 나이프가 희미하게 빛났다.

4

연극 도중에 뛰쳐나온 나츠미는 교회를 향해 전속력으로 달리고 있었다.

건물을 나오다 만난 노숙자에게 들었다. 에츠시가 교토어린이문화회관 가까이 있는 교회 쪽으로 갔다고. 에츠시는 이사와가 범인이라고 생각하고 있는 것이 틀림없었다. 그리고 신이치의 누명을 벗기는 것이 아니라 복수를 할 생각인 듯했다. 하지만 진범은 이사와가 아니다. 에츠시가 착각하고 있는 것이다.

나츠미도 조금 전 사사키 목사에게 들어서 알게 된 사실이었다. 사사키는 테츠조에게 진범이 누구인지는 듣지 못했지만 다른 중요한 사실을 알고 있었다. 테츠조가 죽은 후, 자기가 디오니스라고 주장하는 인물이 고해성사를 하러 찾아왔다는 것이었다. 그가 바로 이사와 요지였다. 하지만 이사와는 자신이 진범이라고 고백한 것은 아니었다.

──디오니스라는 이름하에 제가 모든 죄를 뒤집어쓰겠습니다. 진실을 왜곡하는 것이 저의 죄입니다.

이사와는 이렇게 말했다고 한다. 에츠시는 사사키와 이야기를 하던 도중에 뛰쳐나갔으니 끝까지 듣지 못했을 것이다. 나츠미는 마음속으로 중얼거렸다.

'에츠시 씨, 잘못 짚으셨어요. 이사와 변호사님은 디오니스가 아니에요. 디오니스인 척하고 있을 뿐이라고요⋯.'

교회 문은 닫혀 있었다. 에츠시의 모습은 보이지 않았다.

'여기가 아닌가⋯.'

나츠미는 교회 지붕을 올려다보았다. 작년 크리스마스이브에 여기서 노래를 불렀다. 에츠시의 가슴에 안겨 울었다. 신이치가 마지막 순간에 부른 노래는 원곡의 가사와 달랐다.

I wan' t'meet my father —

돌이켜 보면 이 마지막 절규가 모든 것을 나타내고 있었다. 신이치는 왜 아버지를 만나려 하지 않았던 걸까. 그렇게 만나고 싶어 했으면서 왜 만나지 않고 죽는 쪽을 선택한 걸까.

──아마도 결심이 흔들릴 것 같아서가 아니었을까요.

사사키 목사는 이렇게 말했다. 그의 말에 따르면 신이치의 수기는 테츠조에게 보내는 메시지라고 했다. 둘만이 알아볼 수 있는 방법으로 '자수하지 말라'는 의미를 담고 있었다고. 테츠조도 더 자세히는 말해주지 않았다. 다만 신이치와 테츠조가 이어져 있었다는 것만은 분명한 사실이었다. 그건 곧 신이치가 진범을 숨겨주기 위해 대신 죽었다는 말이었다.

자신이 사형을 당하는 한이 있더라도 진범은 끝까지 밝히지 않겠다─

보통은 그렇게 하지 않는다. 이런 가정은 전혀 상식적이지 않았다. 하지만 신이치가 진범을 숨겨 주었다는 전제를 깔고 들어가면 나머지는 간단했다. 테츠조가 죽은 후 나타난 디오니스는 악당이 아니라 오히려 테츠조와 신이치의 유지를 잇는 사람이었다. 어떤 상황에 처하더라도 지킬 것은 반드시 지키는 신념의 결정체. 그런 사람은 이사와 정도밖에 없다. 오늘 이사와는 대기실에 있었지만 어느샌가 사라졌다. 에츠시가 사라진 것과 비슷한 시각에.

나츠미는 생각을 정리해 보았다. 디오니스라는 인물은 처음부터 존재하지 않았다. 애초에 디오니스는 테츠조가 나츠미와 통화하던 중에 흘린 이름으로, 갈등을 의미했다. 나쁜 마음이라는 뜻이었다. 즉 테츠조가 혼자서 두 사람을 죽인 것이다. 신이치는 그걸 알면서 과거에 있었던 사건 때문에 이야기하지 못했다. 진실을 밝히면 자기 대신 테츠조가 사형당할 테니까.

애초에 사건의 불씨를 당긴 건 자기들 세 사람이었기 때문에 신이치는 테츠조를 고발할 생각이 없었다. 테츠조는 고민했다. 신이치가 결백하다는 사실을 알고 있었으니까. 그래서 신이치가 처형당한 뒤 테츠조는 가모가와강에서 투신자살한 것이다. 이것이 이 사건의 전모다. 그렇게 생각하면 깔끔했다. 사사키에게 고백한 대로 이사와는 디오니스라는 진범인 척하고 있을 뿐이다. 진범은 죽었다. 자살했다. 이사와는 에츠시의 고통을 덜어 주기 위해 악당이 되는 길을 선택했다. 신이치와 마찬가지로. 이대로 놔두면 비극은 영원히 끝나지 않을 것이다.

'역시 여긴 아닌가!'

교회 앞뜰에도 에츠시와 이사와의 모습은 보이지 않았다. 나츠미는 핸드폰을 꺼내 에츠시에게 전화를 걸었다. 아까 에츠시가 도중에 전화를 끊긴 했지만 그래도 다시 한번 걸어 보았다. 한 번, 두 번…,

신호음은 가는데 받지를 않았다. 역시 실패인가. 아니다, 소리가 들린다. 귀를 기울이자 가까이에서 「Ride The Chariot」의 멜로디가 들려왔다.

나츠미는 교회를 나와 소리가 들리는 쪽으로 달렸다. 이윽고 니시진 경찰서 뒤에서 대치 중인 두 남자를 발견했다. 에츠시와 이사와였다. 두 사람은 마주 서서 서로를 노려보고 있었다. 에츠시는 손에 나이프를 들고 있었다.

"에츠시 씨!"

나츠미가 깜짝 놀라 외쳤지만 두 사람은 이쪽을 흘깃 쳐다보고는 다시 서로에게로 고개를 돌렸다. 이사와가 말했다.

"어떻게 하면 신이치가 제일 괴로워할지…, 저는 오로지 그 생각뿐이었습니다. 여자친구인 메구미를 죽이고 신이치에게 죄를 뒤집어씌우는 것이 가장 좋은 방법이라고 생각했지요. 그래서….'

"그걸 묻는 게 아니잖아!"

에츠시가 버럭 소리를 지르자 이사와가 입을 다물었다. 영문을 모르겠다는 표정이었다. 에츠시는 주위를 한 번 둘러보더니 한껏 낮춘 목소리로 다시 말했다.

"장난치지 말라고 한 건 그런 의미가 아니야. 당신이 왜 디오니스인 척을 하는지 그걸 묻고 있는 거야."

"아…."

에츠시의 지적에 이사와는 당황한 기색이 역력했다. 나츠미도 놀랐다. 에츠시는 알고 있었다. 이사와가 디오니스가 아니라는 사실을.

"이사와 변호사…, 당신은 디오니스가 아니야. 디오니스인 척을 했을 뿐이지. 왜냐하면 진범인 디오니스는 이미 자살했으니까."

이사와는 잠자코 에츠시를 쳐다보았다. 표정에서 놀라움이 묻어났다. 도저히 둘러댈 말이 생각나지 않는다는 표정. 정곡을 찔린 남자의 얼굴이었다. 나츠미는 생각했다.

'그래…, 디오니스는 실제로는 존재하지 않아. 자살한 테츠조의 마음속에 존재했을 뿐이니까.'

"나를 화나게 하려고 이런 짓을 한 거지?"

에츠시가 나이프를 다시 주머니에 집어넣으며 말했다.

"나를 화나게 만들어서 신이치를 잃은 분노와 고통을 쏟아내게 하려고. 경우에 따라서는 죽어도 상관없다고 생각했겠지. 그래서 디오니스인 척을 한 거야. 맞지?"

이사와는 대답하지 않았다. 그렇다고 인정하는 것이나 마찬가지였다.

"니시진 경찰서를 마지막 장소로 정한 건 경찰에 자수하기 위해서겠지. 처음부터 내가 여기를 찾든 못 찾든 상관없었을 거야. 자신이 진범이라고 자수해서 신이치의 누명을 벗겨주는 것, 그게 바로 당신이 생각하는 가장 좋은 결말이었을 테니까."

이사와는 고개를 떨구고 있었다.

"…맞습니다. 이제 제 인생은 끝났습니다. 살인자 변호사로 일본의 범죄사에 길이 남게 되겠지요. 사형이 집행된 후에 진범이 자수한 사건으로 말입니다."

"그 계획은 실패했어. 난 당신이 진범이 아니라는 걸 알고 있으니까."

에츠시의 말에 이사와가 고개를 저었다.

"…합니다."

목소리가 너무 작아서 마지막 한마디밖에 안 들렸다. 나츠미가 다시 말해 달라고 부탁하자 이사와는 순순히 응했다.

"제가 디오니스…, 진범이어야만 합니다."

에츠시는 가만히 이사와를 쳐다보았다. 나츠미도 에츠시를 따랐다. 이사와는 디오니스를 사칭했다. 하지만 나쁜 사람은 아니었다. 오히려 누구보다도 올바르고 책임감이 강한 남자다. 아마도 테츠조는 자살하기 직전에 이사와에게 모든 사실을 털어놓았을 것이다. 그래서 이사와는 테츠조의 죽음을 누구보다도 빨리 알아차릴 수 있었고, 순간적인 판단에 따라 디오니스가 되기로 한 것이다. 에츠시의 분노를 자신이 모두 다 떠안기 위해 계속해서 디오니스인 척 연기했다. 그리고 지금은 정말로 자수하려고 하고 있었다. 자기가 진범이라고. 그렇게 내버려둘 수는 없었다. 진범은, 테츠조는 이미 죽어서 이 세상에 없으니까.

에츠시는 고개를 숙인 이사와에게 말을 건넸다.

"술에 취하고, 노래에 취하고, 여자에 취한다. 하지만 역시 그중 제일은 정의다."

이사와가 깜짝 놀라 에츠시를 쳐다보았다.

"가모가와강에서 누군가가 말해주더군요. 테츠조 씨, 아니 정확히는 우메조 씨가 입버릇처럼 하던 말이었다고. 이사와 변호사, 당신은 지금 자신의 정의에 취해 있습니다. 자기가 진범인 척 자수해서 신이치의 누명을 벗겨주겠다는 정의 말입니다. 아마 이렇게 생각하고 있겠지요. 이미 죽은 사람이 진범이었다고 밝히는 것보다 스스로가 진범이라고 나서는 편이 더 효과적일 거라고. 물증이 있다고는 해도 자살한 진범보다는 살아서 자수한 진범 쪽이 아무래도 효과는 더 클 테니까요. 신이치가 누명을 쓰고 죽었다는 사실은 전 국민이 알게 되겠지요. 다들 당신이 하는 말에 귀 기울일 겁니다. 하지만 그런 짓은 결코 해서는 안 됩니다. 죄를 뒤집어쓰는 일 말입니다."

에츠시의 말을 묵묵히 듣고 있던 이사와가 쥐어짜는 듯한 목소리로 내뱉었다.

"에츠시 씨…, 제가 자수하면 사형제도는 폐지될 겁니다."

사형 폐지─

생각지도 못한 말에 나츠미는 말문이 막혔다. 이사와가 말을 계속했다.

"제가 정의에 취했다고 한다면 그건 아마도 사형 폐지에 취해 있다는 말일 겁니다. 저는 이 나라에서 이런 식으로 사람을 죽이는 행위를 없애고 싶습니다. 사람을 죽이는 건 잘못된 행동입니다. 그건 분명한 사실이죠. 하지만 나쁜 놈을 죽이는 건 괜찮다느니 안 좋은 건 눈앞에서 치워버려야 한다느니…, 그건 그냥 결벽증입니다. 혜택받은 자들의 생각이죠. 게다가 자기 손은 절대로 더럽히지 않으면서 말입니다. 그런 걸 보면 구역질이 납니다."

이사와는 잠깐 쉬었다가 다시 말을 이어나갔다.

"무슨 일이 있어도 그 나쁜 놈을 죽여야만 한다면 모두가 고통을 분담해야 합니다. 사랑하는 사람을 죽인다는 마음으로 죽여야 합니다. 지금처럼 말도 안 되는 제도를 통해 죽음을 선고하는 게 아니라요. 저는 이 위선으로 가득 찬 사회를 조금이라도 바꾸고 싶습니다. 누명은 사형제도의 본질과는 관련이 없다고, 에츠시 씨는 계속해서 이렇게 주장해 오셨죠. 제 생각은 다릅니다. 저는 누명이 사형제도 논의와 분명 관련이 있다고 봅니다. 게다가 현실적으로 사람들로 하여금 사형제도에 대해 진지하게 고민하게 하려면 에반스 사건을 뛰어넘는 사건이 터져야 합니다. 누군가가 죽지 않으면 안 된다는 거죠. 지금은 다들 대상을 제대로 이해하지 못한 상태에서 탁상공론을 벌이고 있는 겁니다. 흉악범을 사형에 처해야 한다는 인터넷 서명 운동에는 참여하지만, 정작 사형 집행 버튼은 누르지 못하죠. 우리가 자주 쓰는 '죄 없는 사람을 죽여서는 안 된다'는 말에는 사실 다른 뜻이 숨겨져 있습니다. 죄가 있는 사람은 죽여도 된다는 겁니다."

이사와는 한 번 더 말을 끊었다가 이어갔다.

"이대로 내버려 둘 수는 없습니다. 죄의 유무는 상관없습니다. 사람이 사람을 죽여도 되는 건 상대를 죽이지 않으면 내가 죽는 급박한 상황에 한정해야 한다, 이게 에츠시 씨의 주장이죠. 맞는 말입니다. 하지만 이걸로는 아무것도 변하지 않습니다. 맞는 말이라고 해서 사람들이 들어주는 게 아니라는 겁니다. 하지만 제가 자수하면 다를 겁니다. 다들 관심을 가지고 귀를 기울이겠죠. 게다가 신이치도 지금 같은 사형제도가 유지되는 것에는 반대한다고 수기에서 밝히지 않았습니까. 죽이려면 국민 모두의 손으로 죽여야 한다고 했죠."

나츠미는 생각했다. 신이치가 수기에서 그렇게 말한 것은 사실이었다. 하지만 사형 폐지는 산 사람을 제물로 바치는 식의 이런 비정상적인 방법으로밖에 실현할 수 없는 것일까? 그렇다고는 생각되지 않았다. 이사와는 진심이다. 하지만 나츠미는 이사와의 주장을 받아들일 수 없었다.

"에츠시 씨, 저는 이 나라를 사랑합니다. 우리나라 사람들의 따뜻한 정이나 인간미는 무엇과도 바꿀 수 없다고 생각합니다. 하지만 싫은 부분도 있습니다. 사람이 사람을 죽이는 문제를 정부에 떠맡겨 놓고 개인은 죄의식을 갖지 않는다는 점입니다. 그래서는 안 됩니다! 그건 태만이라기보다는 악의에 가깝습니다. 우리 안에 숨어 있는 그런 악의야말로 진정한 의미에서의 디오니스라고 할 수 있습니다!"

"잘도 갖다 붙이시네요, 이사와 변호사님."

나츠미의 말에 이사와가 바로 반박했다.

"갖다 붙이는 게 아닙니다! 사형제도를 폐지하느냐 마느냐가 중요한 것이 아니라 한 사람의 생명에 대해 모두가 충분히 생각해 보게 만드는 것이 제 목표입니다. 쓰레기는 바로바로 처리해버리자는 사고야말로 악이라고 할 수 있습니다. 저는 이 나라가, 나쁜 놈 하나 죽이는 문제에 대해서도 전 국민이 고통을 분담하는 인간적인 사회가 되길 바랍니다. 세계에서 제일가는 민주주의 국가가 되길 바란다는 겁니다!"

이사와의 말을 마지막으로 경찰서 뒤편은 침묵에 잠겼다. 이사와는 거칠어진 호흡을 가다듬고 있었다. 에츠시는 니시진 경찰서 쪽을 한 번 쳐다본 다음 입을 열었다.

"이사와 변호사님 말은 제게는 와닿지 않습니다. 이런 식의 자수는 말이 안 됩니다. 사형 폐지는 더 정정당당한 방식으로 이루어져야 합니다. 인간에게 죽음을 선고하는 의미부터 제대로 생각해 봐야 한다는 겁니다. 게다가 진짜 문제는 그게 아니지 않습니까. 왜 진범을 숨겨주려고 하시죠?"

"진범이 누구인지 밝히지 않는 것이 신이치의 뜻이었으니까요."

이사와가 힘주어 말했다. 날카로운 눈빛으로 에츠시를 노려보고 있었다.

"신이치는 죽을 때까지 진범이 누구인지 말하지 않았습니다. 예전에 지하철역 푸시맨 아르바이트가 끝난 후 오사카 구치소에 함께 갔던 적이 있지 않습니까. 그때 에츠시 씨는 '아빠는 무슨 일이 있어도 너를 믿는다'고 신이치에게 전해 달라고 하셨죠. 제가 그대로 전하자 신이치는 참을 수가 없었는지 그 자리에서 펑펑 울더군요. 그런데도 끝까지 뜻을 굽히지 않은 겁니다. 에츠시 씨, 그 뜻을 존중해줘야 하지 않겠습니까!"

이사와의 지적에 에츠시는 아무 말도 하지 못했다. 마음이 흔들렸다. 나츠미가 옆에서 두 사람의 대화에 끼어들었다.

"이사와 변호사님, 신이치 씨의 누명을 벗기는 방법은 그것 말고도 있지 않을까요?"

"아니요, 나츠미 씨, 다른 방법은 없습니다. 진짜 디오니스가 누구인지 밝히지 않고 신이치의 누명을 벗기는 방법은 오직 하나뿐입니다. 제가 디오니스가 되는 것…."

이사와의 대답을 듣고 있던 나츠미가 격앙된 어조로 말을 잘랐다.

"대신 디오니스가 되겠다고요? 이사와 변호사님, 진심이신가요? 신이치 씨도 그건 바라지 않을 거예요. 디오니스 따윈 존재하지 않으니까요! 진범은 자살한 아키야마 테츠조이고, 신이치 씨는 자신이 어릴 때 저지른 일에 대한 죄책감 때문에 진실을 밝히지 못했을 뿐이잖아요. 이사와 변호사님이 디오니스인 척한다는 건 말도 안 돼요!"

이사와가 움찔했다. 이사와는 말없이 에츠시의 눈을 똑바로 쳐다보았다. 두 사람은 그 상태 그대로 한참을 서 있었다. 이윽고 이사와가 고개를 숙이며 시선을 피했다.

잠시 정적이 흘렀다. 니시진 경찰서 뒤편에는 세 사람 외에 아무도 없었고, 습한 기운만이 공기 중을 맴돌고 있을 뿐이었다. 무거운 침묵을 깨트린 사람은 나츠미였다.

"아까 사사키 목사님께 들었어요. 테츠조는 죄의식 때문에 몇 번이나 교회에 찾아왔었다고요. 신이치 씨의 뜻을 존중해줘야 한다고 하셨죠? 그야 신이치 씨는 테츠조가 살인범이라는 사실을 숨기고 싶었는지도 모르죠. 어린 시절의 죄책감 때문에요. 하지만 테츠조는 이미 죽었잖아요. 사형당할 일도 없다고요. 검찰이나 법원에서 어떤 판단을 내릴지는 모르겠지만, 진범이 이미 자살해버려서 신이치 씨의 누명을 완전히 벗기기는 힘들지도 모르겠지만, 그래도 진실을 외면하면 안 되는 것 아닌가요!"

이사와는 나츠미의 말에는 대답하지 않은 채 에츠시와 잠시 눈을 마주쳤다가 밤하늘을 올려다보았다.

비 온 후라 습도는 높은 편이었지만 밤하늘에는 별이 빛나고 있었다. 이사와는 가볍게 숨을 내뱉은 다음 에츠시 쪽을 돌아보았다.

"제가 진짜 디오니스가 아니라는 사실을 알아차리다니 대단하시네요."

이사와는 온화한 미소를 짓고 있었다.

마치 귀신이 떨어져 나간 듯한 표정이었다.

다시 한번 정적이 흐르고, 에츠시가 입을 열었다.

"하지만 이사와 변호사님이 자수하려고 결심한 이유는 그게 다가 아니지 않나요? 지금 말한 건 극히 일부에 불과한 것 같은데요. 진짜 이유는 따로 있지요? 그렇지 않습니까?"

이사와가 고개를 들었다. 에츠시는 하던 말을 이어나갔다.

"가장 큰 이유는 속죄겠지요. 제가 메로스와 5천만 엔을 주고받은 후에 이사와 변호사님이 엔젤21 아파트를 조사해 봤다고 하셨지요? 당시 저는 알아차리지 못했지만 당신이라면 테츠조가 거기 살고 있다는 사실을 알아냈을 겁니다. 결국 변호사님은 테츠조가 진범이라는 사실을 알면서 신이치가 사형당하도록 내버려 둔 셈이지요. 증거가 충분하지 않다는 이유로 재심 청구가 기각되는 것이 두려워서요. 그때부터 계속 심한 죄책감에 사로잡혀 있었겠지요. 그래서 테츠조가 죽은 후, 스스로 악당 가면을 뒤집어쓰고 디오니스가 됨으로써 그 죗값을 치르고자 한 겁니다. 이런 일이 가능한 사람은, 그리고 그 정도로 죄책감을 느끼는 사람은, 이 사건을 가장 잘 파악하고 있는 이사와 변호사님뿐입니다!"

"에츠시 씨…."

이사와는 그 자리에 털썩 주저앉아 두 손으로 얼굴을 감싸 쥐었다. 에츠시와 나츠미가 이사와에게 달려갔다. 이사와의 볼을 타고 굵은 눈물이 흘러내렸다. 에츠시는 나츠미와 잠시 마주 보았다가 이사와 쪽으로 고개를 돌렸다. 그러고는 다정한 말투로 말했다.

"아까 오는 길에 시조법률사무소에 전화를 걸어 물어봤습니다. 이사와 변호사님이 16년 전 사건 이후 해외에 나갔던 적이 있냐고요. 그렇다고 하더군요. 몇 년 전 해외연수를 다녀오셨죠? 그건 곧 당신이 범인이라면 공소시효는 아직 성립하지 않는다는 말이지요. 그 말을 듣고 깨달았습니다. 이 사람은 모든 죄를 자기가 뒤집어쓸 생각이라는 걸. 공소시효 전이라면 경찰이나 검찰도 무시 못 할 거라고 생각하고 있다는 걸요. 하지만 그런 짓은 해서는 안 됩니다."

이사와는 몸을 웅크린 채 흐느껴 울었다. 그러면서 큰 소리로 외쳤다.

"구하지 못했습니다. 저는 신이치를 구하지 못했다고요!"

에츠시는 이사와를 안아 일으켰다. 이사와는 계속해서 소리쳤다.

"이대로는 신이치의 원한을 풀어줄 수가 없습니다!"

"그건 해보지 않으면 모르는 거죠."

나츠미가 말했다. 이사와가 바로 반박했다.

"아니요, 증오와 분노를 쏟아낼 상대가 반드시 있어야 합니다!"

나츠미는 반론하지 않았다. 고통을 쏟아낼 상대가 필요하다…, 정말 그럴까? 이사와는 사형 폐지론자지만 이사와가 지금 하는 말은 사형을 옹호하는 쪽에 더 가까웠다. '증오가 살아가는 힘이 된다'는 말에는 힘이 있었고, 과거 자신도 그렇다고 생각했다. 흙 묻은 빵에 대해 이 근처에 있는 교회에서 사사키 목사와 논쟁을 벌인 적도 있었다. 하지만 지금 나츠미는 어느 쪽이 옳은지 알 수 없었다. 그래도 계속 고민해 볼 생각이었다.

이사와의 절규를 끝까지 듣고 있던 에츠시가 천천히 입을 열었다.

"이사와 변호사님, 사형수가 죽은 후에도 재심 청구는 가능합니다."

그 말을 듣고 이사와가 고개를 들었다. 에츠시가 말을 계속했다.

"신이치를 위해서 조금만 더 힘써 주십시오. 신이치의 재심 청구를 맡아 주셨으면 합니다. 부디 진실을 밝혀 주십시오."

다정한 목소리였다.

"에츠시 씨, 저는…."

"언젠가… 반드시 신이치가 누명을 벗을 수 있도록."

이사와는 한동안 아무 말도 하지 않았다. 그러다 갑자기 봇물 터지듯 눈물을 쏟아내며 오열하기 시작했다. 울면서 죄송하다는 말만 반복했다. 야수의 포효와도 같은, 가슴 아픈 통곡이었다.

이사와의 마음이 에츠시와 나츠미에게도 전해졌다. 에츠시의 눈에도 눈물이 고였다. 에츠시는 눈물이 쏟아지지 않도록 밤하늘을 올려다보았다. 나츠미는 그런 에츠시를 보며 생각했다.

'신이치 오빠…, 오빠의 누명은 꼭 벗겨드릴게요. 어떤 결과가 나오더라도 후회하지 않을 거예요. 알고 있어요, 오빠가 마지막까지 목숨을 걸고 지키려고 한 그 마음은 제가 다 알고 있으니까….'

나츠미도 밤하늘을 올려다보았다. 눈물에 가려 앞이 잘 보이지 않았지만 별이 아름답게 빛나고 있었다. 푸른 하늘 합창단…, 그 세 사람이 가모가와강에서 함께 올려다본 하늘에도 이렇게 별이 빛나고 있었을까.

Epilogue

노랫소리

Epilogue
노랫소리

　밤의 장막이 드리운 가모대교 아래 강기슭에 낡은 자전거가 세워져 있었다.

　흙받기에 알파벳 S와 Y가 새겨져 있고, 안장은 스펀지가 삐져나온 상태였다. 다리 아래에서 청년들이 노숙자와 즐겁게 이야기를 나누고 있었다. 여학생이 함께 노래 부르자고 권하자 불그스레한 낯빛을 한 중년 남성이 쑥스러워했다. 시애틀 매리너스 모자를 눌러쓴 남자는 술에 취한 노숙자였고, 함께 대화를 나누고 있는 청년들은 로스쿨 학생들이었다.

　2009년 초여름. 이사와 요지는 가모대교 근처에 있었다.

　가로등을 올려다보았다. 눈이 부시지도 않은데 손을 들어 가렸다. 생각해 보면 벌써 16년이 지났다. 그사이 많은 일이 있었다. 길었던 듯 짧았다는 표현이 딱 들어맞았다. 당시에는 로스쿨도 존재하지 않았다. 그때도 로스쿨 제도가 존재했다면 이사와는 변호사가 되지 못했을 것이다. 노숙자가 되어 여기서 지내고 있었을지도 모른다. 만약 그랬다면 지금 이사와의 마음을 짓누르고 있는 이 무거운 짐을 질 일도 없었을 것이다.

──정의를 구현하기 위해서라⋯. 저도 좀 그런 걸로 고민해 보고 싶네요.

16년 전, 신이치 앞에서 했던 말이 현실이 되었다.

"안녕하세요."

연두색 원피스를 입은 여자가 이사와에게 인사했다. 이사와는 긴장해서 몸에 힘이 들어갔다. 여자의 희고 투명한 피부에 새까만 머리카락이 잘 어울렸다. 이제 익숙해질 만도 한데 매번 이런 식이었다. 사와이 나츠미 뒤로 두 남자가 서 있었다. 모치다와 에츠시였다. 나츠미가 말했다.

"지휘는 에츠시 씨가 해주시는 거죠?"

"네, 어쩌다 보니 그렇게 됐네요. 지휘하면서 노래도 같이 할 생각입니다."

에츠시가 대답했다.

"새 푸른 하늘 합창단의 뜻깊은 첫 무대에서 저 같은 늙은이가 지휘를 맡아도 되는 건지 모르겠네요."

"에츠시 씨가 아니면 할 사람이 없는걸요."

"아저씨가 제대로 부르면 진짜 굉장하다니까."

모치다가 한마디 거들었다.

"벨칸토 장인이라고."

모치다의 과장된 표현에 나츠미가 쿡쿡 웃었다.

"에츠시 아저씨, 젊은 뮤지션한테도 인정받고 계시네요."

말하는 사이에 주위가 조금씩 소란스러워졌다. 나츠미가 속한 극단에서 단원들이 하나둘 도착하기 시작한 것이다. 술에 취한 것도 아닌데 잔뜩 흥분한 모습이었다. 짝퉁 벨칸토가 최고라는 등 의미불명의 고함을 내지르며 웃고 있었다. 단원들은 나츠미에게 다가와서 모두와 인사를 나눈 다음 대학원생과 노숙자 들이 모여 있는 쪽으로 가서 이야기를 나누기 시작했다. 다들 초면일 텐데 만나자마자 의기투합한 모양이었다.

이사와는 세 사람에게 재심 청구를 할 계획이라고 밝혔다.

모두의 표정이 진지해졌다.

"신이치가 결백하다는 사실이 인정되면 어떻게 되는데?"

모치다가 물었다. 이사와가 바로 답했다.

"국가배상 청구소송을 제기해야지."

"결국 돈으로 해결하게 되는 거네."

"안 그래도 됩니다. 저는 무죄가 밝혀지기만 하면 됩니다. 신이치의 누명을 벗길 수만 있다면 더 바랄 것이 없습니다."

에츠시의 대답을 듣고 이사와가 물었다.

"사형 폐지 운동을 벌일 생각은 없으신가요?"

"없습니다."

에츠시가 곧바로 대답했다.

"관련 단체에서 연락이 많이 올 겁니다. 함께하셔도 좋지 않을까요?"

"죄송하지만 그럴 마음은 없습니다. 사형 폐지론을 지지하는 제 입장은 변함없지만 사형에 대해 논하는 자리에서 오심이나 누명을 전면에 내세우는 게 마음에 들지 않아서요. 사형제도 존폐문제는 정면에서 부딪혀야 한다고 생각합니다."

"에츠시 씨답네요."

이사와는 에츠시의 옆모습을 바라보았다.

처음 만났을 때보다 왠지 더 젊어 보였다.

"대본은 결국 못 찾은 거죠?"

나츠미가 물었다. 이사와는 바로 대답하지 못했다. 얏상…, 아키야마 테츠조가 남긴 증거물은 모두 법원에 제출할 계획이다. 아니, 가능하다면 그렇게 하고 싶었다.

"왜 그 대본만 사라진 건지 계속 마음에 걸리더라고요."

"어쩔 수 없죠. 얏상이 살아 있었다면 물어라도 봤겠지만."

나츠미가 진지한 눈빛으로 이사와를 쳐다보았다.

"이사와 변호사님, 제게 뭔가 숨기는 거 있으시죠?"

빨려 들어갈 것만 같은 검은 눈동자를 이사와는 잠자코 마주보았다.

"나츠미 씨…."

이사와가 무언가를 말하려는 듯 입술을 달싹였다.

그때 멀리서 나츠미를 부르는 소리가 들렸다. 극단 단원들이었다. 나츠미는 크게 대답하며 노숙자들이 모여 있는 쪽으로 달려갔다. 이유는 모르겠지만 모치다도 따라갔다.

"후계자는 단 한 명뿐! 진정한 벨칸토의 계승자는 바로 나라고!"

모치다가 의미를 알 수 없는 말을 외치고 있었다. 강기슭에는 이사와와 에츠시 두 사람만 남았다.

먼저 입을 연 사람은 에츠시였다.

"나츠미 씨한테 아직 말하지 않으셨나요?"

"그게…, 고민 중입니다."

이사와가 대답했다.

"이사와 변호사님, 말하려면 지금 해야 합니다."

"알고 있습니다. 이 합창이 끝나면 나츠미 씨에게 말하려고요. 그 결과 어떻게 되든지 간에 제가 알고 있는 진실을 모두 털어놓을 생각입니다."

"제가 그 입장이었어도 고민 끝에 같은 길을 택했을 겁니다."

두 사람은 잠시 침묵했다. 멀리서 나츠미가 달려와 에츠시의 소매를 잡아끌었다. 나츠미가 까만 눈동자를 초롱초롱 빛내며 말했다.

"이제 곧 합창이 시작될 거예요. 지휘자가 없으면 노래를 부를 수가 없잖아요."

"도망치기엔 너무 늦었나."

에츠시가 못 이기는 척 쓴웃음을 지으며 모두가 기다리고 있는 거북이 모양 징검다리 쪽으로 걸어갔다. 어째서인지 나츠미는 함께 가지 않고 그 자리에 남았다.

"나츠미 씨는 안 부를 건가요?"

"그냥 여기서 들으려고요. 이사와 변호사님은요?"

"저는 음치라서요. 듣는 데 집중하고 싶기도 하고요."

"그럼 다리 위 특등석에서 저랑 같이 들어요!"

나츠미가 계단을 올라갔다. 변덕쟁이 천사 같은 뒷모습을 바라보며 이사와도 뒤따라갔다. 사방이 고요하고, 공기는 건조했다. 오늘 가모가와강 변은 그 어떤 콘서트홀보다도 노래하기 좋은 환경이라고 할 수 있었다. 다리 난간에 손을 짚었을 때 에츠시의 인사말이 들렸다.

"새 푸른 하늘 합창단의 기념할 만한 첫 공연의 지휘를 저 같은 늙은이가 맡아도 되는 건지 걱정이 됩니다만, 사실 지휘자들은 이 정도 나이에도 다들 현역으로 열심히 뛰고 계시다고 합니다. 그러니 여러분도 저를 믿고 마음껏 불러 주십시오."

"물론이죠!"

"제대로 한번 불러 보자고!"

의욕과 패기가 넘치는 모두의 반응에 에츠시가 헛웃음을 지었다. 다리 위에서 파이팅이라고 외치는 나츠미의 귀여운 응원을 듣고는 얼굴이 살짝 붉어졌다.

"그럼 가봅시다. 곡 제목은 「Soon-ah will be done」!"

에츠시가 검지를 치켜들자 주위가 일순간에 조용해졌다. 손에 든 것은 나무젓가락이었다. 로스쿨 학생들과 극단 단원들이 노숙자들에게 악보를 보여 주며 2인 1조의 모양새로 늘어섰다. 모두가 숨을 죽인 채 긴장된 얼굴로 에츠시를 바라보고 있었다.

이윽고 에츠시가 나무젓가락을 천천히 젓기 시작했다.

"Soon ah will be don' a-wid de trouble ob de worl', trouble ob de worl', de trouble ob de worl'⋯."

주문 같은 노랫소리가 가모가와강에 울려 퍼졌다. 이사와는 에츠시의 입을 쳐다보았다.

노래하고 있었다. 작아서 잘 들리지 않았지만 낮고 듣기 좋은 목소리였다. 시선을 돌려 옆을 보자 16년 전 그 소녀가 서 있었다. 나츠미는 설레는 눈동자로 에츠시를 바라보고 있었다. 이사와는 왠지 함부로 보면 안 될 것 같은 기분이 들어 서둘러 고개를 숙였다.

나츠미에게 아직 말하지 못한 것이 있었다.

바로 진범 디오니스의 이름이다. 진짜 디오니스는 아키야마 테츠조가 아니었다. 테츠조가 남긴 증거품 중에는 흉기 외에도 여러 가지가 있었다. 테츠조의 유서, 사와이 메구미가 사건 당시 입고 있었던 옷, 그리고 마지막으로 〈달려라 메로스〉의 대본.

모든 증거가 디오니스의 정체를 분명히 가리키고 있었다. 나츠미에게는 아직이지만 에츠시에게는 보여주었다. 에츠시는 놀라지 않았다. 나츠미의 연극 공연이 있었던 그날, 에츠시는 이사와와 동일한 결론에 도달했던 것이다. 다만 예기치 못한 나츠미의 난입으로 그 자리에서는 진실을 말하지 못했을 뿐이었다.

테츠조의 유서에는 형인 우메조가 사고로 죽은 후 자신이 자살하기까지 있었던 모든 일이 적혀 있었다. 테츠조는 우메조를 죽게 만든 아이들을 이미 용서한 상태였다. 원통함은 남아 있지만 진심으로 반성하는 아이들을 보며 진정한 용서란 무엇인지 깨닫게 되었다고 적혀 있었다. 우메조의 죽음은 이미 마무리된 사건이었다. 유서에는 신이치는 범인이 아니며, 신이치에게 진범이 누구인지 말하지 말아 달라는 부탁을 받았다고도 적혀 있었다. 신이치는 테츠조에게 이렇게 말했다. 자기는 죽어도 상관없다고. 하지만 만에 하나 죽음의 공포를 이기지 못하게 되면 옥중에서 사형 폐지를 주장할 테니 그때는 테츠조 씨가 이 증거를 공개해서 자기를 구해 달라고. 반대로 자신이 사형 폐지를 주장하지 않는다면 아직 마음이 꺾이지 않았다는 의미이니 비밀은 꼭 지켜 달라고.

테츠조는 이사와에게 연락을 취했다. 음성변조기를 사용해 전화를 걸어 신이치의 사형 집행을 막고 싶으니 신이치와 만나게 해달라고 부탁했다. 이사와가 신이치에게 통화 내용을 전달하자 신이치는 테츠조와 만나는 대신 수기를 발표했다. 사형제도는 필요하다는 내용이었다. 당시에는 아무도 눈치채지 못했지만 그건 신이치가 테츠조에게 보내는 메시지였던 것이다. '죽어도 진범을 밝히지 않겠다'라는.

이사와도 테츠조의 유서와 대본을 읽기 전까지는 진범이 누구인지 몰랐다. 대본은 얼핏 보기에는 별다를 것이 없었다. 워드 프로세서로 쓴 평범한 〈달려라 메로스〉 연극 대본일 뿐이었다. 특이한 점은 배역이었다. 신이치의 의견이 반영된 이 대본에서는 디오니스 역이 여자였다. 다른 일반적인 〈달려라 메로스〉 연극과 비교하면 그 부분만 달랐다. 그날 그들은 이 대본을 가지고 어떤 연극을 만들지 의논할 예정이었다.

《배역》

메로스	아키야마 테츠조	세리눈티우스	야기누마 신이치
필로스트라토스	나가오 야스유키	디오니스	사와이 메구미

대본 뒤에는 펜으로 이렇게 적혀 있었다.

신이치, 미안해. 내가 야스유키를 죽여버렸어. 야스유키가 나를 덮치려고 해서 밀쳐 내고 등에 칼을 꽂았어. 테츠조 씨는 선로에 돌을 놓아둔 우리를 용서해 주셨지만 역시 난 살인자가 될 수밖에 없는 운명인가 봐. 두 명을 죽이면 사형이지?

이제 내게 남겨진 선택지는 이것뿐이야. 미안, 정말 미안해.

메구미

처음 이 글을 읽었을 때, 이사와는 전율에 휩싸였다. 이것이 진실인가—

16년이나 진실을 밝히고자 애써 왔는데 전혀 예상도 하지 못한 결말이었다. 나가오 야스유키가 사와이 메구미를 겁탈하려고 했다가 역으로 살해당했다. 신이치는 야스유키를 죽이고 자살한 메구미를 위해, 그리고 사건의 진상을 알면 큰 충격을 받게 될 나츠미를 위해 죄를 뒤집어썼다. 믿기 힘들었지만 메구미가 남긴 친필 유서를 보면 믿지 않을 수 없었다. 테츠조의 유서에도 그렇게 적혀 있었다.

그러고 보니 디오니스라는 이름이 처음 등장했을 때, 나츠미가 의문을 제기했었다. 왜 공범 이름이 디오니스냐고, 메로스의 친구는 세리눈티우스 아니냐고 말이다. 이사와는 딱히 깊은 뜻은 없을 거라고 가볍게 넘겼지만 사실은 나츠미가 제대로 짚은 것이었다.

역시 진실은 여기 있었다. 이 대본 안에. 메구미를 위하는 신이치의 마음이 이번 사건을 낳은 것이다. 테츠조가 아파트에 숨겨 두었던 가방 안에는 과도와 함께 메구미의 옷이 들어 있었다. 테츠조가 남긴 유서에 따르면 신이치와 테츠조는 합창이 끝난 후 함께 메구미네 집으로 가서 연극 이야기를 할 예정이었다. 메구미네 집에 도착한 두 사람은 먼저 와 있던 메구미와 야스유키의 시체를 발견했다. 메구미는 가슴에 칼이 꽂힌 채 즉사한 상태였다. 테츠조는 두 사람이 누군가에게 살해당했다고 생각했지만 얼마 지나지 않아 신이치가 메구미의 유서를 발견했다. 게다가 메구미의 옷에는 야스유키를 찔렀을 때 튄 피가 묻어 있었다. 경찰에 신고해야 한다는 테츠조를 신이치가 말렸다. 메구미가 야스유키를 죽였다는 건 비밀로 해달라며 테츠조 앞에 무릎을 꿇었다고 했다.

신이치는 자살이라는 사실을 숨기려면 메구미의 몸에 상처를 더 입히는 편이 좋겠다고 판단했다. 그래서 눈물을 흘리며 시체를 수차례 칼로 찔러 타살로 위장했다. 놀랍게도 에츠시는 유서를 보지 않은 상태에서 이 모든 것을 혼자서 완벽하게 추리해 냈다. 어떻게 알아냈는지는 이사와에게도 말해 주지 않았다. 죽은 신이치가 알려 주었다고만 했다.

대본 뒤에 적힌 유언은 필적 감정을 통해 메구미가 쓴 것임을 증명할 수 있다. 가지고 있는 증거를 모두 제출하면 재심에서 이길지도 모른다. 하지만 이사와는 선뜻 마음을 정하지 못했다. 진실을 밝힌다는 것은 곧 사와이 메구미를 살인범으로 만드는 일이기도 했기 때문이다. 야기누마 신이치가 목숨을 걸고 지킨 비밀을 까발리는 행위였다. 신이치가 사형당하는 것은 두고 보기만 했으면서 이제 와서 비밀을 들추어낸다는 것이 망설여졌다.

하지만 그것은 잘못된 생각이다. 진실을 은폐해서는 안 된다. 이사와 안에서 무언가가 그렇게 외치고 있었다. 니시진 경찰서 앞에서 에츠시를 기다리고 있었던 것은 실은 누군가가 자신을 멈춰 주길 바라서였는지도 모른다.

설원(雪冤), 원통함을 풀어 없애는 것. 한자로는 두 글자밖에 되지 않는 이 단어에 각기 다른 마음들이 얽혀 있었다. 자신이 가진 모든 것을 걸고 누명을 벗기려고 하는 사람과 그로 인해 상처받는 사람…. 가볍게 입에 담을 수 있는 말이 아니라는 점만은 분명했다.

이 노래가 끝나면 이사와는 나츠미에게 모두 고백할 생각이었다. 내키지 않았지만 해야만 하는 일이었다. 이제 거짓말은 그만두자. 수단과 방법을 가리지 말고 진실을 알리는 데 최선을 다하자. 견원지간인 마나카 유코에게 기사로 다뤄 달라고 고개를 숙일 의향도 있었다. 어떻게든 지금 알고 있는 진실을 모두에게 전할 것이다. 비록 그것이 죽은 신이치의 의사에 반하는 일이라 할지라도.

이사와는 나츠미의 옆모습을 바라보았다. 끝부분이 살짝 웨이브진 검은 머리가 바람에 나부꼈다. 나츠미의 아름다움이 이사와를 고통스럽게 했다. 이 여자를 상처 입히고 싶지 않다…. 마치 신이치의 수기가 발표되고 난 뒤의 얏상처럼 결심이 흔들렸다. 나츠미는 이사와 쪽을 돌아보는 일 없이 노래를 듣는 데 집중하고 있었다.

그때 갑자기 노랫소리가 커졌다.

"I wan' t'meet my mother!"

이사와는 깜짝 놀랐다. 몸속 깊은 곳에서부터 끌어올리는 듯한 목소리였다.

"I wan' t'meet my mother, I wan' t'meet my mother, I'm goin' t'live wid God!"

이게 대체 뭔가 싶었다. 저 멀리까지 중후하게 울려 퍼지는 테너. 16년 전 여기서 들었던 바로 그 노래가 아닌가. 이사와는 다리 아래를 내려다보았다. 역시 목소리의 주인공은 에츠시였다. 이사와의 기억 속에 남아 있는 신이치의 목소리와 비교해 보았다. 에츠시와 신이치의 실력은 엇비슷했다.

모두가 함께 부르는 「Soon-ah will be done」은 강변을 제압했다.

지나가던 사람들이 발걸음을 멈추고 합창에 귀를 기울였다. 모치다를 비롯한 다른 사람들도 에츠시에게 지지 않으려고 목청을 돋우었지만 역부족이었다. 지휘자 한 사람의 노랫소리에 다른 모두의 노랫소리가 빨려 들어가는 느낌이었다. 이사와는 옆에 있던 나츠미를 쳐다보았다. 나츠미도 이쪽을 돌아보았다.

"그때랑 똑같은 목소리네요."

나츠미는 다소 놀란 듯한 얼굴로 웃고 있었다. 이사와도 고개를 끄덕였다. 그리고 미소를 지으며 말했다.

"그러게요. 정말 그때랑 똑같은데요."

에츠시는 지금 어떤 마음으로 노래하고 있는 걸까. 죽은 아들에 대해, 죽기 직전까지 노래했다는 아들이 어떤 마음이었을지에 대해 생각하고 있을까. 아니면 에츠시도 이사와처럼 나츠미에게 진실을 전하는 문제로 고민하고 있을까. 이 노래는 에츠시가 아들에게 바치는 노래라고 할 수 있었다.

이사와는 노래를 들으며 생각했다. 마음은 정해졌다. 더 이상의 망설임은 없었다. 나츠미에게 진실을 전하는 순간, 비로소 신이치의 누명을 벗기기 위한 진짜 싸움이 시작되는 것이다.

가만히 눈을 감았다. 한 청년의 얼굴이 떠올랐다.

그는 지금부터 이사와가 열려고 하는 진실의 문 앞에 홀로 서 있었다. 두 팔을 벌려 이사와 앞을 막아서며 문을 열지 못하게 하려고 필사적으로 저항했다.

신이치, 나는 이미 한 번 네게 굴한 적이 있지. 네 강한 의지에 압도당해 진실을 왜곡하려고 했어. 하지만 이제 그러지 않기로 했다. 나츠미는 어린애가 아니야. 충격은 받겠지만 언니 일을 알게 되더라도 충분히 받아들일 수 있을 거다. 그래도 안 되겠니? 신이치 너 혼자 이 무거운 짐을 계속 지고 갈 생각인 거냐?

그때 에츠시의 노랫소리가 한층 더 강하게 울려 퍼졌다. 강인하면서도 애달픈 테너. 신이치는 아버지의 목소리에 귀를 막았다. 울고 있었다. 괴로워 보였다. 그런 신이치를 보며 이사와는 부드러운 목소리로 다시 한번 물었다.

신이치, 그날의 결심은 지금도 여전히 네 안에서 불타고 있니?

옮긴이 남소현

연세대학교와 이화여자대학교 통역번역대학원을 졸업하고, 일본 문학 번역
가로 활동하고 있다. 옮긴 책으로는《형사의 약속》,《여섯 명의 거짓말쟁이 대
학생》이 있다.

초판 2022년 6월 14일 1쇄
저자 다이몬 타케아키
옮긴이 남소현
ISBN 979-11-90157-70-4   03830

출판사 도서출판 북플라자
주소 서울시 강남구 논현동 118-13 5층
홈페이지 www.bookplaza.co.kr

영화 판권, 오탈자 제보 등 기타 문의사항은 book.plaza@hanmail.net으로 보내주세요.
잘못된 책은 구입하신 서점에서 교환해 드립니다.